在一线

一位总台记者的采访手记

I am on the front line

浙江人民出版社

图书在版编目（CIP）数据

我在一线 ：一位总台记者的采访手记 / 高珧著.
杭州 ：浙江人民出版社，2025. 8（2025. 9重印）.
ISBN 978-7-213-12014-5

Ⅰ. I25

中国国家版本馆CIP数据核字第2025VY3255号

我在一线：一位总台记者的采访手记

高 珧 著

出版发行：浙江人民出版社（杭州市环城北路177号 邮编 310006）
市场部电话：(0571)85061682 85176516
责任编辑：吴玲霞 金纾吟
营销编辑：陈雯怡
责任校对：王欢燕 姚建国
责任印务：程 琳
封面设计：王 芸
电脑制版：杭州兴邦电子印务有限公司
印 刷：杭州钱江彩色印务有限公司
开 本：880毫米×1230毫米 1/32 印 张：14
字 数：335千字 插 页：1
版 次：2025年8月第1版 印 次：2025年9月第2次印刷
书 号：ISBN 978-7-213-12014-5
定 价：79.00元

2011 年 7 月 23 日，浙江温州甬温线特别重大铁路交通事故直播现场（摄像：谢岩鹏）

2013年12月3日，浙江舟山六横岛“跨海架线”采访现场（摄像：齐银松）

浙江舟山六横岛『跨海架线』

2013年12月3日，浙江舟山六横岛“跨海架线”直播现场
高度：254米（摄像：齐银松）

2014年云南鲁甸6.5级地震

2014年8月8日，云南鲁甸地震堰塞湖直播现场（摄像：叶海春）

2014年8月8日，云南鲁甸地震堰塞湖直播现场（摄像：叶海春）

2016年17级超强台风『尼伯特』

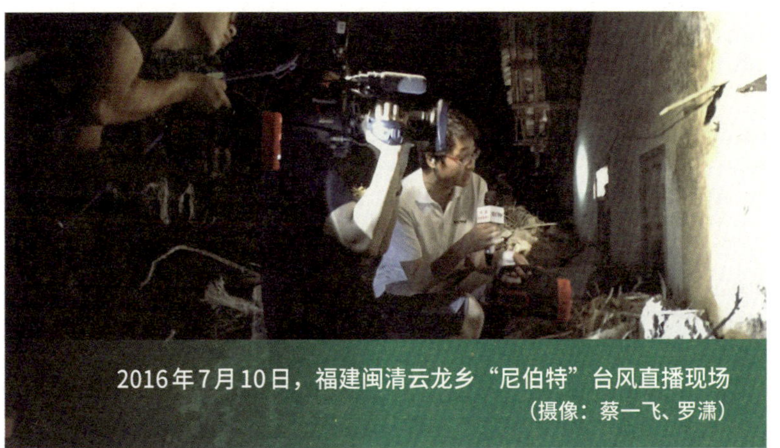

2016年7月10日，福建闽清云龙乡“尼伯特”台风直播现场
（摄像：蔡一飞、罗潇）

2016年7月12日，福建闽清坂东镇“尼伯特”台风直播现场
（摄像：雍军、蔡一飞）

2016年7月16日，福建闽清宏琳厝“尼伯特”台风直播现场
（左起：我、彭强根、申红星）

第三届世界互联网大会

2016年11月17日，浙江桐乡乌镇第三届世界互联网大会直播现场（摄像：罗潇）

2017年1月28日（春节），陕西绥德郭家沟村采访现场（摄像：洪敏、孟涛）

陕西绥德郭家沟村

广西防城港核电站

2017年4月24日，广西防城港核电站乏燃料水池报道现场（摄像：袁成刚）

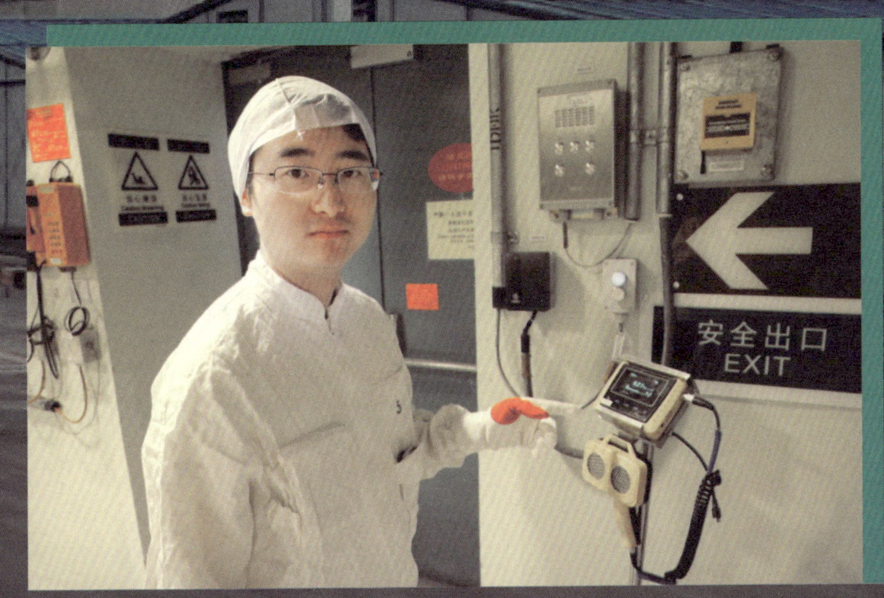

2017年4月24日，广西防城港核电站燃料操作大厅报道现场
表面污染量：0.27贝克勒尔/平方厘米（摄像：袁成刚）

2017年浙江汛期

2017年5月28日，浙江衢州抗洪报道现场（摄像：叶海春）

浙江 宁波舟山港

2018年8月10日，浙江宁波舟山港直播现场（摄像：于晨）

2018年5月2日，浙江宁波舟山港《直播长江》特别节目直播现场（摄像：齐银松、周玉瑾）

2018年5月17日，浙江“杭州保姆纵火案”庭审直播现场（摄像：罗潇）

2017年『杭州保姆纵火案』

浙江舟山鱼山大桥建设现场

2018年12月28日，浙江舟山鱼山大桥建设直播现场
风力9级，气温零下8°C（摄像：罗潇）

全国两会浙江代表团开放日

2019年3月6日，北京全国两会浙江代表团开放日报道现场（摄像：金坚）

浙江舟山跨海大桥十周年『大体检』

2019年5月29日，浙江舟山跨海大桥检修报道现场
（摄像：杨少鹏）

2019年5月27日，浙江舟山西堠门大桥主缆上
距离海平面高度：230米（摄像：齐银松）

浙江舟山外海 海上燃料油加注

2020年1月1日，浙江舟山外海海上燃料油加注直播现场（摄像：罗潇）

2020年11月9日，浙江衢州中天东方氟硅材料股份有限公司火灾报道现场（摄像：齐银松）

嘉兴嘉善县缪家村走进乡村看小康

2021年9月5日，嘉兴嘉善县缪家村走进乡村看小康采访现场（摄像：林侃）

杭州第19届亚运会

2023年6月15日，浙江杭州亚运会倒计时100天报道现场（摄像：严逸伦）

目　录

CONTENTS

代　序

我最初收到本书的初稿内容时，只一眼看到标题《我在一线》，就很喜欢。很多年了，一直记得我在课堂上跟学生说的，学新闻一定要深入一线，不是仅仅去看看、去走走、去说说，而是去真正地了解新闻事件背后更深层次的东西，因为只有去到祖国大地，去到人民群众身边，去到新闻现场，体会当时当下的各种因素，认真思考后才能做出好新闻。因为学新闻、做新闻和做好新闻，需要时间、经历和真正的融入，这样才能做出新闻的价值和温度。

打开这本书后，我看到了一名一线记者从业15年在各种新闻一线的采访过程记录，这里面有一线记者对于新闻抓取点的敏锐度，也有在新闻现场突发状况下临场调度的心路历程。我看到了高珧在新闻拍摄中遇到问题时是如何做好民众与政府的桥梁的，也看到了他自己对于当时新闻报道内容的内心思考，以及在新闻信息取舍中坚持真实记录的过程，这些都体现了他作为一名新闻记者对于新闻事实报道的尊重以及新闻报道中一名记者该有的责任与担当。

通过这本书，我看到了很多过去这些年我们熟悉的新闻报道和新闻事件。很多新闻的幕后和相关的鲜活故事，通过记者简单干净的现场手记得以呈现。难得的是，很多笔记中还记录了整个新闻团队在新闻报道中的不同思路与新闻发布过程中的一些讨论过程，很生动，也很真实。

我很高兴看到学生能够在从业15年时写出这样一本书，用非常清晰和有条理的文笔写出这十多年中一名一线记者的经历。读者可以随之回到中国这些年许多新闻发生时的现场，从一线记者的视角重新了解当时的情境，看到这些年中国的发展与变化。希望未来还有更多的一线故事能从我们一线记者的现场记录中被看到。

李良荣

2025年1月10日于上海

自　序

记者，这个职业最大的魅力在于“每天都是新的”；对于个人，最大的财富是其“经历”。记者，记录的人，注定了每天要接触形形色色的人，接触社会上各种各样的事。“拍得不够好，是因为离得不够近”，做记者做得好，就必须贴近实际、贴近生活、贴近群众，就必须到基层调查研究，要“深、实、细、准、效”。在每一个记者从业的经历中都能看到时代的变化，既有个人身上的小变化，也有社会的大变局。无论是饭桌上的谈资还是和他人的交流，记者对各种话题总能了解一二。

记者这一职业的魅力还在于能够给人提供极强的成就感、满足感和自豪感，一篇报道可能就会帮助一个人、改变一个行业甚至扭转一个局面，无论是号召式的呐喊，还是批评式的监督，都会因其所在的平台引起舆论极大的关注。当某个群体因为你的报道而被人关注，某种现象因为你而发生改变，特别是社会的某个侧面因为你的报道而发生变化时，那种满足感会让人对这个职业永远充满热情。

做记者还很容易从别人身上汲取力量和勇气。与很多相对封闭的职业不同，记者的朋友圈相对广泛，接触的人量多面广，因此，从别人身上得来的反馈要更多。相对来说，正能量的、有闪光点的人物更有可能成为记者报道的对象，因此记者也很容易从这些人身上汲取能量。比如身残志坚、乐观向上的人，比如平凡岗位上不平凡的事迹，比如大国工匠先生之风，哪怕是短视频里的凡人善举，也都会让人心头暖上一阵，充满着正能量。

记者的影响力很大程度上取决于其所在的平台。就像现在的网红、大V，也是因为平台的崛起而有了广泛的受众和粉丝。我有幸在工作之初就来到央媒，从央视到现在的总台，因为这个平台，我可以接触各种类型的报道，前往很多人到不了的新闻现场，采访到很多难以采访到的人，历练比别人要多一些，日常也会被别人高看一眼，所做报道的影响力也会更大。

记者又分很多种类型。比如时政记者，他们几乎每天都跟着领导，报道决策机构的决策过程，常年都在思考如何让时政新闻出新出彩。比如跑口记者，他们一直跟某一个条口打交道，逐渐成为这个领域的专家。比如调查记者，他们平日里似乎不像记者，可能为了调查真相而暗访甚至卧底，可能一年就出一组报道，但是这组报道往往能够引起巨大的社会反响。

我从大学毕业后，曾在一档调查栏目里做了9个月的调查记者；之后，就成了一名驻站浙江的记者，一直工作到现在。

驻站记者，远离总部，负责一地一域的报道，报道题材繁多，既涉及经济、政法，也涉及文化、体育、旅游、民生、外宣、医卫；体裁不一而足，从消息、特写、专题、调查到如今媒体融合下的广播、电视、新媒体、调研类报道。驻站记者是一地一域的专家，也要懂各行各业的知识，他既必须是全媒体记者，又必须是一个社会活动家。他得第一时间获悉该地域的最新方针、政策，也得在遇到突发事件的时候一跃而起、负起媒体责任。他必须吃透上情、把握省情、熟悉民情、了解外情，既要在基层扎得下来，也要天线接得上中央，做杂家还要做全才。

2024年，我刚好从业15年。15年里，我走遍了全国31个省、市、自治区，也走遍了浙江11个地市90个县（市、区），舟山有名的海岛也去过将近100个。出差，一度是我生活的常态，“在奔跑中调整呼吸”，曾是所有驻站记者的部训。有时候今天在40度高温的西双版纳寻大象，第二天可能就直接飞到呼伦贝尔抗击冰雪灾害；有时候正在海南享受环岛高铁开通带来的旅游便利，接到一个电话就要飞到可可西里直播藏羚羊的繁殖。有一次经历我印象深刻，那年我出差在外的时间有300多天，衣服几乎是走到哪儿买到哪儿。突然有一天房东通知我房子要卖了，不再租了，我这才抽了一个星期的时间回到杭州，将原房子退掉，租了新房子，新房子还没住两天，又出差了。过了将近一年时间，当我再次回到杭州的时候，我竟然找不到自己家的门牌号，只能硬着头皮给房东打电话，问："咱家是几零几？"终于进了家门，可家里的惨状又再次震惊了我，枕头、床单、被罩上长了一层厚厚的霉菌，淋浴间的墙根上长出了一排五颜六色的蘑菇，实在没法住，只得又找了个宾馆住下。后来朋友笑称："你干脆别租房子了，就直接住宾馆好了！"

粗粗算了一下，15年的时间，我做了上万条新闻报道，涉及各种类型的选题，曾一年做过4次地震、2次泥石流的抗震救灾，也曾跨越六七个省份追踪寻迹报道线索。有节奏快的，曾因遇突发事件，一周做了88场直播连线；也有节奏慢的，3个月才做一条专题。有跋涉万里的跟拍，也有徒步挺进的逆行；有高原缺氧的生理挑战，也有大海航行的艰难硬撑；有冻伤也有晒伤，有外伤也有内伤；有G20峰会、亚运会、全国两会上的西装革履，也有一连一个月洗不了澡的狼狈不堪。每一次报道背后都是一次经历，每一则新闻背后都有一些我自己的经验分享。记者站变成了总站，我从记者站记者变成了总站记者，不变的是我依然在一线，变的则是身份、角色、使命、任务、理念，思考也变得更多。

2024年的一次会议上，慎海雄部长教导我们要"好学能文"，提倡我们把自己的思考、经历，形成文字出版，这既是对自己、对家人的一种交代，也是给其他人的一种借鉴。有感于此，我内心出书的想法再次被激发。

文字隽永，余音绕梁。通过书的出版，我希望把每天经历的“新生活”记录下来，把在基层一线调研的所见所感记录下来，把采访报道的人物故事记录下来，把驻站出差的经历记录下来。这里面很多文章都是当年做报道的时候写的，我都重新进行了修改和校对。这些手记有的是单纯讲背后的故事，有的是做报道的一些总结和反思。

2004年，我在青海人民出版社出版了自己的第一本书《品月》，是高中时写的一部以校园生活为题材的长篇小说；20年后，我希望本书成为自己从业以来这段时间学习和生活的一个阶段性总结，希望这些文字能够让读者了解记者这份职业，让从业者看到我们的奔跑、思考、经验和走过的路。

文以载道，歌以咏志。

2024年12月31日于杭州

调查：对“真实”单纯的渴求

——《南宋皇城遗址违建豪宅调查》记者手记

【题记】

新闻的力量有多大？一篇新闻报道可能直接关乎一个人的人生轨迹、一家企业的生死存亡甚至一个城市的发展方向。

这篇报道就直接导致了一个项目的从有到无，导致了一家企业的资金紧张，导致了一个区域发展的转变。

这是我进入中央电视台后的第一篇报道。

该报道于2011年5月5日在中央电视台新闻频道上午9点档的《新闻直播间》首发，除了《新闻联播》以外，后续栏目几乎档档重播，全天总共播出9次，成为当天最大的热点新闻。

这篇报道也成了当年浙江媒体圈热议的一则调查报道，报道播出之后，几乎所有媒体都希望跟进后续。直到今日，它的影响力依然还在。

中河高架——杭州南北向的交通大动脉。前些年，车行其上，人们总能在高架桥上望到凤山门那里的杂草丛生，在寸土寸金的杭州，或许很多人都不理解政府放一片荒地于此不开发的原因。

而这块地在2011年的时候，则是10万元一平方米的“绿城西子·御园”豪宅的项目工地。“曝光”它，成了我央视记者职业生涯的开始。

小豆腐块引关注

2011年4月，当时我在浙江电视台钱江频道工作，和往常一样，一大早我的制片人褚哥[①]给了我一个新闻选题，《中华工商时报》在不起眼的“小豆腐块”里登了一位文史专家的文章，内容是呼吁大家制止在南宋皇城遗址上建房地产项目。

新闻敏感告诉我，这个房地产商要“搞事情”了。

我迅速在国家文物局的网站上查询，南宋皇城遗址准确的叫法是南宋临安城遗址，第五批全国重点文物保护单位。在国家级文保单位上建房地产项目是否违法呢？

《中华人民共和国文物保护法》第17条有明确规定：文物保护单位的保护范围内不得进行其他建设工程或者爆破、钻探、挖掘等作业。在全国重点文物保护单位的保护范围内进行其他建设工程或者爆破、钻探、挖掘等作业的，必须经省、自治区、直辖市人民政府批准，在批准前应当征得国务院文物行政部门同意。

也就是说这个选题存在两个疑问：一是“绿城西子·御园”房地产项目是不是在划定的南宋临安城遗址保护范围内。二是这个项目在审批的时候有没有经过浙江省人民政府的批准，有没有征得国务院文物行政部门，也就是国家文物局的同意。

一是新闻选题成立的基础，二是政府应该政务公开的信息。从这两个点出发，我开始了调查。

现在回想起来，我拿到这个选题的时候并没有觉得这是一个多么大的新闻，也并没有预想到后来的影响力。当时的我正捧着一本《宋史》研究南宋的兴衰，从本能和内心对践踏遗迹的行为感到

① 褚哥：褚克非，时任浙江电视台钱江频道《九点半》栏目制片人。

可惜。

2011年正好是房地产蒸蒸日上的年代，房价在噌噌噌地往上涨，百姓对房地产开发商有一种天生的敌意，加上绿城集团在杭州的影响力，媒体记者几乎都戴着有色眼镜来看一个个的“房产大鳄”。

那时候的我刚参加工作，不关心房价高低，不关心选题大小，也不关心操作难度，只是单纯地对“真实”有疯一般的渴求，对“真相调查”有情人般的迷恋，将“伸张正义”理解为记者的“铁肩道义”，这是我热爱这份工作的初心。因为初心，我决定调查下去。

顺藤摸瓜之后的“处处碰壁”

疑问一很容易核实，国家文物局批复的全国重点文物保护单位南宋临安城遗址的四至范围明确：东起中河南段以西，西至凤凰山，南自笤帚湾，北达万松岭，方圆九里。“绿城西子·御园”项目恰好是在中河以西，中河高架以东，处在这个范围之内。

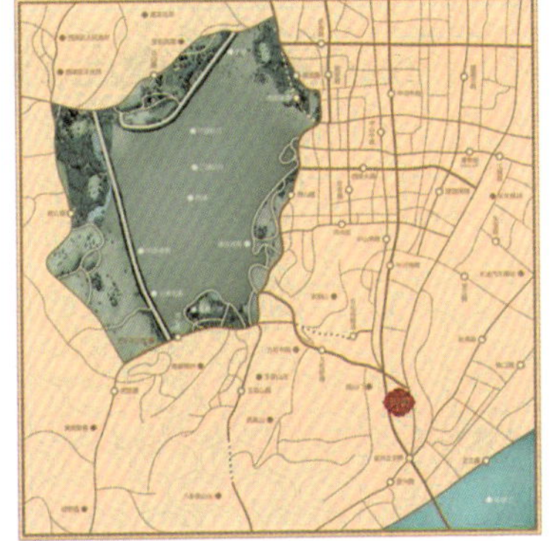

“绿城西子·御园”地理位置

当时接受采访的浙江大学、杭州古都文化研究会的专家学者也都印证了这个结论。

那房地产开发商是否知道自己违法了呢?

我们到售楼处暗访，售楼人员关于项目的介绍是：皇城内、风水宝地、10万元一平方米。

在项目工地现场，周边宣传栏上的广告画全是“皇城腹地”之类的字眼，地基已经打到地表以下六七米。

也就是说，工人也好，售楼人员也好，他们都知道自己的铁锹挖在皇城之上并以此为荣。

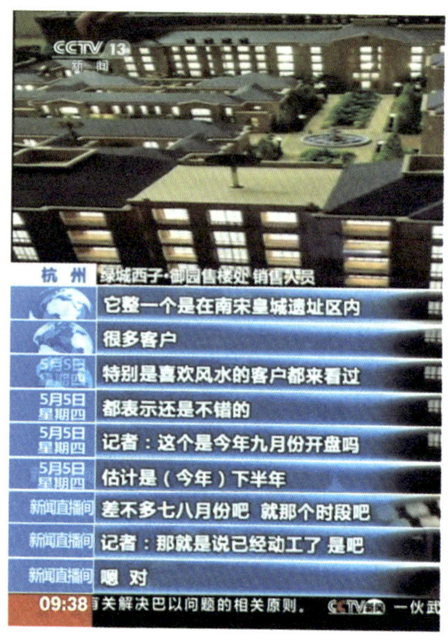

新闻播出截图

但绿城集团和西子集团是否知道他们的房地产项目就建在国家级文保单位之上呢？我们期望采访到他们，但是没有结果，这也是意料之中的。

在那个年代，对于“来者不善”的城市媒体来说，想要采访到项目经理、地产开发集团的相关负责人，确实是一件很困难的事情，“暗访”“偷拍”往往是迫不得已的选择，但是当见一面都困难的时候，这些办法根本连用都用不出来。

这条路走不通了，我们便尝试着去寻求疑问二的答案。在项目工地，我们没有看到规划建设的图纸，也没有在相关网站上查询到批复文件。在直接去找开发商无门的情况下，我们只能转向杭州市园林文物局和浙江省文物局。

杭州市园林文物局感觉到了我们的来意，一个劲儿地解释，可关于是否已向浙江省文物局提出申请，他们只字未提。

后来我们采访到了浙江省文物局副局长，他很肯定地告诉我们，省文物局从未收到任何形式的报批。

也就是说，这个项目并没有征得浙江省文物局的批准，就更不用说国家文物局的批准了。

调查到这里，其实是非已定，疑问一与疑问二都已经得到解答：项目确实在国家级文保单位管理范围之内，且并未征得上一级文物行政部门的批准。

简言之，这个项目是违法的，违反了《中华人民共和国文物保护法》第17条的有关规定。

违法就要问责，那责任主体是谁？这就是疑问三。表面上看，违法主体自然是绿城集团和西子集团，然而更进一步想，杭州市怎么就把这块地拿出来拍卖盖房子了？杭州市规划局和建设局又是怎么批复同意其开工建设的呢？

我们通过市房管局的网站查询到了当年这块地招拍挂的信息，原来这块地是当年的“地王”，在钱江频道的媒资库里，我们找到了当年的视频。也就是说，这块地是西子集团按照正规的招拍挂程序竞得的，绿城集团后来与西子集团共同建设该项目。问题的焦点就是，杭州市是通过怎样的程序将这块土地拿出来拍卖的？

带着疑问，我们采访了杭州市规划局和建设局，结果可想而知，我们并没有拿到想要的答案。

基于已有的事实，我们决定先把报道做出来，用播出的节目来倒逼相关部门出来解释。

关于“播出”

那时候编片子还是用对编机①，素材保存在录像带上，我一边剪片子，一边看素材、写稿子。一天一夜，3集片子做成了，顺利过审，并计划播出。

片子当天下午传回北京总部，晚上便有编辑跟我通电话，沟通片子内容，并做了示意图。第二天一早，主任签完字，片子就顺利播出了。这条新闻从9点档的《新闻直播间》首发开始，便一发不可收，几乎档档重播。

当时的我并没有意识到这条报道会有多大的影响力，只是单纯

① 对编机：又叫录放机，由一台录机和一台放机组成，只能按照磁带时间顺序进行编辑，称之为线性编辑。

地希望能够再进一步。于是在5月5日这一天，一边是电视上一遍一遍地播出这条新闻，另一边则是我的电话成了“热线电话”。

不管过程如何，结果则再次印证了“新闻的力量”，这个地产项目立刻停工，那片土地也荒废了多年没有开发，杭州市在两年后出台了《全国重点文物保护单位——临安城遗址保护总体规划》。

叙事解析

一篇有影响力的新闻报道需要两个不可或缺的因素：一是新闻事件本身要有影响力，二是报道要好看。

同样的新闻题材，100个人做可能会有几十种做法，但总能分个好坏、高下。

这篇报道对于我的重要性，除了它的轰动效应，还在于第一次让我认识到了新闻要讲究叙事手法。这个叙事手法不是简单的“华尔街日报体”，而是谋篇布局的结构。用现在的话说就是如何讲故事。

我在做这篇报道之前，对于新闻该如何叙事没有任何概念，大学的专业课程里着实少了新闻叙事学这门课程。其实，在新闻学界，新闻叙事学已经成为一门很重要的学科。

就此而言，大学里面的一门基础课程就显得弥足珍贵，那就是写作课。其实从小学开始，我们就在学习如何写作，作文一直是语文学习的最重要内容。新闻作为作文的一种体裁，在写作的基础知识上有着根本的共性。

你会发现，写新闻稿越久，运用到的以前的写作知识就越多，融会贯通大概就是这么个意思，很多人学了一辈子写作，可能都不一定能讲好一个故事。

这条片子也让我第一次有了这种感觉，将以前学的写作知识运用在新闻的结构中，是那样的好看，心里有一种说不出的喜悦。

1. 先言他物引起所咏之词

这是《诗经》最主要的三种表现手法“赋、比、兴”之中的“兴”，也就是“起兴”，用其他的叙事转而引出自己想要表达的内容，给读者一种意外感。最典型的诗句就是“关关雎鸠，在河之洲。窈窕淑女，君子好逑”。虽然讲的是男女情爱，可先讲了关雎鸟。

在做完了所有采访开始写稿子的时候，关于怎么开头，着实难倒了我。当时我就和制片人褚哥，还有主编孙超[1]老师商量，拿什么做开头。孙超老师就说，应该用“淘宝”做开头，更有吸引力，更容易让人看出来。这是受众导向，从开头好看的角度来说，当时我并没有觉得这样有多高明，后来大概过了一个月的时间，当翻到《诗经》的时候，才意识到这样的开头方式早在几千年前，老祖宗就在用了。

这篇报道是一个关于房地产商如何违规建房的调查，单刀直入，是可以，但是故事的讲述上就少了一些韵味。现在整个片子的开头，用的是“挖宝”。比起单刀直入的讲述，先讲杭州人都跑去一个项目工地“淘宝”要有趣得多，也更吸引读者。

换作现在新媒体传播的话，标题可能会这样拟：“杭州的一块土地上竟然有这么多宝贝，人们挖了之后才发现……”

无论是传统媒体还是新媒体，其实传播规律都是相通的，文章的叙事或者讲好故事的方法，根上是不变的。

2. 顺什么“藤”，摸什么“瓜”

做调查，有个词很流行，叫“顺藤摸瓜”。当新闻事件的线索是单一的时候，顺的“藤”是唯一的，不用怎么思考。但前面说到这个新闻事件的点有两个，那一上来我应该顺哪根“藤”呢？

选择标准其实很简单，就是最根本的那个点，而目的就是“一

---

① 孙超：时任浙江电视台钱江频道《九点半》栏目主编。

棍子打死”。

工地里有宝贝，为什么？那得看这是一个什么工地，“绿城西子·御园”，为什么这个项目工地里有宝贝？那得用他们自己的话来回答才最有说服力，所以接下来就是暗访售楼处。售楼人员说，这是“皇城腹地”。“皇城腹地”可以建房地产项目吗？谁批准的？浙江省文物局说“我没同意”。那政府作何解释？这就是我们想得到的“瓜”。

3. 此路不通，改走他路

做调查，经常会遇到调查到一半就进行不下去的情况，有时候看清了本质，“瓜”却不好拿。

这个时候，我们能怎么做？

记者毕竟没有执法权，不是调查机构、审计机构，那只能此路不通，改走他路。比如这个部门不出面解释，就去找其他相关部门。当所有的道路都堵死了，又该怎么办？那就先播吧。有时候播出才是王道，播出了说不定“瓜”就来了。

此路不通，彼路通，总有一颗星星会为你点灯。

初稿写于2011年5月16日　杭州

【南宋皇城遗址违建豪宅调查（1）】杭州：工地“淘出”南宋文物　巧合？隐情？

【南宋皇城遗址违建豪宅调查（2）】杭州：国家重点文物单位怎成建筑用地？

舆论监督是建设性而不是破坏性的

——《“大树进城”调查》记者手记

【题记】

我们常说，艺术源于生活，其实很多新闻选题也源于我们的日常生活，甚至源于我们生活中的“不经意”。这个报道就源于我一次逛商店的经历。

这是我进入央视之后做的第二条报道。这条报道依然成为频道重点，同样自上午9点《新闻直播间》开始，一直播到了当晚的《24小时》，总共重播了7遍。

报道之后，我也小小地自豪了一把。在我们内部网站的头版头条上，我得到了申主任[①]的表扬。

权威发布

申勇主任特别表扬杭州应急报道点高珧发挥了“骨干”作用

发布作者：侯鹏飞 | 发布时间：2011-05-22 09:40 | 查看：332次

申勇主任特别表扬杭州应急报道点高珧发挥了“骨干”作用

针对昨天（5月21日）播出的“大树进城”调查，申勇主任特别表扬杭州应急报道点骨干记者高珧。5月份，高珧先后采制南宋皇宫遗址违建豪宅系列和“大树进城”调查，申主任认为高珧发现问题能力较强，追踪报道能够层层剥茧，思维缜密、扎实，体现了骨干记者的“骨干”作用。

中央电视台内部网站截图

---

① 申主任：申勇，时任中央电视台新闻中心地方记者部主任。

身边事是新闻源头

从“接近性”这个角度来说，身边事是最好的新闻源头，关注“大树进城”也源于此。

当时站里的同事迷上了购买户外用品，常带我们去杭州大关一带的一家综合性户外用品店。我对户外用品没什么概念，同事在里面购物的时候，我就在外面溜达。

第一次去，对面的楼盘刚刚立起来，外面的院子一片荒芜。

第二次去，外面的院子里竟然移栽了很多大树。

第三次去，这些大树竟然打起了“吊瓶”，还用支架支撑着。

这三次去，我一件衣服也没买，倒是被对面楼盘一次次的变化给吸引了。社会经验尚浅的我完全不明白这究竟是为什么，怎么会这样。移栽大树，还能活吗？大树打“吊瓶”肯定是因为长得不好吧！于是，我咨询了园林方面的朋友，原来这是开发商的一种惯常操作：移栽大树，粉饰楼盘，无论死活，地价哄抬。

第二天，我和同事邹锋、谢岩鹏直接来到项目建设现场，先拍摄了记者出镜，聚焦这样一个病态的现状：打“吊瓶”的树用支架支撑着，地上的草坪都枯黄了。

我们拍摄空镜头的时候，刚好有个人过来问我们在做什么，交流了一番得知，原来这批树木就是他的杰作。对方是苗木的采购商，这批树木就是开发商找他购买的，他这几天的工作就是保证移栽过来的树木能够成活，因此他每天都要来看看这些树木的生长情况。

来了“专家”，自然不能放过，我便向他请教起来。面对记者的采访与请教，他也确实做起了“专家”，把来龙去脉都讲了一番：树木移栽过来是为了提高楼盘档次，增加绿化；以前这边商铺无人问津，如今商铺4万元一平方米；大树一棵十几万元，但是能提高售楼价，所以开发商的这个投资，很值。

总结下来，“大树进城”的原因还是那句老话：天下熙熙，皆为利来；天下攘攘，皆为利往。

遇事多问一个为什么

采访到这里，我已经弄清楚“大树进城”的缘由了，或许调查到这里可以结束了。但我们从他口中得知，这些树木来自浙江嘉兴，而且在嘉兴的农村里卖大树是一种普遍现象。

我很想去看看卖了大树的农村究竟是什么样的，于是，我们驱车来到了浙江嘉兴。

我们漫无目的地在嘉兴的农村转，发现大树没见几棵，小树倒是不少。当地村干部和村民告诉我们，树贩子长期在这里贩树，大树早都被卖了，只剩下新栽的小树。就此，一条贩卖大树的利益链条呈现在了我们面前：树贩子以每棵几千元的价格从村民手中收购大树，园林公司再以每棵上万元的价格从树贩子手中收购过来，最后以每棵数万元的价格出售给地产开发商。

摄像邹锋在拍摄现场

乍一看，每个中间商都从中赚到了钱，可大树原来所在的村庄生态环境被破坏，水土流失、泥石流等问题接连出现，很多村子甚至被迫搬迁。眼前的利赚到了，长远的乡愁却不在了，家不再是家了。

有破也有立

“大树进城”是一个社会问题，是百姓的逐利，政府在其中并不承担直接的责任。调查到这里，仅仅反映了一个社会问题，这是村民们的整体认识结构的问题。作为一篇报道，其实做到这里已经可以完结了。

因为做南宋临安城遗址调查的后续风波实在太大，那段日子我常常反思此前自己的报道里究竟缺了什么。我终于想通了一点：舆论监督不是为了just do it，而是为了让这个社会变得更好。或许有经验的记者对这句话所阐述的道理早已再明白不过，但是我对这句话的理解是从这里开始的。

建设性的舆论监督比破坏性的舆论监督要好得多、可接受得多，于社会、百姓、他人和自己而言，都是更好的选择。

带着这样的目的，我开始思考，在“大树进城”这件事情上，政府究竟承担了怎样的角色，又应该怎样去引导。

我在网络上搜索有关“大树进城”的相关新闻，查找嘉兴的各个网站，终于有一个词让我眼前一亮，那就是“树木银行”。这个制度大概是这样：政府以略高于市场的价格回购大树，重新栽回农村。

第三集的内容有了，就做这个！既有问题，又有创新做法，还能给其他地方带来有益借鉴，比单纯破坏的意义更大！

初稿写于2011年5月22日　杭州

【关注“大树进城”（1）】移栽大树饰楼盘　频频“死于非命”

【关注“大树进城”（2）】“榉树”挖掘殆尽　都是名字惹祸

【关注“大树进城”（3）】抢救乡土树种　建立“树木银行”

被“妖魔化”的温州

——《温州中小企业遭遇生存危机》记者手记

【题记】

没去过温州的人都会对温州充满好奇，毕竟温州人名声在外，改革开放之后，这里更是诞生了很多的千万富翁甚至亿万富翁，我一直很想去看看这座城市究竟是什么样子的。这篇报道可以说是我对温州的初印象。

这是我进入央视后的第三条报道，在《东方时空》播了17分钟。当时全国的调查记者成立了一个名为“调查记者联盟”的QQ群，大家在新闻线索上互通有无，互相转发报道，还在微博上频繁互动。同时，那时候也流传着一句话：最近没选题？那就去温州吧！温州一定有选题。

温州这个城

那时的温州在浙江是个“异类”，在中国也是被“妖魔化”的存在。

经过改革开放，温州人先富了起来，温州人有钱，这是全中国甚至全世界人的共识。所以没去过温州的人一定对这个城市有着诸多想象：摩天大楼、灯红酒绿、豪车遍地，甚至连空气中都弥漫着金钱的味道。2010年，温州人的一系列操作再次让中国人对这个群体心生感叹：炒房团将全国各地的房价炒了起来，煤老板把山西的煤炭价格炒了起来，“姜你军”将山东的生姜价格炒了起来，“蒜你狠”把大蒜炒到让人直呼买不起。温州人把股市投资的思路用在了各种产品上。

然而，投资就意味着有赚有赔，“民退国进”让煤老板一下子没了资产，“限购令”让房子的流通一下子难了很多，江南皮革厂倒闭更是牵出了连锁反应，一批民营企业倒闭，当年先富起来的那批人又面临着企业倒闭的风险，而这也成了我们去温州的原因。

第一次到温州，你可能会失望透顶：城市建设水平不高，道路状况堪忧，开车彪悍，偶尔能看到几栋金碧辉煌又略显突兀的高层建筑，但更多的是农民房、群居房。

不修边幅，或许这就是温州给我的印象。就像温州老板走在大街上，别人完全看不出来他的身价；温州这座城市再普通不过，让人想象不到亿万富豪在这里有很多很多。

温州这个城市给了我们新闻人极大的自由与话语权。在网络上，经常能看到有关温州的负面新闻，甚至是爆炸性的，传播也特别广。这一方面跟温州处于变革期有关；另一方面在于温州的政府部门对于舆论监督的形式比较开放，对于记者相对宽容，记者在这里采访报道受到的掣肘比较少。

所以，温州的媒体相对发达，《温州晚报》《温州都市报》《温州商报》三大报纸都有很多当家记者，调查报道层出不穷。民间网站“703804”经常会爆出一些爆炸性新闻。新华社、中新社等媒体也长期有记者在温州蹲点，关注着这座城市的点滴变化，时常会有记者聚会，就某些社会问题互相交换意见。在温州的那段时间，我时常参加他们的聚会，七八个人或者十几个人聚在一起，喝着啤酒，就把选题聊开了去。

温州是一个必须扎下根来了解它、弄懂它才敢去报道的地方。

这就是2011年的温州。

民间主导的采访

那时候网络的快速优势已经显现，很多爆炸性的新闻或者线索都是率先在19楼、天涯、“703804”这样一些草根论坛中出现的，这些地方也成了记者寻找选题、联络选题的重要渠道。

那段时间，各大网站上类似这样的新闻层出不穷，“温州民营经济遭遇危机”“实体经济空心化”……

那个时候做调查报道，想到的不是先去碰政府部门，而是先上这些民间网站，网友有一手的消息，知道这个时候哪些人最想发声，怎么能联系到这些人。和他们聊完，就能大概知道这个报道该从哪个点上找突破口。

初到温州的时候，乐清市的三旗集团刚刚倒闭，案件由乐清市人民法院审理完毕。于是这就成了一条单拎的主线，重新探访三旗集团、采访相关人员、看三旗集团的厂房现状、采访主审法官，这条故事线就算完整了。这个采访也得出了三旗集团倒闭的原因：过度投资，且投资房地产等暴利行业。

那为什么会有这么多企业放弃实体呢？我们采访了相关的专家，他给我们分析了原因：实体经济利润越来越低，而房地产等行业的利润较高。在民间借贷活跃的温州，连环担保导致一家企业倒闭，很多企业跟着遭殃。

方法论需要在实战中总结

当时做调查，我还没有形成系统的方法论，特别是经济类的调查，因为复杂的经济问题需要先搞懂弄通，所以做起调查来还没有胸有成竹的自信感。加上那个时候与地方政府部门的沟通并不顺畅，单纯民间导向的采访难言权威，也难言导向正确。

全部采访结束之后，我根据采访的内容整理稿件。

第一集，主要从诸多实体企业倒闭这个动态入手，以三旗集团作为解剖案例，调查出这些企业纷纷倒闭的原因在于放弃实体产业转而投资暴利行业，从而引出一个词——“产业空心化”。

第二集，从“产业空心化”这个名词入手，解释为什么温州会出现这样的现象，这样的现象又会导致怎样的结果。引出的结果是“产业空心化”或影响整个产业链。

第三集，从调查中发现的新情况，即企业放弃实体追逐民间借贷入手，用一些具体例子来论证温州民间借贷的火爆程度。

最后，我写了一个编后。在温州中小企业面临的这些危机面前，他们究竟该怎么办？这不仅是我的疑问，也是希望温州政府部门出来回应或者帮中小企业一把的地方。

初稿写于2011年5月31日　温州

【温州中小企业生存危机调查】温州中小企业遭遇生存危机：中小企业集中倒闭　危机空前

记录是新闻的本来力量

——《【新春走基层·候车大厅的故事】志愿者大刘：杭州站的百事通》记者手记

【题记】

春运，对于所有新闻媒体来说是个每年都会做的老话题，全国铁路部门也都希望在这个时间段向全国人民展示自己为了保障春运做了多少工作、付出了多少努力，新闻记者也乐于同时也应该去深入报道铁路职工为了保障大部分人能够回家而自我奉献的感人故事。

这是我第一次报道春运，却让当时铁路部门的一些领导非常生气，而且这个报道时长有七分多钟，在新闻频道滚动播出了一整天，足足七遍，又是一篇影响力很大的报道。

“我们离开故乡是为了回家，我们也将异乡走成故乡。”

——余秋雨

说起春运，我印象最深的就是大学时候回家的体验：恰赶春运，一票难求，打电话给好几个跑腿公司帮忙，买回来的还是站票。大包小包提溜着，寸步不离身，生怕被什么人给顺了去；比篮球场上还难的卡位，总是被一些高大魁梧的大哥大叔挤在某个角落……

陌生环境如何寻找报道选题

2011年下半年，中宣部在全国新闻战线组织开展了“走转改”，也就是“走基层、转作风、改文风”活动。那时候，我做了大量的走基层报道。如今，“走基层”已不仅仅是一种新闻活动，也成了一类体裁的名称：记者深入一线，与被采访对象进行伴随式采访，去反映一线最真实的情况。

“坐在同一条板凳上，才缩短了心与心的距离；住在农家的炕头上，收获的才不只是建议。我的脚下沾有多少泥土，我的心中就沉淀多少真情，走近你、读懂你、为了你、依靠你。”这是央视新闻频道走基层节目的宣传语，反复读之，便能理解“走基层”三个字的含义和真谛了。基层走得越深入，越能理解我党的执政基础，不断走近人民、读懂人民、为了人民、依靠人民，这是我党屹立不倒的原因，也是党管媒体下的我们应该去展示和宣传的。

春运是新闻人每年都要追逐的新闻题材，如此重要的新闻题材更要走基层。当时后方提了一个想法，仿照2002年的情景剧《候车室的故事》，做“春运候车大厅的故事”。我接到任务之后就来到了当时的杭州站，放眼望去，人山人海，当时我就边观察边思考要做什么、怎么做的问题。

在观察了一段时间之后，我大致弄明白了候车大厅的人员构成：旅客、工作人员、志愿者和铁路公安。

春运的时候，我应该走近谁？旅客，他们是迫切希望回家的人。

春运的时候，我最关心什么？能不能买到票。

所以，我笃定了选题方向：跟拍旅客，看他们怎么购票、怎么回家。

2012年的春运，对于中国铁路来说，也是载入史册的一年，这是全国所有旅客列车实行车票实名制的第一个春运。实名制是为了打击黄牛，让人们更好地买到车票，并且让客运更加安全，但对大部分人来说，实名制相对陌生。

那实名制下的春运又会发生怎样的变化呢？

我在观察，也在寻找，寻找我的跟拍人物，然而如此多的旅客，我该从何下手呢？陪同我们采访的是当时铁路杭州站党群部的房智辉，我就问他哪里的旅客够多，人们一般都在哪里买票。

“候车大厅一般都是已经买到票的，售票大厅反而是正在买票的。”这句话点醒了我，我们又来到售票大厅蹲守。这里的场景很不一样。如果说候车大厅的旅客都是满怀期待，准备回家；那售票大厅的旅客则是要么焦急购票，要么无奈蹲守。一个志愿者服务台吸引了我的注意，两个志愿者在那里站了很久很久，旅客有什么事儿都跑去问他们。与其无头苍蝇一样地去寻找跟拍旅客，还不如蹲守在志愿者服务点，这样反而能看到更多的旅客。

于是，我们就去对接了志愿者大刘、小杨。他们俩本身也很有故事，是妥妥的“铁路发烧友”，不仅能背出所有路线图和车次站点，还能灵活应对各种复杂问题，专业知识过硬。

后来，很多人问我：为什么会找这对志愿者？我的方法就是，在一个陌生环境里，去找和普遍性最不同的那个特殊性，这个特殊的存在有可能就是理想的被采访对象。

那要怎么判断谁是特殊的呢？这种特殊性，可能是长相，也可能是状态，又或者是正在做的事情，还可能是与他人的关系和大部分人不一样。因为大刘和小杨是志愿者，所以他们的工作、状态都和售票大厅里的大部分人不一样，更关键的是，他们是一个中枢，很多人都会来找他们，所以没有比他们更出故事的人了。

完整记录下来的真实比任何解说词都更有说服力

我们认真记录着每一个来问询的人，发现旅客的问题五花八门，有简单到不能再简单的，也有复杂到不能再复杂的，特别有一类问题引起了我们的高度关注，这类问题体现了实名制给旅客带来的不适应。

有位旅客就问："这是我用我老婆和我弟弟的身份证买的两张车票，他们不去了，换我们去，行不行？"

大刘耐心回答："你们可以凭他们的身份证去办理退票，然后再重新买票。"

有的人买不到回家的票，大刘就替他们支招：可以先买到哪儿，再买到哪儿，最后再换乘到哪儿，这样容易买到票。我们拍到的一家四口是幸运的，他们按照大刘的建议买到了回家的票，然而回家的路并没有那么舒服：先买从余姚到杭州南的火车票，再从杭州南坐大巴车到杭州站，从杭州站买站票站到北京，再从北京坐火车到乌兰浩特，最后还得从乌兰浩特坐大巴才能回到自己家。

还有很多旅客，容易看错时间，比如有的旅客买到了13日0时34分发车的票，但是他下意识地以为是14日凌晨发车，到了火车站才发现火车已经开走了，在车站焦急万分。在跟拍过程中，就有旅客因为抑制不住自己的情绪，爆发了。

报道播出截图

在实名制实行之前，大部分的外来务工人员都习惯了准备回家的时候由企业购买团体票，因为他们中的不少人来自同一个地方，所以车票一买就是一打，然后回来分发给大家。现在实名制了，为了让务工人员方便，企业会提前把大家的身份证都收上来再统一购买，但这就让改签这件事变得很难。

我们记录到的这位旅客就遇到了这样的问题：他的民工兄弟已经提前回家了，剩了一张票送给他，可他还用不了，也没办法直接改签给他儿子。大刘支招说唯一的办法就是先退票再买票，然而在一票难求的春运，有很多人在网络上等着秒杀抢票，退票之后这张票很大可能就回不到自己手里了。结果只能是无奈。

而且，退票也不是一件容易的事，必须有持票人本人的身份证，即使铁路杭州站开了绿灯，用身份证的复印件也可以，但是临时搞到持票人的身份证复印件也是不容易的，毕竟当时很多手机都还没有彩信功能。

这些旅客的遭遇让很多人都感同身受，也让很多人同情。完整记录下他们的经历，比任何文字都要有说服力得多。

行文至此，大家已经知道为什么铁路部门会因为这个报道而生气了吧？购票实名制全面实行后的第一个春运，却暴露出了这么多问题，并且在央视的屏幕上以如此大篇幅来呈现，铁路部门自然是不高兴的。

虽然片子中已经用很多细节展现了铁路杭州站细致入微与人性化的服务，我们也用“阵痛”一词来形容改革起步阶段的痛楚，但是个别玻璃心似乎无法忍受一丁点的杂音。在这里，也要向陪我们采访了一天的房智辉兄弟致个歉，由于他在陪同我们采访的过程中没有“把好关”，节目播出之后，他成了直接责任人，第二天我们继续采访的时候，铁路杭州站告诉我们，换了其他业务更好、把关更严、责任心更强的人来陪同。

台里认为这个报道好是因为其真实，铁路部门认为这个报道不好也是因为太真实。对我们记者来说，要做的就是记录真实，还原本真，让党中央和老百姓都看到真实，这就是新闻的本来力量。

宣传需要责任，有时候出问题是因为信息不对称

从购票实名制推行开始，我们就在大力宣传，新闻报道、公益广告、问题小贴士……我相信各个地方媒体也都在大力宣传。

可是为什么还是有那么多的民工兄弟依然在买票的时候出现各种各样的问题呢？

我们要知道，很多人是不看电视、不看报纸的，他们每天埋头于工作，特别是外来务工人员，他们接收信息的渠道很窄、接收到的信息也很少，以至于出现了报道中的情况。

这说明我们的宣传其实还远没有到达基层，或者说，还远没有到达最应该到达的地方。即使有些地方宣传到了，但是宣传得也未必细致，大家只是知道了实名制，但对实名制具体是什么、应该怎么办，其实并不清楚。

所以，出现这些问题有可能是因为信息不对称，人们并不知道会出现这些问题。

但这就是改革的“阵痛期”，就像健身之后会肌肉酸痛，但是未来会让身体变得更健康，改革也是一样，阵痛只是暂时的，未来一定会更好！

所以，信息的抵达需要宣传，无死角的覆盖更需要责任！

那个春运，我每天都蹲守在铁路杭州站，几乎做遍了铁路上的工种：候车大厅的值班班长、火车上的列车长、上水工……自此，我与铁路战线结下了战斗情谊，每年春运暑运，几乎都会和铁路的兄弟姐妹并肩作战。

初稿写于2012年1月21日　浦江

【新春走基层·候车大厅的故事】志愿者大刘：杭州站的百事通

“逆行”是因为我们的角色也很重要

——《董岭村救援记》记者手记

【题记】

突发事件发生的时候，常有一些逆行者，绿色的军人、橙色的消防员，还有一线的记者。

我身边的很多朋友都有这样的疑问：你们记者进去干啥？你们又不参与救援，进去不是添乱吗？

有时候我也经常问自己，我们进去的意义在于什么？或许这次报道可以给出答案。

关于上山前的气氛

2012年8月8日凌晨3时20分，太平洋第11号台风“海葵”在浙江省宁波市象山县鹤浦镇沿海登陆，我在象山县对面的三门县通宵报道台风登陆的时况：广告牌乱飞、树木被刮倒、加油站封闭、电线被吹断。

在浙江，台风是每年固定的报道内容。有时候台风并不是等级越高威力就越大，而是受到风力、雨量和持续时间等多重因素的影响，台风对地方的影响往往不可预测。

台风登陆的时候有几个细节：记者站的技术人员倪铮260斤的体重坐在卫星车上，台风来的时候，卫星车竟然差点被掀翻，卫星车上支起的锅[1]差点被吹跑，根本支不起来。我出现场报道的时候，摄像金坚被吹起的石子砸伤了膝盖。石子或许不大，但是在大风的作用下，速度很快，打在人身上，还是很疼的。而我站在强风中，眼睛都睁不开，眼镜上全是水，整个人被吹得摇摇晃晃……

台风报道的经验告诉我，台风快来时，时而风雨时而晴；台风来时，狂风骤雨；台风过后，蓝天白云。所以经历一夜的鏖战，第二天我们都准备迎接洗过的蓝天、崭新的白云。

然而等来的却是后方的电话：台风过境，雨圈很大，影响到了湖州安吉县，有人在山顶发出了求救信号，说有4000多人困在山顶下不来，泥石流冲毁了下山的路。总部要我立刻转战安吉。

那时候从三门到安吉还没有高速公路，导航显示过去要6个多小时。安徽站的同事从黄山往安吉赶，我们在那边会合。

我一边往安吉赶，一边了解安吉的情况：由于泥石流，上山的路已经被洪水冲断，要做好徒步上山的准备。我们到象山后，和象山的同事交换了设备，我们把卫星车交给他们，换成Flyaway[2]，便于徒步上山直播。

2辆车，5个人，继续往安吉进发。倪铮迅速查了中央气象台的预警信息，今夜到明天大到暴雨，浙江北部山区有次生灾害橙色预警。金坚一直在犯嘀咕，因为他的老婆已怀孕5个月，而此行有危险。司机小边一个人开着设备车，知道我们此行要徒步上山之后，对讲机里再也没有传出他的声音。刚刚分配到站里的技术小汪在跟女朋友发微信，手机那头传出嗔怪的声音："你怕死啊，那就别去啊!"

经过6个多小时行驶，凌晨1点多，我们到了安吉县的龙王山脚

① 锅：指卫星电视接收器，因形状类似锅盖，故俗称锅。

② Flyaway：一种便携式的卫星传输设备。

下，与先行到达的安徽站同事会合。安徽站记者段迪向我介绍了此前她了解到的情况：山上据说有4000多人被困，不知真假；道路被水冲毁，无法开车上山；武警、消防尝试了三次，都没能上去，原因是水流太大、泥石流不间断，还有山洪；上山的路全长10.5千米，海拔800多米。

“不管怎么样，明天第一拨应急小分队是要上山的，只要他们能上去，我们也能！”我这样跟大家说道，“男人不能说不行！”

何主任[①]打来电话，让我们看看有没有办法把Flyaway扛上去，实现直播。

每个人都在做心理建设。快凌晨2点时，倪铮给何姐[②]打电话重申了他的顾虑：如果下雨，人身安全是无法保障的，不建议上山。

关于上山的路

那晚大家一夜没睡。说是一夜，其实就是凌晨2点到凌晨4点这两个小时，大家都在做着身心方面的准备。

不管内心有多么不情愿，凌晨4点，我、倪铮、金坚、小汪一行4人还是跟随21人的第一拨应急小分队上山了，我们的Flyaway等设备没能随行。Flyaway说是便携，其实是很重的两个大箱子，加起来应该有30千克重，每个箱子都得至少三个人抬，他们一共21个人，还要拿一些必要的干粮，根本没有人力再来抬这两个大箱子。而那时候还没有便捷的4G背包。

事实也证明：设备很难靠人运上去。救援小分队拿的成箱的方便面和矿泉水，在走到2000米的地方就已经全部放到了路边的老乡家里，轻车简从、人先上去才是王道。

---

① 何主任：何绍伟，时任中央电视台新闻中心地方记者部副主任。

② 何姐：何盈，时任中央电视台浙江记者站站长。

山路就像大家在镜头里看到的：从山上倾泻下来的水就像瀑布一样，哗哗地往下流，山间的河流咆哮奔涌，时不时地涌上道路，漫过路面，有些地方的水位甚至没过了膝盖，而且流速很快。

救援小分队五六个人一组，腰上系一根绳子，以防有人体力不支被洪水冲走。我们几个人分散在他们几个小组里，随时记录上山路上发生的情况。倪铮为了让自己在洪水中保持平衡，扎着马步拍摄倾泻而下的洪水，而我只能牢牢抓住他的衣服才能站稳。

每走一段，就会看到一处塌方，要么是横着裂开一个大口子，要么是斜着一道长长的细缝，我们无法解释洪水是怎么对公路和大地造成如此大的破坏的。

先遣队员走在前面，遇到比较大的裂缝，会搭建临时的木板便桥供人通过；遇到比较窄的，那就直接跳过去。路基被掏空的路段比比皆是，先遣队员就在相应位置做好标记，提醒来往的行人注意有塌陷的危险。路上全是大大小小的石块，都是从山上冲下来的，一旦砸在人身上，那真是非常凶险。

随时存在的危险，加上体力透支，是对所有人的考验，我后面累得只能扶着倪铮才能继续往前走。

关于山上的被困游客

7个小时后，我们终于抵达了山顶，看到了房屋，喜出望外。同样地，山上的游客看到我们的到来，也像看到了救星，朝我们跑了过来："救援队来了！我们有救了！"

山上断电断水，幸好都是民宿，粮食还算充足。男女老少都围着我们，知道我们是记者，就七嘴八舌地说了起来。那是一种看到希望的兴奋，我们的逆行让他们看到了希望。

"见到你们，我就觉得自己有救了！"

"我们跟外界联系不了，家里人一定急死了！"

“救星来了!”

“你们有没有手机!让我们跟家人报个平安!”

……

看到他们与外界联系的渴望，我顿时觉得，我们之前的担忧、害怕、危险都不算什么，我们逆行的最大意义就是把他们的信息在第一时间传递出去，让他们的家人安心、放心!

没水、没电，甚至没有手机信号，也没有带Flyaway，怎么办呢?幸好我们带了海事卫星电话，第一时间给台里总部打去了电话，申请电话连线，用最快的方式将这里“所有人都平安”的消息传递出去。

那个时候，我不自觉地将自己的命运和这些游客联系在了一起。或许他们的情况并不是很糟，或许他们只是受到了惊吓，或许他们只是暂时无法与外界沟通，但是徒步七个多小时来到山顶的我非常能感同身受他们的心情。

总部也做了充分的准备，编辑王霂歌先将我的电话报道录了音，以防一会儿海事卫星电话有问题。

在电话这头，我们随时记录和报道着救援队上山后的种种举措，传递着一个又一个的好消息：电路抢通了!道路塌方处抢通了!临时饮用水源也找到了!

我想，这些游客的家属也一定时刻在关注着我们新闻频道，迫切希望知道最新的消息。

忙活了一整天，我们4个人也都出现了不同程度的不适：倪铮的裤子磨出了一个大口子；体力消耗过大的小汪发起了高烧；接下来的报道只能由走路已经类似鸭子的金坚跟我去完成。

关于情不自禁

我们跟随着救援小分队队长陈志文挨家挨户看望滞留的游客，

了解后才知道，他们刚刚经历了一场“生死时速”。

每个人都在跟我们讲述泥石流来临时的害怕心情，还给我们展示他们拍到的照片和视频，泥石流过后留下的断壁残垣告诉我们当时的情况是多么惨烈。

在如此严重的泥石流面前，零伤亡是如何做到的？游客们动情地向我们讲述农家乐的房东们是如何解救他们的，这里的村民又是如何帮助他们的：

凌晨4点，大雨倾盆，泥石流倾泻而下，有的直接冲倒了房屋，有些就堆在了房屋的墙上。很多住客还在酣睡之时，农家乐的老板们就已经起身，开始疏浚河道。

凌晨5点，山上的农民开来了挖掘机疏通道路，让泥石流绕道而走，尽量让山洪有地方可泄。

山洪越来越大，水声使很多旅客惊醒，农家乐的老板便开始挨个房间地把客人们叫醒，组织他们先去空旷处，到地势高的地方避险。一位房东家12岁的小女孩带着30多名游客往安全地带开始转移。

对于受到惊吓不能走动的老人，村民们不顾个人安危，扶着他们一点一点往安全地带转移，有的干脆背起老人就往相对空旷的地方跑。

眼看着自己家已经被泥石流冲袭，很多农家乐的老板还是没有忘记先解救和提醒游客，他们知道这时候没什么比救人更加迫切的。

泥石流过后，农家乐的房东还主动拿出干净的衣服和食物，无偿提供给这些游客……

我听着旅客们讲述着几个小时前的惊心动魄，情不自禁地流下泪来。

大家看到政府人员到来，全都真心地拍手道谢，没有丝毫的矫揉造作。这种经常在电视剧里看到的场景却也让我看了个真真切切，中国人朴素的大爱与善良怎能不让人动容？

哭，是因为感动，因为难受，因为希望，因为自豪。

人间自有真情在，社会的快速运转并没有掩盖山村老百姓的朴素、真挚与可爱。

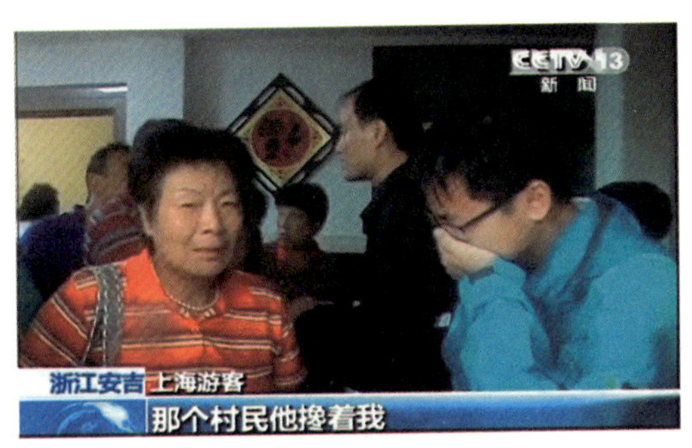

报道播出截图

关于传递

当我擦干泪水继续跟拍采访的时候，我知道被困人着急的就是我着急的。

很多年纪大的人要定时吃药，可房子冲倒了，药也找不到了。我就赶紧联系后方，做电话连线，告诉外界这里缺药。

电时有时无，海事卫星电话也要省着用，因为所有信息都要通过这部电话传递出去。

夜里，我琢磨着白天拍摄的素材，因为电不稳定，我必须在笔记本电脑还能支撑的时间内把稿子写出来，把片子编出来、传回去，让人们看到一个全景的龙王山与董岭村。

那时候，笔记本电脑的电量顶多能维持两个小时，我就在纸上写稿，同步编片，电省着用，终于在早上把4集《董岭村救援记》传回，并且在下午顺利播出。

这个时候，做新闻已经是其次，帮受困者一把才是我最想做的。我很喜欢《南方周末》的那句话：新闻要让无力者有力，让悲观者前行。每每看到这样的场景，我总觉得希望还在，我们还在前行！有这么多给自己力量的人和事，又怎会觉得苦和累呢？

关于其他

天亮之后，降雨量明显减少，电也稳定了，我们想把Flyaway运上来。村民们爱心接力，用小拖车、三轮车、电瓶车等各种各样的工具帮我们运设备，花了半天的时间，才终于帮我们把直播设备运到了山顶。

直播接力打法就这么出现了：我在山顶做直播，段迪在山脚做直播；我说山顶的情况，她说山脚的准备。她直播道路抢修队上山了；一小时后，我就接着直播一处处道路塌方点临时架起了便桥。我直播山上的村民已经做好下山准备；她就直播地方政府已经在山脚安排好了临时安置点，准备好了药物、热水和各种物资。她直播地方政府准备了100多辆出租车上山来接游客，我就直播游客们纷纷坐出租车下山。

一场接一场的直播，完整记录了所有山上被困游客安全下山的全过程，创造了接力直播直击救援全过程的新打法。

在山上，很多游客用自己的手机或相机记录下来了很多画面，可是当时我们没有能读取各种类型储存卡的读卡器，所以很多画面都没办法呈现。所以，经此一役，我们站里的记者人手一个万能读卡器，以备不时之需。

初稿写于2012年8月16日　安吉

新闻链接

【浙江安吉：董岭村救援记（1）】艰难10公里　救援队挺进董岭村

【浙江安吉：董岭村救援记（2）】断水断电　两千多名游客被困山顶

【浙江安吉：董岭村救援记（3）】患难见真情　携手渡难关

【浙江安吉：董岭村救援记（4）】医生进村　让爱心延续

从“被电视玩”到“玩电视”

——《浙江宁波特大“地沟油”系列案庭审直播》记者手记

【题记】

做新闻不仅是为了传递信息，还为了使信息有效传播。什么是有效传播？就是要让人接收到，最简单的方式就是用受众乐于接受的方式。玩，是每个人天性中最喜欢的事情。而电视新闻，是可以玩起来的。是“被电视玩”，还是“玩电视”，就看玩的人手段是否高明了。做这个特大“地沟油”系列案的庭审直播，让我第一次有意识地开始琢磨怎么“玩电视”。

做电视苦不苦，苦；做新闻累不累，累；做电视新闻呢？苦上加累。怎么办？性质决定了现状无法改变，那我们就想办法把它做得好看，做得好玩，做得有成就感，做得能让人享受其中。

从“不允许报道”到“全程直播”

接到这个任务的时候实属突发，后方发现这个线索源于宁波台的一条短消息：特大“地沟油”案开庭审理。后方认为，这个选题题材重大，可以放大处理。接到任务，我就带着Flyaway和两个技术出发了。

我一边在网上寻找着关于这个案件的相关信息，一边联系宁波中级人民法院的人安排采访，越联系越发感觉这场仗真的很被动：中院称已经在三天前统计了到场记者，除此之外的记者不允许进入合议庭，而且8月22日已经开庭了，我们直到8月23日才得到消息，加上又是以前从未接触过的司法方面的新闻。

庭审现场进不去，法律新闻没做过，这仗怎么打？

在看了新华网和浙江在线的报道之后，我的第一反应就是用片子把整个犯罪链条给叙述出来，还要画图，这样更清晰。

于是，我一方面联系宁波宁海警方做采访，另一方面恶补法律和庭审方面的有关知识。从宁海广电和宁波台拿来了他们第一天拍摄的画面，运用插VCR和画图的形式将8月24日的两场直播对付了过去。休庭的三天时间，我就在考虑接下来的两天庭审应该怎么报道。

8月24日当晚安哥[①]回北京去了，我们在网上聊天，他说：“虽然用画图的形式做单机位直播很清晰，而且受表扬了，但这只是电视的初级表现手段，还有更多好玩的手段可以尝试。”何绍伟主任也来电说：“虽然画图的形式很好，但用片子做更好；我们更想看到庭审现场有什么内容，被告人是什么表情。”

安哥的话，让我开始思考可以做哪些片子。

第一、第二条：新闻回顾，利用警方的采访和公安的抓捕画面，将这个涉及半个中国的大案回述出来。一条拍从在浙江收购到在山东加工，另一条拍从在山东生产到在河南销售。

第三条：用画图的形式将这个犯罪链条再强调一遍。

第四条：我们为什么要关注这个案子？从老百姓关注的点和法律专家关注的点出发来解读。

---

① 安哥：刘安戈，时为湖南卫视新闻中心编辑。

第五条：这到底是个怎样的案子？请法律专家进行案情分析。

第六条：服务信息，谈谈老百姓最关心的问题，即怎么避免吃到地沟油，又该如何鉴别地沟油。

第七条：8月28日直播，前两天庭审都说了哪些内容？

确定了7条片子的内容，那要怎么来表现呢？前5条片子由于有公安机关发布的触目惊心的画面，表现力都不弱。第六条片子，受安哥的启发，我们决定找个实验室去现场实验，一来论证前一条片子中专家提到的犯罪成本低的问题，二来实验直观好玩。可惜临时找这样的实验室，并不容易。第七条片子论述前两天庭审，我联系采访了辩护律师，可是检察院由于感到压力大，并不同意采访公诉人。

3天7条片子，熬夜拍剪传。那接下来就是考虑何主任的话，如何看到庭审现场。其实，很简单，只要能甩线进去直播。

为了让法院同意我们进去，我开始找法院领导谈，告诉他们我要直播，要甩线进去，要3个机位。为此，我还引用了《宪法》的规定：人民法院审理案件，除法律规定的特别情况外，一律公开进行。我们给庭审做直播，不是最好的司法公正公开吗？晓之以理，动之以情，最后法院院长同意了我的庭审直播诉求。

上午说动了法院，下午立刻赶到宁海谈转播车的借用。法院周边全是高楼，我们就把Flyaway搬到了七楼楼顶，经过尝试，Flyaway上星也没有问题。我们又找来电工，将转播车的线接到法院的电路上。

正当我们以为万事俱备时，一阵大风袭来，我担心Flyaway可能支撑不住，连夜联系宁波台的卫星车，可是未果。我把协调卫星车的事情交给了后方，赶忙在法院做起了第二天直播的策划和机位图设置。不久收到好消息，报道中心和我们一拍即合，同意第二天开窗口，全程直播庭审，把刚在舟山结束抗台直播的卫星车调过来。

晚上9点多，总部打来电话，告知方案有变动：我方案里的演播室专家改为现场专家，以备第二天演播室没有专家。我又立刻调动宁波台帮忙联系专家，恰好之前采访过专家，经过软磨硬泡终于把两位专家从宁波请到了宁海。

卫星车＋Flyaway，两路信号回去；我＋4个技术＋1个实习生＋宁海台的技术团队＋7条片子＋对这个案情的了解与对法律庭审的初步认识＋2位现场专家＋2块白板。万事俱备，现在这仗可以打了。

从“晦涩难懂的专业术语”到“一目了然看得明白”

虽然我不懂法律，但懂辩论啊。庭审和辩论还是有些类似的，哪些环节有看点，哪些环节适合直播，完全可以触类旁通。高中时背哲学论点，大学时打辩论赛，都追求能让老师、对方辩友和评委听明白，让传播效果达到最好。我那时候就会经常借助道具，如简单的题板、横幅等。

8月28日9点，我先利用题板画图介绍了整个案件概况。庭审开始，我又利用题板画图介绍当日的案件概况。其中还有个小插曲：由于法院电路老化，我们的转播车运行中把整个法院弄停电了，幸好电工及时抢修了电路，既保证了开庭，也保证了直播。

8月28日10点，庭审质证环节开始，我利用题板关键词介绍前两起案件的关注焦点和控辩双方观点。庭审现场起诉书宣读完毕，我们请法律专家分析起诉书的内容，又请食品专家分析如何鉴别并避免吃到“地沟油”。庭审现场第一被告质证完毕，演播室专家分析第一被告的态度，之后又切回庭审现场。

庭审现场还是有不少亮点，比如被告说的“我这是自封的董事长”“我不知道的，你问我老婆吧”……

但庭审直播也存在一个问题：庭审时间较长，如何能在有限的直播时间里把新闻做得好看？于是28日晚上，我围绕这个点展开了策划。

8月29日9点，我利用题板介绍了案件概况。庭审现场开始，我又利用题板介绍当天的案件进度。11点，我利用题板和关键词总结了28日庭审的内容，接着直播庭审现场。之后我又利用题板画图介绍了当天庭审的进度以及接下来的环节，请食品专家利用道具鉴别“地沟油”与正常色拉油。然后再次回到庭审现场，穿插演播室专家解读，最后单边收尾。

本来估计最精彩的辩论环节在下午4点开始，但没想到辩论陈述就进行了4个小时，直到晚上7点多才正式开始辩论；而下午Flyaway又出现了技术故障，为整个直播画上了一个不太完美的句号。

直播做不了就做片子，我们把辩论环节全程录了下来，在晚上抢出了一条片子，在第二天一早发了，将你来我往的刺激与逻辑紧扣的内容都呈现了出来，又辅之以专家点评。

随后，我们又结合这几天的内容，将整起案件的庭审全过程做成了一条片子，将三组被告人的不同态度、辩护律师不同的辩护技巧以及针锋相对的感觉都展现了出来。

下面就是等待宣判，到时候再做一个更加完善的策划，做一场更加精彩的直播。

所以，要当一名出色的现场直播记者，必须懂技术、懂电力、懂卫星传输原理、懂如何“玩电视”。

初稿写于2012年9月2日　宁海

【聚焦全国特大“地沟油”系列案庭审】

小采访也有大作品，每个中国人都有说幸福的权利

——《【走基层·百姓心声】你幸福吗?》记者手记

【题记】

为了迎接党的十八大，2012年国庆节期间，央视新闻中心推出了海采节目《你幸福吗?》，连续9天播出，8次上《新闻联播》。这个采访话题持续登上微博热搜第一名，在新媒体还没有如今这么发达的当时，这绝对是一个“爆款”，引起了社会各界的热议。当时国内外记者站的几乎一大半记者都参与了这个节目，我也贡献了一段被网友戏称为“高级黑”的采访段落。

网友的第一次质疑与节目的第一次反转：从“幸福”到“不幸福”

9月29日，该节目在新闻频道和《新闻联播》栏目同步投放，我们的记者走向街头、工厂、学校、海内外……逢人就问：“你幸福吗?”当然，最后播出的大部分采访都是“花式秀幸福”：天津个体户、新疆拾花工、宁夏肉铺老板，他们的回答无一例外都是“幸福”。

虽然那时候的新媒体还没有今天这么发达，但是这个话题迅速

在微博上引起了热烈讨论和反响，这样的秀“幸福”也引发了爱挑剔的网友的第一次质疑：“‘你幸福吗？’就是个假问题，央视只敢播回答‘我幸福’的采访，回答‘不幸福’的央视也不敢播啊！”

作为外采记者的我，时刻留意着网友的评论，于是，一批看似“不幸福”的回答出现了：“不幸福，因为今天和女朋友分手了”“不幸福，因为刚刚接受你采访被插队了”……

当时后期的策划团队也说：为什么我们不能播“不幸福”的采访呢？“不幸福”难道就是与“喜迎十八大”的氛围不符吗？当下的中国，我们既要肯定成绩与进步，也要直面问题和困难。

网友的第二次质疑与节目的第二次反转：从“你幸福吗？”到“你最遗憾的事是什么？”

但是这一改变并没有让网友消除质疑，反而引来了他们的第二次质疑：这些表面看似“不幸福”的回答其实都是“幸福”的表现，你们敢直面他们“不幸福”的事吗？

很快，我们看到了节目的变化，在主问题“你幸福吗？”下面多了一个子问题：“你最遗憾的事是什么？”于是，卖菜的农民诉说了自己菜卖不出去的遗憾；大桥的建设工人表达了祖国之大，没能带父母出去看看的遗憾……

其实，大家反映的这些遗憾和问题，也反映在了党的十八大提出的目标与方向上。

网友的第三次质疑与节目的第三次反转：被采访对象从“中产”到“社会最底层”

节目的持续播出引来了更多网友的热情参与，几乎每天早上节目一播出，网友的反馈就如潮水般涌来，让我第一次感受到新媒体时代观众对节目的反馈是如此迅速、直接和多元：能说遗憾的都是

“幸福过的”，所谓“海采”都是“套路”，你们的镜头对准的都是要出境游的旅客、赚了钱的小商贩、“天之骄子”大学生、领着退休金的退休老人……你们敢把镜头对准那些最贫困的人群吗？敢去大医院通宵排队挂号的人中间问一问吗？去天不亮就四处拾荒的人中间问一问吗？

其间，有两段相对较火的采访引发了网友的热议。

我的同事詹晨琳在山西太原清徐县北营村采访了一位外来务工人员，这位大叔看到突然闯入的记者，首先说的是：我是外地打工的，不要问我。当面对“你幸福吗？”的追问时，他用眼神上下打量了一番之后，竟然回答的是“我姓曾”。看似无厘头的回答，除了带来喜剧效果，更让很多人感慨万千。

有的网友说，面对采访，大叔首先想到的不是接纳，而是表明身份，划清界限：“我是打工的”，意思是不用采访我，我们不是一个话语体系的，采访这种事情不应该找我。让人看到了底层打工人的卑微和渺小。

有的网友说，“我姓曾”，看似一句玩笑话，实则反映了这位大叔潜意识里就没有“幸福”这个词。

当然这些都是网友的分析，就连詹晨琳本人其实也不敢说这位大叔回答“我姓曾”时，究竟是怎样的心理状态。

节目负责人宇珺姐[①]和汪洁[②]姐后来谈起这段采访时说：记者的采访里，回答“姓曾”“姓王”甚至“信佛”的都有，面对突如其来的采访，确实很多人一下子反应不过来，就会答非所问，但正是这样真实的第一反应，让我们看到了忙碌的中国人有时候顾不得想幸福、忘了幸福，觉得幸福很遥远。所以这个采访很有代表性。

---

① 宇珺姐：张宇珺，时任中央电视台新闻中心地方记者部编辑组制片人。

② 汪洁：时任中央电视台新闻中心地方记者部编辑组主编。

那时候我就在想，对央视来说没有什么敢不敢的，哪怕被采访对象忘记了幸福，我们通过节目唤起大家对幸福的想象和憧憬，唤起政府为这群人的幸福而努力和奋斗，不是更有意义吗？

另一段引起热议的采访是我在海宁做的。当时我正在报道钱塘江大潮，顺便进行了《你幸福吗？》的采访。没有目标人群，就在盐官景区采访观潮游客。采访了几个游客之后，一位笑呵呵地捡瓶子的大爷进入了我的视线。现在想想，当时采访他，也没有什么特别的缘由，就是觉得他一直笑盈盈地捡瓶子，莫不是有什么开心的事情，我就问他："您今天上午收了多少个瓶子？"他的回答也让我一脸懵："73岁。"因为他的普通话不标准，我听得不是很清楚，就反问了一句："您73岁了？"他接着又说："一瓶1毛钱。"我就想继续问他："您收了多少个瓶子？"结果他还是没正面回答我："我是靠吃政府低保，一个月650块钱，政府好。"我听他说政府好，就赶忙问："您觉得幸福吗？"结果大爷回答道："我耳朵不好。"

早上节目在《朝闻天下》播出后，立刻引起了网上的热烈讨论，有的网友说：这记者莫不是"高级黑"，一个拾瓶子的大爷靠着政府的低保生活，一个月就650块钱，还夸政府好，问他是否幸福的时候，他说"耳朵不好"，这其中的讽刺意味多明显。有的媒体同行也说：记者绝对故意的"高级黑"，这种人就不应该采访。后来还演变成了：拾瓶老汉是真正的社交高手！神曲之后，央视创造了神问，老汉奉献了神答。

我也没想到会有这样的非议和讨论，后来杨华[1]主任在央视新员工入职培训中介绍了这段采访：当网友们质疑央视不敢将镜头对准社会最底层的时候，我们就播出了这段采访。央视的镜头没有什么敢不敢，也不存在选择，我们追求"真实"，不仅采访时候要"真

① 杨华：时任中央电视台新闻中心副主任。

实”，采访对象的选择也要“真实”，其反映的也必然是一个真实复杂的中国，这些人群对于幸福话题也不会回避。

就像这档节目的前缀一样，“走基层·百姓心声”，我们做这个节目的目的不就是传达百姓心声吗？让百姓和政府之间实现真诚沟通，不就是我们做这个走基层节目的主旨吗？

节目之后又推出了“老爸老妈过得怎么样”“幸福是奋斗出来的”等子话题，包括我在内的外采记者不断加深着对这个节目和主题的认识。虽然这个节目我只参与了一期，但是我一直在关注节目的发展以及在网络上引起的讨论。

随着10月7日最后一期播完，《你幸福吗？》节目一共调动了18个国内记者站、7个海外记者站以及北京总部共70路记者，以及20个地方台，参与人数共计300多人次，共采访了3550人，最终有147个采访在央视的屏幕上播出。“你幸福吗？”成为那年长假里见面的问候语，在微博热点话题榜上持续排名第一。

我们通过幸福议题的设置，让大家看到普通中国人幸福感的一个切面。有左的，有右的，有幸福的，有不幸福的，有这样幸福的，有那样幸福的……它肯定不是一个严格社会学意义上的调查或调研报告，它是一个此时此刻的状态，是一个鲜活而真实的横切面，是广大的中国人对幸福的最直接的感受。

孙台[①]在总结会上点评：《你幸福吗？》是国庆报道意外的亮点。网上转载、引用的都比较多，好多被采访的人都会提到我们的节目，这很出乎意料。可以看出，新闻对真实的追求是规律所在，从语言叙述到现场记录和表达都要真实。从28年前的《东方时空》到现在，我们的报道经历了不断走向真实的过程，覆盖面不断变广，主题报道也在不断走向真实。

① 孙台：孙玉胜，时任中央电视台副台长兼新闻中心主任。

小采访也有大作品　海采成为走基层的新模式

从《你幸福吗?》开始，海采成了一种重要的报道形式，地方记者部不断更新《海采手册》来指导前方记者海采，其中有三个硬性要求：

一、采访中不要刻意去找你想要的，而要去发现让你意外的。

二、所有的回答都是我们想要的。

三、回答不是唯一重要的，回答的状态和场景同样珍贵。

从实操来说，摄像要早开机、晚关机，这样采访对象被突然闯入的状态以及采访结束之后要走时的状态都可以被记录下来。如此一来，海采就不仅仅是采访，采访的场景、被采访对象的状态都会被记录下来，这些都是有信息量的，也都是有意义的。

记者要“哥们式”的采访，人来疯、自然熟，不要端架子、很正式，要拉近与被采访对象的距离，不要拉远与隔阂。

其实，不仅做海采时需要这样，做任何报道都应该如此，这样才能得到意想不到的结果，才能记录真实，才能拍出好作品。

初稿写于2012年10月11日　温州

新闻链接

【走基层·百姓心声】你幸福吗？访海宁73岁捡瓶子老人

【走基层·假日特别调查“你幸福吗”】你幸福吗：3500多人的回答

今天的新闻就是明天的历史，记录下来就是时代

——《【新春走基层·春节回家路】回家的摩托》记者手记

【题记】

每逢过年，春运是一个永远绕不开的话题，其中最为人津津乐道的，除了一票难求、承载着万千归家梦的火车票，曾经还有在广东地区存在多年、蔚为壮观的“摩托车大军”。

摩托大军，我们跟拍了6年之久，我们从他们身上看到了中国的变化。记者记录下的今天的新闻就是明天的历史，见证着一个时代的风云变幻。

“摩托车大军”究竟是一支什么队伍？我们为什么要跟拍这么久？其间都经历了什么？这篇文章将带大家走进他们的故事。

珠三角，是我国经济最活跃的地区之一，也是外来务工人员最集中的地区之一。摩托车，是这些外来务工人员在珠三角日常生活的主要交通工具。由于那时候春运车票一票难求，很多老乡便选择骑着摩托车回老家。

他们三五成群，结伴骑摩托车回家。起初骑车回家的主要是来自广西的老乡，因为两广相对靠近；后来，一些来自贵州、湖南、重

庆、四川来的老乡们，也开始选择骑摩托回老家。这样的回家方式持续了很多年，参与人数达到了40万之多，逐渐引起了媒体的关注。

广东台、《东方早报》甚至我们中央台的《看见》栏目都接连做了这群人的报道。因此，在“走基层”活动之后的第一个春运，新闻中心自然将“新春走基层”的选题瞄准了这群人。2012年春运，跟拍“摩托车大军”的任务就交给了何姐和浙江站。也就是说，在我拍《候车大厅的故事》的同时，何姐他们正在珠三角发小卡片，寻找被采访对象。那一年，他们拍摄了游记、黄江健、谢永华、李明等人骑行2000多千米，穿越5个省20多个县，历时4天3夜回家的故事。

2013年春运，何姐带队去了新疆拍摄牧民转场，跟拍“摩托车大军”的任务就落到了我的肩上。我和欣蔓①、齐哥②、海春③、林侃④、丹阳⑤、老章⑥、小傅⑦，8个人，2台车，从杭州出发，穿越了中国的东部海岸线，行程近1500千米，在第二天夜里到达广东中山。到中山时，我感觉自己的腰都要废了，可是广东的美食、中山的夜市、新城市的新鲜感瞬间将一身疲惫冲散了。

由于何姐他们前一年打下了坚实的基础，我们省去了找人的环节，很快联系上了游记、黄江健、谢永华和李明他们，我们迫不及待地想看看，一年时间他们身上都发生了怎样的变化。

2012年带队回家的游记，网名“书记”，已经从一名普通的建筑工人变成了包工头，月收入也从5000多元涨到了10000多元，更让人惊喜的是，他经过奋斗，终于在中山有了属于自己的房子。今年，他

① 欣蔓：李欣蔓，时为中央电视台浙江记者站记者。
② 齐哥：齐银松，时为中央电视台浙江记者站摄像。
③ 海春：叶海春，时为中央电视台浙江记者站摄像。
④ 林侃：时为中央电视台浙江记者站摄像。
⑤ 丹阳：陈丹阳，时为中央电视台浙江记者站实习摄像。
⑥ 老章：章明，时为中央电视台浙江记者站驾驶员。
⑦ 小傅：傅冬明，时为中央电视台浙江记者站驾驶员。

不想再冒着危险和未知，骑摩托车回老家了，火车票抢不到，他就花了3000多元买了两张汽车票，准备和爱人舒舒服服地坐车回家过年。

黄江健的日子则要困难一些，之前租住的房子拆迁了，他不得不重新找了一套房子，面积比之前小，租金却比之前贵，一年到头没剩几个钱，所以今年就不太想回家了，想在外面多赚点钱。

李明这一年工作换了，开始给人搞装修，赚得多了一些；而且小女儿出生了，他特别想带着女儿回家看看爷爷奶奶，所以他今年格外想回家。可是工期也在催着他，他是否能赶上骑摩托车回家的大部队，还是未知的。

谢永华，人称“阿华”，他的工作没变，生活也没有大的变化，今年他还是决定骑摩托回老家，只不过他从去年的新人变成了今年的“带头大哥”，已经开始张罗四川老乡，一路同行。

采访这些人的时候，我为他们这一年的变化感到欣喜和感慨，也能从他们这一年的变化里看到我们国家的日新月异，记录历史的使命感让我感受到记者这份职业的伟大。

拜访完他们四位，我们很快锁定了阿华作为主报道对象进行跟拍，一来他非常确定要骑摩托车回老家，二来作为今年的“带头大哥”，又有去年的经历，他会做哪些准备工作也是一大看点。

还有个小插曲。由于去年被跟拍的经历，阿华想到站里应聘司机，特地去考了小汽车的驾驶证，还专门到站里适应了一段时间，差一点就成了我们的同事，因此他与我们也最为熟悉。所以整个拍摄非常顺畅，我们之间交流起来就是知根知底的朋友。

作为“带头大哥”，阿华的准备工作足够细致，反光贴、标志旗，这些他都考虑到了，心细就是阿华的重要性格。我们希望通过这些小细节让观众记住这位主人翁。

在拍摄手法上，我们也做了创新，采用对拍的形式，让欣蔓和林侃先行从广州飞到阿华的老家四川遂宁，去看看他的爸妈在做些什么。相隔两千里，一边是游子归家心切，一边是父母盼儿归来，中国人的朴素和对家的执着，是赚多少钱、隔多少路都无法改变的。

阿华怕爸妈担心，故意骗妈妈，说买到了回家的票。报喜不报忧，是所有在外儿女习惯的关心。

在中山住了半个多月，2月1日，阿华和陈建一行人正式开启了这一年的回家路，我们的挑战也随即开始。

经过长时间的休息、严密的计划和充分的讨论，他们决定吃完晚饭，7点从中山出发。之所以选择晚上出发，是因为他们想第一天多赶一些路，睡了一天之后，他们也有精神能够通宵骑车。同时广东的路况比较好，路灯比较亮，夜间车又少，能够保证骑行安全。

但实际上，刚出发就遇到了小插曲，由于太兴奋了，陈建把自己的车钥匙和房门钥匙都落在了家里，怎么办？陈建只好跑到隔壁邻居家，从三楼阳台跳进去，以至于他们的出发时间比预想的晚了一个多小时。

我们又在途中偶遇了此前决定不回家的黄江健，回家的迫切、想看孩子的冲动，还是让他决定回家看看。他们7台车、11个人会合之后从中山出发，而我们也开始了跟拍之旅。

为保证他们一路上遇到的所有事情都尽可能被我们拍到，我们做了很多的准备工作和大量的尝试：

记者在车内跟拍摩托车队

我们准备了14个运动相机（GoPro），分成两批，交替使用。第一批分别安装在回乡者的头盔上、摩托车的前后位置，这样可以保证摩托车的前方、后方和带着摩托车前轮的镜头都能被完整记录。每隔两个小时我们就更换一批，以此来保证画面没有空缺。

我们准备好了车充和大量的充电宝，给换下来的GoPro蓄电。

那时候没有航拍，我们就用自制的长杆绑上GoPro，以此来抓取高点机位的画面，并且做相应的动作来模拟摇臂和斯坦尼康的动态镜头。

我们准备的两台车不仅仅是坐人，还各有功效。越野车擅长走山路，并且有天窗，我们的摄像就可以站在后排座椅上，上半身伸出天窗来拍摄相关画面。同时，越野车和商务车的后备厢翻盖都是往上翻的，我们的摄像还可以坐在后面进行拍摄。

同时，为了保证收声，收到回乡者说话、讨论的声音，我们准备了一大批对讲机。他们的对讲机都是嵌在头盔里的，我们的对讲机则拿在手上，这样可以保证所有人都能互相沟通到，既为回乡者的安全增加了一重保障又确保了我们可以全过程录制。

办法总比困难多，我们就用这些办法来实现不同角度的拍摄和全过程的收声。

阿华看到泸州牌照汽车后的兴奋喊叫，前车包裹突然掉落、后车迅速躲避的瞬间，都是靠我们这些土办法捕捉到的。

第一天，回乡者们整整骑行了24个小时，我们跟拍了24个小时。在广西宜州，他们住了下来。为了省钱，他们11个人只要了两间房，把标间的两张床一拼，大家横着睡，一间只要80元。

晚上8点，他们睡下了，但我们的战斗才进行了一半。我们在回乡者落脚的酒店对面住下，一整天的拍摄让我们疲惫不堪，看到床就想躺下美美地睡一觉。可是，第二天的播出已经虚位以待。

为争取时间，大家轮流吃饭，我吃饭时摄像导片子；我开始写稿子，摄像开始吃饭。写稿子的过程很煎熬，由于实在太累，看素材的过程中几次差点睡着，我就不停地冲冷水澡。冬天冲冷水澡很酸爽，提神的作用立竿见影。吃完饭，摄像们就先去睡觉了。

已经来不及想起承转合和叙事技巧，只是单纯地顺叙记录，凌晨2点，我终于把稿子写完，把海春叫起来编片子，我抓紧时间休息。早上5点，海春编完所有片子，大家一起审看，看完之后，用Flyaway1∶1传回。那时候传片子远不如现在这么方便，可以利用网络，当时只能用卫星传输设备1∶1传送，片子多长，就需要多长时间。早上7点多，片子传送完毕。后期编辑已经在等候，经过精编、上字幕，片子9点钟播出。

那几天，我们就是按照这样的节奏在工作。他们跑一天，我们就跟拍一天；他们睡觉时，我们就写稿编片；第二个白天播出我们前一天拍摄的内容。

试想，如果那时候的网络像今天一样发达，我们全程直播和记录，又会是怎样的流量；哪怕不直播，单纯在微博上发一下我们的片子，阅读量相信也一定很可观，也许会成为爆款视频。

艺术源于生活，但一定无法全然复刻生活中那份无从预知的奇妙与斑斓多姿的盛景。从广西宜州出发后，路面平坦，大家心情都很好，黄江健还会时不时来几个特技动作，比如把前轮抬起，我们打趣他是在耍帅。

如此放松的一个重要原因就是，他们判断接下来的路会更好走。因为下面就走高速公路了，而在贵州，摩托车是可以走高速公路的，这打破了我原来的认知，在此之前我确实闻所未闻。就当所有人对车子做完最后的调试，准备上高速马力全开时，意外出现了。贵州出了新规，春运期间为安全起见，禁止摩托车上高速。车队里的人和劝返的交警发生了口角，可不管车队如何理论，交警都一律劝返。令我们始料未及的是，车队里的很多人开始埋怨我们，说：“都赖你

摩托车队在广西境内休息

摩托车队行至贵州境内

们，要不是你们跟着拍摄，他们也不会不让我们上高速！”

我当时心想，可能真的有这方面的原因。因为去年他们走高速公路时的翻车、滑倒画面都被记录了下来，今年我们又不断跟拍，每天都在播放，贵州方面也是害怕他们会出事所以临时出了新规。但其实如果能彻底改变贵州的交规，让大家养成习惯，大家也就不会有想骑摩托车上高速公路的想法了。

我们劝他们不要着急，也不要生气，走国道就好了，还安全一些。但同样让我们始料未及的是，他们竟然开着开着又从一个没人看管的匝道口偷偷上了高速。我们只能继续在后面跟着，不过没开多久，就被高速交警给拦了下来。

拦他们的交警铁面无私，大声呵斥：“从哪儿来的？怎么就上了高速？”说着就要开罚单，看到我们一直在拍摄，就跑来问我们：“你们哪里来的？在拍什么？”

对于11个人挤两间房的老乡来说，如果要吃个几百元的罚单，那这个年恐怕是过不好了。我拿出记者证跟交警解释：“我们是中央电视台‘新春走基层’节目的，正在拍摄他们的回家路。您给通融通融，帮帮忙。”交警也很为难，继续走高速是肯定不可能了，罚款倒是可以商量。

我继续给他支招：“这样，你看好不好，在杭州，交警执法有种说法，叫柔性执法，他们都是外来务工人员，平时也赚不了几个钱，回家一趟也确实不容易，罚款就不要了，你们找个警车带路，把他们带下高速，我们也把这个过程拍下来，还能体现咱们贵州交警执法的力度和温度，两全其美。”

交警听进去了，也感觉到这群人大老远从广东一路开到贵州，确实不容易。于是找了一辆警车，护送一行人下了高速。

那这一段是否要保留呢？一方面，他们上高速确实违法，但转念一想，还是决定要放进去，因为这就是中国老百姓最朴素的一面，他们有善良也有投机取巧，有冒险也有不可理喻，我们应该让观众看到一个真实的中国和一群真实的人。同时，上高速又下高速的过程，正体现了我们的交规也在随着社会的不断发展、事物的不断变化在做动态的调整，我们的交警也不是在机械地执行法规，而是在有温度地执法，是在为千千万万的回家者保驾护航，而不是罚款为上。回乡者只想回家，他们今天的冒险和违规操作播了出来，那明天他们的回家路可能就会更平坦、更安全。

因为完整记录了这段过程，我迫不及待地想把这一段稿子先写出来，这样也能提高效率，晚上可以编得更快一些。然而，接下的路途让我意识到为什么回乡者那么想走高速。

山路九曲十八弯，绕得我晕车肚痛，肠胃翻滚，头晕目眩。一度我直喊停车，想下来呼吸一下新鲜空气，缓一缓。那个状态就是，我写一段稿子，就需要先缓一下想吐的反应，脑子里想好另外一段话，再写一段。我就在这样反复晕车和写稿中，一路跟着车队到了贵州省黔南布依族苗族自治州福泉市。

我们约好了早上出发的时间，我就又开始了写稿。由于白天在车上基本搭好了框架，把同期一填，效率比前一天要高，早上6点，片子传回，9点顺利播出。

贵州的路确实不好走。这天早上，大家都在讨论贵州的路有多难走、多危险，车队里几乎每个人都摔过跤，所幸都无大碍。然而，话就怕说，陈建在对讲机里喊："快停下快停下！"我们抓紧加速赶了上去，原来是一位车友连人带车冲出了道路，摔到了路下方。

人摔得不轻，走路一瘸一拐，我们采访他，真心感觉到回趟家不容易。在中国这个地大物博的国家，东西经济发展差距大，西部欠发达地区的人去到东南沿海地区打工，赚了一年的钱就想年底回家看看老爸老妈和孩子，然而票还买不到，回家的路还这么难。中国要想改变这种局面，缩小区域发展差距，还有很长的路要走。

骑摩托车回家这种方式也确实危险，像贵州这样多山的省份，什么时候路能好一些呢？要想富，先修路，此刻我对这句话的感受更真切了。

跟拍过程中，阿华一直扮演着“带头大哥”的角色，张罗张选洪的送医修车，提示大家如何过弯上坡……

这一路老乡们走得辛苦，我们拍得也辛苦。进入城市，到处张灯结彩，过年的氛围刺激着每一个急着回家的人，也在刺激着我们的神经。进入乡镇，沿街叫卖的烟花、对联都在告诉我们，年近了，家也近了。进入茅台镇，没人想着去喝口茅台，而只想赶紧拍完这天的片子。

入夜，到了下一个加油站，车队又爆发了激烈的讨论，关于是否要带张选洪一起上路。我们全程记录着，从中也能看到每个人在面对同一个问题的时候，出发点和选择是全然不同的。

阿华做事细致的性格表露无遗，他帮张选洪修好车子、弄好车灯，但是不建议他走夜路，因为这辆摩托车已经不安全。他劝张选洪住一晚，第二天再走。当张选洪执意要一起走时，阿华只能让人和他并排走，生怕他再出事情。

队友A也劝张选洪住一晚再说，他害怕路上出事连累到其他人。

队友B劝说其他人陪张选洪一起留下来，但是自己又不想留。

张选洪则执意要跟着大家一起走，一方面是因为归家心切，另一方面想到自己一个人留在这儿，心里总不是滋味。

我们记录着他们回家的路，也在记录着他们回家路上发生的事，人生百态就这样真

阿华为张选洪修车

实地展现在我们的镜头里，没有对与错，只有利己与利人。

小心翼翼的他们终于驶出贵州，到了四川泸州。我们在泸州长江大桥上合了影，就在此分开了。我们选了长江大桥口的一家酒店住下来，写完这一集，到这里这次的跟拍之旅也进入了尾声。

每个人离家一年都会想家，跟拍的这几天，我们充分感受到了车队每个人即将到家的那种激动心情，这种情绪感染着我们，也感染着电视观众。

可回家的温馨与温暖并不能掩盖生活的辛酸与苦楚。

陈建的家，就几栋破房子，他自己也感慨，靠这样在外面打工，根本改变不了这个家。他给自己定了一个小目标，30岁之前要把家里的房子收拾一遍，他也希望，能在老家工作赚钱。

阿华，都不敢跟家人说自己是骑摩托回来的，心心念念的女儿见到他时，却显得陌生和害怕，直往奶奶的背后躲。阿华的愿望和陈建一样，都希望在家里找到能养活家庭的工作。莫不是情非得已，谁想离家那么远呢？

就这样，我们成了朋友。

2014年，陈建在老家开了个修理铺，真的在家门口赚钱了，再也不用跑那么远离家在外。

2016年，我们年复一年的报道终于让摩托大军逐渐成为历史。在广铁集团和广东省有关部门的共同推动下，广东开行了摩托大军返乡高铁专列，人坐高铁，摩托车坐货运专列，下了高铁，人们再骑摩托回家，速度更快，条件更好，更加安全。这一年，我再次到广州报道春运，再次

陈建的全家福

报道他们，看着他们再也不用奔袭，再也不用为了一张车票而纠结的时候，新闻的力量、祖国的发展，都让我的内心感受到无比的温暖。我的报道也从跟摩托拍片变为跟高铁直播，每个人脸上洋溢的笑容都在告诉我，生活真的变得越来越好了。

初稿写于2013年2月10日（春节） 乌镇

【新春回家路·回家的摩托（1）】四家人还会选择骑摩托回家吗?

【新春回家路·回家的摩托（2）】年越近 归家心越切

【新春回家路·回家的摩托（3）】出发第一天 经历大雾 迷途

【新春回家路·回家的摩托（4）】贵州高速禁上摩托

【新春回家路·回家的摩托（5）】吸取事故教训 骑车更加小心

【新春回家路·回家的摩托（6）】千里骑行

半原始生活体验记，我的墨脱日记

——《走进墨脱》记者手记

【题记】

你吃过五种颜色的大米吗？你见过田里会飞的飞鼠吗？你打过猎吗？你曾被蚂蟥咬得浑身是血吗？你体验过将近一个月上不了网的生活吗？在西藏林芝的墨脱县，这些我都体验到了。这就是央视新闻中心的特别节目《走进墨脱》。

墨脱，是我国最后一个通公路的县，也正因此，对墨脱的报道新闻价值巨大。2010年12月，央视新闻中心策划了特别节目《打开墨脱》，以打通嘎隆拉隧道为报道主线索，让墨脱这个神秘小县城第一次出现在了公众的视野中。我是从何姐的讲述中第一次听到墨脱这个词。

嘎隆拉隧道打通之后，西藏就在加紧建设从林芝市波密县扎木镇到墨脱县城的墨脱公路。2013年10月，墨脱公路即将通车。新闻中心地方记者部再次吹响集结号，全国多个记者站的记者集结西藏。10月3日，我和欣蔓、马迅、林侃从杭州直飞林芝，正式开启《走进墨脱》报道。

10月4日 林芝

10月4日晚上，中央电视台西藏记者站站长陈琴给所有记者开会，分配任务：欣蔓和马迅负责墨脱公路建设的报道，我和林侃负责墨脱县城南部几个乡镇的报道。

我清楚地记得当时陈琴姐对我说的话："高珧，你是男生，你就辛苦一些，负责墨脱南部乡镇的报道。那几个乡靠近印度，车还通不了，只能靠腿。"为了和当地沟通方便，西藏记者站的摄像拉次编入我们小组。打开地图，我们小组负责的就是墨脱南部的背崩乡和德兴乡的报道，具体做什么，去那里找。

10月5日、10月6日 林芝—波密—墨脱

记得当时我们租了10辆车，从林芝到波密县城就开了一整个白天。当然西藏的景色自不必说，中午吃了鲁朗的石锅鸡，还望到了南迦巴瓦峰。第二天，从波密赶到了墨脱县城。

10月7日 墨脱

背崩乡是墨脱县城最南面的一个乡，也是墨脱最大的一个乡，所以我们决定先从背崩乡入手。墨脱县的人给我们普及背崩乡的情况，背崩乡的主要民族是门巴族。据说他们最擅长给人下毒，并且专门针对白白胖胖戴眼镜的男生，因为白白胖胖代表有福气，戴眼镜表示有文化，毒死这样的人，他们的福气就会转移到自己身上。而且这些毒多为慢性的，三五年后才发作。下毒之人一般将毒藏在自己的指甲里，端酒的时候，就将指甲里的毒药弹进酒里。

在神乎其神的描述中，我们带着对门巴族的好奇，踏上了去背崩乡的路。

10月8日 墨脱—背崩

背崩乡距离墨脱县城有28千米，只有一条很窄的路，车无法行驶，只能徒步。我带了三桶方便面，以备路上三餐之需，还带了两大保温瓶的热水，一瓶用来喝，一瓶用来泡面。所有行李放进双肩包，每个人的双肩包就有10千克重。林侃和拉次一人一台摄像机，我扛着脚架，出发了。路上是没有手机信号的，更不用说网络了，走的路线全靠最原始的地图，好在地图详细，标注的岔路清晰，我们一边走一边拍，记录着从墨脱到背崩的所见所闻：挂满经幡的吊桥，随处可见的玛尼堆，偶尔有一两个村民牵着马，马背上驮着物资——他们一般是不骑马的，因为路窄道滑，骑马危险。这些所见所闻或许是城市里生活惯了的人无法想象的，中国之大，区域发展差距之大，超乎想象。

背崩乡

对于从来没有徒步过这么长距离的我们来说，只能走走停停，还要沿途拍摄。28千米，我们走了11个多小时，终于在天黑前到了背崩乡。背崩乡的乡长杨继红热情地接待了我们，晚上吃了一顿热乎饭。背崩乡总共就两条街，房屋也没多少，几乎都是木结构，少有砖瓦房。有一个商店，由于物资运输困难，矿泉水10元一瓶。没有网络，只有电信手机有信号，且时有时无。在路上能遇到不少驴友来这里徒步。

背崩乡最大的一间客栈是杨老三客栈，两层楼，四五间房，这晚我们就住在这里。房间里没有床，只有地板，我们三人睡一间，透过屋顶的缝隙还能看到夜空中闪亮的星星。幸好这里有电，能给手机、电脑和摄像机充电，还能烧热水洗澡。

所有来到背崩乡住过杨老三客栈的人都会在这里的门板上留下文字，许是写给后来的人，许是写给多少年后的自己。神奇的是，我们在客栈众多的门板中发现了三年前何姐他们留下的文字。

晚上除了能听到虫蚁鸣叫、狗吠狼嚎，还有飞机不断飞过的音爆，这些都在时刻提醒着我们：背崩乡居住环境原始、地处边境，墨脱公路的打通意义重大。

10月9日　背崩—地东

第二天，和背崩乡的乡长商量选题，我们的目标很明确：让报道最大可能帮助到当地。杨乡长说，这里的土特产想卖出去，想赚钱。背崩乡有什么特产？大柠檬。它们主要在哪儿？地东村最多。

背崩乡是墨脱县最南面的乡，地东村是背崩乡南面的村，距我们所在地12千米。这次刚好有一位地东村的村民做向导，带我们一起进村。中午吃完饭，我们就立刻出发了，徒步行走7个多小时，天黑前到了地东村。

这里和平原村落全然不同，村委会周边并无民居。村干部说，这里的村民并不集聚，每家之间都有点距离，房屋基本以木结构为主，谁家勤快，房子就修得大一些。

村委会所在地基本上是村子里的制高点，视野非常开阔，甚至能看到边境线那边的印度人正在收割水稻。村委会有两排房子，中间有半个篮球场，但村民打得很少。

村里腾出了一间房，准备了三块木板，铺上厚厚的被褥给我们休息。这条件已是绝好。在这里就不要奢求热水了，能有水擦擦身子就很知足了。通信信号很差，时有时无，电是对我们最大的奖励，能让我们整理白天拍的素材。

10月10日　地东

在西藏的每一天，晚上睡得都特别香。白天体力消耗过大，晚上一沾床就睡着，丝毫不受动物们的叫声影响，一觉睡到天亮。

早上，村委会主任旦增罗布带我们去看村民们种的大柠檬。我们深刻体验到了这里村民们的热情，拿来招待我们的都是自家酿的苞谷酒，仿佛他们平时都不喝水，只喝酒。一碗酒，如果不喝完，他们就感觉是自己招待得不够热情，就开始唱歌，歌不停、酒不停。片子还没拍，每人两碗酒先下肚了。

喝酒的时候，我还专门问旦增罗布："有传言说你们门巴族人喜欢下毒？"村民们解释，因为门巴族人靠打猎为生，以前打猎都要用毒箭，不然人是打不过猛兽的。而且由于这里和外界长期隔绝，门巴族人曾遭外族入侵，因此只能通过暗地里给入侵者下毒来保护自己。

说回地东村的特产。这里的柠檬确实大，最大的有10多斤，比普通小柠檬大了10多倍。吃起来比较干，口感就像在吃没有水分的梨，不酸也不甜，和我们平时吃的柠檬有很大的不同。像这样的水果亟待开发，去研究它的营养价值，开发它的各种深加工产品，这样才能为村民增收，让这里早日改变面貌。

10月11日　地东

好不容易跋山涉水到了地东村，只做一个大柠檬的报道，感觉成本着实有点高。这天，旦增罗布又带我在村子里转悠，看看还有什么可以做的。地东村总共就500多人，按说不大，但是地域面积不小，走起来实在要费些工夫。

我和林侃在拍摄竹编制品

我们到了一片聚居区，有七八间房子连在一起，应该是地东村人口最集聚的地方。一边喝着村民酿的苞谷酒，一边和他们聊天，我发现各家各户都挂了很多手工编织品，小鸟睡觉的笼子、可松可紧的背篓、遮阳的背板……凡是生活中需要的东西，他们都能编出来。这些编织品凝聚了门巴族人的智慧。

可对于多雨的地东村来说，这些编织品能用多久呢？我们决定从编织品入手，顺藤摸瓜，带观众去看看它们的原材料——藤竹。村民们带我们爬山、滑溜索、过雅鲁藏布江，最终到达藤竹林，勤劳的门巴族人就这样每天花几个小时上山砍藤竹，再花几个小时下山编成物，没有现代交通工具的他们用勤劳克服着辛苦和危险，生活在这大山深处不知多少年。

10月12日　地东—背崩

两天时间，我感觉几乎把地东村的每家每户都走了一遍，每到一户人家，就喝一碗酒，喝得我简直“如痴如醉”。暂时找不到其他选题，我们决定返回背崩乡。

一早起床，我们徒步走了5个多小时，回到杨老三客栈，整理素材、写稿编片。

10月13日　背崩

11日，我们完成了大柠檬和编织品两条片子。陈琴姐打电话说，有一个最新的线索，一支科考队准备去雅鲁藏布江大峡谷寻找孟加拉虎，让我们先回墨脱县城。

10月14日　背崩—墨脱

又是28千米，虽然不用拍摄，但也走了9个多小时才回到墨脱县城。墨脱县城的住宿条件还是要好很多，起码有招待所，可以美美地冲个澡。

10月15日　墨脱

这天，我们和科考队碰上了，商量了接下来的行程。要想去雅鲁藏布江大峡谷，得先翻越崩崩山，那是一座蚂蟥山，科考队让我们做好准备，多买些麝香膏，把衣服漏风的地方都贴上，而且要做好睡在野外的准备，睡袋、帐篷都要带上。

10月16日　墨脱—格当

因为要翻山，这次我们没有带厚重的行李，一人背一个睡袋，带上水杯，麝香膏贴满全身，绑腿扎牢，最重要的是带上打火机。就这样，我们和科考队一起出发了。

蚂蟥，以前只在电视上看到过，究竟是怎么样一个东西也确实说不清。刚开始，就是爬山，不过这山确实也没有路，都是靠自己盲走。

上了海拔之后，蚂蟥来了！科考队长带着有帘的帽子也没能挡住蚂蟥，蚂蟥直接在他脖子上吸了个饱。科考队员们很有经验，说千万不要揪，一扯皮肤会跟着扯下来，说不定蚂蟥的头还在皮肤里；要用打火机烤，蚂蟥怕火，一烤就会蜷缩成一个球，自己就会掉下来了。

蚂蟥就无孔不入地钻到我们的身体里，我没有具体数过，但感觉被十几只蚂蟥光顾过。蚂蟥多在草丛、树枝、树叶上栖息，人走过时，它就会顺势蹭到身上，但人全然不知，因为它吸血时人是没有感觉的，只有当它越吸越大时，才会带来一点疼痛感，这时候，蚂蟥往往都已经美餐一顿了。美餐过后的蚂蟥着实可怕，大到能有半个手掌的长度，然而在吸血前它仅有苍蝇大小。蚂蟥不管大小，用火一烤，就会蜷缩成一个球，然后掉落。

我印象比较深的有两只蚂蟥。一只不知怎么的就钻到了我的脚底，因为一直在爬山，人很累，脚很胀，走着走着，我就感觉到脚很痛，便找了一块石头坐下来。坐下的风险很大，因为蚂蟥会瞬间袭来。可我顾不了那么多了，脱下厚厚的登山鞋，拆开绑腿——好家伙，偌大一只吸饱了血的蚂蟥就粘在我的脚上。它是怎么钻进来的？我赶紧用火一烤，鲜血瞬间染红了整个绑腿和袜子。当时我就感觉这绑腿扎牢似乎也没什么用处。

翻山越岭有内急怎么办？人不能被尿憋死，有蚂蟥也得尿。我刚准备解手，发现一只蚂蟥就在我的小腹上，吸血吸得正欢。我赶紧用火一烤，迅速解完手，还得检查一下，确实没有蚂蟥了，才快速提上裤子，扎紧裤腰带。这便是第二只蚂蟥。

翻了差不多5个小时的山路，我们终于走出了这片蚂蟥山，离开了茂密的树林，山下是一片开阔的草原。科考队员说，你们赶紧脱衣服检查一下，还有没有蚂蟥。

我们三个大男人开始脱衣服，不脱不知道，每个人身上都有几只蚂蟥。拉次带下来两只，前胸和后背各叮了一只，都很大，烤下来之后，整个背心都染红了。林侃的大腿上粘了一只，我的肚子上也有一只。我们三个把衣服扒了个精光，赤身裸体地在一片空旷的大草原上互相查看，把前后左右都看了个清楚，确定身上没有蚂蟥了，才把衣服穿回去。

大家被蚂蟥咬了半天，但是连孟加拉虎的影子都没看见。想想，孟加拉虎应该也不喜欢被蚂蟥咬吧。不过，也有意外的收获，我们看见了不少野生昆虫和鸟类。

翻山之后，我们找到了一间驿站，是一栋石头房，这在山里实属不常见。既无人看守，也没有上锁，有一间外屋和一间里屋，还有几张桌椅和沙发。女士住里屋，男士住外屋，当晚就在这里歇脚了。

不一会儿，又有一组人找到了这里，原来是《国家地理》杂志的，他们也是来拍野生动物的。这群人精干、专业，长枪、短炮、红外设备，相比之下，我们的设备就要简陋得多。他们带了午餐肉、户外锅等，一看就是野外生活经验丰富。托他们的福，我们美餐了一顿。吃完晚饭，他们说要出去蹲守一下，看看能有什么收获。带着好奇，我们也跟着去了，看看人家是怎么拍摄的。

红外长焦就是不一样，我们的摄像机推到底也只是黑咕隆咚的一片。正在感慨他们的设备专业时，就听有人压低声音喊："大家不要动！"《国家地理》的摄影师一把抓住我的手，示意千万不要动。就这样，所有人一动不动，持续了大概有20多分钟，我站得脚都麻了，大气也不敢喘一下，中间一度想歇歇，都被同伴给制止了。这时候有人喊："好了！"我们赶紧回，一群人跑了10多分钟，回到了驿站。

拉次和林侃正在整理白天拍的素材，看我们上气不接下气地跑回来，很是惊讶，而我当时也是懵的。究竟怎么回事？原来是摄影师拍到了一条竹叶青蛇。这时在房间里休息的科考队员听到后也跑了出来，大家围坐一起，摄影师一边兴奋地展示他拍的影像，一边给我们讲这种蛇的罕见性：“它只有在墨脱这一带才有，很少有人能拍到。”他们的红外相机拍出来的视频格外清楚，蛇身通体青绿，非常漂亮。虽然这条蛇刚才距离我们有100多米远，但是如果当时人有异动，要么会吓跑它，要么会被它攻击，所以摄影师安安静静地在那拍了20分钟，等到这条蛇自行离开，才带我们回来。

看到这么好的素材，我赶紧说：“能不能给我们啊!”

“当然不行！我们要卖高价的!”

我虽然明知不可能给，但还是不死心地问了一下。他们对我们讲，以前为了拍到某种野生动物，在野外一待就是好几天。专业就是专业，付出多少功夫，收获多少回报。

10月17日　格当

由于没能找到孟加拉虎，科考队决定返回墨脱，《国家地理》杂志的摄影团队也按照既定任务出发了。既然到了格当乡的地界，我们决定去那里走走。

乡干部热情地招待了我们，带我们去到他家里。他家应该是我来墨脱县后看到最富裕的了：虽然是木结构房屋，但是异常宽敞。一进门，一张巨大的完整的兽皮挂在屏风处；墙上挂满了战利品，是各种猛兽的皮；衣架上挂着打猎用的弓箭和虎皮装备。中午的菜品也极其丰盛，还有五色米，是他们这儿的特产。

据乡干部介绍，格当乡几乎都是珞巴族人。珞巴族人在20世纪80年代都还在打猎，所以他们的手还没生，直到现在也时常去山里打飞鼠和黄鼠狼。

10月18日　格当—墨脱

回到墨脱，三四个小时的徒步已经不在话下，我们做完了蚂蟥山的片子，开始寻找下一个选题。

由于见过了门巴族人和珞巴族人，发现这两个民族的风俗、喜好、穿着均不相同。我们决定做一下这两个民族的服装。

我们和墨脱县文旅局联系，他们刚好在排练舞蹈，以庆祝墨脱公路通车和“墨脱徒步节”。墨脱县城已经有了新城区，很多下山脱贫的居民住进了新房子，这里住宅、商业一应俱全。我们找到这里唯一的一家服装店，这里的传统服饰都是手工制作的。我们希望墨脱公路通车之后，可以为当地带来巨大的改变。

10月19日　墨脱

几个小组的短片都拍摄差不多了，接下来是直播部分。开会分配任务，我负责墨脱公路88K芒给沟大桥建设和80K物资中转站建设的直播。

墨脱公路按照国道标准建设，全长117.28千米，这100多千米是山路，远没有平原道路那么好走。由于地形起伏大、自然灾害频繁、地质条件复杂，修路的过程很艰难，整条路段上有很多建设难点，我负责的这两处就是两个重要节点。

由于墨脱公路这100多千米路段上没有县城或乡镇，每个地方就用多少K（千米）来命名，而且中间只有一处可以供晚上休息的服务区，就是63K。这样一来，我们直播团队只能选择墨脱、扎木和63K这三个地方来休息。对于我来说，选择63K无疑是最节省时间的。

10月20日　墨脱公路

我走了一遍墨脱公路，专门查看了88K和80K这两个地点，直播方案也初步拟定。

10月21日、22日　墨脱

直播即将开始，四川站、西藏台的直播团队与我会合，设备用四川站的卫星车。

走在墨脱公路上，能体会一日有四季的感觉，植被随着海拔的变化不断变化，从芭蕉树到参天的松柏，从高山草甸到皑皑白雪，海拔的落差犹如在坐过山车。那里有数不清的胳膊肘弯和随处可见的安全提示标志，这是一条修筑在“仙境”与“险境”中的“天路”。

山顶在云间，山脚在江边，说话听得见，走路得几天。墨脱公路只有亲自走过，这一切才能有切身感受。

10月23日　63K

之所以要专门讲讲63K，是因为这里给我留下的印象太过深刻。两排房子，我们10多个人的直播团队就住在这里，晚上很冷，要用电热毯。没有桌子，写稿子只能在床上完成。

床上全是小虫子，有密集恐惧症的人根本不敢靠近。但对于一个被蚂蟥咬过的人来说，没什么不能睡的，用手挥两下，赶走飞虫，然后快速钻进被窝里，把被子盖严实，不让虫子再飞进来。

这两排房子，除了客房、主人家的房子和餐厅以外，还有一间杂物间，那是晚上最热闹的地方，里面有两张自动麻将机。很难想象，在缺电缺水、几乎毫无人烟的63K，竟然有两张自动麻将机。主人说，一方面是自己家人没事儿的时候可以玩，另一方面也是给晚上住在这里的客人玩。因为这里没有电视，也没有其他什么娱乐活动，麻将机至少可以让人们有点消遣。西藏人民和四川人民对麻将的热爱是到骨子里的，在这种深山老林里，别的可以没有，但不能没有麻将。

这趟活，我3日进藏，6日进墨脱，28日出墨脱，29日凌晨到达林芝，30日凌晨飞抵杭州。短片陆续播出之后，我们带给墨脱的改变悄然发生了。地东村的大柠檬片子播完之后，来自北京、上海、成都、拉萨的电话把背崩乡杨乡长的手机和办公电话都打“爆”了，全都是想来洽谈大柠檬代理业务的，一天杨乡长兴冲冲地给我打电话，不停地说着感谢。手工编织品片子播完之后，杨乡长的电话再次被打“爆”，这次是很多企业来咨询，看看门巴人的藤竹除了能编盒子还能编什么，有的甚至想把藤竹编的包打造成国产品牌。

地东村的大柠檬

看了我发在微信上的图片，很多人都想去墨脱转一转，我相信前往墨脱的人肯定会比以前更多。

在直播80K的时候，看着80K的规划图，我就在想：10年后，墨脱会是什么样呢？80K真的能成为旅游小集镇、高山秘境中的世外桃源吗？

背崩乡的杨老三客栈会不会再次翻修呢？我们留下的木板文字会不会还保留着？去地东村、西让村的公路是不是也修通了？矿泉水的价格是不是和外面的价格相当了？格当乡是不是可以不用过每天只有6小时有水有电的日子了？大柠檬是不是已经进了北京、杭州的水果超市？藤竹编织品是不是已经摇身一变进驻各大百货大楼了？

我期待着墨脱会变得越来越不一样……

初稿写于2013年11月3日　杭州

【走进墨脱·墨脱日记】门巴藤竹编织品

【走进墨脱·墨脱日记】探访雅鲁藏布大峡谷野生动物

【走进墨脱·墨脱日记】探访门巴族与珞巴族传统服饰

【走进墨脱】芒给沟大桥28日将实现通车

【走进墨脱】80K：从物资中转站到旅游小集镇

主流媒体是来帮忙的不是添乱的

——以两则突发事件处置为例

【题记】

随着新媒体越来越发达，每个人都变成了监督员和报道员，突发事件很难被掩盖，不被公众知晓几乎是不可能的。但即使如此，一些基层政府对待突发事件的处置方式和方法依然欠妥。本文以我们报道的两则突发事件为例，来分析一下。

2014年1月14日中午，浙江台州温岭一鞋厂发生火灾，我们起初并没有收到相关消息，直到傍晚5点多，台里突发岗通过内部渠道了解到这一消息，立刻给我打电话。我当时一方面在网上查询相关信息，另一方面打电话给温岭宣传部和温岭消防。但网上完全查不到相关信息，温岭宣传部和消防也都说没有这回事。

我很坚定地给总部回复，没有。

可没过一会儿，总部又给我发了视频，说确有其事，让我赶紧再通过其他渠道了解。我把视频发给了省消防："有图有真相，你们温岭消防说没这回事？"一来二去拉扯了一番，他们终于给我道出了实情。他们早就接到了报警，有多人丧生，但是当地宣传部门三令五申不要擅自往外发相关信息。他们也比较无奈。

突发事件是记者站的生命线，既然已经确认了相关信息，我们立刻集结前往温岭。路上，我给温岭当地的爆料线人打了电话，让他帮我确认事发的具体位置。同时，再次给温岭宣传部打电话，温岭宣传部虽然承认确实有火灾发生，但还是没有给我提供任何有用的信息，就说让我等他们的通稿，很多事情还在确认中。

我又联系了台州消防，台州消防虽然无奈但还是将他们知道的信息都和我说了一下，但嘱咐我，千万不要透露信息源。同时，当地消防也正在给我们传送一些他们拍摄的第一手画面。

有了这些信息，我在路上就在20点档的《东方时空》做了电话连线，在22点档的《晚间新闻》播出了带图像的画面。终于在晚上11点前，我们赶到了事发地——大东鞋厂。

现场几乎没什么人，既然当地要捂要盖，那我们就必须将这事儿广而告之，我们立刻做了直播。

估计也是看到了我们的直播，晚上12点多，温岭宣传部主动给我打了电话，我选择了拒接，因为我们已经到了当地，所有真实的信息都可以通过采访获得，不告诉我们也不怕。

我们立刻兵分两路，一路继续守在现场，另一路跑去医院采访幸存的工人。工人告诉我们很重要的信息：他们不知道有消防通道，也没有进行过消防培训。我们选择了早上收视率最高的7点档《朝闻天下》播出片子。

随后，这条新闻在1月15日这天重播了很多次，成为当天的热点。后来我们采访了更多逃生成功的工人，他们都反映，楼下是工厂，楼上是宿舍，这里的鞋企基本上都是这样的。

我们连续两天的报道都在说明一个道理：这场火灾看似突然，实则有因，房屋设计不合理、安全措施没有做到位，才是酿成惨剧的罪魁祸首。

1月16日晚上的《新闻1+1》全程半小时都在讨论这场火灾，白岩松最后呼吁：“一场火灾，16条人命。他们中间有辛苦赚钱养家的打工者，还有放假在厂里玩耍的孩子。温岭火灾幸存者称从未进行过消防演练，而大楼内的灭火器大多已经过期。典型的‘三合一’小规模鞋厂遍布温岭，存在很多消防隐患。浙江温岭，请给工人们一个安全的环境。”

温岭一下子成了网上热议的话题，16人丧生成了逃不过的命运。温岭方面感受到了前所未有的压力，16日晚上，他们到酒店来找我，希望我帮忙，帮助温岭扭转局面。

“这都什么年代了？你们还捂还盖？给你们打电话还骗我说没有！你们就是害怕了，知道这场火灾是自己没做好酿成的！”

温岭一边赔不是，一边希望我少报道一点，减轻一下舆论压力。

“你要知道，主流媒体来报道这个事情，是来帮你们的，不是来添乱的！我们报道了，起码就不会有杂音了，所有人都会相信我们的报道。”

那怎么帮温岭解围呢？我让温岭干了两件事：一是抓紧搞一次安全大检查，我们先把这个播出去。为了能让外来务工人员在温岭更好地工作和生活，必须整顿“三合一”的作坊。二是把他们掌握的和消防掌握的所有画面素材给我，我要了解事发时的所有经过。

第二天，我就在酒店房间里仔细看了所有的视频。在海量的视频里，我发现了一个珍贵的画面，足以扭转舆情局势的画面。那就是在救援过程中，有一个市民用自己的肩膀扛住了梯子，这才让梯子能够够得着四楼的窗户。

要找到这个人！于是我们兵分多路去找目击者，询问是否有看到这个人扛梯子，我们给他取了个名字——顶梯哥，并且在1月17日中午收视率最高的《新闻30分》播出了报道《浙江温岭：肩膀扛起生命之梯　顶梯哥你是谁》。

没想到，采访的过程还颇具戏剧性。大家都看到了这位顶梯哥，可没有人认识他，他不是这里的村民。于是我们接连策划了“顶梯哥，你是谁？”“顶梯哥，你在哪儿？”“顶梯哥，你怎么还不出来？”的系列报道。在微博上，我们发起了寻找顶梯哥的新闻行动，终于在1月25日找到了他。采访中，我们得知他也是外来务工人员，老家贵州，曾经因偷盗被关了半年。温岭当地对此有顾虑。我说：“没事儿，浪子回头金不换！”

就这样，一位颇具戏剧性的人物被我们报道了出来。

温岭火灾事件也就此画上了句号。在2014年底的特别节目当中，新闻频道梳理了当年的年度关键词和年度人物，“顶梯哥”成为浙江唯一入选的年度新闻人物。

就这样，因为对“顶梯哥”的报道，网络舆情从对温岭的口诛笔伐转为寻找平民英雄，人们关注的焦点发生了很大转变，温岭的压力也骤降，这就是主流媒体的作用。如果温岭当地一开始就选择相信主流媒体，可能也不至于一上来就如此被动。

与之形成对比的是2020年11月9日，衢州中天氟硅材料有限公司发生爆炸。由于爆炸的时候形成了漫天的黑烟，场面非常吓人。而且2020年的网络环境较2014年发生了很大的变化，手机视频早已满天飞，网上舆情很快就汹涌了起来，衢州隔壁江西上饶的市民也集体不淡定了，纷纷表示“黑烟飘过来了”“有毒”“水也被污染了”。

当然，衢州宣传部也是不希望我们去的，他们希望降温。可是这么大的突发事件我们怎么可能不去呢？打法是一样的。我们中午从杭州出发，路上一边做电话连线，一边收集各种视频发回报道。

下午5点，我们赶到了衢州，整个衢州的天都被烧红了。我们按照导航，七拐八拐找到了事发地点，二话不说，先做直播。

做完大屏直播之后，我们赶紧找到了企业厂房的大门径直开了进去，立刻开启小屏的直播。这时候衢州宣传部才意识到我们已经到了现场，他们打电话来问我们：“你们怎么进去的？我们都进不去现场！”

当晚我们新媒体直播了一夜，大屏凡是有空间的，都做了直播连线。衢州宣传部和我们商量，怎么把这事的影响降到最小。此事影响大的最主要原因是化工厂爆炸，而且爆炸的场面太过吓人。老百姓关心的有三：一是事故是否造成人员伤亡，二是空气究竟有没有被污染，三是水体究竟有没有被污染。对此，最好的办法是立刻召开新闻发布会。

11 月 10 日，衢州对外召开新闻发布会，公布最新的监测数据，说明空气质量稳定，水质也已经恢复。我们在央视新闻客户端上全程直播了这场新闻发布会，并在新闻频道做了直播连线，一锤定音。就这样，衢州的化工厂爆炸事故在短短两天的时间里就画上了句号，网友的疑虑迅速化解，舆情也迅速平息。

通过这两个事件的对比可以看出，如何对待媒体和利用媒体是如今执政能力现代化的必修课。用好了，事半功倍；用不好，事倍功半。特别是网络舆情如此汹涌的今天，借助主流媒体发声可以起到正视听的作用，控制局面、稳定大局。

新闻链接

浙江温岭一鞋厂发生火灾：过火面积大　厂房受到严重损毁

逃生工人讲述：不知消防通道　没有消防培训

火灾，逃不过的命运？

浙江温岭：肩膀扛起生命之梯　顶梯哥你是谁

浙江衢州：一化工厂发生火灾　暂无人员伤亡报告

里应外合取证，顺藤摸瓜“抓”人

——《神秘的考研“保过班”》记者手记

【题记】

新闻的魅力在于会遇到各种各样的选题，也会采用各种各样的形式。“考研保过”，看到这四个字的时候，我就知道来了个大选题。考研怎么能保过？你一定很想知道，我也想知道。

考试，是我们这辈子绕不开的一个词，中考、高考、英语四六级、考研、考公……各种各样的考试，有考试就会有培训班。

参加过培训班的同学肯定很熟悉一个词——保过班，很多大牌教育培训机构经常设有号称通过率达98%的保过班。

但是“三天保过”就显得蹊跷了，再厉害的老师也不可能三天就速成一个能够通过考试的学生。调查就从这里开始了。

事出有因

社会上一度流行通过报考“同等学力研究生”来提升个人学历，由于读这类研究生的人大多为在职人员，平时都有工作在身，复习时间有限，因此考试成了一个大问题。有需求就有市场，一种神秘的“三天保过班”应运而生。我们获取了这一信息之后，准备去一探究竟。于是，我的同事张三（化名）报考了武汉一所高校的“同等学力研究生”，等到大考的时候，他和其他同学一起报名参加了

“三天保过班”。

秘密同行

考试前，我、齐哥和海春一路，张三一路，两路人马分别乘机抵达武汉。张三和其他考生一起入住了考点附近的一家酒店，开始了秘密培训。

三天后，培训期满的张三来到酒店和我们接头。原来，三天保过的秘诀就是一块“橡皮擦”，说是橡皮擦，其实只是做了个橡皮擦的外衣，里面有一个显示屏，可以显示答案。

带进考场的时候，它处于关机状态，不会被探测到，考试期间，拿出来装作用橡皮擦的时候再开机，它就会接收到来自外部的选择题答案。选择题如果能做对大半，主观题随便答一答，也肯定能过了。

培训老师向同学们培训完“橡皮擦”的使用方法之后，还跟同学们保证，这个方法不会被发现，大家可以安心使用，相关打点工作均已妥当。

培训老师不知道的是，除了参加培训的考生，我们也拿到了这个神奇的“橡皮擦”。

大胆假设，小心求证

按照培训老师和张三的说法与逻辑，关于考试保过的问题就演变为谁来做试卷、谁来发答案，以及做试卷的人又是从哪里拿到试卷的系列问题。

我们感觉这背后应该存在一个庞大的作弊组织和利益链条。我们假设：有枪手在考场里面参加考试，他以最快速度做完试卷，并将选择题答案记录到事先准备好的工具上，提前交卷，再将答案带出考场交给接头人。接头人第一时间将答案交给发送人，发送人立刻一键发送给考场内的学生，学生还要在不被监考老师发现的情况下快速誊抄答案。这个链条非常长，里面任何一个环节出错，考生们都有可能得不到答案。培训老师如何确保他们能过，且他们能使用这个“橡皮擦”呢？除非监考老师也被买通。可是有这么多监考老师，怎么可能都被买通呢？

我们决定联系湖北省公安厅，与他们一起合作。

兵分多路

考试当天，我和考生们一起早早来到考场外等候，只不过我没有进考场，而是在车上盯着这块“橡皮擦”。

一台信号干扰车就在学校里，雷达一圈一圈地转着，有干扰车在，这些答案能够顺利地送到“橡皮擦”里吗？我心里犯着嘀咕。

9点，英语考试准时开始，我坐在车子里焦急地等待着，等待的时间总是特别漫长，我也担心这“橡皮擦”突然没电或者失灵。

10点，答案接收到了！

我们记录下了这一“决定性”的时刻，同时告知蹲守在学校外面的湖北省公安厅的民警和湖北省无线电委员会的同志。我和摄像叶海春赶忙到湖北省无线委的监测仪器前，他们迅速锁定了信号源，就在学校对面，但是没办法很精准。民警也迅速出动，先到对面的酒店逐一排查，齐哥拿着小DV跟拍。

在民警排查的同时，湖北省无线委的监测仪器又监测到了三路从学校周边发送到学校内的信号。无线委的同事给我们介绍，信号屏蔽车屏蔽的是三大运营商的通信信号和网络信号，没有办法屏蔽无线电信号，但是无线电信号的接收是有距离限制的，不可能太远，所以距离考场最近的几处区域是最可疑的。

我们将可疑区域告诉了齐哥，而警方经过排查，锁定了学校正对面的一家快捷酒店，与考场的直线距离大概也就200米。果然，他

《神秘的考研“保过班”》新闻播出截图

们在酒店的一个房间里发现了成套的作弊设备。

可是，房间里只有设备，没有人。

床铺没有整理，放着喝了一半的饮料。我们打草惊蛇让犯罪嫌疑人提前逃逸了吗？或者犯罪嫌疑人只是出去吃个饭？警方决定守株待兔。

随后的事情就如我们节目里呈现的那样，犯罪嫌疑人被捕，而且他供认不讳。

后　续

调查还远远没有结束。犯罪嫌疑人说，答案是他发的，可是答案是他的上家通过QQ传送给他的。

警方迅速锁定了QQ号的IP地址，竟然来自北京。莫非枪手并非来自考场，而是来自北京？那这个枪手又是怎么拿到试卷的呢？后续的调查我们只能交给湖北警方了。

回到杭州后，张三再次接到了神秘电话，北京的陌生号码自称是教育部考试院的老师，有名额可以修改分数，只需要4000元。我们录了音，同步交给了湖北警方。

我们也很想知道后续调查结果，期待湖北警方早日查个水落石出。

初稿写于2014年6月10日　武汉

【神秘的考研“保过班”】

堰塞湖上七日记

——《【云南鲁甸6.5级地震】牛栏江堰塞湖排险》连续直播记者手记

【题记】

全身晒得红彤彤，脸肿得像猪头，这就是在云南鲁甸牛栏江堰塞湖上驻扎了七天的军功章。

7天，我做了88场直播，这应该是新闻频道开播以来破纪录的一个直播数据。大型突发事件如何持续不断地找到报道点展开报道呢？在此分享这段经历给大家。

出　师

2014年8月3日16时30分，云南省昭通市鲁甸县发生6.5级地震，彼时新闻中心地方记者部已经有了一套完备的突发事件打法和调动机制。临近各站第一时间直接携带卫星车出发前往支援，距离远的站作为第二梯队携带便携式直播设备飞往事发地参与报道。

参与过盈江地震、彝良地震、芦山地震等各种大型突发事件的我，早已成为突发事件征调记者队伍中的种子选手，而且遇到这种大型突发事件，我也总会血脉偾张、一跃而起、主动请缨。

唐老师[1]给我发微信："干吗呢？跟我抗震去！"当时地方记者部将我国划分为东、中、西三个片区，各有一位主编负责。在西部片区，地震、泥石流这样的突发事件频发，所以我最常接到的就是来自该片区的电话和微信。

8月4日，我和摄像倪铮、海春从杭州起飞往宜宾，却因宜宾大暴雨，飞机备降成都，后折返降落宜宾，已经是晚上11点。下了飞机，立刻驱车赶往昭通，到达时已经是5日凌晨4点。

到了昭通，我们一刻也没有停歇，立刻换车直奔鲁甸，由于多处路段交通管制，到达鲁甸县城时，已经是中午11点。

到了地方，我们先向这次地震报道的前方总指挥猛哥[2]报到。猛哥说："高珧，交给你一个重要任务，报道堰塞湖，史超杰在那儿已经守了两天，你去支援他，你们俩交替报道堰塞湖。"

我立刻赶往鲁甸县火德红镇，与贵州站的记者史超杰会合。

史超杰向我介绍了这两天的报道情况，他所在的位置只能隐约看到堰塞湖的一个边角。那时候还没有无人机，对于整个堰塞湖的全貌看得并不清楚。湖到底淹了哪儿呢？

我们一边商量着这里的情况，一边联系各个单位。猛哥给了我一个武警水电部队的电话号码，说堰塞湖的排险工作由他们来负责。我与对方取得了联系，是武警水电部队第三总队的宣传干事蔡毕滩，我给他发了定位。晚上8点，蔡毕滩找到了我，他拿出地图给我讲解："我们现在在堰塞湖的上游，地势相对较高；而堰塞湖真正威胁的是下游，一旦水位抬高没过旁边的堰塞体，就会冲毁堰塞体，淹没下游的乡镇。"他们的部队此刻就在下游，正在商议如何把湖水有序引出。

---

① 唐老师：唐经刚，时任中央电视台新闻中心地方记者部在线供稿组副制片人、西部片区主编。

② 猛哥：谢子猛，时任中央电视台新闻中心地方记者部副主任。

听完介绍，我们立刻前往下游，并给猛哥打电话，告知了解到的情况：最危险的是下游，而且武警水电部队也刚到达那里，正在商量对策，我们可以完整跟踪记录整个排险过程，申请调来直播设备。猛哥听完，让我立刻回鲁甸县城，协调云南站卫星车跟我走。我和蔡毕潍顾不上吃晚饭，立刻赶到鲁甸县城和等候在那儿的云南站摄像蒋厚波会合。

蔡毕潍前车带路，我们中车跟随，蒋厚波带卫星车尾随，三辆车就这样连夜出发了。可令我们意外的是，地图上仅仅1.2千米的路程，我们硬是开了11个小时的山路，才从火德红镇开到了包谷垴乡。我们绕着这个堰塞湖转了大半圈，中间竟然把蔡毕潍给开吐了，可见我们的路有多难走。蔡毕潍后来说："我在四川什么山路都开过，真没想到自己竟然开吐了！"11个小时不间断开车，对所有司机来说都是一个极大的考验，而且路况很不好，坑坑洼洼、泥泞不堪。

地震导致山体滑坡道路受阻

一路上我们也在了解最新的信息，25名武警官兵先行到堰塞体上勘探，结果被困在了上面。这一路上，我想好了词、标题、导语，想象着我将要进行直播的现场，那会是一个可以看到堰塞体、堰塞湖、下游村庄以及25名被困官兵的现场。所有人都很期待我们这一路的报道，可是我们迟迟到不了现场。

8月6日中午12点，历尽千辛万苦，我们终于到达了现场，虽然不如预期，但确实可以清晰地看到堰塞湖、堰塞体和在悬崖峭壁间开路的现场，相比火德红镇这里更适合做直播。武警官兵此刻正在悬崖之下搬运炸药，我们“居高临下”，用肉眼都不一定能找到他们。当时的现场一片繁忙，仿佛大战前的准备。在1200万立方米的堰塞体面前，每名武警战士就像散落的蚂蚁，微小但尽力。

就当我准备大干一场之时，蒋厚波说，这里不一定能够找到星，西南一侧皆为峭壁，将“亚洲5号”卫星挡了个严严实实。蒋厚波和倪铮是全国记者站中业务能力数一数二的老技术，他们使出浑身解数找星上星：挪位置、换卫星、给通信公司打电话、向技术局管理科申请参数……

其间，我没有干等着，毕竟排险工作还在进行，现场还在不断发生新情况。我拉着海春和云南站摄像赵鹏各做了一条全现场的报道，一条为开路的现场情况，一条为25名官兵的被困进展。然而这个地方不仅卫星找不到，连网络都没有。剪好的两条片子怎么都传不回去，用手机发送热点，传送过程中不一会儿就断了，3G网卡在这里丝毫派不上用场。当时那叫一个绝望，真心绝望。

当面对一个好的现场时，却无法直播、无法传片，那种心情实在是无法言喻。

正当绝望之际，我忽然想到，海事卫星能不能直播呢？这是个已经很久不用的老伙计，但我们不要忘了它的灵活性与靠谱程度。我喊来了倪铮，他用很快的速度就找到了星，终于在18点档的《共

武警水电官兵在悬崖峭壁间凿出一条“天路”

同关注》用海事卫星把当天的第一场直播做了出去。当时地方部直播岗的编辑朱乃铮把直播的照片拍下来发到我的微信上，但直到我走出这里，手机有了信号才收到，她称这是我当天历史性的一刻。可惜海事卫星的画面实在太糊了，声音也断断续续。在当晚随后的《东方时空》《晚间新闻》和《24小时》节目中，我都做了电话连线。

晚上，我们又用海事卫星将之前做的两条片子传回，每条片子的成本可是巨高，毕竟海事卫星电话一分钟要9美元，一兆字节的流量就要7美元。

堰塞湖上的第一天就这样在遗憾和焦急中度过了。

理 顺

8月7日凌晨，加上司机，我们一行7人，没有洗漱，和水电部队的其他官兵一起挤在扎好的帐篷里。大家都睡不着，不是因为累了一天的汗臭和脚臭，也不是因为此起彼伏的鼾声，而是因为这费尽千辛万苦之后的不尽如人意。

蒋厚波反复查证，确定当天上不了星的原因是管理科给错了卫星参数，表示第二天应该可以直播。

8月7日早上6点，我们所有人早早地起了床。蒋厚波和倪铮将卫星车开到了村庄空旷处，那里没有遮挡，可以找到星。我们让武警水电部队的两套“单兵图传”做远距离微波配合我们，这样卫星车就可以在村庄处发射，我们也可以在任何一个空旷处做直播而不受距离的限制。经过一早上的试验，星确实找到了，图传的信号也能回到卫星车上，然而卫星还是发射不了。最终，两位技术人员确定，卫星车编码器在转场来的路上颠坏了！

早上9点，我再也不想一直无休止地等待，便拉着海春背起海事卫星往外走。在紧要关头，能播出去才是王道。就这样，我们开启了一天不间断的海事卫星直播。

采访武警水电官兵

泄流槽开挖成功

10点档，我们直播了武警水电部队的官兵铺设钢轨、架设圆木，他们要在悬崖峭壁间铺出一条两米宽的路，从而让大型机械可以通过。那日，凿山的烟尘与噪声与我的直播相伴随。

11点档，我直播了背着炸药的部队官兵一排一排行进的场面，他们要炸开排险通道上的一些大石头。

12点档《新闻30分》，我直播了堰塞体上的爆破。

14点档直播，最后100米道路打通，我们背着海事卫星穿过100米的落石区。海春说，感觉走慢一步就会被山上掉下来的落石给砸死。大型机械正在开赴新的现场。

15点档直播，水路打通，浮船搭载第一台挖掘机进入堰塞体。

16点档直播，我们徒步进入“孤岛”红石岩村，首次展现震后的红石岩村。

17点档直播，大型机械开赴受阻，陆路再次中断。

18点档《共同关注》，经由水路输送了2台挖掘机，因为陆路输送的15台挖掘机仍停滞不前。

由于海事卫星直播画面卡顿、模糊，声音嘈杂，不能编辑画面，因此我的所有直播都不能走动，而必须尽量选一个相对能看到现场全貌的地方。不能走动，就意味着有时候需要舍弃一些细节；说了的细节，镜头推上去观众也未必看得见，推拉摇移尽量要少。但不管怎样，我把堰塞湖排险的最新消息都尽可能传递了出去。

在我直播的同时，蒋厚波和倪铮也没闲着，他们联系上了总部，让他们想办法把好的编码器送进来。总部的技术人员调动了军用直升机，可是军用直升机飞到我们头顶上，却发现这里全然没办法降落，编码器很沉，吊下来又担心会摔坏，尝试了两次之后，直升机无奈飞了回去。

好在下午3点的时候，水路通了，总部的技术人员通过水路浮船，将好的编码器送了进来。蒋厚波和倪铮终于在晚上7点将新的编码器安装完毕。20点档《东方时空》，我首次使用卫星车完成直播，当时真是哭的心都有了！

在《晚间新闻》和《24小时》栏目，我又分别做了一次电话连线。7日这一天，共计连线11场，还用海事卫星直传了一条片子。

徒　步

我徒步做的报道不少，却都没有这次惊险。

2012年海葵台风，徒步7小时10.5千米，冒着山洪和泥石流的风险，一路徒步至董岭村。

2012年彝良地震，跟随云南消防搜救队伍徒步20千米，从洛泽河镇直接走到毕节。

2013年芦山地震，徒步爬山6小时，做走基层“罗家兄弟下山记”。

2013年走进墨脱，徒步11个小时，到达中印边境，看印度士兵放哨。

但这次与之前都不同，因为之前的徒步都有路，而这次的徒步没有路。

由于15台大型挖掘机通行受阻，但是排险工作又刻不容缓，武警水电部队决定派出20人的小分队先徒步进入堰塞体勘察情况。于是，我和技术叶海春背着摄像机和一套“单兵图传”设备，跟随小分队沿着塌方体一路往堰塞体下爬。那真的是爬，水电部队的战士们在前面开路，他们找好地方下脚，我们沿着他们的脚步往下走。即使这样，我也好几次险些掉下悬崖。有些石头只能容一只脚踩，垫后的战士也保护不了我们太多，关键脚下踩无可踩，头顶上还有落石，我们边走还要边注意山上的石头。在我们行进过程中，山上还进行了一次爆破，爆破产生的碎石硬生生地砸在了我的安全帽上。当天的气温有38度，紫外线极强，我明显感受到自己的手臂、脖子和脸被晒得异常疼痛。

与此同时，卫星车恢复了正常工作，蒋厚波和倪铮将车子开到了容易找星的地方。赵鹏带着另一个“单兵图传”设备走到我昨天直播的点位做了信号中转站。这样，我和海春即使下到最下面的堰塞体上，只要场地空旷，和悬崖上面赵鹏的点位之间没有遮挡，信号就可以传送过去。赵鹏和卫星车两点一线没有遮挡，信号就可以通过赵鹏点位中转后再传给卫星车，我们用这样的方式实现了全程直播，虽然看不见卫星车和倪铮他们，但是可以用对讲机互相沟通。

经过了5个多小时，我们终于爬到了堰塞体上，全身满是灰尘和泥土，上衣全部湿透，直到晚上，汗水印出的汗渍才逐渐消散。我的裤子被划出了一道大口子，手臂、手掌和小腿都有不同程度的划伤。

也是从这天开始，我和海春、蔡毕滩长期驻扎在了堰塞体上，蒋厚波、倪铮和赵鹏驻扎在山上的村民家里。一拨在山底，一拨在山顶，对话靠对讲，直播靠微波。

由于是徒步下来的，我们并没有带行李和笔记本电脑。这带来的问题就是我们必须一直穿着这身脏得发臭的衣服驻扎在还没有帐篷的堰塞体上，没有笔记本电脑也就意味着做片子尽量不剪辑，全现场，无剪辑拍摄，用微波传回卫星车上，由蒋厚波用对编机剪辑后传回台里。

由于没有网络，每次贴稿子都是打电话给后方的编辑们，让他们帮忙建稿子，口述标题、导语、同期、称谓，后方每一个人都没有因为手里忙碌而落下一条片子。前方无畏，后方无私。

余 震

每次大的地震过后都会伴随着无数的小余震，可做了那么多次地震报道，从来没有像这次这样觉得余震带来的危害会那么直接。

8月8日下午2点多，堰塞体上所有人员和设备都必须撤出，因为部队要对堰塞体进行第三次爆破。就在我们在渡口等船的时候，山体突然塌方，一块块硕大的石块直接往湖水里砸，然而下面不仅有湖水，还有运送挖掘机的船。事情来得太过突然，每个人都本能地往后跑，海春也拿着摄像机往后撤，我一把抓住他："快开机，快拍！"就这样，我们记录下了整个余震的过程，那场面就像看电影《渡江战役》，水面上仿佛全是炮弹和子弹，船体随时可能被击沉。

冥冥中似乎有神明护佑，所有的石头就像长了眼睛一样，砸在船体的周围，哪怕把船砸出了两个大窟窿，船上的人也都没有受伤。船靠岸，我迫不及待地跑到船上去采访他们，去看看他们。他们有的人说当时只想着跳湖，能躲的地方就是挖掘机的下面。只可惜当时船长不接受我们的采访，他希望尽快把船开回上游渡口，进行修复。我说："你是英雄，请接受我们的采访！"可他还是没有接受我们的采访。

在接下来16点的直播中，我完整地用了这段画面。抗震救灾的危险性，以前或许很多人都意识不到，可这一次，通过这个电视画面，人们或许能直观感受到死亡是那么近。这段画面后来也完整地在《新闻联播》里播出。

如果说8日的那次余震是让我们看到死亡离救灾人员有多近，那11日中午的塌方则让我感受到危险离自己也如此之近。那天10点，我冒着暴雨做完了直播，身子每动一下，都感觉雨黏在了身上，丝毫不愿动弹。可就在这个时候，山上有一块巨石掉落。

大雨天气，山体很容易塌方。安全员紧急拉响警报，所有大型设备立刻撤出堰塞体，我被安全员拉着往外跑，山上的石头噼里啪啦地落在我们周围，一旦被那种块头的石头砸到，绝对残了。

当所有人都撤回到帐篷处的时候，现场的工程师们正在讨论对面的山体。由于裂缝的产生，如果雨一直这么下下去，对面的山体很容易整体坍塌，后果不堪设想。

他们已经在讨论撤退了。可是这时候山上也塌方了，也就是说，走水路会被这一侧垮塌的山体砸到，陆路则已经不通，而且山上的落石还在一个劲儿地往下砸，待在原地成了最安全也是最无奈的选择。

那晚我早早地就睡下了。可谁承想，当晚帐篷后面发生了塌方，石头砸中了帐篷角，幸好石头不大，帐篷只是歪了，很快就由战士扶正了。然而熟睡的我全然不知晚上还有这样惊险一幕。第二天，同睡的战士说，整个帐篷里就你一个人没醒。

炸药爆破声我都听不到，更何况山上的滚石呢？

冲击波

在这个现场，我是实实在在地看到了冲击波，当堰塞体上发生爆破的时候，我远远地看到爆破出现的光晕，冲击波往外扩散。我们在几千米外，都能感受到冲击波掀起的灰尘、白烟、白土打到我们身上，威力巨大。还有好几次直播，冲击波直接就将我们的信号轰没了。

食　宿

从到达堰塞湖开始，吃、穿、住都回归到了最原始的状态。

鲁甸地震堰塞湖直播现场

堰塞体上的爆破

吃。8月6日，由于上不了星，一天压根没心思吃东西，一直到晚上8点多，才吃了第一顿饭，是武警水电部队炊事班做的盒饭，感觉已经是人间美味了。7日，由于一路沿着打通的路做直播，也没有时间吃东西，晚上回到营地，饭已经没了，只吃了一盒八宝粥。蒋厚波有一碗泡面，倒上矿泉水，下面用木柴生火，以此来煮。8日，由于知道这天要徒步，早上上路前吃了两盒八宝粥，之后整天都在堰塞体上，但补给的队伍还没跟上，一天就这样过了。9日，小分队开始作业，他们在堰塞体上寻找出来很多遇难者。这天吃的是军用自热食品。10日，住在堰塞体上，食堂也在堰塞体上开张了，我吃了一包榨菜和一个盒饭，感觉很好吃，但下午就拉肚子了。10日之后，营地食堂建起来了，饭也逐渐有了保障。

穿。我们的衣服早已经破的破，坏的坏，脏的脏，臭的臭，要不是部队给我们换了一套迷彩服，真不知道接下去该怎么办。

住。住在帐篷里，最早连行军床都没有，只能睡在地上。刚下到堰塞体的那一晚最惨，晚上下了暴雨，两台挖掘机成了我们的避风港，我们20多个人，都钻到挖掘机下面，倒头就睡。后来有了行军床，好多了。但是每天早晨起来是最难受的，因为湿气太重，加上汗水浸润，所有衣服都湿漉漉的，浑身也黏糊糊的。

离　开

堰塞体处理接近尾声的时候，史超杰坐着船来到了我们这边，堰塞湖上下游终于汇合了。他说：“你在这边啥直播都做了，我们在那边都没啥可做的了。”

7天88场直播，这应该是新闻频道开播以来破纪录的一个直播数据。

后来，武警水电部队的总司令和政委也来到了现场，说要给我颁个军功章。堰塞湖上的7天，让我们和武警水电部队结下了生死情谊，以至于后来报道很多突发事件时，我们都会第一时间联系，随时准备并肩战斗。

初稿写于2014年8月15日　昆明

2014年8月6日　18：00【云南鲁甸6.5级地震】堰塞湖排险通道正在被打通

2014年8月7日　16：00【云南鲁甸6.5级地震】牛栏江堰塞湖排险

2014年8月7日　20：00【直击鲁甸地震救援第五天】红石岩堰塞湖水位持续上涨

2014年8月8日　10：00　牛栏江堰塞湖：昨夜下雨堰塞湖水位1245米

2014年8月8日　16：00　今天堰塞体实施第三次爆破

2014年8月9日　15：00【云南鲁甸6.5级地震·堰塞湖排险】记者首次乘船横渡堰塞湖

2014年8月10日 10：00【云南鲁甸6.5级地震】堰塞湖泄流槽挖掘连夜进行

2014年8月11日 16：00 堰塞湖11时发生塌方 施工队撤离

2014年8月12日 11：00 【云南鲁甸6.5级地震】今天进行堰塞体最后一爆

从“双十一”直播看大数据和大数据的可视化表达

——《“双十一”网络购物节》系列直播记者手记

【题记】

阿里巴巴让我们进入了电商时代，也创造了“双十一”这个网络购物节，每年的“双十一”都成了媒体竞相报道的舞台，媒体围绕着这个日子做着各种延展性的报道。对于“双十一”产生的大量交易数据，我们又可以怎样用他们来丰富报道呢？我将结合2013年和2014年在阿里巴巴现场的“双十一”直播来谈下这个话题。

什么是大数据？

大数据，即BigData，它具有四个维度的特点：大量（Volume）、高速（Velocity）、多样（Variety）、价值（Value）。换言之，它代替了以前做调查的样本方式，转而采取更加精确的全样本分析，所得出的数据也是最为准确的。

利用大数据对媒体人有什么意义？

数据本身只是数字，但是我们可以合理地将其“加工”，为我所用。

大数据可以让我们选择报道样本更加准确，而不是大海捞针。

举个例子，我们要做个“农村电子商务”的选题，肯定要选择样本。我们以前选择样本的来源有二：国家指定宣传典型和媒体碎片化报道。而有了大数据就不一样，根据过往的历史数据，可以准确分析出农村电子商务发展有几种主要模式，其典型代表都是哪几个地方；根据更多年份的数据可以看出，农村电子商务在发展过程中都遇到过哪些问题，哪些时间段利于其发展，哪些时候不利于其发展。

我们的报道由此可以做到有的放矢，通过大数据分析，得到遂昌模式、沙集模式和清河模式三种农村电商发展过程中的主要模式，在探访的时候讲什么样的故事也就有了目标可循。

三条片子放完，紧接着可以跟一个记者观察，利用图表等可视化的手段对上述三种模式加以分析，得出结论，虽然三种模式各有特点，但也有共性：有企业家精神的带头人、产业进入壁垒低和宽松的创业环境。

这样的报道播出之后，农民可能会想自己是不是也可以试一试，想要发展农村电子商务的村干部可能由此了解了应该为村子的发展创造怎样的条件和环境，而更高级别的政府决策层会思考，是不是能够效仿某种适合自己所在地区的模式来发展。

大数据还可以给我们提供选题策划的方向。举个例子，我看过麦肯锡公司的一份关于中国企业的大数据研究，研究发现只有五分之一的中国企业使用云计算数据存储和处理技术，而美国的这一比例高达五分之三。中国企业只将2%的营收投入IT领域，只有全球平均水平的一半。就连中国石油和中国石化等规模最大、名声最响的国有企业，在IT技术的投入上也颇为吝啬。基于此，我们是否可以联动美国站和地方站，在地方站中又找出投入大和投入小的两个典型企业做对比，进行报道呢？这是否会给我们国家的企业转型升级提供一种新的参考呢？在我们做年中经济观察或年终经济观察的时候，这是否可以作为我们企业转型升级报道的一个方向呢？

报道“双十一”可以给观众带来什么？

有了上面两个例子，接着来讲讲我们的“双十一”报道可以怎么做。

由于2013年做过“双十一”报道，再加上2014年世界杯期间曾经做过一些有意思的分析，所以这次的“双十一”报道我差不多提前一个月就开始做准备，和阿里研究院的人碰了再三，请视觉部的同事做了很多动画。

以下结论和可视化的图，是我们做报道的时候通过网购数据分析得来的，虽然没有在电视上播出，但是希望可以借此给读者带来一些做“双十一”报道和大数据报道的启发。

我们不是读屏的软件，而是要做有用的新闻。

一、中国各省份消费额排名

在阿里报告厅的几块大屏幕里，有一块显示的是中国地图，上面实时展现了各省份网购商品的金额变化和排名，还能看到商品是从哪个省份流向了哪个省份的。

我们读屏就可以告诉大家以上信息。与此同时，将上年全年的数据调出来做一个对比，进行几个维度的分析。

1. 地域。我们能发现，东部交易额最高的局面没有改变，但是中部地区交易额增长是最快的，交易额增长前30位的城市大多是三、四、五线城市，克拉玛依则成为网购交易额增长最快的地级市。这能够说明两点：一是网购正在从一、二线城市向三、四、五线城市发展；二是中西部发展不足的商业基础设施已经满足不了中西部老百姓日益增长的需求，他们只能选择通过网购更多品类的商品来弥补实体零售的欠缺，满足自身对美好生活的向往。

这些信息的社会意义和经济意义在于，能让政府看到现在西部大开发的显著成果，中西部很多三、四、五线城市人均可支配收入不断增长，也从另一方面说明，西部可以加大商业基础设施的建设力度。

2. 商品。在如此大交易额的背后，东、中、西部的消费者都在买些什么呢，哪些商品销售增长最快？

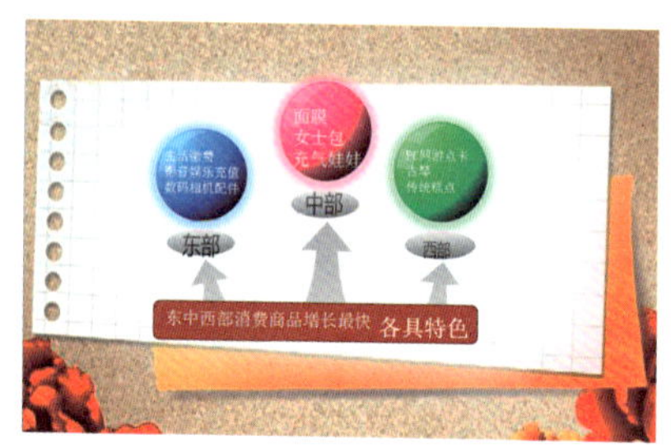

东、中、西部的消费商品

东部网购数额增长最快的是“生活缴费”，比如水费、电费、煤气费、手机话费乃至今年的4S店特色服务等。第二位是“影音娱乐充值”，也就是购买类似迅雷看看、爱奇艺、乐视等平台的VIP特权。当说到这些的时候，我相信东部人是很有共鸣的。在杭州，生活缴费基本都可以在手机上完成，哪怕到便利店购买商品也基本可以用二维码扫码支付，用到现金的地方越来越少。这也说明，东部百姓网购的门类正在从“商品”深化至“服务”。

中部增长最快的细类则是“面膜”“女士包”“充气娃娃”等时尚用品，中部地区的女性正在通过增加消费让自己变得更美。还有一点，中部省份是男女比例最悬殊的地区，各种品类的“充气娃娃”成了热销品。这或许给中部地区带来了新的社会研究课题。

西部则是PC网游点卡最为畅销的地区。这也说明当东部已经开始普及手游的时候，西部还停留在电脑游戏阶段，而且考虑到西部网络基础设施相对匮乏，这些PC网游的消费大部分来自西部的网吧。这也给政府带来一个信号，是时候拓宽互联网在西部的覆盖和普及了。

我们能让观众看到东、中、西部互联网经济发展的情况，能够让所有人看到中国人都在买些什么东西，这些都是实时数据的反映，真实而无法掩盖。

3. 人群。是什么人在购买这些商品呢？成年女性是网购金额最高的群体。当然，我们从大数据里也能提取出一些信息，2014年第一季度，50岁以上的“大叔、御姐”和22岁以下的“正太、萝莉”的网购人数同比增长都超过了100%，尤其是50岁以上的群体，呈现爆发式增长。这也说明网购的人群正在从成年人向全民拓展，而且我们能看出50岁以上人群和22岁以下人群的购买力已经逐渐超过了其他年龄人群，说明成年人的网购越来越趋于理性，也被工作压得越来越没有时间网购，而时间相对充裕的年轻人和老年人则将网购变成了一种新的休闲方式。

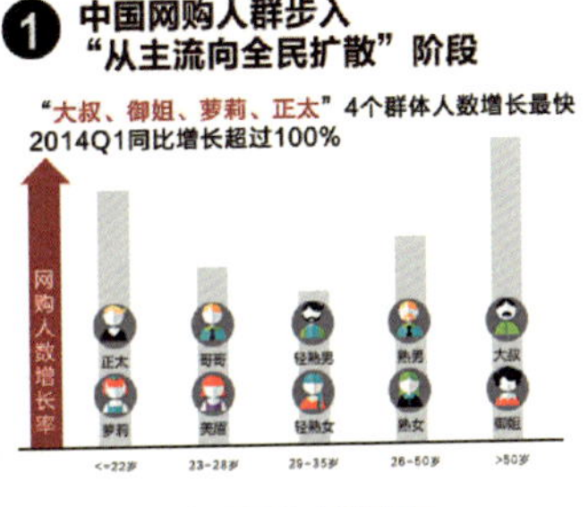

中国网购人群分布

另外，我们能看到中国成年女性购买的商品类别中位居前三的分别是家电、育婴、保健品，从中不难看出她们十分顾家，照顾孩子且孝顺老人。那老人们都在网上买些什么呢？我们发现，他们会买一些类似于相片角贴、刺绣、婴幼儿奶粉等商品，可见网购可以丰富这些老年人的生活，还能让他们照顾起自己的孙辈来更加得心应手。

通过观察众多老人收到的商品或者包裹，我们发现很多包裹都是从外地寄去的。2013年农村地区收到的淘宝包裹中，有10%左右是由身在异地的家人、亲朋好友购买的。和2011年相比，这个比例提高了约三个百分点，这也进一步说明我国留守老人的数量众多。留守老人和人口老龄化是目前我国的基本国情，而且从网购的数据中可以看出这两个问题依然显著。

哪里的游子给自己家乡老人邮递的商品最多呢？答案是福建莆田。这样的结果可能对于莆田人来说并不意外。莆田常年有近百万人在外经商办企业，还盛产科技人才，有数千名拥有教授职称的人才遍布全国。因此，莆田在外的游子不仅数量多，大部分还都有经济能力。而且将莆田作为中心，可以发现从外地寄到莆田的包裹大部分来自福建省内，也能看出虽然游子多，但是“父母在，不远游”的传统思想在福建人心里根深蒂固。

我们再往外延伸，哪个城市收到的异地包裹最少？答案是昆明。当然这并不是因为昆明人的孩子不孝顺，而是他们大多留在了昆明，那里四季如春的自然环境和缓慢的生活节奏，让他们不愿意到外面去工作和生活。云南人在省外工作的比例放在全国都是很低的。

二、全球化数据图

阿里的数据大屏让我第一次感受到了经济全球化给我们带来的便利，以及它的可视化表达。

全球化数据图上有时区，清楚地显示了哪些地区是黑夜，哪些地区是白天。我们能看到，0时开抢的时候，东南亚国家的消费者欢得很；我国处于白天时，美国消费者开始抢购我们的商品；下午的时候，俄罗斯消费者一下子就疯抢起我们的商品，并且一跃成了最后榜单的第二名。

全球化数据有海外购买我国商品消费额的排名、各个国家购买商品的实时路线迁徙图和与之对应的小国旗。每当有一个新国家的消费者购买我们的商品，下面的国旗就会被点亮。

同样，我们也可以进行几个维度的分析。

1. 买家。今年有220多个国家和地区首次参加了“双十一购物狂欢节”，根据最后的数据统计，11月11日下午才开抢的俄罗斯最后竟然超过了美国，成为天猫海外买家消费额最高的地区之一。我们能看到，消费额前十的国家或地区中，亚太经合组织（APEC）成员占了其中8席，显然APEC会议的召开，让中国的商品进入这些国家更加方便快捷。

2. 商品。当APEC会议宣布中国到美国的旅游签证可以签10年的时候，“淘宝旅行·去啊”的商品里，去美国的机票、自由行商品一下子多了起来，这是多好的遥相呼应。

第一单跨境商品于11月11日下午2点多寄到杭州下沙的一名消费者手里，此时此刻，普通消费者真切感受到了经济一体化、全球化给自己带来的是多么巨大的便利。当我爸妈在12日早上就收到来自加拿大的波士顿龙虾，晚上照着食材附带的烹饪教学光盘做好龙虾宴，平时不会网购的他们也会感叹现在的生活怎么就这么方便了呢！为什么速度会这么快？国家开放保税区的政策是关键和利好。

我们的国家在繁荣富强，发展壮大。做年中经济观察或者年终经济观察又或者数字十年的时候，我常常会想，观众看到这些数字的时候，内心对于人民生活更加富裕、幸福的感受必然比不上今天看到一个普通消费者坐在家里花了几百几千元就买到了来自海外的商品来得更加直接、强烈！

当然，还有出口商品热销榜、进口商品热销榜、物流、县域、农村等维度，只要是能想到的维度，都可以在大数据平台加以提取并加工，然后进行分析，这一切工作都可以让专业的数据处理人员和分析师来帮我们完成。我们提前准备的维度还有很多，在这里就不再一一赘述了。

大数据的可视化表达

阿里帮我们解决了很大一部分可视化表达问题，他们将最主要的数据都通过事先准备好的非常炫目又精确、详细的大屏展现出来了。在现场直播的美国全国广播公司（NBC）的记者出镜时，用火箭控制室（The rocket control room）来形容这里。

分析时，出镜介绍完大屏显示的省份消费额之后，哪座城市的网购增长率最快呢？我们可以放事先准备好的克拉玛依的画面，当看到克拉玛依人背着LV、PRADA的包包逛农贸市场的时候，观众会感受到这是一个很好玩的城市。甚至连线完这边，还可以接着连线克拉玛依台主播告诉他这一情况，做现场观察分析，他们对于自己的城市为什么网购增速如此之快自然会有独特的解读和分析。

当回到现场揭晓答案的时候，可以玩一下弹幕，克拉玛依人或会共鸣，或会吐槽，电视观众对于这样的结果自然也会众说纷纭。

那克拉玛依人都喜欢买哪些类别的商品呢？前置虚拟或者动画这时候就可以和出镜记者进行一个很好的互动。从这些商品中，我们能看到西部内陆城市的消费结构，无论是纵向的变化还是横向的对比，都能用同样的方式可视化表达出来。

当15分钟第一个收到货物的佛山消费者拿着自己的货物，与直播记者视频连线表达心声，再第一时间通过直播的形式播出的时候，我想那一定是一种震撼的感受。同样地，对于第一个拿到跨境包裹的消费者，我们也可以照样处理。

物流方面，当监测到哪个地方爆仓的时候，我们可以联动当地的快递仓库或者保税仓库，看看那个仓库的情况究竟如何。

我们为什么要关注“双十一”？

上面两条都是从我们做电视表达的角度来说为什么要报道“双十一”。它符合主旋律，是国家政策最接地气的一种体现，是国家经济政策最鲜活的落地表达，而且对数据进行了可视化处理，可以设置悬念，这样更利于电视传播，也更符合央视的传播方式。

再从宏观的角度分析，世界经济和国家层面都十分重视互联网经济。

在拉动中国经济的“三驾马车”中，消费的作用正在直线上升。国家统计局数据显示，2014年上半年最终消费对GDP的贡献率达54.4%，投资为48.5%，出口则是－2.9%。消费正在超越投资，成为拉动经济增长的第一引擎。

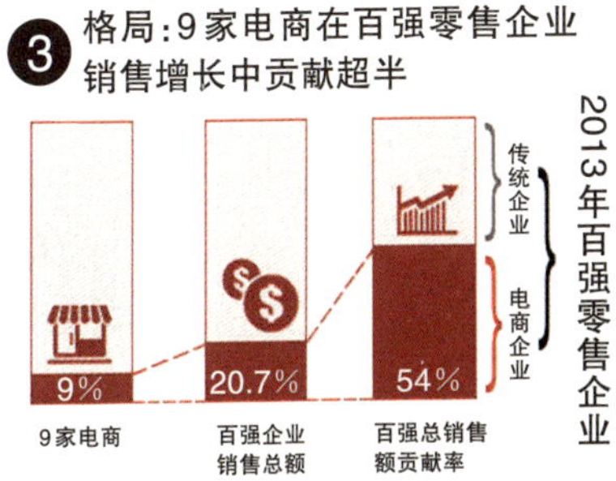

3 格局:9家电商在百强零售企业销售增长中贡献超半

9% 20.7% 54%

9家电商　百强企业销售总额　百强总销售额贡献率

传统企业　电商企业　2013年百强零售企业

数据来源：中华全国商业信息中心2013年中国零售百强排行榜及统计数据。9家电商企业包括：天猫、京东商城、亚马逊中国、一号店等。

电商与百强零售企业销售情况

而在消费的占比中，与零售业连续三年下降相反，网络零售一直保持高位增长，在百强总销售贡献率里已经超过了半数。

无论是市场本身还是国家层面，都看到了互联网经济给中国经济带来的巨大贡献，都肯定了如今电商企业以及他们所打造的“双十一购物狂欢节”在拉动经济增长上起到的重要作用。

“双十一”是市场经济自己发展并推广起来的，是市场经济活跃的体现，是我国实行社会主义市场经济体制以来的巨大成果。

因此，无论从宏观经济层面还是微观数据可视化方面，“双十一”都是我们媒体人值得报道和分析的。

带着这样的认识，我们在2015年春节期间和阿里巴巴集团合作，制作了4期《数说过年》，利用阿里巴巴的大数据资源，来分析中国人过年的一些有趣故事，让在“双十一”期间没能完成的一些设想全都在那个春节实现了。

初稿写于2014年11月15日　杭州

“双十一”网络购物节·浙江杭州：“11·11”全球网购的“奥运会”

“双十一”网络购物节零时启动

【数说过年（1）】回家

【数说过年（2）】年味

【数说过年（3）】年货

【数说过年（4）】红包

历史题材的报道如何展开

——《为了不能忘却的纪念："庄户县长"卖祖林 带领百姓度荒年》记者手记

【题记】

一条片子，拍了1个月零8天，稿子改了17遍，片子改了23遍，终于让一段尘封的历史公之于众，值了！

2015年是世界反法西斯战争胜利70周年，央视新闻中心策划了"根据地"系列报道，以抗日战争时期我党创建的19块抗日根据地为报道主体，以创建过程为报道主线，寻找一个载体将它揉碎、嚼细、深度剖析，来讲我党是如何争取人民群众、发动人民群众、创建抗日根据地的。这次报道最大的特点是要通过大量翔实且准确的史料和当事人的口述来呈现，以实现报道的独家性、权威性和历史性。

找 题

讲故事，得找载体，从而让故事有线索，也让结构有抓手。

"根据地"系列策划之初总共定了10期，选取了19块抗日根据地中的10块来讲故事。山东抗日根据地是19块抗日根据地中唯一一块以省为建制的根据地，这说明我党在山东的群众工作做得格外好，意义也格外重要。竹青姐[①]给我打电话，说调我到山东做这个报道，这块难啃的骨头就交给我咬了。

5月17日，浙江站摄像金坚跟我从杭州飞往济南，和竹青姐会合后，我们一起去菏泽开中宣部有关反法西斯战争胜利70周年报道的媒体通气会，了解口径、精神。随后，开启了我的单兵报道模式。

由于山东抗日根据地的报道启动最晚，我到山东之后按照“史料、文件为载体”的思路寻找的选题方向，几乎都已经被报道其他根据地的记者先行操作了。比如山东出了很多“防治贪污腐败”的条例，但这些案例，已经在晋察冀抗日根据地的报道中使用了；又如山东出了一个不让马匹吃树皮的规定，晋察冀抗日根据地报道中也已经有了类似的“树叶训令”。共产党领导的19块抗日根据地，颁布的法律条文和组织的运动大致差不多，政策都是先有一个典型试点，后来才在其他根据地推广的。

那山东怎么办呢？起初，我找了一封信作为载体，展开来讲1942年最困难的时期。其实，“树叶训令”、沁源围困战都是讲1942年的那段历史，各个根据地的故事也是大同小异，免不了雷同。后来申勇主任审完片之后提了一个观点：人也是载体，与其讲这封信，不如讲写这封信的人。以人为线索来串故事，看看那时候的党员干部是怎么做的，党群关系是怎么处的。信也是人写的，人除了写信还干了其他的事情，有载体也有线索了，还独辟蹊径了。

做片子时的参考书

后来有几块抗日根据地

① 竹青姐：赵竹青，时任中央电视台新闻中心地方记者部特别节目组制片人。

的报道也在找题上陷入了困境，最后都参考山东抗日根据地以人为载体的形式举一反三，如苏北抗日根据地以大堤为载体，沁源围困战以毛主席的一句批示为载体。

独孤求败曾说练剑至境，草木飞石皆可为剑。讲故事亦如是，载体要找，但不拘一格，人文物料皆可作载体。

找　人

以史为纲来找。片子要同期，同期就要有人讲，经历者一也，听说者次也，研究者三也。

我的山东抗日根据地比以上三者更难，不像其他根据地只是给所讲的政策、法令、文件找个人证，而是要刻画一个有血有肉有性格的人。在做这类报道时，人本就难找，还要通过找的人来勾勒一个已经去世久远，还可能大部分人都不认识的人，何其难也。

先从最简单的人入手——研究者，他们一般好找，也是最初的抓手。莒南县党史研究室的专家帮我找了《莒南县党史资料汇编》里的记录，这里记载了王东年卖祖林发生在1942年。关于县长王东年的故事，这位专家也只在这里面看到过。

我们又找山东省党史研究室的专家聊。但王东年这个人，在浩瀚的历史长河中，只是沧海一粟，并不是什么有名人物，以至于大专家并不知晓这个人。那么1942年王东年为什么要卖祖林呢？我们先了解了宏观历史，知道山东的灾荒始于1938年国民党炸花园口。也就是说，经历过那段历史且有记忆的老人年龄应该在88岁以上。王东年是莒南县的县长，我们就从县民政局和县公安局拉了一张莒南县登记在册的88岁以上老人的名单，发现还真不少。

那谁认识王东年呢？谁又知道王东年卖祖林的事情呢？每个县都有自己的党史资料、县志之类的，先翻这上面的资料。我们找到了两篇回忆王东年县长的文章，上面都提到了他卖祖林的事情，但都没说是在哪里卖的。不过，我们找到了他的踪迹：桑庄、坊前、前泉龙头、十字路、温水泉、赤石沟……王东年去过的村子着实不少，这些村子很多都已经划归现在的莒南城区范围，我们把这长长的名单范围进一步缩小，开始去王东年走过的村子寻找。这里只能用最笨的方法，挨家挨户地找，挨家挨户地问。健在的老人是不少，能说话、有记忆的就真不多了。功夫不负有心人，我们经过大海捞针般的寻找，终于找到了几位还记得王东年的人！

村民眼中的王东年是怎样的，做过哪些事？我们都呈现在了报道里。可是村民的报道都是只言片语，并没有办法勾勒出一个完整的王东年。

那写回忆王东年文章的那些曾经的县委、县政府的同事们是不是对他了解得更多呢？我们找到了一篇回忆文章，作者叫李得超。我们通过公安网去寻找这位老人，发现他在新中国成立后曾任青岛市体育局局长。有名有姓有职务，就好找了。我们又通过青岛台找到了李得超儿子的联系方式，兴奋异常，可通了电话才得知，李得超老人小脑萎缩，没有记忆也不会说话了。

那时候我们已经走了菏泽、临沂、莒南、临港等多个县（市、区），但还是找不到特别有用的人物，有些灰心丧气。要不要去青岛？我的心里一直在打鼓。最后，我把这个情况跟竹青姐说了，竹青姐说，你们还是去吧，说不定能有收获呢，即使没有收获，探访李得超老人的过程也是画面的一部分。

我们到了青岛，见到了李得超老人，也见到了他的妻子——90岁的余新华。原来余新华是前泉龙头村的村民，她就认识王东年，王东年当县长的时候，她还是个小丫头，却对王东年印象很深。但关于王东年具体做过什么事情，她就说不出来了，因为那时候她还小。她说，李得超晚年写过一本回忆录，或许对我们有用。她翻箱倒柜，找出了老伴1989年写的回忆录，全是手稿，满满一个日记本，记录了李得超从出生到1989年为止的人生。事实证明，这次青岛之行收获巨大。

翻看回忆录，我们发现1941—1943年间，李得超在莒南县给王东年做第一秘书，他的生活基本上和王东年是紧密联系在一起的。回忆录里还记录了很多他和王东年之间的故事，也成了后来我写稿子塑造王东年人物性格的重要依据。

村民、同事都找完了，该找家人了。家人也是相对来说比较容易找的群体，因为那时候的县长在新中国成立后基本都发展得不错，王东年最后做了全国科协的书记。通过新闻中心社会部的小伙伴，我们联系到了科协，最终顺利联系到了王东年的家人。在北京，我们采访了他的女儿和爱人。

我在采访中走村入户

拍　摄

不要带着目的去拍，多拍一点不是坏事。

操作这类题材，拍摄大篇幅的素材是肯定的。而且后期编辑的过程中改了又改，甚至方向都改了，导致有些镜头使用起来就捉襟见肘了。因此，到了一个地方就尽量多拍一点，这会让后面的编辑负担大大减轻。

比如，之前去山东档案馆查档案资料，我们只把所需的资料给拍了，却没有拍寻访资料的过程，在后期写稿编片时才发现没有过渡镜头，寻访的感觉也出不来，只能去补拍。

再比如，我们去村子里寻访老人，拍完寻访镜头和采访就走了，后期编辑时发现有几个地方实在没有镜头贴，而最好的画面就是村子里充满生活气息的镜头，如大爷大妈在村子里走路、唠嗑、干活之类的镜头，后来只能让地方台去补，结果当地在下大暴雨，这类镜头就没有了。

活用灯光，追求品质画面。

在记者站拍片，之前很少活用灯光，从2014年做抗日战争的节目开始，我对灯光的运用逐渐多了起来。史料、文字、采访，如果能有灯光的配合，画面会更加精美。

我们刚从山东拍完回到北京的时候，看了“树叶训令”的片子，画面的确精美，出报纸的方式、出报纸内容的画面一看就都是经过精心设计的，这些精心设计的画面最关键之处还在于对灯光的巧妙使用。

当然，灯光也不能滥用，平时的探访、对村民的采访还是应该做到本真，这样才能不失信息量。对报纸等史料打灯，则是为了让里面的文字更加清楚，不至于造成信息的丢失。比如我们整条片子的关键是王东年的家书，由于年代久远，信纸褶皱，墨迹褪去，根本看不清上面的字。但在灯光的有效配合下，再加上后期对比度的提高，这封信的信息就能显现出来了。

再比如有些大人物的采访，受环境所限，光线比较暗，或者采访地点在会议室，灯光一打，轮廓出来，格调也上去了，体现人物身份的采访环境也就有了。

空镜头也要有信息量，用现在表现过去。很多摄像在拍空镜头的时候比较随意，其实每一个空镜头都是有意义的。这次片子由于历史资料很多都不可考，不知道是哪里的所以不能乱用。因此，很多时候需要用现在的镜头来表现过去。比如当时的开会情景不可能再现，我们就找到一张会议桌，在上面摆放杯子，以此来表现那个年代开会的场景；再如农民矛盾致使土地撂荒，我们就拍一片荒地来表达……

采　访

同期不是简单地为了打节奏，正文无法代替的同期才是有效同期。行文至此，只能由这个人来说，只能由这个人来讲，别人说不了，这就是同期了。

不要带着目的去采访。我们面对的都是抢救性采访，采访一个人时应该尽可能地多让对方去说，他们说完整了，说全了，才能从中发现很多意料之外的东西。这是在史料和专家那里听不到的真实，因为他们才是亲历者，他们的故事才是最真实的。采访，就是要去倾听未知。

每一句正文都要实实在在。正文写起来看似简单，其实每一句话甚至每一个字都挺有讲究。“三严三实”用在这上面最适合不过了。新闻本就是讲求严谨的活，每一句正文都要有出处，都要凿实。

比如“对于如此严重的春荒，这些钱显然是杯水车薪”，竹青姐就觉得“杯水车薪”四个字用得“不实”了。到底解决了多少问题呢？我们咨询了莒南县党史办主任，把这句话改成了“按照当时的物价，100多块银圆只能买1000多斤粮食，只够那些最困难的群众应急”。

再比如“截至1943年3月，莒南县借粮10多万公斤；被减租的地主200户，减了租的佃户1990户；减息6万多元；增资人数1.6万余人；粮食增产近70万公斤”。这一段正文倒是用了数字，可是这些数字对于受众来说接受困难，观众依然不知道当时成效到底如何。最后通过查资料，发现了一个表格，将上面那段话改成了“截至1943年8月，莒南县实行减租的户数占到总户数的83%以上，占总亩数的94%以上”。

编　辑

大量素材要及时整理。我们最后拍了将近8个TB的素材，按照人和日期整理，这样后期在剪片子的时候方便找素材。

因为采访了很多人，所以最好给每一个被采访对象建一个速记稿，方便在需要用哪一段同期时可以随时调用，便于改稿。

编　排

这期节目的联播版面编排是申主任的得意之作，当时《新闻联播》开专栏报道优秀县委书记，王东年是1942年的县长，将现在的一县之长和当年的一县之长放在一起编排，前后呼应，让历史照进现实，让观众再次感受到无论过去还是现在，共产党人的初心没有变，使命没有变，为了人民、依靠人民、成果由全体人民共享的思路没有变。

郡县治，天下安，共产党人是这样治县的。

感　性

不采访就永远不知道真实的历史是怎样的。很多事情的发生都会带来两面的结果。

1938年国民党炸花园口，一方面阻挡了日军南下，但也导致了此后几年河南、山东发生大面积饥荒，树皮、树叶成为百姓的主要粮食，树皮甚至被扒光。山东之所以没有出现人吃人的局面，全赖当时共产党人多、根据地建设好，老百姓得以挺过灾荒。

百团大战打出了我军的声威，也暴露了我军的实力。1940年的百团大战是抗日战争时期我党主动出击日军的最大规模战役，它打出了敌后抗日军民的声威，振奋了全国人民争取抗战胜利的信心，在战略上有力地支持了国民党正面战场。但同时也暴露了八路军的实力，让国民党顽固派开始破坏国共合作，发动皖南事变；让日伪军开始忌惮八路军，对敌后抗日根据地进行疯狂的“扫荡”，以至于1941年、1942年我党大量干部牺牲。

黎玉，一个相对陌生的名字，他是当时中共山东省委书记，山东抗日根据地最早的创建者。我们在采访中发现了一份他在1946年3月手绘的表格，上面显示，抗日战争时期，山东地主、富农阶层在支援抗战的粮食、金钱和枪支贡献上，占了全部阶层的60%以上，山东也流传着很多地主、山匪支援抗日的故事。也正是因为这个表格，黎玉将地主分为了开明地主和顽固地主。以至于在解放战争的土地改革中，有些地主的土地被拿出来分了，有些地主的土地就没有被拿出来分，土改执行得并不彻底。1946年，饶漱石成为中共中央华东局书记，黎玉是副书记，饶漱石认为黎玉走“富农路线”“山头主义”。

与黎玉之子黎小弟合影

与罗荣桓之子罗东进合影

历史是辩证的，人也是辩证的。就像罗荣桓的儿子罗东进说的，只要没忘了群众这个根，我党任何困难都能克服。

初稿写于2015年7月4日　北京

为了不能忘却的纪念："庄户县长"卖祖林　带领百姓度荒年

他的名字家喻户晓，他的事迹无人知晓？

——《茅以升：忍痛炸毁新建钱塘江大桥》记者手记

【题记】

有一大类新闻题材我们会经常遇到，就是对已故名人事迹的报道。名人意味着这人家喻户晓，其故事大概都为人熟知，所以对这类人的报道往往流于形式和表面，基本上是再现已知故事。很多人也会说，已故意味着没办法采访到本人，这样的情况下该怎么来讲述其不为人知的故事呢？怎么让人物去符号化，变得真实、立体、丰满、可感呢？

名人也是有个性的

在做这次关于茅以升炸大桥的报道前，我曾于2015年3月做过“茅以升造大桥”的片子，那是我第一次操作这个类型的题材，当时策划的导演们就强调了一点：我们做出来的这些名人要有个性，是活生生的人，而不是符号化的民族英雄。

这可能是人人都懂的道理，可真正做起来并不容易。

怎么让名人回归到人？说来其实也简单，一个细节足矣。这个细节可以是一个故事、一句同期、一个印象……关键是要挖掘到这样一个细节。

当时我的同事李欣蔓做了同系列里的另一条片子，讲述的是被喊了40多年“卖国贼”的关露的故事。行文一上来，关露的外甥女这样描述关露：“很讲究，很注意干净卫生，爱漂亮，烫头发，穿得那样的漂亮。”

通过这样一句同期，关露的这层性格就显露无遗了。但偏偏这样一个爱干净、漂亮、名誉的人，怎么就能忍辱负重、背负骂名这么多年？而且在又脏又破的牢房里饱受摧残，还坚定地执行党交给她的任务，对于所有人对她卖国贼的指控毫不辩解。

她的外甥女后面讲到这样一个小细节：“她在监狱里放风的时候，捡到一个铁钉子，她就偷偷捡来磨，整整磨了两年，磨成了一根针。她就用眼镜盒上铁的硬的（一个东西）把它扎了一个眼，然后把她的囚衣改成比较合身（的）。她出来带给我看了，那个是很珍贵的一个东西，真是‘只要功夫深，铁杵也能磨成针’。这说明她相信一定能够得到清白。”

这一段细节的描述把她的性格进一步凸显：一方面，在监狱里还想着要好好穿衣服；另一方面，磨钉子这样一个细节能看出这个人到底有多隐忍。这里用这样一个细节使关露在矛盾中的隐忍显露无遗。

可惜的是，这一段同期在播出的时候被删掉了。

当然，并不是所有人的性格都如此突出，比如茅以升。当我翻看他的日记时，内心的感受就是：这个人从不表露感情。日记里全

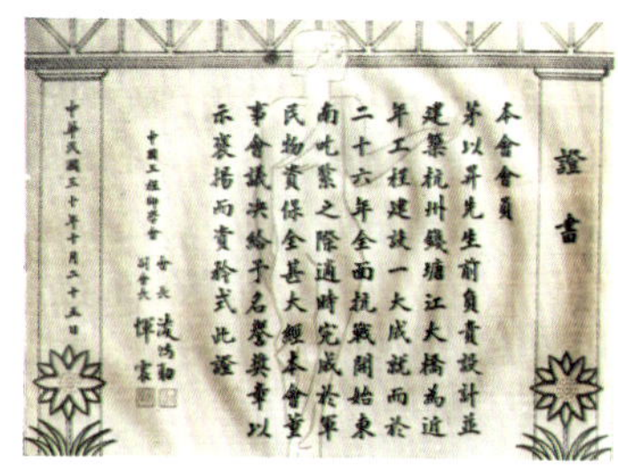

證書

本會會員茅以昇先生前負責設計並建築杭州錢塘江大橋為近年工程建設一大成就而於二十六年全面抗戰開始東南吃緊之際適時完成於軍民物資保全甚大經本會董事會議決給予名譽獎章以示褒揚而資矜式此證

中國工程師學會 會長 淩鴻勛 副會長 惲震

中華民國三十年十月二十五日

茅以升建桥成功获表彰

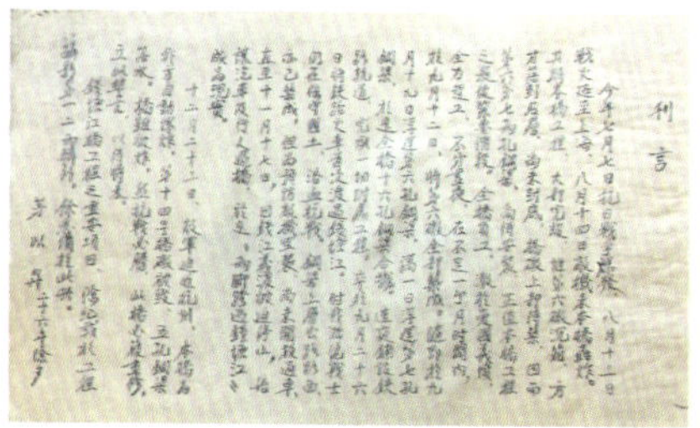

茅以升亲笔写的钱塘江桥回忆录刊首语

是建桥的进展，建桥炸桥那三年的日记里，描写内心情感的就一句话："为钱塘江大桥工程建设，我日夜奔波，忽而愁闷，忽而开颜，有时寝食俱废……"

乍一听，这句话其实挺普通的，描写的就是一种状态，直接引用过来，也并不能凸显茅以升的性格。

但是如果加以解释，茅以升在这些年的日记里写的全都是有关钱塘江大桥的内容，而在最后炸桥的时候他写下一句话："好像自己亲手扼杀了自己89天的婴儿。"我们就能感受到一位严谨的老科学家内心的悲痛。他对这座桥有多爱，炸这座桥时就有多痛苦。

没有一个突出的细节，那就用全篇去刻画他的性格，并选取他登上钱塘江大桥的画面作为收尾：他并没有说话，只是转动眼球。因为他得了很严重的黄斑病变，看不清东西，这么做就是为了能看清这座大桥。

通过全篇一个个情感点的堆积，在节目的结尾我们就用现代语言给茅以升画了像：一名纯正理工男，看似除了工程毫无其他情趣，不善表露情感，其实内心异常细腻丰富。我们不需要如此直白的表述，但所有观众都感受到了这位老科学家的不容易。

钱塘江大桥建设旧照(1)

钱塘江大桥建设旧照(2)

讲故事要用最合适的方法

讲故事方式有很多，有的单刀直入、直奔本质，有的倒序、环环相扣，有的正序，勾着人往下看。

文似看山不喜平，讲故事讲得让观众想往下看，就赢了。

叙述是一个过程，开头肯定得先“勾引”住人。其实这是所有人都会重视的。

我上初中、高中的时候，语文老师就会教，写作文要：凤头、猪肚、豹尾。凤头的方法有开门见山、引经据典、运用修辞、创设情境、制造悬念、言彼意此、托物起兴……

在做“茅以升炸大桥”的片子时，我想过好几种开头方式。比如用现在的钱塘江大桥作为开场，表明其还在服役，显示建造技术之高超，再用倒叙方式讲述过去的故事；再比如用炸桥开场，有冲击力，先吸引住观众。

最后我们选择了断桥的照片作为开场。其实用的方法都是一样的，就是想在开头制造一个悬念。上面提到的第一种开头过于平淡，第二种开头确实有冲击力，但是容易使观众困惑。这就属于我前文说的直奔主题了，但观众还没搞清楚状况，情绪点还没有到，桥就被炸了。最后我选择以相对温和的断桥老照片作为开场，同样留有悬念——钱塘江大桥还断过？带着这个悬念我们开始故事的叙述。

一年之后，我做了茅老入党的故事，开头选择用茅老入党申请书里的一句话："是继续在党外还是吸收入党，怎样对党有利，对国家和人民有利，我就应当怎样做。"这样既有悬念，又开门见山。这是一个关于入党的故事，可是想要入党一般都会写：我志愿加入中国共产党……茅老却写了这么一句话，那他到底想不想入党呢？引出悬念后，展开故事的叙述。

联系采访应该一头扎到底

前面都在说成片的感慨，下面想再说说制作成片的经过，因为很多人都说联系采访、寻找当事人的整个过程有点儿难。

我的采访顺序是这样的：先了解了茅以升建大桥、炸大桥这个事件的概况。接着去联系了杭州市委宣传部。他们告诉我，钱塘江大桥归上海铁路局管辖，并不归属地管。于是，我又联系到了上海铁路局，进而找到了大桥的具体管理单位——上海铁路局杭州工务段，并联系上了钱塘江大桥纪念馆馆长钟光明。他给我介绍了整个事件的来龙去脉。那天晚上，我和同事金坚在工务段的会议室听钟馆长讲了一晚上故事。

随后钟馆长给我提供了茅以升的小女儿茅玉麟的联系方式，我们联系上之后就去北京拜访并采访了她。从她那里，我们拿到了《茅以升日记》和《茅以升全集》，当时这两本书都还没有正式出版，她给了我初稿的电子版。另外，她向我提供了茅以升的秘书郑淑娟的联系方式、桥工来者佛的女儿来小兰的联系方式，并给了我一盘相当原始的35毫米的带子，这是茅以升及其助手李文骥1934—1937

年用摄像机拍摄素材的母带，相当珍贵，此外还有很多的老照片。茅玉麟还告诉我，在浙江省档案馆和铁道科学研究院的档案馆里，分别保存了大桥建设相关的很多史料，包括茅以升建设大桥时写下的日记与回忆录。

我们又分别去了这两个部门，算是还原了大桥建设以及炸毁的完整始末。而在成片里，我采用了很多1934—1937年的珍贵影像资料，这些画面就来源于那盘35毫米的母带。

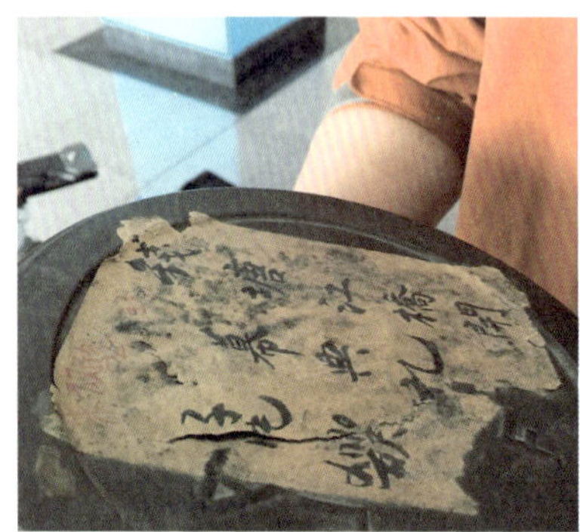

茅以升建桥视频母带

我们本可以看到钱塘江大桥的纪录片

我在读茅以升的日记时，发现了一个重要的线索，那就是茅老在建设钱塘江大桥的时候曾花重金从法国买回一台摄像机，拍摄下了钱塘江建桥的全过程。他希望用这样的方式让后人知道这座大桥是怎么建设的，这样既可以为日后修缮大桥提供帮助，也为后人建桥提供借鉴。

哪怕是在手机、小型数码摄像机普及的今天，很多时候我们可能也想不到用摄像机完整记录某个工程建设的过程。而在1934年茅老就用摄像机在记录建桥的过程，这得是多有心的人才能想到的方法啊！

当时茅以升让专人负责拍摄，拍下了12盘大带子。根据茅玉麟的介绍，哪怕在逃亡，茅以升都随身带着关于钱塘江大桥的所有资料，其中就包括这12盘带子，足足有两大箱。当时日军空袭金华，他为了保护这两大箱资料差点被炸身亡。

新中国成立后，茅以升找专人把这12盘带子剪辑成了一部纪录片。后来，担任铁道科学研究院院长的他将这12盘带子全部捐赠给了铁道科学研究院的档案馆。可惜在20世纪80年代机构改革中，因保存不当，如今只剩下一盘，保存在茅玉麟手中。

我们如获至宝，拿着这一盘带子辗转联系到了中央新闻纪录电影制片厂，翻出了这盘带子里面的视频内容，但因为年代久远，只有前四分钟有用，其他的已经翻不出来了。

当时我的内心感慨万分，老科学家拼死保存下来的资料就这样被后人轻易地弄丢了，可悲可叹。后来，茅玉麟将茅以升的《钱塘回忆》手稿和很多钱塘江大桥的图纸都捐给了浙江省档案馆，浙江省档案馆将其作为特级馆藏珍藏着。

今天的钱塘江大桥

我们去采访桥工来者佛的女儿来小兰，她依然住在钱塘江大桥南岸的城中村七甲村里。或许很多人不知道，如今钱塘江大桥南岸城中村七甲村、八甲村，当时住着的都是建设钱塘江大桥的桥工，而他们之所以能住在这里，都是茅以升向当时的国民政府申请的。

现在杭州南山路上有一家很有名的西餐店叫BERNINI，餐厅所在的那栋房子就是茅以升的旧居，有心人下次走南山路的时候不妨去看看。茅玉麟说她每次去杭州都会到那里坐坐，她希望有一天这里可以建个纪念馆。

初稿写于2015年9月28日　北京

【新儿女英雄传】茅以升：忍痛炸毁新建钱塘江大桥

三个国民党抗战老兵的口述历史

——《致敬抗战老兵》系列报道采访手记

【题记】

2015年，是世界反法西斯战争胜利70周年，我有幸参与了大量这个主题的报道，在“致敬抗战老兵”系列里，我采访到了三位国民党的抗战老兵，让我们一起听听他们的口述历史。

“致敬”，当时听到这个系列名的时候就觉得这个词用得特别好。我们采访的初衷是向这些老兵致敬，节目是致敬，记者要致敬，效果是全国人民都要向他们致敬。

我负责采访的是国民党的抗战老兵，我们除了要致敬我党的抗战老兵，也不应该忘记那些曾经为国做过贡献的国民党抗战老兵，这些国民党抗战老兵的故事能够在央视播出，本身就是时代的进步。

不把日本鬼子打出去，国家莫想生存，人民莫想生活

这是片子里姜老的一句同期。

姜立诚，1923年5月21日生于湖南宁乡。他家里原有一个服装厂，20多台机器，60多名工人，他在私塾里读书，可以说家境相当好。这时候，日军飞机开始轰炸宁乡，姜家的厂子被炸了，父亲因此病逝，只留下姜立诚和母亲。

姜立诚的日记里这样写道："日本鬼子进了宁乡，连五六十岁的老妈妈都强奸了。"当时蒋介石实行焦土抗战，结果长沙、宁乡等地一片大火，房子也被烧了，姜立诚母子俩连家都没有了。

后来母亲改了嫁，嫁到了益阳。17岁的姜立诚意识到，不把日本鬼子打出去，国家莫想生存，人民莫想生活，于是他从了军。当时的湖南没有共产党的部队，17岁的他分不清什么党派，一心只想打鬼子，就参加了当地的抗日志愿军，后来被国民党收编。

姜老能从抗日的战场上活下来，与他的岗位有关。他身材矮小，力气小，没有办法上前线。上过私塾的他写得一手好字，就留在了第九战区司令长官部参谋处做了一名文书。他的直接上司是第九战区的两任参谋长吴逸志和赵子立。

他在抗战时期的功绩是在第三次长沙会战中抓了30多个特务。

第二次长沙会战中，他们司令部被日军飞机炸过，被炸的原因是军队里出了一个女奸细，她用镜子给天上的敌机发信号，照亮的地方即为司令部。那次轰炸死了13个人，参谋处总共14人，只活了姜立诚一个。从那之后，他对汉奸格外注意。

第二次长沙会战之后，姜立诚注意到三四十个香客来到司令部附近，他觉得不对劲，就报告给了特务团。特务团一举把这些人抓获，并且审讯出了日军准备立刻发动第三次长沙会战的企图。于是，第九战区司令长官薛岳和参谋长吴逸志制定了诱敌深入的策略，把日军放进长沙来，然后来个瓮中捉鳖，结果在第三次长沙会战中，国民党军队伤亡29000多人，日军伤亡56000多人，这样的伤亡比例在整个抗日战争中都极为罕见。

姜立诚因此受到嘉奖，从文书提拔为准尉司书，并且加入了国民党。

姜立诚的嘉奖令以及从军档案作为敌伪档案被保留了下来，而敌伪档案以前都是不能公开的，现在社会进步了，可以公开了，我

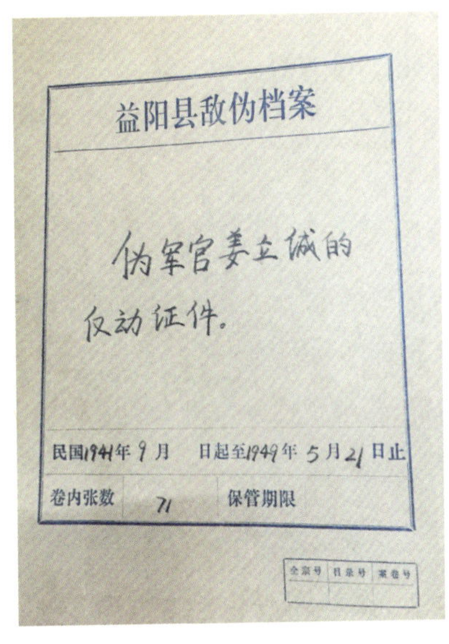

益阳县敌伪档案

伪军官姜立诚的反动证件。

民国1941年9月 日起至1949年5月21日止

卷内张数	71	保管期限	

全宗号	目录号	案卷号

姜立诚的从军档案

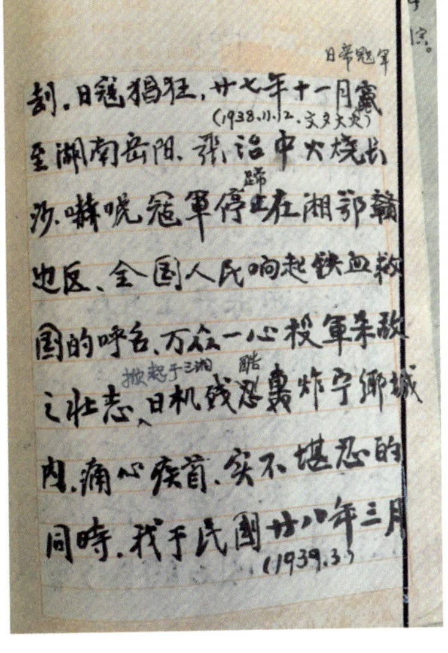

日帝寇军

刮。日寇猖狂，廿七年十一月竄（1938.11.12，文夕大火）至湖南益阳，张治中火烧长沙，嚇唬寇軍停蹄在湘鄂赣边区，全国人民响起铁血救国的呼号，万众一心投筆杀敌之壮志，掀起于三湘，日机残酷轰炸宁乡城内，痛心疾首，实不堪忍的同時，我于民国廿八年三月（1939.3）

姜立诚的日记

们才得以拍到。

其实，从抗战军官沦为“敌伪”，一心想要保家卫国的姜立诚何曾想过自己竟会有这样的境遇？抗日战争胜利后，他不希望中国人打中国人，就选择了上学。毕业后的他本来有机会到香港工作，但他选择回到家乡参与建设。或许这就是命运，他没能赶上宁乡当地的起义部队，最终只能留在家乡当了一名农民。空有报国志，却报国无门。他的子女也都受了牵连，只能在家务农。

让人感到欣慰的是，因为时代的进步，我们得以走进这个家庭去做采访。姜立诚的孙子如今成了一名国家公务人员。全国各地的“关爱老兵协会”也没有忘记以姜立诚为代表的国民党老兵，每年都会给他们发放补助金，奖牌、勋章、纪念章都会摆在他们家里，他们没有被人民忘记。这次邀请他们来到北京参加盛大的阅兵仪式，就足以说明我党始终没有忘记他们曾经为国家做出的贡献。

为国家而死，我值得；为人民而死，我值得

这是粟翼航老人在片子里的一句话。他是国民革命军第99军99师295团1营1连的中尉连长，一线士官，随军参加了第二次、第三次长沙会战。

第99军99师295团是一支载入史册的部队，在第二次长沙会战中，全团都守在湘阴城汨罗江边阻挡日军的进攻，最终只有三人活着回来，其中就包括粟翼航。我们在湖南省档案馆里查到了资料，在第二次长沙会战的庆功宴上，蒋介石要求所有人先为这支部队默哀一分钟。

这支部队为何如此受人尊敬？湘阴城当时是日本增兵的港口重地，295团奉命守卫此处。一营营长曹克人守在坞塘，从1941年9月24日一直打到10月4日，日军都没能攻下这个港口。粟老告诉我们，日本的进攻策略是，先用飞机轰炸，再来坦克碾压，再上骑兵，与中国军队进行白刃战。295团真的是用生命在死守，根本没办法和日军打。当时师长下的命令就是：你们295团打得没一个人，也得死守。

10月4日战至上午10时，日军在阵地后方空降伞兵，对曹营形成三面围攻态势，形势越发危急。曹克人指挥部队边打边撤，一直退到东湖四甲堤上，准备从文星桥上过河，再到对岸狙击日军。不料桥上的木板已被敌人破坏，过河已不可能，而日军紧追不舍，他们陷入腹背受敌的绝境。此时曹克人操起一支步枪，大声喊道："弟兄们，为国捐躯的时候到了，上刺刀！"

粟老是学武出身，会猴拳，他说单打独斗，他谁都不怕，一个人打几个人也没有问题。可是日本鬼子基本不会硬拼，他们都是骑兵，刺刀也厉害，粟老的刺刀却不行。

曹克人死后，家人收到了他的家书："……国家养兵千日、用在

一时，值此国家兴亡之秋，匹夫尚且有责，我为军人，怎能临阵退缩？尚望双亲体谅时艰，善自颐养天年……我誓死抗日到底，此意已决……”

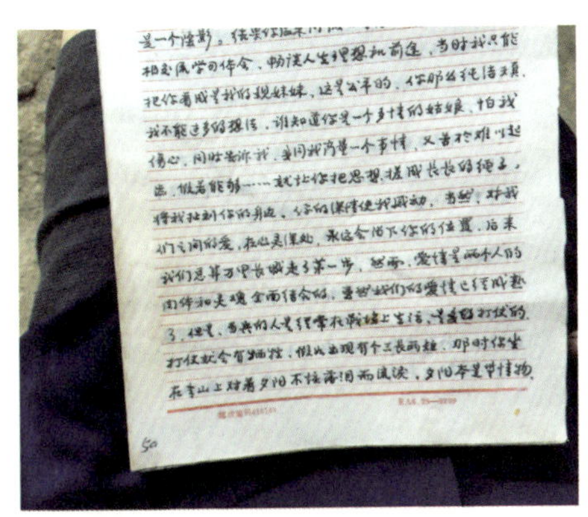

是一个阴影。……
相处同学的体会，畅谈人生理想和前途，当时我只能
把你看成是我的亲妹妹，这是公平的，你那么纯洁天真，
我不能过多的[illegible]，谁知道你是一个多情的姑娘，怕我
伤心，同时告诉我，要同我商量一个事情，又苦于难以启
齿，假若能够……就让你把思想搓成长长的绳子，
将我拉到你的身边。你的深情使我感动，当然，对我
们之间的爱，在心灵深处，永远会留下你的位置。后来
我们总算万里长城走了第一步，然而，爱情是两个人的
肉体和灵魂全面结合的，要说我们的爱情已经成熟
了。但是，当兵的人是经常在战场上生活，是要去打仗的，
打仗就会有牺牲，假如出现有个三长两短，那时你坐
在青山上对着夕阳不该流泪而流泪，夕阳本是无情物，

粟翼航写给未婚妻的书信

其实，在那次战斗开打之前，曹营400多名将士都给家里写了信。片子里讲述了当时粟老写给未婚妻的信，可惜这封信他没能寄出去。他当时被日军的迫击炮击中头部，昏迷了。当他醒来的时候，阵地上全是尸体，他一个人艰难辗转才回到了军营，才知道1营全军覆没的消息。写信的时候他就一个想法，自己肯定有去无回了，姑娘还是改嫁吧，为国家死他值得，为人民死他值得。

粟翼航和姜立诚合影

如今，湘阴城建了一座纪念馆，纪念曹营烈士在这里浴血奋战的故事。粟老也没有被人忘记，他在农村的土坯房被志愿者们翻新了，每年志愿者都会凑一万元送给老人。他还能够继续向后人讲述曹营湘阴城抗战的故事。

此电恐为最后一电，来生再见

卢庆贻是一名电报兵，往来电报都靠他，他因此没上过前线。

第四次长沙会战又叫长衡会战，此战之后，长沙、衡阳相继沦陷。长沙沦陷后，卢庆贻背着当时的参谋长赵子立一直逃到衡阳的南岳衡山临时指挥部，按照赵子立的意思，他给守卫在衡阳的第10军军长方先觉发出电报：守卫15天，就算胜利，援兵就能到。

然而，第10军1.7万兵力在衡阳苦苦守了47天，面对数倍于自己的日军，孤立无援，衡阳最终沦陷。

卢老说，当时第10军中连伙夫、电话兵都上前线打仗了。日军飞机每天狂轰滥炸，衡阳城内的建筑物基本上都被炸毁了，就连最高建筑中央银行也被炸得稀巴烂。日军还有坦克和炮兵，隔得很远就开炮射击衡阳的城墙，城墙一片一片地倒。所有断壁残垣都是掩体，只要日本兵冲锋，第10军就开枪、开炮回击。

卢老说，战况激烈时，久攻不克的日本兵甚至脱掉衣服，上身赤膊，下身只围条白手巾，端着枪就嗷嗷叫着朝我军阵地冲来，模样很吓人。日本兵没进入射程范围时，我军绝不射击，一旦敌人进入射程，便枪弹齐发，打得他们一排排地倒下去……

日本兵见攻不下城，就用生化武器，释放毒气。很多人都死在了毒气上。守城至第40天时，由于连日激战，1.7万余人的守城部队减员严重，只剩下3000多人，其中还包括文职人员和轻伤人员。存粮被燃烧弹烧焦，他们靠糊米饭和盐水度日。更为严重的是，因外援断绝，守城官兵的弹药已出现严重短缺。第10军只得收缩阵地，用肉搏战和拼刺刀来保卫阵地。而就在此时，日军在原有两个师团的基础上又从长沙增调来三个师团和数十吨弹药，开始对衡阳城实施第三次总攻。

8月6日早晨，日军攻入北门展开巷战。当此危急时刻，守军全体将士抱着决不投降的决心，并经卢庆贻之手，于当天17点30分以加急电形式向重庆统帅部拍发了“最后一电”：“重庆台军事委员会委员长钧鉴，敌人今晨由北城突入，城内展开巷战，我官兵伤亡殆尽，刻再已无兵可资堵击，我等誓以一死报国，勉尽军人天职，决不负钧座平生作育之美意。此电恐系最后一电，来生再见，我方先觉率师长周庆祥、葛先才、容有略、饶少伟、参谋长孙明玉同叩。鱼，午。”

长沙市云麓宫战死烈士名单

当时3000多人大多为伤兵，为了保护伤兵，方先觉率部投降，衡阳沦陷。卢庆贻说，日军本来想大屠杀，但是由于他们对我们非常佩服，就将我们全部关押起来。直到抗战胜利后，我们才从牢里放了出来，这也是抗日战争中绝无仅有的。

连日军都对守城的中国将士肃然起敬，我们有什么理由不向这些虽败犹荣的战士们致敬呢？虽然我们对卢庆贻的采访没有播出，但令人欣慰的是，他也作为受阅的国民党老兵和姜立诚老人一起来到了北京。

参加这次受阅的30名国民党老兵里，湖南老兵就有12人，这也是对抗日战争中最惨烈的湖南战场最大的致敬。

初稿写于2015年9月4日　北京

【致敬抗战老兵】姜立诚：见证潇湘大地的抗敌烽火

联播如何破题、谋篇、布局、凝练

——《治国理政新实践·浙江特色小镇启示录》记者手记

【题记】

我们常说《新闻联播》没有一个字、一个镜头是多余的，没有一处同期是无缘由的，在最有限的时长里，我们要用最凝练、最生动、最能抓住核心主旨的语言和逻辑来展开报道。我将通过《浙江特色小镇启示录》3集联播的创作过程，来分享一下我们是如何破题、谋篇、布局、凝练语言的。

“特色小镇”的概念在2014年首次提出。2016年3月，申主任亲自带队来到浙江，带我们报道了《浙江特色小镇启示录》。

破题：坚定从中央最缺处着眼

选题入手，先讲破，不破不立。“特色小镇”，初看题目，估计绝大部分人并不能理解其“特色”在哪里，能说出一二，可能也没有办法很确切地描述其中的内涵。我们反复和浙江省发改委讨论：城镇化、众创空间、供给侧……这里面包罗的内容很多。从哪个角度做，做哪些，不做哪些，这些成为破题的关键。

新型城镇化，是2013年国家提出的发展思路。我们曾经在2013年以浙江省店口镇为例报道国家的新型城镇化建设，当时在《新闻联播》连续播发2集、央视新闻频道播发4集。虽然小镇的建设确实是新型城镇化进一步发展的一个新样本，可是就当下来说，从这个角度破题显然过时了。

大众创业、万众创新，这个格局更加小。特色小镇的类型多样，有创业创新，也有传统制造业的转型升级。

供给侧结构性改革，这是中央从2015年底开始屡次强调的改革思路，可目前仍缺乏强有力的实证。时下推出主题主线报道，一定要符合中央的精神，这正是央媒的职责所在，也是做系列主题报道的背景所在。

因此，我们决定从“供给侧结构性改革”这个角度来破题。

布局：一切都是产品

确定了破题角度，接着要考虑怎么布局，也就是做几集，每一集从哪个角度来说。

根据中央的精神，台领导提出《新闻联播》主题主线的报道要系列化、连续化、电视化。

关于如何布局，我们需要吃透两个概念：一是供给侧结构性改革，二是特色小镇。

推进供给侧结构性改革，要以三大结构调整为重点。第一，经济结构调整，推进消费升级，提供有效供给；由于消费侧是目前拉动经济发展的最主要方式，投资显得乏力，如何实现在消费侧大力发展的同时，让它的对立侧供给侧也能拉动经济，这就是第二点——动力结构调整；第三，增长方式结构调整，从供给的要素驱动、投资驱动转向创新驱动。

在实地走访了余杭梦想小镇、绍兴黄酒小镇、湖州丝绸小镇之后，我们将小镇概念和供给侧结构性改革的概念做嫁接，按照最小系列化操作，拟定了这样的思路：特色小镇引发投资热、特色小镇里的创新潮、特色小镇里的大管家。

但其实这个思路我们并不满意，因为这3集的逻辑关系没有那么强。说白了，特色小镇引发投资热，特色小镇是个概念，它为什么就能引发投资热潮？其实它只是引发投资热潮的一种路径而已，10年前的青岛就已经这么做了，而且做得比绍兴还好，所以思路还是不够新颖。同样的问题也出现在创新潮上。而政府这个大管家又到底图的是什么？如何引发投资热潮和创新潮？

后来我们和浙江省人民政府研究室主任沈建明座谈，因为特色小镇的做法和评价标准就是他们制定的，具体由省发改委来操作。他给我们点了题：特色小镇本身就是政府提供给社会最有效的供给。

我们此前的思考都是站在特色小镇的角度看，实际上我们应该站在云端看中国，这样一切皆是产品。第一集就是阐述这样的含义，告诉观众，特色小镇就是政府提供给社会最有效的供给。

特色小镇的核心是政府引导、企业主体、市场化运作。顺势而为，政府提供的是有效供给，企业提供的也是有效供给，他们都在用自己的方式方法提供着自己的有效供给。从高到低，像剥笋一样，3集如此布局，豁然开朗。

谋篇：鹰的眼睛、兔子的腿

这次具体带领我们操刀联播的是人称“李大腕”的李进[①]，此前做记者的他，一年到头只做联播且只做联播头条，所以人称“李大腕”。我第一次学做联播就是他带我做的《店口城镇化启示录》。申主任带队，“李大腕”亲自指导，可以说是地方部做联播的最高配置了。

“李大腕”有一套做联播的理论，谋篇要有鹰的眼睛和兔子的

① 李进：时任中央电视台新闻中心地方记者部联播组副制片人。

腿。鹰的眼睛是指站在中央的高度看问题，视野要高。兔子的腿是指接地气的论述，故事要低。

高举高打未免空洞，只走基层接不上天。于是我们安排3集都有各自的故事、接地气的故事，表达的道理却有从中央视角来看的高度。

这样的布局可谓接上天了。接下来的重点是我们具体讲的故事，要用最接地气、最好看的故事来诠释深奥的道理。

以第二集为例。这一集讲的是政府在小镇里做什么、提供怎样的有效供给，政府的有效供给又是如何为入驻小镇的创业者提供保障的。于是，我们从政府和创业者分别在小镇做什么这两条线来展开故事。

我们为这两条线各选取了一位主人公。创业者选择了最有进程感、从2015年就开始跟踪拍摄的王孟秋。我们从他参加入驻先锋营的比赛讲起，讲他拿到第一笔融资，通过孵化器对接到制造企业和背后资源，在制造企业的帮助下将芯片做小实现量产，到小镇给了他一个400平方米的物理空间，再到他实现A轮融资，产品即将上线，是一个非常励志且完整的故事。

政府层面我们选取了管委会副主任赵喜凯，从他们组织四大网络通信运营商开展“公开竞价、价低者得”的别开生面的竞价会，到拒绝远道而来的基金公司，再到去深圳招引有孵化功能的孵化器。创业者需要的资金、资源、舞台、生活方面的支持，政府层面全都包揽。但不干涉创业者的创意、项目和人选。专业的人干专业的事，政府有政府的边界，该企业做的事就交给企业，该市场做的事就交给市场。

从这两个故事可以看出，全国其他省份可以学习的是理念，而没有办法效仿的是环境。

开篇：前10秒要抓眼球

报道的开头要能抓人眼球，不然观众就换台了，联播更是如此。

每一集怎么开场呢？就是把最抓人眼球的东西亮出来。在选择故事的时候自然也是这样的评判标准，没有画面感、不适合电视表达的故事一定不选。

第一集的开场是航拍大工地，大工地的背后则是美好蓝图。第二集的开场是可以跟着人走的无人机，这是新鲜玩意儿，也是创业者主人公研发的新产品，全世界独一无二，有趣，吸引人。第三集是模特走秀。这样的开篇才吸引人。

研判：提前研判开拍是成功的关键

从2015年开始，联播的“主题主线”成了常态化报道，由中宣部亲自盯着播出。这就让本来是一条条大片的联播都成了突发事件。这带来的结果就是拍故事很仓促，因为拍故事需要时间、需要机遇、需要跟踪。

记者站最大的优势就是了解地方，知道当时当地最重要的工作是什么。当然，地方上也希望他们最重要的工作可以上联播。这就需要提前启动、提前沟通、提前策划。早在2015年底，我们就已经预判了“特色小镇”的重要性，开始着手跟拍。当时就选择了其中两个小镇跟拍，拍到了很多小镇建设中的场景。事实证明，这些在最后成片的过程中起到了巨大的作用，对于丰富片子场景、增加画面感和进程感都有很大帮助。

可同样地，由于第一集拍摄的时间只有短短两天，进程感少了，片子呈现的效果不那么精彩。

画面：关键场景要有

有时候确实没有提前拍，成了突发事件怎么办？其实这次的小镇拍摄就是这样，当初我们并没有想到要做3集的量，因而成了突发事件。那怎样才能让片子好看呢？场景在哪儿？需要调度。

我们反复观摩“扶贫军令状”第一集贵州的片子，几天的时间拍出了一年的感觉，重点在于关键场景要有。画面丰富了，考验的就是我们“工匠”的串联能力。可若是没有场景，那就巧妇难为无米之炊了。

当然，补充缺乏的场景不是靠生造，而必须尊重事件的真实性，过了重演也不要，重新演一遍和真实发生的差异一眼就能看出来。比如第三集开头的模特走秀场景，主人公原计划在下个月进行这样的模特走秀，我们就让他先彩排一次，这就没有违背新闻的真实性原则。

采访：没有关键同期怎么都改不来

采访是基本功，被采访对象采访时的状态、语言的生动性、同期是否能说到点子上，都关乎片子的成败。有时候补拍就是为了一句关键同期。

如今的联播早已不是一个人杵在原地不停地讲了，内容需要被采访对象如讲故事一样地讲出来。做“特色小镇”第一遍的时候，我们把被采访对象的同期想成了串联关键场景的话语，让被采访对象杵在那里，甚至提前商量好了说什么，直接让被采访者去说几句言简意赅的话。

后来重新采访余杭区委书记和招商局局长的时候，几乎各采访了两个多小时。虽然花费的时间久了，但是状态一下子就起来了。我在片子里用了一大段招商局局长的同期，剪片子的时候竟然舍不得用空镜头来盖，因为他的语气、表情、手势都有充足的信息量，说得既生动，又在点子上，作为观众完全不会觉得他啰唆。同样的情况也出现在区委书记的采访中，他的比喻、例子都很出彩。不过，最后因为多种原因，他的同期只保留了最后一段。

正文：语言通俗易懂

正文看似最简单，却也最考验记者的文笔，当下也最考验记者改文风的成果。联播文稿的特点是用最简练的语言做最准确的表达。给大家对比一下几遍文稿的修改。

先看2月23日我写的终稿：

【导语】

今天的《治国理政新实践》，我们继续来关注浙江的“特色小镇”发展模式。昨天的报道中，我们了解了什么是特色小镇，那特色小镇究竟能够做什么，政府是怎样一步步地把小镇建设起来的，继续来看我们的报道。

再来看“李大腕”改的导语：

【导语】

如果说浙江创建特色小镇，是为供给侧改革搭建了一个新舞台的话，那么，如何保证舞台运转，吸引来好的剧目，吸引来捧场的观众，还真得有一套好办法。作为舞台的运营方，浙江政府部门，又做了哪些制度的创新呢？来自供给侧的改革，浙江创建特色小镇启示录，今天我们去一个叫梦想小镇的地方看一看。

导语上来就打了比方，把政府、小镇的角色都点了出来，吸引观众来看这个舞台究竟怎么运转。

然后大家再来看我写的开场：

【字幕】 2015年2月28日　梦想小镇创业大赛

【同期】 创业者　王孟秋

在我面前就是一台消费级的玩具无人机　贯载了我们的智能算法之后

就可以做我的私人摄影师　现在我就演示给大家看

我逼近它的时候　它会自动倒退

当我往前走的时候　它会继续跟着我往前走

大家现在看到的就是飞行器在绕我进行环拍

我轻轻把它推开的时候　它也可以归位回到我的身边

【正文】

这样的"入驻选拔赛"每个月就有一次，每次报名的创业团队都有40多支，但只有前四名才有机会入驻，王孟秋凭借自己的创业项目"视觉智能"拿到了第一名，而以"空气净化售卖平台"参赛的沈国强则遗憾出局。

【同期】 评委　王高峰/创业者　沈国强

评委：你今后（销售额）到了2个亿以后　怎样有更大的发展你有什么想法没有

创业者：近些年来讲的话　空气饱和这个蛋糕还很小　我们把这个蛋糕做大以后　会以服务的形式来推荐

【正文】

这些创业者就像是来试镜的演员，决定谁上的不是政府，而是专业的孵化器和投资公司。

【同期】 杭州市余杭区委书记　徐文光

他们演的什么剧　甚至他们选的什么演员

我们都不介入不参与　专业的人做专业的事情　政府负责政府的事情

整个大剧院的管理运营　整个一个后勤　保障　服务　配套

比如声光电　吃喝拉撒　桌椅板凳这些东西都是我们来提供

当然还有不断地服务配套完善

以创业大赛开场，通过展示无人机来吸引眼球，通过晋级者与淘汰者的对比展示政府什么该做，什么不该做，最后由区委书记点出我们要展现的梦想小镇究竟是什么样子的，运营理念是什么。

我们再来看“李大腕”改的开场：

【正文】

四无粮仓，这个历史上储藏粮食的地方，当地政府投资25个亿，把它改造成了一个叫作梦想小镇的创业舞台，现在，每个月，都会有一场创业的生死剧在这里上演。

【同期】创业者　王孟秋（主观视角画面请标字幕：智能无人机拍摄画面）

大家现在看到的就是这台飞行器在绕我进行环拍

就算我轻轻把它推开的时候　它也可以再归位　再回到我的身边

【正文】

舞台上，40多位创业者生死搏杀，说生死，是因为演出成不成功，评判标准只有一个，那就是台下的这些大佬观众，会不会把口袋里的钞票，投给台上的创业项目。

【同期】某投资公司副总裁　金春燕

你这东西挺有意思的　那么如果是你这边做

怎么能够让你的竞争对手　你怎么把他屏蔽掉　建立你的护城

河　你是通过什么

可以看出，修改后篇幅大幅缩短了。

故事继续往下讲，先看我的稿子：

【正文】

具体的招商工作就落到了赵喜凯和他的团队身上，这天，他将移动、联通、电信、华数四家网络运营商召集在一起，让他们公开竞价，用这样的方式为小镇的创业者们争取到上网的最大优惠。

【同期】杭州华数市场三部　副经理　谢峥嵘

我们对这个园区优惠的方案经过我们领导的讨论

在2015年的标准价格上将降价30%到40%

【同期】中国联通杭州分公司大企业部副总经理　党圆博

（我们）在市场销售的价格上提到六折

【同期】中国移动杭州余杭分局　行业主管　朱玲玲

我们也是打了最低的折扣　在（2015年杭州全市）降费40%的基础上再打五折

【同期】杭州市余杭区未来科技城招商局　服务科科长　于振东

现在比较集中的考虑　移动能够打个五折　联通和华数考虑打个六折　电信呢

【同期】中国电信杭州余杭区分公司　支局长　王静

我们在原来已经降的基础上

再给小镇用户打个八折的优惠

【同期】杭州市余杭区未来科技城管委会　副主任　赵喜凯

现在的幅度我看还是有空间的

【同期】杭州市余杭区未来科技城管委会　副主任　赵喜凯

如果年轻人主动自己去跟运营商谈　你能想象会是什么样的

那我政府这样来谈那就完全是另外一种结果　是不是

所以我们就是要做这些对年轻人来讲　对创业的团队来讲非常难

但是我们可以做的事情

前面讲的是政府不能做什么，这一段讲的是政府能做什么。

再看“李大腕”的改稿：

【正文】

剧场外，另一场拼杀也在上演，只不过，拼杀双方是剧场老板和通信运营商，赵喜凯和他的团队，召集了一批通信公司竞价，为创业者争取通信方面的最大优惠。

【同期】中国联通杭州分公司大企业部副总经理　党圆博

在我们之前在市场销售的价格上提到六折

【同期】杭州华数市场三部　副经理　谢峥嵘

降价30%到40%

【同期】中国移动杭州余杭分局　行业主管　朱玲玲

打五折

【同期】中国电信杭州余杭区分公司　支局长　王静

再打个八折的优惠

【正文】

剧场外的拼杀看似激烈，结果却很简单，那就是降价降价再降价，最终，四家通信公司为梦想小镇——这个创业者的舞台提供了三到四折不等的通信套餐，供他们自由选择。

【同期】杭州市余杭区未来科技城管委会　副主任　赵喜凯

如果年轻人主动自己去跟运营商谈　你能想象会是什么样的

那我政府这样来谈那就完全是另外一种结果　是不是

所以我们就是要做这些对年轻人来讲　对创业的团队来讲非常难

但是我们可以做的事情

砍掉枝杈，只留骨干。创业者和政府这两条线依然在交织着往下走：

【正文】

很快，专为创业者设计的“You＋公寓”、专为互联网企业提供餐饮服务的食堂、以创业和投资为主题的咖啡厅、为创业者提供资金的投资公司相继进驻小镇。基础设施越来越完善，可是对于像王孟秋这样的创业者，仅有这些还远远不够。

【同期】创业者　王孟秋

对我们来说除了钱以外更宝贵的是和行业对接

以及和行业里面龙头企业探索合作的机会

对于一个初创企业要敲开这些门并没有那么容易

【正文】（2015年11月4日）

此时的小镇也没有办法对接到大企业的资源，就在赵喜凯为难的同时，杭州市海外高层次人才创新创业大赛开始了，赵喜凯推荐王孟秋代表小镇参赛。经过三个月的比试，王孟秋拿下了大赛的第一名，不仅拿到了浙民投1500万美元的投资，还对接上了正泰、万丰奥特这些大型制造企业。

【同期】创业者　王孟秋

像浙民投的话　背后八家合伙人　都是浙江非常有名有规模的大企业

而且很多都是直接跟我们挂钩的　就是要么是在我们可以应用的领域行业

要么就是在我们的下游行业　比如制造业这些

他们替我们牵了很多线搭了很多桥　所以我觉得这也是非常宝贵的资源

【正文】

名声在外的梦想小镇吸引了越来越多的投资公司前来，可这时候的赵喜凯却摆起了架子。

【同期】上海某投资公司　创始合伙人　连敏玲

目前我们在上海创投这块的规模是15亿元人民币

【同期】杭州市余杭区未来科技城管委会　副主任　赵喜凯

您光有资本　有钱还不行　因为我们现在要做的是一个做孵化器的

更重要的是您背后要有资源　而且要做深度的耕耘

要跳到河里跟创业者一道来游泳的

【正文】

对于这家公司，赵喜凯认为还需要再考察一番。可第二天，他就带着他的团队来到了深圳，目标是将这里的一家投资公司引入小镇。

【现场】杭州市余杭区未来科技城管委会副主任　赵喜凯

创业年轻人的钱从哪里来　这个很重要

还要帮他组建团队　看清产业的方向　做一些面上的资源整合

我觉得这个都是我们紫金港资本非常好的一些优势

我们这次特意来拜访您　其实很希望您能够加盟到我们“梦想小镇”当中去

我们一定会拿出最大的诚意来帮助你们

【正文】

之所以做出这样的选择，赵喜凯说，他们比之前更懂年轻人了。

【同期】杭州市余杭区未来科技城管委会副主任　赵喜凯

那个时候我们面临最大的问题就是其实我们还不懂年轻人

但是我们必须要尽快地懂他们　尽快地走进他们　了解他们和他们做朋友

理解他们的想法　然后能够尽快地为他们提供一些他们需要的服务

这种个性化也好　精准的也好　就是真正做的年轻人能够喜欢　迫切需要的一些服务

【正文】（2015年12月18日）

意识到这一点，赵喜凯和他的团队开始走出国门，并成功招引到了美国硅谷的“500startups”和“焊接”这样的世界最著名的孵化器，他们的背后将是全世界的资源，将会为小镇的创业者提供创业的全产业链条。

【同期】杭州市余杭区委书记　徐文光

500startups　它有一个强大的一支导师队伍

它这个导师定位在什么呢　给你提供一个商业化的提供方案

让你的产品、创意能够走向市场　因为市场的转化　商业化创业者很难

然后它就是用这个模式帮你实现商业化　提供一个商业化解决方案

其实就是创业　培训　投资它全部都打通了

这一大段我想讲故事，并且讲故事的一波未平一波又起，创业者赢了、有钱了、有政府提供的资金支持了，这还不够，要的是资源。引出浙民投的故事，资源有了，名声也有了。引出“送上门来”的基金公司，再转折，梦想小镇不要，转头去找了另一家，为什么？说出了梦想小镇的又一理念。

再看这一段的改稿：

【正文】

剧场内的拼杀就是生与死了，40个创业团队，只有4个得到了台下投资人的举牌，王孟秋凭借自己的创业项目“视觉智能”，获得了浙民投1500万美元的投资。

【同期】创业者　王孟秋

像浙民投的话　背后八家LP（合伙人）　都是浙江非常有名有规模的大企业

而且很多都是直接跟我们挂钩的　就是要么是在我们可以应用的领域行业

要么就是在我们的下游行业　比如制造业这些

他们替我们牵了很多线　搭了很多桥

所以我觉得这也是非常非常宝贵的资源

【正文】（字幕：2015年12月18日　美国著名孵化器500startups进驻梦想小镇）

舞台上的演出一月一次，剧场老板和他的团队却总是天天忙碌，为了精挑细选不光能为创业者提供资金，还能提供创业指导的投资人，他们的目光瞄向了全球。

【同期】上海某投资公司　创始合伙人　连敏玲

目前我们在上海创投这块的规模是15个亿（人民币）

【同期】杭州市余杭区未来科技城管委会　副主任　赵喜凯

您光有资本　有钱还不行　因为我们现在要做的是一个做孵化器的

更重要的是您背后要有资源

要跳到河里跟创业者一道来游泳的

【正文】

送上门来，而且拥有15亿元资本的投资人，赵喜凯并不感兴趣，他感兴趣的，是那些可以和创业者一起游泳的人。这不，听说深圳有一家成功孵化过很多创业项目的投资人，他立马带人去拜访。

【现场】杭州市余杭区未来科技城管委会　副主任　赵喜凯

创业年轻人的钱从哪里来　这个很重要

还要帮他组建团队　看清产业的方向　做一些面上的资源整合

我觉得这个都是我们紫金港资本非常好的一些优势

我们这次特意来拜访您　其实很希望您能够加盟到我们“梦想小镇”

【正文】

这样的拜访，为小镇引来了更多捧场的观众。现在，小镇已集聚了国内外168家投资公司，从风险投资一直到企业上市，创业者都能找到自己需要的资金和支持。

【同期】杭州市余杭区委书记　徐文光

政府负责政府的事情　大剧院的管理　运营　整个后勤保障服务配套

都由我们来提供

变故事叙述为夹叙夹议，节奏更紧凑了。政府的有效供给写到这，继续往下看：

【正文】

拿到资金、对接上了制造企业资源的王孟秋开始壮大自己的团队，他向小镇提出要求扩大自己的办公场地，经过考虑，小镇免费给了王孟秋3700平方米的办公厂房。

【同期】创业者　王孟秋

这一块是跟App和客户端相关的所有软件研发全部放在这边

最好玩的是里面这一块　我要把这个区域不仅开放出来

而且在里面沉淀很多现有的设备　包括我们CNC　包括工业级

的3D打印机

来给小镇周围对硬件创业感兴趣的伙伴免费使用　来培养硬件创业的环境

记者：这些面积免费给你提供的空间对你来说意味着什么？

这是我以前从来没有敢想的　简单算一算　如果在美国

这么大的面积每个月的成本在两三百万元　一年可能就是几千万元的运营成本

除此之外　我今天带了设计师过来　因为小镇让我们自己来设计装修给我们补贴

这个远远好过已经装修好的　因为风格不一定是我们想要的

有些跟我们企业相关的　比如我们设备在哪里　我们有100%的自主权

【正文】

虽然新办公场地还在紧锣密鼓地装修，可2016年大年初四，王孟秋的团队就已经开工了，有了资金，对接上了制造业的资源，王孟秋将智能算法的芯片缩小到了一年前的1/15，并计划于今年在美国发布他们的第一款智能产品。

【同期】创业者　王孟秋

现在其实我们非常非常有信心　现在不管从稳定性也好　可操作性也好

包括智能的表现也好　不光是国内　整一个全球市场上都没有的产品

而且我有信心在未来三到六个月的时间里肯定不会有一家公司做出和我们一样的产品来

【正文】

从2015年2月开园到现在，梦想小镇入驻的创业项目已经有480多个，2个项目已经在新三板挂牌，50多个项目获得了百万元以上融资，融资总额超过了15亿元。在这背后，政府为了基础设施、服务配套已经投了25亿元。

【同期】杭州市余杭区委书记　徐文光

衡量小镇如果拿税收来看本身就是错误

本身就不是应该拿简单的税收这样一个直接回报来评价　来衡量的

从税源主体培育变创新主体培育　从房东收益变股权投资收益

从量的扩张变为质的提升

越多的创新主体　越多项目的成功　然后能够成果转化　产业化

这个才是小镇的一个目标

【正文】

2015年，余杭区生产总值增速达到了11%，其中以创新为代表的信息经济占了生产总值的50.1%。

【同期】杭州市余杭区委书记　徐文光

整个梦想小镇一路走过来　我们觉得　就是为创业青年　创业人士最大限度

提供政府的制度供给　政策供给　服务供给　然后让创业者最大限度地降低

创业门槛　创业成本　创业风险

所以　我们觉得　梦想小镇这样一个实践的成功

它的模式不仅是众创空间的新样板　也是田园城市的升级版

他为我们在互联网背景下新型城镇化　城乡一体化　更好地实现产城人融合

更好地找到了一个新的成长路径　探索了一个新的建设模式

说了政府提供了有效供给，创业者发展如何，梦想小镇发展如何，最后以理念收尾。

再看“李大腕”的改稿：

【正文】

在小镇上，物业有60%的补贴，贷款还可享受最高30万元的贴息。拿到钱的王孟秋需要办公室，小镇提供给他的，是五年免费的3000多平方米的办公用房。

【同期】创业者　王孟秋

说实话　这是我以前从来没有敢想的　因为简单算一算　如果在美国

这么大的面积的话　超过两三百万元人民币　一个月

【正文】

在小镇上走一走，大到上百亿的基金公司，小到一个食堂；快到全省最简便的审批流程，慢到谈天说地的咖啡馆，他们，组成了一个创新的生态链，创业的大舞台。

【同期】杭州市余杭区委书记　徐文光

深刻领会习总书记关于供给侧改革的思路

梦想小镇其实就是这样的一个探索和实践

通过（政府的）制度供给　政策供给　服务供给　然后让创业者最大限度地降低

创业门槛　降低创业成本　降低创业风险

通过原稿和改稿，我相信读者能很真切地感受到联播语言的凝练了。最后，大家可以再看一下“新闻链接”里的片子，可能会更有直观的感受。

初稿写于2016年3月5日　北京

【治国理政新实践·浙江特色小镇启示录】政府当好“店小二”

如何将已故名人的事讲出新内容

——《茅以升：怎样对人民有利就怎样做》记者手记

【题记】

或许因为故事的主人公是名人，为人所熟知，所以很多人在操作的时候总觉得没有新意，做不出东西来，或者不知道怎么讲出新的故事来。事实上，当你抱着未知的心态去重新认识这个人、了解这个人、熟悉这个人，就会发现，他有很多不为人知的故事和细节等待着你去呈现。

2016年是中国共产党成立95周年，央视新闻中心策划了特别节目《誓言》，讲了很多中国共产党人是如何践行自己的入党誓言的。从“抗日战争胜利70周年”报道开始，我们开始尝试去做这样一些探求历史真相、还原历史新知的故事。

经历过中国共产党成立、抗日战争、长征的人中，现在还健在的已经越来越少，寻找到那些还健在的人，同时通过相关的人和事还原历史真相，便成为既有意义也富有挑战的事情。与此同时，呈现出来的人物还不能是符号，而是要有血有肉有性格的活生生的人，这无疑又增加了难度。

那要如何去讲述这样的故事，去展现这样一个活生生的人呢？

第一疑问，新知基础

这次报道茅以升，缘于2015年做“新儿女英雄传”报道的时候做过他建桥炸桥的故事，当时和他小女儿茅玉麟闲聊，得知他到了晚年才入党。我当时就有疑问：以茅以升为代表的那批科学家到底是不是党员？他们对共产党究竟是怎么看的？

2015年，我还做过叶企孙的报道，那批大科学家一开始倡导的都是“无党派”“超政治”，提倡“科学救国”“工程救国”，叶企孙还教导他的学生们不要加入任何党派，做科学就不要理会政治。我也记得之前报道茅以升的时候就了解到，他在唐山交大读书的时候树立了报效祖国的宏愿，起因就是孙中山关于“工程救国”的一番阐述。

中国共产党创立之初，真正知道的人并不多，很多科学家更是不愿意参与到党派之争中去，他们不愿过多参与政治，只想一心求学问、搞学术。那问题就来了，茅以升最早是怎么看待党派的？对中国共产党他又是怎么看的？他晚年入党是为什么？

这些是最基本的疑问。我打电话询问了茅玉麟她说父亲特别想加入中国共产党。那为什么他直到1987年91岁了才入党呢？具体原因她也说得不是太明白。这其实就是一个最大的悬念，这是一个很特别的党员，也是一个很特别的故事。

我们熟知茅以升建大桥、炸大桥的故事，但对茅以升是一名党龄只有两年的老党员一事，知之甚少。

紧扣主题，结构故事

要知道这其中的故事，最重要的史料自然是主人公的日记或者回忆录。在那个年代，很多人有记日记的习惯。2015年拍“文军西征”，竺可桢的日记俨然一部民国时期的微观史，他每天都在记录国家大事下他自己的变化。

茅以升没有日记，但是有一本厚厚的回忆录，是他在“文化大革命”时期写就的。恰逢茅以升120周年诞辰，茅玉麟将这些手稿都出版了，形成了8本厚厚的《茅以升全集》。吃透这套《茅以升全集》，拼凑回忆录里不完整的故事，弄明白茅以升晚年入党的缘由，是我们拍摄这位科学家故事的前提。

花费数十天看完之后，我厘清了茅以升对中国共产党的认识大致可分为三个阶段：

第一阶段是1949年3—7月，他第一次接触中国共产党，那时候他的活动范围是上海，接触的是一群与中共地下党组织有关的科学家，比如赵祖康、侯德榜、恽震、吴觉农等。这种接触让他有了对比，共产党与国民党不一样。

第二阶段是1958—1985年，新中国成立后，茅以升在中国共产党的领导下发挥了自己的作用，也是在这一阶段他第一次提出了加入中国共产党。当时对于长期生活在国外的中国知识分子来说，共产党究竟是怎样一个政党，并不清楚。党中央希望像茅以升这些具有海外留学背景的科学家们利用其相对客观的身份，延揽在国外求学的知识分子回来建设新中国。从大局考虑，周恩来拒绝了茅以升当时的入党请求，并希望他继续以党外人士的身份为党工作，将海外的中华儿女凝聚回国内参与建设。那时候他意识到中国共产党是为国家和人民服务的，与自己志同道合，所以他坚定地跟着共产党走，即使没有被批准加入，也依然相信党，听党的话。

第三阶段是1985—1987年，从他第一次写入党申请书，到正式被批准入党。茅以升身体越来越差，埋在心里数十年的愿望终于第一次向家人吐露，原来老人家这辈子最大的心愿就是入党。此刻终于明白了他在入党申请书里写下的誓言：“我是继续留在党外还是吸收入党，怎样对党有利，对国家和人民有利，我就应当怎样做。”

放眼全国，找人找物

故事大概了解了，可细节呢？谁来说呢？最好是当时经历过这一事件的人，其次是这些人的子女，实在找不到当事人及其后代，也可以去找研究那段历史的专家学者。

因此在拍摄之前，打电话联系人成为每天最主要的工作。《茅以升全集》里或多或少会提到一些人，网上搜索一下就知道此人是否健在、是哪里人。知道了哪里人，就可以找当地查询进一步的信息。

于是，一个个被采访对象就被挖掘出来了。赵祖康的儿子赵国通、吴觉农的儿子吴甲选、阎宝航的儿子阎明复、茅以升在国内的子女、茅以升入党事宜的经办人胡治安、林同炎公司的员工，等等。

不带预设去采访，倾听老人讲故事

从2015年做一系列抗战主题的片子到今年初做“特色小镇”，我能确切地感受到自己采访的状态发生了改变，越来越从采访变成聊天，聊着聊着就能激发采访对象讲话的欲望，越来越多新的东西就会从受访者嘴里说出来。

在采访赵国通的时候最为明显。刚开始我们俩在那儿聊，过程中他一共6次起身去翻他的“藏宝柜”，分别翻出了他父亲日记的手稿、他父亲做上海市市长所签署的各种文件、上海大都市计划、陈毅当市长之后和他父亲有交集的照片、他父亲的遗物、南浦大桥建设计划书。虽然在茅以升的回忆录里大概知道了赵祖康和他都接触了中共地下党，并且一起解救了300名学生。但采访还是得到了很多此前不知道的信息：比如他们曾经在3月还一起去了南京，给国共双方都发了请愿书；他们在新中国成立后一起设计规划了南浦大桥，结果因为国民党没有财力、人力、物力方面的支持，只能靠他们自己筹钱、发报、找记者宣传，最终导致规划流产；发放请愿书之后国共双方反应各不相同；7月的台风让他们意识到国共两党的本质区别。

好的同期是片子成功的一半。没有好的采访状态和同期语言，再好的画面、再好的故事都白搭。

不是简单罗列，而是有情感地表达

经历过去年“根据地”系列报道的拍摄，我深知好片子是改出来的。

我写的第一版稿子，4400字，挑出来的同期声也很多。这时候我并不在意，因为知道未来的稿子就是从这4400字里面出了。那要怎么修改呢？

先剪同期，找被采访对象表达状态最好的，找语意最不重复且最必要的表达，看哪些可以打断，哪些气口可以打节奏。再改正文，把直给的具体史料换成自己简练的语言。精简而成的第二版是3400字。

我把这个稿子给小煜[①]看，小煜觉得整体还是有点硬，建议从两个方面着手再修改。一方面是把新闻叙述语态改为带有情感表达的新闻故事语态，也就是正文的表达方式。具体到稿子，初稿是这样的：

对中国共产党的认识就在这样一件又一件事情上不断加深，茅以升几次由衷感叹：党是建国的总工程师，我们参加建国的工程师都要跟着总工程师走。

新中国成立后，跟着中国共产党这个总工程师，茅以升主持建设了武汉长江大桥、审查建设了人民大会堂，为我国的工程建设和

① 小煜：尚晓煜，时为中央电视台新闻中心地方记者部在线供稿组编辑。

教育做出了卓越贡献。1957年6月21日，他更是在《光明日报》上公开发表《永远跟着共产党前进》。

既然已经如此坚定，为什么茅以升直到90岁高龄才申请入党呢？其实，早在1962年，66岁的茅以升就曾向周恩来提出过入党申请。

改后：

“我们知识分子要全心全意为人民服务，永远跟着共产党前进。”“人民”是始终萦绕在茅以升心中的一个词。新中国成立后，他主持建设了武汉长江大桥，审查建设了万人礼堂，当1959年周恩来总理为万人礼堂征名的时候，茅以升写下了心目中的名字——人民大会堂。1962年，66岁的茅以升郑重向周恩来提出了入党申请。作为一个科学家，茅以升对信仰的选择是严肃而审慎的，当他经过十多年的观察和体会，终于从一个无党派人士转而希望加入中国共产党时，这次申请却没有得到批准。

其实，在做类似题材的时候，我们总会陷入一种矛盾：有情感的表达是不是就不客观、不真实了？其实不然。改后的稿子在事实上并无出入，同时还把记者在掌握了大量资料、采访了大量史实之后的观察和总结道了出来，转而用记者的思考语言进行情感表达和悬念设置，听起来味道就不一样了。

小煜建议修改的另一方面是，把结果带入改为发现带入。其实在采访过程中，我有了很多新发现，但因为已经先知道了结果，所以在写稿子的时候就不自觉地先把结果告诉了观众。比如有一个细节：茅以升的两份草稿文字不同、字迹不同，原因是黄斑病变，只能找人代写。

我的初稿是这样写的：

除了已经递交给党组织的那份入党申请书之外，茅玉麟又拿出了两份。她告诉我们，从1985年开始，茅老写了好几份入党申请书，自己眼睛看不见，就口述请人代写，每次都字斟句酌，交给党组织的那份早已记不清是第几稿了。

改后：

除了已经递交给党组织的那份入党申请书之外，茅玉麟又拿出了两份草稿。

【同期】茅以升的五女儿　茅玉麟（67岁）

他由于眼睛黄斑变性　没有光感　看不见

看字比较困难

记者：所以写不了

真正这么一个字一个字是写不了　这个是他的秘书帮他写的

这个是我的表兄在家里替他写的

他必须要把每一个字都（口述）得非常清楚

能够准确表达他这个意思

修改前的稿子，是直接把结果告诉观众，就似喝了一口白开水，寡淡无味。而经过这样一改，更易于带着观众往里看、往下走。

初稿写于2016年6月17日　北京

新闻链接

【纪念中国共产党成立95周年·誓言】茅以升：怎样对人民有利　就怎样做

干在实处才能走在前列

——《嘉善县域科学发展启示录》记者手记

【题记】

结合习近平总书记相关视频来讲故事，已经成为《新闻联播》头条报道的标配，而在《新闻联播》里较早进行这个尝试的，是《嘉善县域科学发展启示录》3集联播报道。当时这3集报道能够播出，也是冒了极大风险、经历了各种曲折的。我们先讲故事，再讲理论吧。

嘉兴市嘉善县，是习近平同志深入学习实践科学发展观活动的基层联系点。2017年初，经国务院审定，国家发改委批复《浙江嘉善县域科学发展示范点发展改革方案》。嘉善由此成为媒体竞相报道的焦点。

在此背景下，2017年5月底，按照中宣部的统一安排，所有央媒几乎同一时间来到嘉善开始蹲点采访。台里要求很明确，按头条准备。

当时何姐在休假，我带队来到嘉善做采访，这也是我第一次带队操刀3集联播头条。由于嘉善准备充分，相关材料翔实，我们很快确定了3集的主题，也就是习近平同志反复要求嘉善做到的三点：转变经济发展方式、城乡统筹、接轨上海。找故事，找亮点，我们有条不紊地推进着。结合《店口城镇化启示录》和《特色小镇发展启示录》两次联播的操作经历，我们很快完成了《嘉善县域科学发展启示录》3集联播。

按照计划，将在6月16日《新闻联播》头条播出。然而就在前一天，也就是6月15日的审片，让整个报道发生了惊心动魄的大反转。

头条工程新尝试，一天时间极限操作

6月15日晚上6点，进哥[①]给我来电，传达了王主任[②]的修改意见：一是习近平同志以前来嘉善调研的画面能不能找到，如果能找到，就用进来；二是把嘉善的发展与习近平同志的关心结合起来，作为两条叙事线索来讲述嘉善14年来的蝶变过程。他告诉我，这是台领导对《新闻联播》头条工程的最新指示，要求我们创新尝试！

在我操作的联播报道里，还从未用过总书记的视频，因为这是时政报道，我们平时不碰；报道叙述里也要放进总书记的关心，这也是从未有过的。

这两点要求一提，片子无异于要重拍。

我先打电话给嘉善台和浙江卫视，幸好嘉善台之前已经做了梳理，将习近平同志历次来嘉善调研的所有影像以及素材找了出来。我认真把新闻看了两遍，然后赶忙找嘉善宣传部和发改局领导开了个小会。我们一起重新研究了调研中的讲话和批示里面的内容，结合此前拍的一些故事，我们决定第一集先做“接轨上海”的主题。

发改局的领导对这块工作非常熟悉，他帮我把嘉善县“接轨上海”的做法大致分成了三个阶段：2004年以前、2004—2005年、

① 进哥：李进，时任中央电视台新闻中心地方记者部联播组副制片人。

② 王主任：王平，时任中央电视台新闻中心地方记者部副主任。

2005年以后。

我们对照着习近平同志来嘉善调研做出的指示，惊喜地找到了其中与嘉善发展的联系点，那就是嘉善每一次遇到发展的困惑时，习近平同志的指示都成了嘉善发展的指路明灯。这样的转折点共找到了三个。

第一阶段，嘉善是大树底下不长草，企业招不来，人才留不住。时任浙江省委书记习近平同志来到嘉善调研，指出嘉善要主动接轨上海。

第二阶段，嘉善照做了，可是“热脸贴了冷屁股”。习近平同志再次来到嘉善调研，指出嘉善接轨上海要讲求方式方法，要做好顺接的文章。我们得出结论：上海溢什么，我们接什么。总部在上海、制造服务在嘉善，创意在上海、孵化转化在嘉善的产业协作体系也逐渐形成了。

第三阶段，长三角一体化战略提出后，嘉善紧抓这个机遇，做主动接轨上海的桥头堡。

我把整个思路理出来后，给进哥打电话汇报。进哥说，这个思路好，尽快操作。我赶紧让嘉善宣传部帮我们联系案例、故事和被采访对象。由于第二天刚好是周六，很多单位是不上班的，不少相关人员都不在嘉善，宣传部问了一圈和此事相关的部门，只有商务局的一位领导人在嘉善，可以配合我们采访。

晚上10点，我和少鹏兵分两路，对第二天的采访进行踩点。我到了商务局办公室，和受访领导说了我们的思路。看着他办公室里的四面白墙，我问有没有嘉善利用外资情况的统计。他迅速找出了嘉善的年鉴，我们清晰地发现了嘉善项目数和实际使用外资情况的变化。我又赶紧找人把这些数据做成清晰的树状图，贴在这几面墙上，以备明天采访所需。

全部踩完点，已是凌晨1点。我们整个拍摄团队又坐在一起碰踩点情况：好的地方在哪里，哪里还需要放些道具，哪里还需要组织一下请工作人员上班。嘉善宣传部陪同我们采访的陆晔直言“太疯狂”。

为了加快进度，当晚我就把稿子的框架搭好，并且将五人的拍摄团队分成三组，分别去采访和拍摄空镜，又将刚才讨论的所有内容制作成一份详细的任务分解单，把每组要采访的大概内容、在什么地方采、找什么道具更理想、要拍多少时间的空镜，都写得一清二楚，确保第二天的采访既快又准，既不多拍也不能少拍。把稿子框架搭好之后，我又开始看习近平同志调研嘉善的历史视频和同期。全部忙完，已经是凌晨3点。

第二天早上，进哥再次来电说，需要把习近平同志几次在嘉善做出的指示转述出来，准备在一边，一旦不让用以前的同期就用转述。我立刻联系了商务局的受访领导，让他赶紧熟悉指示的内容，因为转述一定不能出错。

9点开拍，不到12点，三组全部完成了拍摄。我开始写稿，摄像马迅和罗潇开始接力剪片，谁拍的谁来剪。终于在下午1点把稿子传回了台里。

仝姐①看完稿子之后指出了一个重大问题，那就是嘉善能有今天的发展绝不是靠嘉善一个县就能实现的，有了指示，省里和市里也一定会有配套的方针政策，这样才能促进这个县的发展。说白了，还应该有第三条线，那就是浙江省的线。

我说，有，浙江省发展的总纲“八八战略”就是那时候提出来的，而且第二条就明确写了“主动接轨上海”，把这块内容补充上，整个稿子顿时感觉更立体了，有国家层面、省级层面，还有县级层面，故事一个接着一个，小县城的发展和国家大政方针紧密相连。

① 仝姐：仝文瑜，时为中央电视台新闻中心地方记者部联播组主编。

然而这还没有完，因为这是第一次在《新闻联播》里用总书记的历史视频资料，该用哪些、如何用，台里非常谨慎。最后决定所有同期都不用，只用画面，且画面必须满足两个条件：一是公开播出过，二是里面的人不能有问题。

我说，这些画面都是浙江卫视和嘉善台播出过的，但在央视肯定没有播出过。而画面里的人，我们先让嘉善的同志核实，又找省委办公厅核实，最后由王主任审片。

就这样，片子一路审过，我们终于出色完成了台领导对《新闻联播》的创新要求。

当晚《新闻联播》播出时，陆晔陪着我们在酒店房间看完了整个《新闻联播》，直言太刺激。进哥和王平主任都打来电话隆重表扬。

那第二集怎么办呢？是按照原计划，还是依然要用总书记的历史视频来讲故事？王主任指示："只能比今天好，不能比今天差，结构不能变。"

人的成长有时候就因为一件事，业务能力的提高有时候就是因为一条报道。《新闻联播》的报道，我觉得经历过一次就会坦然很多。

第二集又需要重新策划、重新拍摄。和第一集的操作模式一样，我们还是和嘉善宣传部、商务局、发改局的相关负责人开小会，明确了转变经济发展方式这个主题下嘉善县的发展、习近平同志的指示和省里的政策三条线的逻辑，很快我们就梳理出了这样的叙事线：21世纪初的嘉善，企业"低、小、散"，"村村点火，户户冒烟"，产出低、效益低、污染严重。时任浙江省委书记习近平同志来嘉善调研，要求嘉善推动产业集聚发展，逐步形成块状经济。同时，浙江经济社会发展的总纲领"八八战略"也提出，进一步发挥浙江的块状特色产业优势，加快先进制造业基地建设，走新型工业化道路。

嘉善把产业集聚了，发展了，但很快又遇到了新问题：空间不够了。这时候，习近平同志再次来嘉善调研，指出靠资源消耗来发展经济不是浙江的优势，要求嘉善把着力点转移到提升经济增长的质量和效益上来。嘉善开始管亩均要效益，“腾笼换鸟”“凤凰涅槃”。

亩均税收提上来了，企业效益也上来了，可遇上了亚洲金融危机，企业效益急转直下。2008年，习近平同志又来到嘉善，指出要走科技创新的路子。于是，这几年，嘉善走出了以科技论英雄的路子。

等故事理好，已经是晚上12点。宣传部又开始联系案例、故事，凌晨两三点都还在联系。嘉善全县上下都很给力，昱辉阳光的董事长李仙寿人在台州，宣传部凌晨2点和他联系，他叫司机连夜开了7个小时的车赶到嘉善来接受我们的采访。这时候，嘉善县委书记没出来实在不合适。凌晨1点，我给县委书记打电话，许晴书记接到电话后，第二天一大早自己开车从嘉兴赶到嘉善来接受我们采访。

毕竟之前写过一篇稿子了，这篇稿子写得顺利很多，加上嘉善县超强的执行力，下午1点，稿子传回台里。审完稿子，王平主任给我打电话，说这个结构和第一集的一模一样，这样不行。故事可以不用变，但要换一种讲述方式。第一集是动态开场，然后倒序讲故事，这一集可以先抛出经验，再展开故事。这个经验得有人来讲，讲全县的发展经验，自然是县委书记讲最合适。我们立刻给许晴书记打电话，没想到她上午接受完采访又赶回嘉兴了，听说要补充采访，她又马上赶了回来。

下午4点，许晴书记到了，沟通、采访，4点30分结束。听出同期，5点传回。仝姐看了同期之后，感觉整个采访的状态不好。我说是的，因为刚刚赶过来。仝姐认为还是要重新采访，让状态再松弛一点，现在有点拘谨。我硬着头皮又给许晴书记打电话，没想到她没走，就在楼下坐着等，生怕我们还要补。我们立刻下楼补采，5点半传回。

片子顺利播出后，进哥和王主任打来电话说，不错，今天的故事比昨天的还生动，采访的人和画面也越来越丰富了。

经过了前面两天的历练，第三天更加坦然。虽然晚上依然要忙到凌晨3点，但无论是心理还是操作上，我都信心十足。

按照王主任的高要求，我换了和前两天不同的梳理方式，但是线索不变、框架不变。并且当晚还把当时省里和中央的两段视频找了出来，请浙江卫视和联播组帮忙回迁。

第三天同样有突发情况，早晨起来之后发现嘉善大雨，这就意味着所有空镜头都无法拍摄，所有采访都受限制，怎么办？找有顶的地方采，亭子、公交站、家门口、办公室和大棚，我立刻联系嘉善方面落实；与此同时，所有的空镜头请嘉善台来拍摄，按照任务单，把所有画面剪好，在中午之前送来。

整个节奏依然给力，虽然拍的东西更多，但是速度更快。我12点30分就理完了全部稿子传了回去，画面也在下午4点30分就完成了传输。

仝姐在改稿子的过程中，感觉我找的这个新闻由头不合适，把整个底气给弄低了，但这个时候上哪儿去找新的新闻由头呢？就在十万火急之时，我突然想到：篮球赛！我们那天去看了场中美篮球对抗赛。就在嘉善的一个村，而且浙江卫视拍了！我立刻给卫视的记者打电话，他们拍得很充分，航拍、画面、采访、同期传过来，非常鲜活。我让他们约了最近的时间传送，下午5点传回台里。

傍晚6点10分，仝姐在群里发了“已审过”三个字。三天审过的时间一天比一天快，前方无畏，后方无私，亲密合作。

3集片子都顺利播出，效果很不错，台领导表扬了我们。

拍摄采访幕后

从业务层面来说，这次前后方通力合作的胜仗实现了诸多突破：尝试了新的主题主线报道，大胆突破了头条报道形态，开创了主题主线报道充分运用总书记历史资料视频讲故事的先河。中宣部《新闻阅评》对该报道做了详尽的分析，具体来说：

一、用历史视频资料讲故事，打破时政报道的禁忌

在6月17日播出的该系列第一集《借梯登高　“大”开放破“小”困局》中，《新闻联播》创造性地选用三段习近平同志在不同阶段具有时代特征和历史感的时政视频资料：2004年2月5日、2005年4月10日，时任浙江省委书记习近平同志先后两次到嘉善县调研，为嘉善如何科学发展、开放发展、主动接轨上海定下基调和具体的方法。2008年4月10日，时任国家副主席习近平同志再次来到嘉善，在新的历史条件下，对嘉善融入长三角、更进一步接轨上海做出新的指示。2016年4月12日，习近平总书记对总结嘉善经验做出批示，一条红线贯穿到底。

电视是画面的艺术，事实胜于雄辩。这些历史视频和他不同阶段不同指示的同期，忠实地还原了习近平同志对嘉善发展的悉心关注和指导，令人信服地讲述了嘉善的今天离不开其关怀关心，嘉善的发展就是一步一个脚印，坚定不移地贯彻落实习近平同志的指示要求。

二、通过讲故事，系统梳理国家战略构想形成过程

在以往的主题主线报道中，我们基本上以报道当下的治国理政带来的变化为主，很少去报道这样的治国理政思路是怎么来的，是怎么一步一步发展的。

这次报道则首次向观众回答了这一问题，今天治国的理念不是一蹴而就的，而是在长期的实践过程中不断优化、不断改进得来的。

在这三集的报道中，大量引用了习近平同志在不同历史阶段做出的不断延续的战略决策，包括第一集、第二集中引用了2003年他在浙江提出的“八八战略”里面的具体内容，第三集中引用了2003年他在浙江提出的“千村示范、万村整治”工程和2013年党的十八届三中全会当中的内容。

我们从中找到了五大发展理念是怎么来的，从对嘉善的具体指示、在浙江工作时的具体决策，到后来的国家战略，2003—2017年，14年的大跨度告诉我们今天的五大发展理念绝对不仅仅是尝试，而是经过实践检验的正确路径。

三、用小县发展生动体现习近平总书记的务实作风

习近平同志在浙江工作时曾说要“干在实处，走在前列”。2015年他来浙江调研时，又留给浙江16个字：“干在实处永无止境，走在前列要谋新篇。”G20杭州峰会期间，习近平总书记对浙江工作提出“秉持浙江精神，干在实处、走在前列、勇立潮头”的新要求。

在党的十九大召开前夕，推出该系列报道既是为了向党的十九大献礼，也是向总书记交出这五年来浙江、嘉善发展的答卷，再现浙江是如何一步步贯彻落实总书记的指示精神的。

在第三集《统筹城乡干在实处　小康路上走在前列》的报道中，我们讲述了嘉善积极开展美丽乡村建设，但在动真格抓落实的时候，嘉善的财政局局长先犯了难。在财力不足的情况下，怎么把好钢用在刀刃上？时任浙江省委书记习近平同志到嘉善调研，指出要

“集中财力办大事”。于是，嘉善集中力量改善基础设施建设，成为浙江首批村村通公路的县，并在浙江县一级率先实现城乡用水“同源同价同质同网”，顺利实现基础设施跟城市接轨。节目用时间、地点作为参照，以习近平同志的一系列重要指示为核心，层层递进，体现了他对嘉善改革发展的关心，也生动反映了他务实的工作作风。

总的来说，该报道在对时政画面的运用上有新拓展，讲出了画面背后的故事，使信息量成倍放大；在表达上也做了精心设计，突出了一波三折的进程感和故事性，是《新闻联播》供给侧结构性改革的新尝试。

初稿写于2017年6月20日　嘉善

新闻链接

【嘉善县域科学发展启示录（1）】借梯登高　“大”开放破“小”困局

【嘉善县域科学发展启示录（2）】调结构转方式　小县谋求大作为

【嘉善县域科学发展启示录（3）】统筹城乡干在实处　小康路上走在前列

数字不是拿来主义，需要用心去感受

——《数说浙江》记者手记

【题记】

《数说浙江》自创作后，成了一种固定的体裁和表达方式，台里很多特别节目或者地方台的特别节目在策划的时候都会加上一个“数说”的板块，可是我看了很多节目之后，发现很多人只模仿了“形”，却没有学到里面的“神”。《数说浙江》究竟是怎么想到的？每个数据究竟是怎么来的？我说的“形”和“神”又是指什么呢？此文我带大家细细品读。

其实，我就想表达一个观点：数字不是拿来主义，需要用心去感受。

我看不懂的“数字新闻”

都说现在是数据时代，“数字新闻”越来越成为新闻学当中的一个研究门类，曾经看过很多专家学者讲的“数据可视化表达”，我自己也学过，但总觉得知识水平有限，还是看不懂。

我们做主题报道或者成就报道，总习惯性地在结尾用一段数据来表明成绩，比如GDP增长了多少，解决了多少人的就业，等等。稍微高明一点的，就把绝对数字换成相对数字，比如70%的人下山安置完成了脱贫……感觉上是更容易看明白了，意思也表达到了，但每次写稿子到这里，我的内心都会膈应一下，做了这么多工作，最后的成绩却是冷冰冰的。

于是我开始思考：什么样的数字才是能让人看得懂的？

2017年，为了迎接党的十九大，央视新闻中心策划了大型特别节目《还看今朝》，以省为单位，每个省两个小时。我们没日没夜地在头脑风暴，就想有一条片子来阐述浙江是一个什么样的省份，我每天都在苦思冥想。那是个炎热的夏天，每天出门都会出一身的汗。有一天早上，我手机里收到一条短信：即日起，杭州以下游泳馆将免费对市民开放。我顿时心头一暖，杭州就是这样，通过一个小举动就能让人感受到温暖的城市。

那我能不能用“数说”的形式来表现浙江的这份温暖呢？应该选哪几个维度来展现浙江呢？

内心最有感受的才是最应该选择的

选择的维度有很多，我们可以从省委的主要工作入手，也可以从政府工作报告入手，但最后选择了自己最有感受的几个维度。

礼让斑马线。这是我到杭州之后最大的感受。每次有外地朋友过来，我都会在介绍杭州的时候先介绍这一点，我说杭州是最文明的城市，没有之一，它的文明就体现在机动车是会让人的。来杭州旅游的人，哪怕就来过一次，都有这个感受。甚至有杭州人感慨，到了其他城市，竟然不会过马路了。我对此也深有体会。

我的脑海里蹦出了一句话：让文明成为一种习惯。

免费的西湖。在中国，哪里有免费的AAAAA级景区？哪座城市会让自己最有名的景点免费？西湖就是那个想去就可以去，不用花一分钱就能感受独特的自然风光与深厚的人文底蕴的地方。

这么多年采访下来，我给人介绍杭州的第二句话是，这是一个共享的城市。无论身份、阶层、薪资，人们都可以免费逛西湖，都可以享受这个城市的资源。无论是残障人士还是拾荒老人，都可以去杭州图书馆看书，甚至留宿。无论是市民还是流浪者，都可以进到杭州的防空洞里避暑。

虽然每年节假日，我们都在抱怨西湖的人多，但正因免费，才让西湖每年都是最热门的景点，杭州真心让免费成了一种经济。

绿水青山。这是毫无疑问会选定的场景，安吉也是我们必须纳入的地方。一来这里是“绿水青山就是金山银山”理念的发源地，二来这是浙江这几年最显著的工程之一。

浙江农村好，也是我在浙江采访这么多年最大的感受。浙江的农村比城市好，浙江的城里人都喜欢往农村跑，浙江最大的精华都在农村。每逢节假日，城市里的人都会带着一家人去到农村，住进精品民宿，闲适！这就是浙江人的生活！

这些年我走过很多省份，也去过很多的山区和农村，省域之间的差距在这些地方就更加明显。除了基础设施，更让我诧异的是人们的观念。当我和一个浙江人聊天时，能感觉到我们在思考问题的方式上存在巨大差异。浙江人总会去发现商机，总能通过不断改变自己来将商机变现。浙江人重视“绿水青山”，不仅仅是因为总书记说了这么一句话，更是因为他们切实感受到了“绿水青山”真的能变成“金山银山”，毁山坏林挣来的钱远不及如今的美丽经济。

最多跑一次。这是我这两年最明显的感受之一。我曾在其他城市办过户口迁移和房产证，要去好几趟派出所和办事大厅，每次去都要排很久的队，且中间相隔的时间又很长。但是在杭州办户口迁移，只需要去一次迁入地的派出所就可以了。办房产证，只需要去一次市民中心就可以了，而且房产证立刻就能打出来。浙江的“最多跑一次”改革真是极大便利了老百姓，这样的浙江，怎能让人不爱？

梦想小镇。起初，我们并没有把梦想小镇纳入，后来去梦想小镇考察一个人物的时候，摄制组对这个地方产生了好奇。他们第一次来到梦想小镇，会好奇为什么会有这样一个地方，“梦想”缘何而来。我曾经深入报道了多次梦想小镇，做他们的金牌导游自然不在话下。之后，大家越聊越起劲，最终达成一个共识，应该以这里收尾，代表梦想、代表未来。在中国，这是一个让未来不再未来的地方，是一个“你负责茁壮成长，我负责阳光雨露”的地方。

这几个维度，前四个都是脑海里一下子就蹦出来的，是我内心感受强烈的，最后一个维度是在踩点的时候加入的，越想越觉得这也是浙江最让人感到幸福的地方。

数字不是拿来主义，都是自己算出来的

做完这个片子之后，很多人都问我：这些数据是怎么来的？为什么我们要不到呢？事实上，这里面的所有数据都不是官方提供的，都是我自己想出来、找出来和算出来的。数字不是拿来主义，需要转化成观众可感的东西。

礼让斑马线。当时我先后咨询了杭州市交警、杭州市公交集团，最后问到了杭州市文明办，末了官方给我的数据只有一个：斑马线前礼让率为98.82%。这个数字冷冰冰的，我一点也感觉不出杭州的文明。

于是我就想，怎么能让没来过杭州的人真切感受斑马线前的礼遇呢？我开始从自身出发思考这个问题。

因为平时我们开车的时候，总得在斑马线前等人，等待是很烦的，老踩刹车也很烦。杭州作为一个互联网城市，生活节奏很快，但是杭州的司机们愿意在这一刻慢下来，这其实是很不容易的。

从这个角度出发，我分别让公交总公司、出租车协会和交警去测算了三组数据，比如为了礼让行人，公交车司机一天要多踩多少脚刹车，出租车司机要少接多少单子，私家车可能要多花费多少时

间在路上，甚至要早起多少时间来赶早高峰。但这三方给我的回复出奇一致："这是算不出来的。"

但我认为是可以的。比如公交车的路线是固定的，经过斑马线的数量也是一定的，经过没有红绿灯的斑马线的数量也是一定的，那经过没有红绿灯的斑马线时，司机就会选择是否踩刹车。如果我们按每次经过这些没有红绿灯的斑马线都要踩刹车来计算，一辆公交车跑这一趟要多踩多少脚刹车就能算出来了。再结合一天要开的趟数，踩刹车的总数就能算出来了。

我请公交集团找一条经过西湖边的、路线最长的公交线路，用半个月的数据按照上述思路测算一个数值出来。果然，按照我的算法，公交集团真就算出来一个平均值：192脚。采用这样的方法，杭州市出租车协会也给我算了一个数据出来：3单。交警则帮我算了私家车出行的数据：1个小时。

于是，就有了我第一段词的"数说"。

西湖免费。这个数据思考起来就更直接一些。西湖是2003年开始免收门票的，在那之前，西湖一年的门票收入有多少？现在免门票了，一年又能收入多少？

杭州市文旅局每年都会统计旅游收入，所以这个数据不难找。难的是历史数据的寻找。

我管西湖风景名胜区管委会要这个数据，管委会说，我们这个单位是后来才成立的，所以没法找当时的数据。

我又找了杭州市文旅局，他们说，以前西湖归西湖区管，可能要找西湖区才能问到这个数据。

于是去联系西湖区委宣传部，请他们帮忙。他们也尽力帮我想办法，最后，我们找到了西湖区物价局，在他们的档案室里找到了资料。资料里详细记录了以前西湖31个公园的门票价格，比如现在大家熟悉的西湖一公园到六公园、太子湾公园等，每个小公园都是收门票的，而且每年的旅游收入都登记在册。

由于不仅仅有总的旅游收入，还有每个公园的门票收入，我就想到了要对比和变化。当年有31个公园，每个公园的门票价格是5—35元不等；如今不仅西湖免费，西湖边的公共WiFi、公共体育设施都免费了。而且以前有公园的时候，每个公园都用围墙拦起来，现如今整个西湖都没有围墙了，拆掉的是有形的围墙，也是人心中的那堵围墙，让每个人都能共享这座城市的快乐、美好、荣光。

绿水青山。思路也是一样的，以前开矿挖山一年能赚多少，现在走绿水青山发展之路了，一年又能赚多少。这里面涉及大量的数据，要怎么展现呢？我们来到安吉实地踩点，找出镜的地方。先去了余村，又去了安吉几个最有代表性的美丽乡村，都没有找到特别合适的。后来我们到了一处民宿歇脚，就和民宿的老板聊了起来，原来他以前是开竹席厂的。

“你以前一年能赚多少钱？”

“50万（元）吧！”

“现在呢？”

“差不多100万（元）吧！”

“那以前竹席厂有污染吗？”

“有！”

“都有什么污染？”

“污水、废气，再就是吵！”

聊着聊着，我的词儿差不多就有了。不仅仅是以前和现在收入的对比，还有以前和现在生活的对比，不仅收入增加了，生活还发生了变化。这是与时俱进的浙江人不断改变发展理念的成果。

最多跑一次。这个方面的官方数据可以说有很多，我们做过的相关报道也很多，比如说有多少事项实现了最多跑一次；办一个证，以前要跑几次，现在跑一次就行了。

但这些数字远没有亲自体验来得震撼。在北京办过房产证的人都有这种感觉，得跑几个部门，花个几天时间很正常。可在杭州，一两个小时就能办结。

怎么把我内心的这种震撼给表现出来呢？

因为全省“最多跑一次”改革做得最好的是衢州，我们就决定去那儿找灵感。此前，我从未去过衢州行政服务中心，但到了那里，我一下子就兴奋了。我们去的时候是周五，在这样一个工作日，办事大厅里却没有几个人。

在衢州行政服务中心的拍摄

衢州行政服务中心的咖啡馆

更新奇的是，这办事大厅里竟然有个咖啡厅，大家喝着咖啡、吃着甜点就把证给办了，这体验感多棒呀！

这个场景让我感到既新鲜又感动。衢州行政服务中心的田俊主任告诉我，因为办证速度快了，办证大厅里的人就少了，环境好了，来这里办事的人才能坐得住，于是就有了咖啡厅的设计。

我说，那以前呢？她说，以前那真是经常吵架，还有肢体冲突，很多办事员都不愿意来上班了，为了激励这些女孩子来上班，还专门设置了“委屈奖”，以奖励逆来顺受、笑脸相迎的服务标兵。

听说了这些情况，我特别兴奋，认为可以利用这个场景，从“烦躁”出发拍摄报道。但这个数据，我该问谁要呢？先咨询了衢州当地的医院，又咨询了心理学专业的同学，最后同学给我指了一条路，让我去咨询精神科专家。于是我找到了以前采访过的一位专家。他说，在精神病学的术语中，有一个词，就是焦虑。一般情况下，等待超过30分钟，同一句话重复5次以上，在一个10平方米的空间里同时挤进20个人，这些都会让人产生焦虑。

从让人可感的焦虑出发，到“委屈奖”这个新闻点的设置，再到人人都可能会接触到的房产证办理手续的变化入手，让人们看到现在的浙江让前来办事的人从焦虑不安变为安心舒适。当我看到衢州办事大厅里的咖啡厅这一“慢生活”的代名词时，我就想到了这句话：浙江人让慢生活成了一种效率。

梦想小镇。身在浙江，人们能感受到浙江人与生俱来的创新创业精神。梦想小镇的数据可能是最容易拿到的，因为在实地踩点的过程中进一步加深了对浙江的认识，我们才决定把这里作为最后的一个点位。踩完这个点，我们才真正领会“干在实处、走在前列、勇立潮头”这12个字的含义，也得出了结论：浙江做这些事是出于对每一个人最真诚的关怀，这种关怀需要每一个人慢慢去体会才能发现。

这也是我们希望传递给观众的：浙江好和浙江之所以好。

中国语言的魅力

说完数据，我想再花些笔墨来讲下文字。中国语言文化博大精深，写稿的时候总会因为想到一个词、一句话甚至一个语序的改变而暗自叫绝。报道中的五段出镜词有的是在现场一气呵成直接说出来的，有的是事先想好改了又改才最后成稿的。

由于稿子改得多了，我逐渐养成了一个习惯，保留每一次的改稿，然后对比来看，慢慢琢磨其中的改变。

因为这个片子是一个片段一个片段拍的，所以稿子其实是一段一段写的，比如礼让斑马线是事先想好的，所以一开始就已经想好了怎么拍，文字也是最先想好的，来看8月11日写的文稿：

【字幕】浙江杭州/南山路

斑马线，这在一个城市里再普通不过了，可杭州却用了9年时间打造它，这就是“礼让斑马线”。

可这事儿，最初很多人并不理解，因为公交车司机平均每天要为此多踩192脚刹车，出租车司机每天要少接3个单子，私家车司机每天可能要多花1个小时在路上。

但是现在，这种文明礼让的行为成了杭州人的习惯。

后来，何姐对这段稿子进行了修改：

【同期】

斑马线　每个城市都有

杭州却用了9年时间

让它前面多了两个字“礼让”

可最初做这事的时候　很多人并不理解

因为公交车司机每天要为此多踩192脚刹车

出租车司机每天可能会少接3个单子

私家车每天可能要多花1个小时的时间在路上

可是现在　不光在杭州　整个浙江都已经让文明成了一种习惯

意思并没有发生改变，但是语序做了调整，因为“礼让”是我们强调的重点，所以把我们已经说习惯了的“礼让斑马线”，改成了“让它前面多了两个字‘礼让’”，这一处的改变就把做这件事的不易以及希望大家记住的内容一下子强化了。我当时就觉得改得绝，而且整个语言风格一下子变得更有力量，更适合出镜来说。

珠玉在前，我也很快学会了语序的调整。我们再对比一下第二段词：

【字幕】 浙江杭州/西湖

在15年前，人们也习惯一样东西，那就是西湖的围墙。

那时候围墙把西湖围成了大大小小31个公园，门票从5块钱到35块钱不等，光门票收入一年就有2500多万。

但杭州人硬是把围墙拆了，免费开放。这5年，西湖边的城市公共WiFi免费了，公共自行车免费了，公共体育设施也免费了。去年，这些免费为杭州带来的旅游收入是2500多亿！

浙江人让免费成了一种经济。

何姐的改稿：

【字幕】 浙江杭州/西湖

15年前浙江人还习惯于一样东西，那就是西湖的围墙。

围墙把西湖分割成大大小小31个公园，门票从5块钱到35块钱不等，光门票收入，一年就有2500多万。

可是浙江人硬是把围墙拆了，不要票、免费进。这5年，西湖边的城市公共WiFi免费了，公共自行车免费了，公共体育设施也免费了。去年，这些免费为杭州带来的旅游收入是2500个亿！

浙江人让免费成了一种经济。

就是几个词的变化，却表现出了力量感。

再说衢州“最多跑一次”这一段。这一段是踩完点之后，我立刻写出来的，然后一天时间就拍完了。但后来，我们反复审片改片的时候，何姐说，这一段其实有时间可以重新补一下，把顺序调整一下，先在办事大厅里出，再走进咖啡馆，更顺一些，这样就是先讲办事大厅的焦虑，再讲现在喝着咖啡就把事情办了的慢生活，最后把咖啡馆的包袱抖出来。第一版稿子其实是上来就抖了亮点，我说："是的，当时看到这个咖啡馆太兴奋了，就很想在这个咖啡馆出镜。"

现在的画面其实是退而求其次的结果

每条让人刻骨铭心的片子背后，其实都有一段自我斗争的过程。我们最初设计这个片子的时候想一镜到底，是真的一镜到底，而不是现在的相似转场。我们先在安吉尝试了这个拍法，拍了一整天，出了将近100遍的现场，硬是把嘴巴说得起了个大泡。当时就想着无人机飞上去、落下，用手接住，然后手持着走进去、拐弯，全程这样来拍摄。但是当时的设备一来没有现在这么多，二来也没有如今这么发达，100遍的尝试都失败了。最后，我们决定退而求其次，变为相似转场，这样拍起来就方便多了。

夏天拍片，首先要克服的就是高温。随便一走，衣服就全湿了，我们准备了一个吹风机，每走一遍，就用吹风机把汗渍吹干，目的是在屏幕前呈现得完美无缺。

我们对每一个细节都很注意，比如胸麦，以前拍片可能是别在胸口就行了，所以能看到很多记者出镜的时候胸前都会有一个小麦

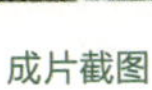
成片截图

设计拍摄方案

克风。这次我们全程都用胶带叠成三角形藏在衣领里面，将麦克风藏在胶带里，这样镜头中就看不到麦克风，也就是俗称的“叠三角”。对于不少专题片拍摄来说，这是摄像的基本功，只不过拍的片子多了，很多人就不那么讲究了，忘记了这个基本功。但我们始终精益求精，不放过任何一个细节。

最早的设计还有两个场景，一个是在富阳的滑翔伞上出镜，一个是在建德的新安江上出镜。当时滑翔伞是新鲜玩意儿，在那儿可以俯瞰群山，上面说一段，下来做转场，说“绿水青山就是金山银山”理念，也是一种方案。之所以设计新安江，是因为那时候浙江的“五水共治”做得特别好，很多河流都变清澈了，新安江是其中的代表之一。夏天刚好是建德“夏日冬泳”的时间，我们就设计了一段人跳到水里，再钻出来做转场的镜头。但因为这两个都是讲生态的，后来就舍弃掉了。

也正是因为对自身近乎苛刻的要求，做完这个片子，我一个星期都不想说话。

初稿写于2017年10月3日　杭州

【还看今朝】数说浙江

我做的不是节目，是给浙江写的一封情书

——《【还看今朝——喜迎十九大特别报道】浙江：勇立潮头》记者手记

【题记】

《还看今朝》是中央电视台新闻中心推出的以省为单位做巡礼式报道的特别节目，也是全国各地记者站成立之后第一次横向对比进行业务大阅兵。各站都使出了“洪荒之力”，以求将记者站这些年来的成果一一展示出来，这档节目可以说是记者站建立以来的巅峰之作。

其中，浙江篇作为开篇之作于2017年9月16日播出，时长1小时43分45秒，时间有点长，但精彩程度不亚于一部电影。

这篇文章的题目是我在做这个节目之初就想到了的。我在浙江生活了11年，进站也过了“七年之痒”，对这里的感触很深。“浙江的今天就是中国的明天”，已然成了我的口头禅。任谁问我浙江最大的特点是什么，我都会毫不犹豫地说两个字：幸福。

之所以这么说，不是因为西湖美景，不是因为这里经济发达，而是因为这里的政府和人。走过那么多省，从来没有一处像这里一样让人感受到为民办事的深入人心：礼让斑马线早已是常态，办一本房产证只要30分钟，办理港澳台签注、迁移户口都是立等可取。这些在以前都无法想象。这里的农村比城市还美，这里的资源人人

共享。

这就是浙江。这个节目给了我一个机会，可以好好写一封情书给浙江，好好描绘一下我心中的浙江。

两个半月，18条片子，7场直播，构成了《还看今朝》的浙江篇，背后有着诸多故事……

雷厉风行，说干就干

一切的起始是在2017年7月5日，那天何姐带着我，拿着启动这个节目的函件，找到了浙江省委宣传部，当时的副部长琚朝晖和新闻处处长虞汉胤听完我们的汇报之后，感觉事关重大，立刻向当时的浙江省委宣传部常委部长葛慧君做了汇报。

7月7日，省委办公厅、政研室、宣传部、广电集团开了一个会，会上，葛慧君部长传达了省委书记对此节目的批示，并提出要求：精心策划制作该节目，力争做出特色、做出亮点、做出影响。工作还没正式开始，省委书记就批示，足见对此事的重视。为了留出审片的时间，宣传部领导直接让我们把进度往前赶，争取8月10日前完成所有拍摄。

整个过程给我的感觉只有一个：高效明白！一如浙江人给我留下的印象。我心里由衷感叹！

头脑风暴：从“水、桥、网”到“水”再到“潮”

7月9日，我们和浙江卫视的创作团队一起进驻西湖景区的三台山庄。根据浙江卫视创作专题片的经验，在与世隔绝的环境下清除外界杂念能创作出更好的作品。我们开始了没日没夜的头脑风暴。那时的生活很规律，起床吃完早饭，一群人就坐下来开始头脑风暴，一直讨论到下午，每天都感觉脑细胞消耗殆尽。晚上，我们就集体看片，如《紫荆花开》《透视美国》等。我每天晚上整理白天讨论的内容，感受到的一半是干枯，一半是兴奋。干枯的是大脑，累到无法思考；但想到一个创意、一个点子，哪怕是一个画面，又感到兴奋。

我们最早头脑风暴得出的串联方式是“水、桥、网”。

“水”是因为在全国，只有浙江省的名字里两个字都带水。“七山一水二分田”，说的就是浙江，其中的“水”不可或缺。所以我们一定要从“水”切入——从钱塘江切入。

“桥”是从G20的Logo中得来的灵感，水多桥就多。这个“桥”既是实体的桥，也是沟通的桥，浙江就是架起事情的两端并促成对话的媒介。

“网”是因为水多、桥多，自然就构成了“网”，还因为另一张“互联网”。什么能代表浙江的经济？互联网！这张金名片不仅在全国拿得出手，在全世界也拿得出手！

江南水乡，遇水架桥，水网密布，这就成了我们的叙事逻辑。

有一次，赵林[①]主任加入我们的头脑风暴，他提出一个节目与其用三个主题来串，还不如用一个字来串，那就是“水”。桥和网，都源于水。不断强化水的概念，更容易让人记住。

再后来，我们回总部一次次地汇报节目方案和进展，王平主任又提出，“水”固然好，但内涵不够丰富。用“潮”更好，勇立潮头。勇立潮头既是钱江潮的精神，也是浙江的精神，更是我们这个节目想要表达的精神：“最多跑一次”是政府改革的潮头，永不言弃的追梦精神也是潮头，浙江制造是潮头，浙江精神和浙江人都是潮头！

当时王平主任说：“整个节目要让人感觉到潮起潮落，既有直升机起飞时候的高潮，也有人物内心独白的低潮；既要展现改革的浪

---

① 赵林：时任浙江广电集团卫视新闻中心主任。

潮，也要体现浙江人生活的新潮。所谓的‘潮’，它要在观众内心不断涌动。”

于是，“勇立潮头”成了我们这个节目的标题和唯一串联逻辑。

只要我有，只要你要，倾尽所有

自从央视在各地建立记者站，记者站和地方台的合作就没断过，而浙江的“站台合作”一直都是全国标杆。这部《还看今朝》浙江篇更是“站台合作”的成果。

有一个小细节我记忆犹新。我在一次策划会上盘算了一下，节目可能需要7辆卫星车。闻此，姜总[①]直接说：“盘一下整个集团有多少辆卫星车，7辆不多，都由我们来提供。”甚至还说：“7辆够吗？不够还有！”当时申勇主任听说我们管浙江台要了7辆卫星车，他都很惊讶，后来也反复提及此事。

片头：水墨丹青，烟雨江南

片头决定了整个片子的气质，从一开始，我们就希望把片头做成水墨画的风格，这才是烟雨江南的感觉。

在全国，只有浙江省的名字里都带着水。西湖边散落着古今文人骚客的遗迹，水墨江南，如诗如画。

我们一开始甚至想让女主持人穿着青花纹样的旗袍，撑一把油纸伞出场，桌子上放一杯西湖龙井，背后则是《富春山居图》。

之后出现的“勇立潮头”四个字也着实费了一番功夫。起初我们找了很多人来写这四个字，但感觉气势都不够。临近播出时，姜军总来北京进台参观，我们直接请他来写，没有纸笔，就在宾馆里临时凑了笔墨纸砚，最后播出时使用的就是他的墨宝。

---

① 姜总：姜军，时任浙江广电集团党委副书记、总编辑。

最早我们扫描上传的时候，字都是黑色的，播出前一天审片，王平主任觉得开篇之作必须用红色或者金色。我们就连夜改了颜色，10点播出，9点才把字的颜色换成了最后的红色。

最终敲定的片头视觉设计

《风景“浙”边好》的背后

航拍的节目样态是我们一开始就定下来的，参考的是庆祝香港回归20周年特别节目《紫荆花开》里开篇的“航拍香港”。那条片子中，飞机的飞行轨迹涵盖了香港的地标，意在开头先带人纵览香港。于是，我们就联想到要在节目开头把浙江的地标全都涵盖进去，先让观众对浙江有个直观的印象。

以全航拍的形式来呈现一条片子，在当时还是一个比较大胆的尝试，而且我们决定，哪怕用航拍，也要上点难度，采用延时加上航拍的形式。我们远赴东海，延时拍摄了海上牧场和“绿野仙踪”。不过，最后由于时间紧、任务重，有些地方没能亲自去拍，而是用了以前的资料画面。

刚开始，我们给这条片子起名“风景浙边独好”。王平主任觉得，“独”字不合适，毕竟全国都很好。

剪辑上最早有个小设计：在片子的结尾，随着音乐戛然而止，我们采用了黑屏的效果，意思是熄灯了，大戏的幕布要拉开了。但最后我们将其改为了静帧，因为担心线上出现黑场会被误以为是播出事故。

添加字幕也费了一番功夫。当时在这些画面上加字幕，就像是在推荐自己的孩子，字斟句酌，想着一定要把最好的、最有说服力的一面展现出来。包括字幕的样式，当时我的同事杨少鹏找了好几个模板，我们在梅地亚宾馆，把电视机连在电脑上当监视器，一个模板一个模板地试，最后才确定下来。

《数说浙江》的背后

本书中有专门写《数说浙江》的文章，便不再赘述。此处只想补充一下我那个时候的状态。因为要尝试很多种创新，而且每天都从早晨6点多就开始拍摄，一直要拍到晚上，所以真的特别累。关键我还需要一刻不停地说，感觉嘴巴都说干了。

累到什么程度呢？我形容自己是《欢乐好声音》里的那头小猪。《欢乐好声音》里有一头公猪，他有25个孩子。而他自己是公司职员，被繁重的工作压得喘不过气来，失去了对生活的兴趣，每天早出晚归，毫无生气，和妻子也没有交流，觉得人生没有了乐趣。

当时的我就是这样一种状态，工作之余，希望谁也别跟我说话，我是哑巴，我想睡觉。

《浙江乡村style》的背后

策划的时候我们就想用一条片子来表现浙江的农村。因为浙江的农村最能体现浙江的富有和发展，也最能体现“绿水青山就是金山银山”理念。

当时拍的第一版我们进行了自我否定。后来，经过激烈的讨论，我们决定这条片子拍“浙江农村的万万想不到”：厕所是五星级的；“垃圾是个大杂烩，扔前请你分分类”这样的儿歌，小孩都背得滚瓜烂熟；只有200人的小山村却在做农村电商。谁也不曾想到浙江的农村是这样的，浙江的农村还有这些东西。我们希望展现让所有观众看了都会惊呼的内容，只有这样才能让观众看出浙江农村的不同。

当全国各地的农村都还在为脱贫致富伤脑筋的时候，浙江的农村已经展现出别样的文明程度，这就是浙江乡村的style。

在乡村拍摄

乡下阿公对话城里阿婆

浙江最大的一个特点就是城乡统筹发展。2017年，浙江城乡居民可支配收入已经分别连续16年和32年居全国各省（区）首位。浙江是中国城乡、区域收入差距最小的省份。

这个特点必须有一条片子来表现，但怎么来表现呢？这着实让我们费了一番心思。当时由浙江卫视的记者叶暾负责这个片子，拍了五六遍，可每一次都被毙掉了。但我们也确实想不出能用一种什么样的方式来呈现城乡统筹发展。

有一天，我们专门开头脑风暴会，讨论这条片子究竟该怎么拍。最后，浙江卫视的陶主任[①]想到了一个创意——“变形计”，让农村

① 陶主任：陶兆龙，时任浙江广电集团卫视新闻中心副主任。

里的人和城市里的人互换身份，看看人们到底喜欢在农村还是在城市生活。后来，叶瞰找了一个农村阿公和一个城市阿婆，问他们同样的问题，两个人平行剪辑，最后询问他们愿不愿意与对方互换生活。

最终的成片中，两个被采访对象给人的感觉都出奇的好，说得好，状态也好，应该算是我们所有片子里面最好的一条。

“浙就是我”板块的背后

一开始的策划里，我们没有设计这个板块。直到7月19日的头脑风暴会，何姐提出一个观点：我们缺打动人的故事，人才是时代的主角，代表浙江精神。

此前的所有片子都是给人看浙江的成绩，但体现不出浙江为什么有这样的成绩。我们这100分钟不光要让观众看到浙江是什么，更要让人看到浙江为什么。为什么呢？答案是浙江人。

浙江并不是资源大省，浙江最大的资源是人，是浙江人的创新精神助力了改革开放，是浙江人的实干造就了今天的勇立潮头。

那选择谁来拍摄报道呢？马云？李书福？最美浙江人？浙江的名人不少，可要如何取舍呢？最后，我们讨论决定，让大人物做绿叶，让普通人做主角。如果连普通人都是这样思考问题的，普通人都有这样的觉悟，那不是更能说明问题吗？

最后，我们选择了五个普通人。他们有一个共同的特点，那就是有梦想。关于梦想，我们最先想到的就是横店的“路人甲”，因为当时尔冬升的电影《我是路人甲》刚刚播完。后来，我们又找到了放弃城里工作去乡下开民宿的年轻人、梦想小镇管委会里的90后、红日亭煮凉茶的大叔。还有一位浙商林东，虽然名气比不上马云，但他的一句话深深打动了我们，他说妈妈教他做人“不怕输只怕歇”。

这些人看似渺小、草根，但他们是千千万万浙江人的代表，他们就是你，就是我，他们是浙江的底色。18年前的马云不就是他们中的一员吗？30年前的李书福不就跟现在的他们一样吗？我们关注这些怀揣梦想、步履不停的普通人，其实是想说，浙江就是这样一片不会辜负任何一个梦想的土地。

那给这个板块起什么名字呢？我们讨论了很久，后来在网上搜到了《浙江日报》的一个名为“浙就是我”的专栏，我们觉得这个名字特别好。这就是我，我就是这样的，浙江就是这样的，所以我们用了这个名字。

红日亭的背后

在选择报道人物的时候，最早定下来的一个是与“红日亭”有关的人。这是一个老典型，也最能体现浙江人的一个重要特点：善良。

浙江人骨子里都善良、爱做慈善。浙江有一个“最美现象”，最美妈妈、最美司机、匿名捐款的“顺其自然”、由退休老人和志愿者组成的慈善机构“红日亭”……这些都是浙江特有的。

在100多分钟的节目里，我们希望把浙江11个地市展示全，关于温州用什么来展现，我们想了很久，最后还是选了“红日亭”。

温州这座城市很有名，但是在这些年的发展中逐渐被“妖魔化”了，远不如上世纪八九十年代风光，城市建设跟不上经济发展，环境保护跟不上社会发展，这些都让人逐渐忘记了温州好的一面。

这是一座知名度很高但是美誉度不高的城市，可真实的温州不是这样的，这里的人乐善好施、温润包容，一如“红日亭”般朴素善良、大爱无疆。我们很有义务让观众去认识一个全面的温州、真实的温州。温州，温州，温润之州。

“横漂”女孩的背后

“横漂”女孩蒿怡帆也是我们选取的人物之一。

先讲采访时的一个小细节。因为早上和傍晚的阳光是最柔和的，拍出来的镜头也最好看，所以这条片子的拍摄都是在早上和傍晚两个时间段进行的。在拍摄接近尾声的时候，我们跟蒿怡帆说：“明天最后一场，3点开机哈！”她说：“太棒了！下午3点吗？”王导说：“不，凌晨3点！”这就是我们对细节的追求。

王平主任初次看完这个片子，就说了这样一段话：“横店是几个梦的延伸，早年给人的感觉很低级，但其实表现了浙江人的务实精神，是几个梦的连接。从起初低端、简单地搭几个场景开始，到现在规模不断逼近甚至超过好莱坞，横店是一个集体的梦，是中国人对于影视文化的梦。片子中的女孩多次离开又再回来，她的梦是内心的火种，与其说是横店圆了她的梦，不如说是中国电影开始了走向世界的梦，而正是浙江给影视产业圆了梦。这部片子把浙江真正的精华表现出来了。”

林森的背后

林森是报道中那个到乡下开民宿的年轻人。拍摄这条片子是因为最近几年浙江一直存在着这样一种现象：城里人老爱往农村跑。最早是老年人回农村养老或成年人周末去农村度假，可是这两年，越来越多的年轻人都往农村跑，他们舍弃了之前的工作，舍弃了城市里的各种资源，甘心到农村去生活，去过恬淡、安静的生活。

这是一种社会现象，更是社会发展到一定阶段之后出现的“逆城市化”的一种表现。这种情况在浙江很普遍，那我们选择在哪里调查呢？

由于站里长期跟踪着松阳的老屋改造情况，熟知松阳好多个村子里都有这样的年轻人，因而选择在松阳进行拍摄。在松阳众多的村子里与各种人聊天，我们最终发现了“酉田花开”的老板林森。

片子通篇展现的都是他在农村的生活，但我们希望能让观众明白他为什么会放弃城市回到农村。

林森表示，他喜欢农村里和谐自然的人际关系，向往“路不拾遗，夜不闭户”的淳朴乡风，“此心安处是吾乡”道破了年轻人反向奔赴农村的缘由。片子中，他向老奶奶借生姜的那一段情节真实地再现了曾经人与人之间的交往状态。王平主任审片的时候，说这段现场保留得很高级，这就是“乡愁”，是在被钢筋混凝土裹挟的城市中缺乏的，被现代契约文明所代替的邻里乡亲友好熟络的中国传统人际关系。

当很多地方的人还在追求着北上广的一线生活时，浙江的年轻人已经在向往“望得见山，看得见水，系得住乡愁”之境，这股“潮流”反映了浙江人的内心。

管委会酷男的背后

我们商量，“浙就是我”板块选取的五个人物里面得有一个是公职人员，来体现浙江政府公务员的“店小二”精神。选谁呢？选谁合适呢？

最早我们想拍办事大厅的代办员，一来能体现“最多跑一次”这个主题，二来也能体现“店小二”精神。后来在拍《数说浙江》时来到了梦想小镇，带我们拍摄的是一个90后的大男孩，拍摄采访的过程中，我们被他的故事所吸引。他说：“我叫吴超，人家都管我叫‘吴大妈’，因为我每天都要像大妈一样去看管这些怀揣梦想的年轻人，其实他们跟我一样大，他们去追梦，我管他们追梦。”

表达酷男，我们就用最土的方法；表达大妈，我们就用最酷的方式去呈现。但不管再怎么艺术化，我们都没有忘记新闻性的表达，跟拍、记录永远是最真实的手段。

林东的背后

“浙就是我”板块五个人物的报道里一定要有一个浙商，这是我们的共识。可是有名的浙商那么多，怎么选呢？这个时候，林东进入了我们的视野。比起马云、宗庆后、李书福这些浙商来，林东名气不大，但在浙江人的心里，他又占有一定位置，因为当年林东被称为“牛肉干大王”，几乎人人都吃过林东生产的牛肉干。

可就是这样一个人，却把全部身家都投到了自己完全不了解的潮流能发电这个新生领域里。这前后的反差让外人不解，但正好反映了浙商的性格。用林东自己的话说就是：不怕亏，只怕歇。

我们把他的故事分成了两个部分来讲，一个是做牛肉干的林东，一个是做潮流能发电的林东，他在这两个角色中为我们讲述创业的激情、失败与成功。

我们在剪辑上有一个小设计，当他说到“你这个东西能发出电，我跳海给你看”时，紧跟一个黑场，然后接上他在现场大喊“下水了”的片段。

经常做传统媒体的人会有这样的一个逻辑，讲浙商创业就要把其中的辛苦、艰难拍出来或者表现出来。而这条片子并不是这个逻辑，我们没有执着于刻画创业艰辛，而是注重渲染他的情绪，情绪也是一种逻辑。

所以那个黑场之后的吊装现场才那么有感染力，情绪点才那么足。

《奔跑吧，表格！》的背后

“最多跑一次”这个主题我们已经做过多次联播和报道，而且将其渗透在了整个节目的很多角落。当需要专门拿一条片子来展现的时候该怎么做呢?

整档特别节目中，我们的追求都是“极致表达”，决不用传统的表达方式来呈现。

最早我们想过跟拍一个办证的大爷，但太普通。

后来又尝试用负面调查的方式来做。

最后我们选择了最轻巧的方式，那就是以一张表格的视角来做。

直升机直播的背后

直升机直播做最后调试(左起:直升机拍手萧洒、何盈、微波朱海涛)

电视不同于纸媒，它要看天吃饭，直播更是如此。可天有不测风云，这根本非人的努力所能左右。

直升机的协调经过了一个非常漫长的过程，从提交申请开始，黄滨[①]就跑在各个战区、军区、空管、民航之间，递交各种报告，打各种申请，推进起来极其困难。当航线申请批下来的时候，黄滨说，结果比生二胎还开心，过程比生二胎还难！这背后的故事不说也罢。

9月13日开始，台风临近，港口、航线全都封闭。直升机在上海的基地里无法起飞，作为串联符号的直升机没有，整个节目的气势起不来。

当时我在后方跟王平主任一直汇报着这件事情，联系上海记者站、新闻中心军事部帮忙协调处理，电话一个接一个，一点一点推进。

---

① 黄滨：时为中央电视台新闻中心地方记者部通联组编辑。

9月16日早上6点，飞机终于在上海起飞了，飞到杭州还能再演练一遍。过程中我经历的那种紧张与刺激，简直无法用语言形容。

当直升机飞起来，直播开始的那一刻，整个播出线上全体欢呼！

义甬舟大通道直播的背后

一档特别节目里必须有直播，这是最能推进节目的一种形态，也是集中体现新闻性的一种形态。后来我们决定把这个直播点集中放在义甬舟开放大通道上。

前面讲了改革，这里讲开放，开放是浙江的秉性，也是浙江人的侧写。义甬舟开放大通道的规划，第一次让“一带”和“一路”在浙江这片土地上有了物理连接点。

我们到义乌踩点，义乌开往布拉格的中欧班列恰在那个时候首发，在建甬金铁路隧道也恰在那个时间段开始进行爆破。这些新闻事件都是节目状态最好的助推器。

我们通篇都在讲故事，采用了各种形式，直播也是我们讲故事的形式之一。我们还设计了三连屏，将集装箱卡车作为一个物理象征，分别展现“一带”和“一路”，最后出现连接点的爆破。

每一场直播我们也尽可能追求极致。踩点的时候我就在想，义乌一辆火车开走其实没什么意思，但是用手机连线布拉格火车站之后，新闻性的意义和融媒体的属性就变大了。浙江人已经在海外建火车站了，并且用融媒体的形式在大屏上直播。

在宁波舟山港，我们想给大家呈现的是一个集装箱从船上卸下来再送到火车上的全过程。于是，我们就顺着这条直播路径走一圈。可惜的是，当天台风，船都无法靠

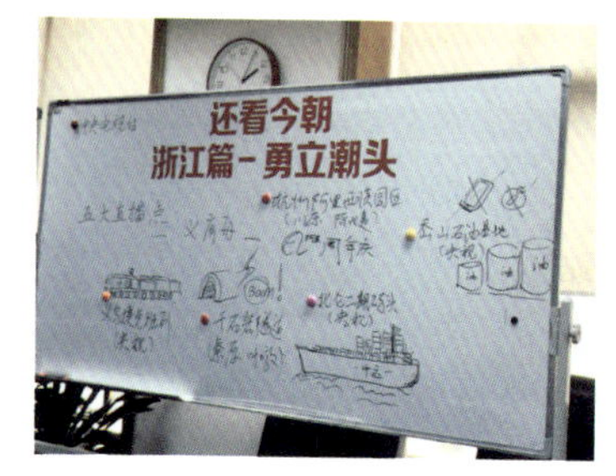

写满直播点的白板

直播幕后

港，码头上没有船，集装箱堆场也没有那么繁忙。

岙山岛的背后

在此次报道之前，岙山岛的新闻从未出现在屏幕上。2015年、2016年的时候，我们就想拍这个地方，当地都以涉密为由拒绝了。但我们难道要就此停止对这片土地的探索吗？没有。

我们联系了兴中石化并进去踩了点，随后，又发函联系了国家能源局。为取得拍摄权，我们努力了两个星期，上船、打报告也花费了一个多星期。

9月14日最后一次审片的时候，出于“别出什么事情”的谨慎，王平主任叫我再向国家能源局请示一下，这个节目到底能不能播、涉不涉密。

9月14日，我通过新闻中心经济部再次联系了国家能源局，告知了前因后果和我们的顾虑，当晚我们再次给他们发了函。

9月15日一大早，我们将优盘和光盘送了过去。那一天我都在焦灼中度过，据说他们召集了涉及的所有部门一起会审，一个镜头一个镜头地看。直到15日晚上7点多，我才收到了回信：可以播出。

简单的四个字，我转发给王主任。然后我又仔细询问了审片的经过和细节，心想，这么一条片子能播出真心不容易。

做最大的努力，做最坏的打算，我一直这样告诉自己。功夫不负有心人，尽管很难，最后片子顺利播出了。意料之外的是，16日节目播出之后，18日国家能源局局长就到浙江视察了我们《还看今朝》里播出过的岙山岛和林东的潮流能发电厂。这是节目的另一种影响力。

在岙山岛的合影

阿里巴巴天地对接的背后

互联网经济一定是浙江的一股潮流。节目原定播出的时间恰好迎来阿里巴巴的18岁生日，届时场面盛大，来自全球的六万多名阿里巴巴员工代表将齐聚杭州阿里巴巴总部，他们还将展示一系列黑科技。

但可惜后来节目播出时间推迟，没能赶上这个热闹的现场。不过，好在那些黑科技与直播的互动从一开始就敲定了。

直升机的直播我们实践了很多年，基于这个基础，我们最初有一个大胆的设计，那就是让直升机从科创大走廊、未来科技城和海创园上空飞到阿里巴巴之后落地，何姐从直升机上下来直接做阿里巴巴园区内的直播。就像是美国大片，从飞机飞行、降落到人物出场，一气呵成。倪铮已经在下方做好了各种预案，但因为直升机当天早上6点才飞到杭州，这个创意没办法试验，只好作罢。

对话马云

对话马云的片子，我们没有选择从后方出，而是包装好了之后从前方通过“天猫精灵”来播放。

采访马云的过程中，我们完全没有把他当作是阿里巴巴的董事会主席，只是把他当成了一个普通人，问的都是普通的问题，目的就是呈现一个普通的马云。

《厉害了，我的浙江制造》背后

自改革开放之初，浙江制造就以它的价廉物美享誉全国乃至世界，而且不同于其他省份，浙江制造基本上都来自民营企业，所以浙江制造是广大浙江人民智慧的结晶。

对一直注重实体经济的浙江来说，如今的浙江制造也正在从以往的皮鞋、服装生产向先进制造业发展。

所以我们选择向世人展示的都是小而精的东西。

《浙江温暖》的背后

这个创意的源头和我做《数说浙江》一样：当时正值浙江最热的时候，杭州发布推送了关于“杭州的公共游泳馆全部免费”的文章，还在文中列明了所有游泳馆的开放时间和地点。这份体贴如微风拂面，让我顿感舒心。

杭州在我印象中究竟是怎样一座城市呢？我想到的第一个词是温暖。杭州给人的感觉就是温暖。

无论有钱没钱，都能享受西湖的免费开放；即使是乞丐，一样可以在杭州图书馆看书和乘凉。

后来，我们做了《数说浙江》，“温暖”这个主题就放下了。再后来，有了“24小时”的创意后，需要找个主题来承载这24小时，于是就将主题定为了“温暖”。

当然，场景的选择不是随意的。最后一个情侣自拍的场景，源于我们在浙江省委办公厅听来的故事和在杭州市找来的交办函。西湖边原来有很多座椅，虽然方便了游客歇息，但是也让很多情侣坐在上面时感到不自在，不敢做亲昵的动作，也不敢说悄悄话。为此，西湖景区在征询广大市民意见之后调整了长条凳之间的距离，这样情侣就坐得多了。从这个细节中，可以让人感受到杭州这座城市的暖，于是我们就把这个事儿做在了这条片子里。

浙江精神海采的背后

这个海采最大的亮点就是我们把名人和普通人放在一起做采访，把名人看作普通人。而从整个节目来看，普通人占比远大于名人，名人做绿叶，普通人做主角。这么做是因为普通人更能代表浙江人，他们今天虽然普通，但都在追逐梦想，明天就可能成为家喻户晓的人。这就是浙江人，这就是浙江精神。

梦想天空分外蓝

最后这个MV的桥段我们也是借鉴了《紫荆花开》，它的收尾用了《同舟之情》的MV，这首歌是由郭伟亮、顾嘉辉作曲，陈咏谦、黄霑填词，张学友、陈奕迅演唱的，诠释了香港人和香港精神，让人十分动容。

那我们用什么歌来给浙江作结呢？省里面给我们推荐了很多歌曲，都属于“又红又专又传统”的，最后我们突然想到了浙江卫视出品的《梦想天空分外蓝》，林夕作词，郭伟亮谱曲，陈奕迅演唱，流行不传统，新潮不老套，每次听来都让人感觉热泪盈眶。

我们在讨论创作这个MV的时候，抓住了两个关键词——一个是“面孔”，一个是“共享”。我们希望传递出浙江最大的特点——浙江人和浙江精神。以杭州为例，各行各业的笑脸为这座城市默默努力，而这座城市也选择将最大的荣光与城市中的每个人共同分享。所以，我们用投影仪将阿里巴巴上市、孙杨夺金、G20杭州峰会这些杭州历史上最耀眼的时刻投射到城市里，让所有人都能感受到这些荣耀属于全杭州，属于全浙江。

结 尾

9月16日节目播完之后，我发了一条朋友圈总结："我做的不是节目，是给浙江写的一封情书。"

初稿写于2017年9月18日 北京

【还看今朝——喜迎十九大特别报道】浙江：勇立潮头

不抄袭别人，也不重复自己

——《湖州生态文明发展启示录》记者手记

【题记】

苟日新，日日新，又日新。从拥有名字的那一天开始，“新闻”就注定是“喜新厌旧”的。

虽说“天下文章一大抄”，可是抄袭别人永远只会在别人的光环之下，重复自己也永远只能让人记住原来的自己。

所以，我们要“不抄袭别人，也不重复自己”，用全新的方式来做3集联播报道。

博览与海聊，你愿不愿意下功夫这么干？

有了去年做3集嘉善联播报道的经验，做这3集湖州联播报道，起初并没觉得有多难。可实际操作中我们才发现，湖州与嘉善比，少了一样东西，而这样东西至关重要，那就是现成可用的主题。

做嘉善，当地帮我们把调研、深入了解的工作都完成了，一本厚厚的材料，分门别类，提炼主题，列举实例。而3集的主题，就采用习近平同志调研嘉善时提出的三点要求或者说三条发展路径：统筹城乡发展、主动接轨上海、转变经济发展方式。不管例子怎么变，3集的主题和谋篇必然围绕这三点要求来展开，嘉善这十多年来也是严格按照三点要求来推进县域经济发展的。

而湖州的这3集报道主题我们要自己去找。与县域经济发展相比，生态文明建设绝对是一个老话题，但老话题反而不好做。

我们开始走访湖州的各个部门。当时我跟湖州宣传部说，我们就一个半天一个半天地聊，一个区县一个区县地聊，一个部门一个部门地聊。就这样，我们在酒店的会议室里面光聊就聊了一个星期，几乎见了有关生态发展的所有部门和区县。

记得当时嘴巴都说干了，而且大脑需要高速运转，迅速对聊天内容进行分析、剪辑，抓取对自己有用的信息并记录，一边记下这些只言片语、零敲碎打，一边还要找其中的内在逻辑和可能的逻辑链条。

那一个多星期真心是累，但是聊了那么久也确实是有效果的，很多案例和线索都是从这样的座谈会上聊出来的。

湖州吴兴区长田漾湿地

当时最让我感到兴奋的一个案例是时任吴兴区委常委、宣传部部长陈建良说的，他问我："你知道西塞山吗？""就在我们吴兴区！"想不到诗里的西塞山竟然就在湖州！而且20年前的西塞山有句话，"泥沙路、耳听炮、妙西到"，如今的西塞山则重现了"西塞山前白鹭飞"的场景。我当时就觉得这个案例超级好，一定可以用！

这几年各地都在做生态文明建设的片子，重复前人走过的路从来不是浙江记者站的风格，那怎么突破？

何姐对我们提出一个要求：不抄袭别人，也不重复自己！做出和别人一样好的生态大片不是本事，做成去年嘉善报道的水准也只是停滞不前，没有进步。这要求何其高也！

如何做到这两点？只能见招拆招，总结下来有两条：博览与海聊。

我们把之前做的有关生态文明的片子全部找出来看了一遍，别人做过的我们不做。从2013年安徽记者站做的安徽池州生态立市的消息新闻到河北塞罕坝的3集联播报道，再到《将改革进行到底》《大地的回响》这样的专题片，我算了一下，一共134条片子。我估计很少有人会像我们一样“笨”，为了做3集联播，去看134条以前的片子吧。

之后，我们开始约人海聊，我们当时在嘉善聊了一个县，这次聊了一个市，两区三县加市里的部门，叫在一起，聊例子，聊思路。和他们聊完，我们又自己聊。那段时间，每天一睁眼就和一群人一起，说话说到嗓子发炎，感觉大脑缺氧，脑力劳动绝对是最容易让人疲劳的工作。

海聊的日子过了半个月，却一直没什么进展。直到有一天，宣传部帮我们约了一位叫李东民的人，说他或许能给我们点灵感。李东民一直住在南太湖边，是太湖渔民的儿子，他第一个在太湖上办“渔家乐”，后来又在太湖边办卡拉OK，现在搞生态旅游。我们在南太湖边的咖啡馆里和老李见了面，他给我们讲他的故事，其中一句话点醒了我们。他说，以前南太湖是做“进”的文章，现在在做“退”的文章。以前在太湖上打鱼，后来做“渔家乐”，钱是挣到了，但也破坏了生态，臭不可闻，住在船上，吃喝拉撒都在太湖里。现在，太湖边的别墅很卖钱，却在拆；太湖边的大堤很方便，却也在

湖州生态文明采访现场

拆。我们一下子想到了一句话：退出来的进步！

打破常规思维，反其道而行之

“退出来的进步”这句话，让我们如获至宝，我们找到了生态文明发展到今天浙江的实践与做法。那应该如何将它结构化呢？我们回想起这段时间和湖州各地各部门海聊的情况，迅速找到了论据：南太湖很吸引人，当媒体习惯于报道“渔家乐”富民时，我们选择报道这里拆别墅、炸大堤，恢复原本生态。当所有媒体都在争相报道“山里一张床赛过城里一套房”的莫干山民宿发展时，我们却选择报道一万张床位不再增加。当所有媒体都以“一片叶子富了一方百姓”形容安吉白茶产业时，我们关注的却是不管再怎么挣钱，安吉17万亩白茶园不再增加的消息。

在所有人都讲“进”的年代里，浙江却一直在做“退”的文章。如果“绿水青山就是金山银山”理念提出15周年的报道还在用10周年时的例子，那就看不出浙江实践的进步。只有打破常规思维，反其道而行之，才能让人看到浙江生态文明思想的不断深化，对“绿水青山就是金山银山”理念实践的不断进步。

顺着这个思路，我们总结了湖州生态文明建设发展到今天的三条路径：守、退、全。

第一集：“坚守”出的美丽；

第二集：“退”出来的进步；

第三集：全域美　全民富。

视听语言：我们希望呈现联播的极致表现

有了思路，拍摄起来也格外快，但是我们并没有因为求快而舍弃对文字和画面的追求。此处分享一下这三篇稿子的文字斟酌和画面设计。

第一集开场我们介绍了湖州的美，然后接了一群小孩子朗诵《渔歌子》的声音，配的画面却是爆破。童声朗诵的是最美好的画面，可这一美好却在一声炮响中灰飞烟灭。我们正是用这样的设计体现出毁山挖矿是在摧毁孩子心中的家园和梦想。

其实当时拍朗诵片段时，我并没有想好怎么用，只是单纯地找了几个孩子朗诵了一下《渔歌子》。后来何姐看到了这段画面，觉得恰好可以和资料画面里的爆破用在一起，就有了这一幕。

呈现妙西镇生产总值的变化时，我参考了《嘉善县域科学发展启示录》里的做法，我们找到了当地的年鉴，将其中的数据做成了树状图，从而更清晰。

为了表现"迷茫"，我们找了个鱼缸放在竹林里，搅动水面让其泛起涟漪，映出竹林的模样，将"迷茫"的感觉可视化。

我们还找到了安吉县保存的当年习近平同志来调研时的完整影像，里面记录了"绿水青山也是金山银山"提出的过程，同时我们也在《浙江日报》的档案馆里找到了当时《之江新语》的专栏文章。

起初，我们把南太湖退后300米的例子放在最前面，作为这一集的新闻由头来用。不过在这一情境下，李东民那句"在这个大家都讲'进'的年代里面做这样的事情很难，但现在的'退'是为了更大的进步"就有些用不上了，因为在刚开始观众对"退"还没有概念，出现这句话容易造成困惑。后来我们把这段同期放到了后面，用南太湖的三连退来收尾，情绪到了，思考也跟着到了，大家更能明白现在的"退"是为了长远的"进"，由此更加突出了主题。

为了表现南太湖的治理，我们把所有有关南太湖的采访都放到了南太湖的游船上，包括那句"把钱扔水里了"，意思是钱打水漂了，但是南太湖就是要把钱扔水里，让光彩焕发到岸上。

写稿的时候，我感触很深，昔日"到了湖州不见湖"，如今"人生只合住湖州"。

摄像刘浪在安吉茶园中拍摄

摄像杨波在湖州长田漾湿地拍摄

当被采访对象说出“留白，功成不必在我，但成功的路上必定有我”这几句话的时候，我觉得这条片子成了。

做完这3集，我们只想让观众真切感受到那首古诗：“山从天目成群出，水傍太湖分港流。行遍江南清丽地，人生只合住湖州。”

初稿写于2018年4月29日　宁波

新闻链接

【湖州生态文明建设启示录（1）】坚守出来的美丽

【湖州生态文明建设启示录（2）】“退”出来的进步

【湖州生态文明建设启示录（3）】全域美　全民富

3天做3集联播？不！我们用了7年

——"千村示范　万村整治"工程3集联播记者手记

【题记】

3天要做出3集《新闻联播》头条？这个看似不可能的任务，我们完成了！而且之后一天一条联播头条的任务越来越多。

怎么做到的？答案就是熟悉。

不了解它，千万不要报道它

我们接到通知的时候，很多总部的同事、其他媒体的同行也接到了做"千万工程"这个主题报道的任务。很多不熟悉浙江、不了解浙江的人都会感到迷惘，什么是"千万工程"？

确实，如果不知道"千万工程"是什么，第一反应是很懵。我们对此是有积累的，起码对这个词不陌生，大概知道它与乡村振兴有关。可是这里面有多少内涵、有怎样的思考，我们也不清楚。

做特色小镇也好，嘉善也好，湖州也好，我们已经形成了一套很成熟的"打法"，那就是一定要先弄清楚报道的主题，才能拆解出报道的方法。

所以，第一步，我们一定要弄清楚"千万工程"的内核都有哪些，才能知道这几集如何布局。我们先在网上搜了很多的资料，也看了新华社、《人民日报》在"千万工程"提出10周年时做的一些报道，了解到这一工程的牵头部门是浙江省农办。通过联系得知，省农办所有人正在安吉准备26日的“千万工程”现场会。

当天晚上8点，我们就集体出发去安吉，找到了正在忙碌的时任省农办主任和副主任。他们为我们做了第一轮普及。但我们依然觉得不够“解渴”。第二天一早，我们集体去拜访了省农办副巡视员李建新，当时他负责具体推进“千万工程”。他为我们梳理了整个脉络，并且提供了完成这条报道的有效法宝——《浙江省实施“千村示范万村整治”工程建设美丽乡村资料汇编》，这本厚厚的书被我们称为“大辞海”。

报道中所用的参考资料

研读著作，查询资料，和相关人员聊天，我们终于弄懂了“千万工程”究竟是什么。如果仅仅理解为乡村环境整治，那就太肤浅了，这是一个体系、一套理论，站位很高，思考很全面。

不了解浙江，就千万不要去报道浙江。不了解“千万工程”，就不要轻易下手去做，不然很容易片面，很容易做浅薄。

最终我们确定了5集的架构：

第一集：总纲，介绍“千万工程”的来龙去脉。

第二集：规划，因地制宜，因村施策。

第三集：小事，从看不见的小事着手，老百姓的小事就是政府的大事。

第四集：经营，美丽乡村要带来美丽经济。

第五集：党建，美丽乡村建设需要党员干部带头。

7年积累换来今天的“如数家珍”

主题确定了，我们要讲故事，那就需要具体例子、具体被采访对象。好在我们有7年的积累，对浙江很多市县的情况烂熟于心。

第一集，我们要找一个将统筹城乡发展落地的例子。我们最先想到的就是德清县“一把扫帚扫到底”的莫干山镇五四村，这是在做湖州3集联播时积累的选题，虽然那个时候并不适用，但用在这里恰到好处。

要定义“千万工程”，没有比总书记本人做注解更好的选择。谁能讲总书记的理论？那只有他的身边人，我们找到了那时候“千万工程”的具体落实人，当时分管农业的副省长、当时的省农办主任和副主任。

第二集，我们定主题当天，何姐就收到消息，王澍老师要去仙居给乡村振兴做规划，这是多年采访王澍之后积累的资源，由头有了。那么因村施策选在哪儿呢？何姐和少鹏曾经连续跟踪拍摄了四年松阳“老屋拯救行动”，这就是最好的因村施策案例。

第三集，小事，包括厕所、垃圾、污水整治。厕所问题之前做“厕所革命”有积累，我们就想到了衢州；垃圾分类，金华市金东区是老典型，垃圾分为可烂、可不烂，是他们的创意；污水问题，桐庐的西武山村是《还看今朝》拍过的点。目标也都明确了。

第四集，经营，发动群众，我们想到了浙江卫视的专题片《大地的回响》里一段时任浙江省委书记习近平同志去开化金星村的画面，在那儿他讲到了“人人有事做，家家有收入”，说得多实在，可以用在我们的片子中。而经营的例子一大把，选哪个？李主任给我们抱来了一本全是例子的彩画书，从里面我们选定了缙云县的笕川村。

第五集，党建，选哪儿？有人给我们推荐了几个具体的点，分别是余姚的谢家路村、东阳市的花园村，还有历任省委书记都很关心的淳安县下姜村。

能迅速找寻到例子和目标源于我们7年的积累，很难想象，如果没有之前打下的基础，光吃透精神就要花很长时间，更不用说找合适的案例了。

多次研究讨论

怎么打？按地域分层来战！

5集，人手就这么几个，这场仗怎么打呢？我们把浙江分成东、西、南、北、中，按照地域来分配记者，比如少鹏先去松阳拍摄第二集的内容，再去临近的江山拍摄第三集的内容。

我则每天上午采访杭州地区的老领导，中午收各路记者的稿件，开始统筹写稿，缺什么就让在当地的记者抓紧补，摄像海春就和我一起负责统各路的片子。我几乎每天晚上都要干到12点才能把稿子写完、片子编完，何姐审核修改完毕后传回台里，第二天播出。每天都按照这样一个节奏进行。

后来，5集的报道调整为3集，另外2集用来报道其他地方的学习反响，我们的任务也大大减轻。

初稿写于2018年4月30日　宁波

【在习近平新时代中国特色社会主义思想指引下——新时代 新气象 新作为】浙江："千万工程" 造就万千美丽乡村

【在习近平新时代中国特色社会主义思想指引下——新时代 新气象 新作为】浙江：因地制宜 重构美丽乡村新图景

【在习近平新时代中国特色社会主义思想指引下——新时代 新气象 新作为】浙江：小处着手 绘就美丽乡村新画卷

记者千万不要陷入经验主义，不忘初心，方得新闻

——通过3则报道谈记者的经验主义

【题记】

记者做久了，看得多了，就很容易犯经验主义的问题。拿到一个选题，基本上看一眼大概就知道怎么操作了，思路清晰、效率很高。但久而久之，就容易出现疲态，雷同的选题操作起来没什么挑战性，人也就没什么进取心了。其实很多选题如果再多问一个“为什么”，就可能会发现新的东西，那是打破原有认知的东西，是会让人对选题重新兴奋的东西。本文通过3次报道经历来谈这个话题。

凡事多问一个“为什么”

防汛抗洪，几乎是我们每年都要面临的报道主题，就拿浙江来说，每年的6月初开始，随着梅雨季的到来，浙江从南到北依次开始强降雨，随后，我国北方就进入“七下八上”[①]的传统抗洪季。

这类报道做得多了，于我而言逐渐从脑力、体力并重的活儿变

---

①“七下八上”，每年7月下旬到8月上旬，随着西太平洋副热带高压到达全年最北位置，水汽不断向北输送，这股暖湿气流与东移南下的冷空气相遇，就容易形成强降水和持续性降水，我国华北、东北地区就此进入雨季，并伴随有雷电、大风、冰雹等强对流天气，容易出现次生灾害，这段时间是北方的防汛关键期。

成一个纯体力活，基本上到哪儿去、找什么样的现场、做什么样的直播，我脑子里一清二楚。人员转移、村子被淹、救人排涝、安置点探访……一系列操作几乎已成常规。

2017年6月，浙江再次迎来了抗洪防汛最紧张的时间段。我几乎每年都有两个月在抗洪，浙江省内、省外，长江、淮河，东部、中部、西部，各种各样的抗洪都经历过了。此次的洪水先是肆虐了衢州开化，我就从开化到常山，顺着兰江一直往下游走，一边走一边做直播，一天直播连线五六场都是常规操作。

听闻常山县招贤镇的一个村子被淹，我们马上往那里赶，常规操作是先在村口做一场直播，然后坐上冲锋舟做现场报道。到了村子里，我也很常规地采访了几位被困的村民："老乡，家里情况怎么样？"我并没有期待他能做出什么让我意外的回答，但实际上，老乡的回答不仅让我意外，还让我惊喜："没什么事儿，家里没怎么被淹。"

"怎么可能呢？我看你们村子都被淹了，水位不低，我们都是坐冲锋舟进来的。"

"我们有经验啊！"说完，他带我去他家里看，我被现场的一幕惊到了，他家的东西都已"束之高阁"，形成了"受淹严重受灾不严重"的局面。

我问他："这是你自己想的？"

他说："不是，村干部通知的！"

"那你怎么知道要放多高呢？"

"你看！"他给我指了一个地方。原来是2011年浙江洪水水位的高度，看到这个日期，我一下子就明白了，因为那个时候我也在抗洪，在浙江大地奔跑。2011年6月，浙江受灾很严重，三江口都被淹了。

顺着这个线索一步一步采访，我发现这次抗洪其实是浙江落实中央五级防灾减灾举措的一个典型案例。我异常兴奋，片子也不做了，让卫星车绕道过来，算好时间给台里打电话，立刻做直播。

直播做完后，不仅台领导和中宣部的有关领导提出了表扬，衢州市委书记、浙江省委书记也都关注到了这场直播，给予了大力表扬！

吃透弄懂就能比别人看得更深

2018年是“八八战略”提出15周年，浙江省内各大媒体早就开启了报道竞赛。我们开始做的时候，已经有很多素材可以选择，许多案例可以借鉴。比如结构，我们可以按照八个方面来讲，也可以按照时间顺序来讲。但我们觉得这样都太平庸，于是找各种老师来讲课，当时的浙江省委宣传部常务副部长来颖杰给我们普及“八八战略”的有关知识，他说的一个点立刻引起了我们的注意：优势论。

后来，时任浙江省委副秘书长吴伟平送了我们一本小册子——《读懂“八八战略”》，这里面有一句话再次强化了关于“优势”的说法：“强化现有优势、发掘潜在优势、变劣势为优势”。

这一下子让我们找到了此前“八八战略”报道里少有的一个角度：优势论。而且这个角度其实阐述了“八八战略”提出背后的哲学原理，还为我们报道“八八战略”提供了切实可行的方法论：分别找到强化现有优势的例子、发掘潜在优势的例子、变劣势为优势的例子。

所以，找不到思路是因为对报道对象还不够了解，如果吃透弄懂了，自然而然能够透过现象看本质，看得比别人更深，做出来的报道也更深入，那自然就与众不同了。

站在巨人的肩膀上还要再跳一跳

做“八八战略”报道的时候，每一集都要找几个故事和案例来承载主题，而新闻就怕没有新案例，如果做来做去都是老的东西，那就不是新闻了。比如一说到生态，都会想到余村，一讲到“一带一路”，就是中欧班列、宁波舟山港，能不能有些新案例呢？

我们想讲浙江一张蓝图绘到底，一直坚定不移沿着“八八战略”指引的路子走下去，那要找一个怎样的故事去承载呢？后来我们在浙江卫视做的10集专题片里找到了这样一段文字：2003年，省委提出的“八八战略”，明确要进一步发挥体制机制优势，以改革为发展破题，杭州要有更好的发展环境，政府自身改革，必须先提速。2005年，杭州市行政服务中心正式挂牌，近30个涉企部门，集中办公。

看到这段话，我心里“咯噔”了一下。浙江的改革往往是超前的，2005年挂牌的杭州行政服务中心是不是全国第一个办事大厅呢？如果是，那真的是有意思的事情：第一个办事大厅、第一个市民中心、“四张清单一张网”、“最多跑一次”，这一系列改革不就全都串起来了吗？这不就是最好的一张蓝图绘到底吗？

询问有关部门后得知，这果然是全国第一个行政服务中心。那么当时的杭州为什么会设立行政服务中心呢？

我们打电话咨询了2005年时任浙江省委组织部副部长胡坚，他为我们梳理了行政服务中心建立的全过程。习近平同志在浙江工作期间，浙江省委、省政府做了一个万人大调查，收集了34万条意见，调查出六方面的问题，都与机关效能有关。为了解决这些问题，行政服务中心成立了，采用超市式处理问题的方法。这也就是现在我们所熟悉的办事大厅，让所有部门集中办公，解决老百姓办事难的问题。随后，召开了机关效能大会，机关效能建设也被写入“八八战略”。

这一系列的举措和现在的“最多跑一次”改革一脉相承。这既是一个有趣、有味道的知识点，又让人看了有种恍然大悟的感觉，还将现在的“最多跑一次”改革和当年的“八八战略”如何一张蓝图绘到底巧妙地讲述出来了。

后期在审片的时候，审看间里的同事都感叹：“行政服务中心竟然也是浙江首创的！”

记者最主要的工作是采访，采访就是要获得新闻。当记者不想采访或者对采访懈怠时，自然就拿不到让人兴奋的新闻。所以，记者千万不要陷入经验主义，不忘初心，方得新闻。

浙江衢州：强降雨造成村庄被淹

【壮阔东方潮　奋进新时代——庆祝改革开放40年】“八八战略”15年　解码浙江“优势”

【壮阔东方潮　奋进新时代——庆祝改革开放40年】浙江：“八八战略”15年　一张蓝图绘到底

一个镇也能做3集？《新闻联播》怎么破题

——“改革开放40年看织里”3集联播记者手记

【题记】

很多同行都说，《新闻联播》最难的是破题，确实如此。题破了，接下来就可以顺理成章地做，考验的就是记者的采访功力和编辑水平了。但是破题这个环节是体力和脑力的结合，体力是调查，脑力是研究，没有调查研究就没有新闻报道的主题。

做一个联播系列报道的第一步确实就是破题。无论选题大小，破题是永远不变的第一步，也是最关键的第一步，题破了，其他需要做的就是细化再细化，然后按章实践。

我们第一次到织里的时间是2018年8月16日，与此前操作联播的思路一样，先找相关各方聊一聊。织里镇、吴兴区，现任领导、前任领导、前前任领导，都聊一聊。

破题先破方向

聊的过程就是破题的过程。那怎么聊？朝哪个方向聊？

这就要求我们非常明确报道的主题是什么、报道的目的是什么。我们做织里镇是为了体现改革开放40周年，所以时间跨度是40年，主题是改革开放。既然是典型报道，那就需要通过这篇报道让其他省份，尤其是其他省份的乡镇看到织里是怎么一步一步发展到今天的，让他们发现可借鉴之处；同时，要使普通观众看完后，深刻感受到改革开放给中国带来的变化，意识到今天的幸福生活离不开党中央和各级党委、政府的自我改革与不断开放。

有了这几个框架之后，就有聊的方向了，或者说就有破题的方向了。

破题再破主题

有了坐标，接下来就是在坐标系里画出自己所在的位置，找到横轴与竖轴交汇的点。以本次报道为例。

织里镇此前做了很充分的准备，镇里为媒体准备好了一本“选题背景材料”手册，里面是这样分类的：城乡发展、社会治理、童装产业。这是他们认为的织里镇最大的亮点，也就是3集的主题。

3集这样分类很清晰，可是放眼全国，织里的城乡发展有突出之处吗？2018年，我国城乡人均可支配收入最低的是嘉善，织里并不是最低的，所以从这一角度切入并没有很强的说服力。而且我们实际了解之后发现，织里镇的城乡收入差距还是比较大的。

后来在聊的过程中，我树立了第二个“靶子”：产、城、人。产就是织里最大的特点——童装产业。城是织里的社会治理。人是织里的另一大特点：外地人口35万，本地人口10万。介绍完这三个特点后，再从产、城、人的角度分别总结织里是如何发展成今天这样子的。

经过讨论，大家觉得织里40年的发展，应该是产、城、人不断交织着向上螺旋发展的，不应该单独拿出其中一块来讲。这是一个对立统一的矛盾体，在织里的发展过程中，这些要素互相对立又互相统一。

再后来，吴兴区宣传部部长陈建良提出了他的思考。“从穷到富，从小到大，从封闭到开放”，他用了这样三对反义词来诠释织里镇这40年的发展。这也是一种梳理方法，但这梳理的是一个过程，而非经验。它与当时我们总结的湖州生态文明发展的三条路径截然不同，那个是“道”，这个是“路”。经过讨论，我们觉得这样梳理依然有它的局限性。

等到织里镇的党委书记宁云回来之后，我们拉着他聊了一个上午，然后又跟镇党委班子聊了很久。最终，我们梳理出了3集的主题：

第一集，留下还是舍弃。我们发现在织里镇的整个发展过程中有两个比较大的转折点，一是2006年的两把大火，二是2011年的群体事件。这两次事件引发了省里和地方关于童装产业要还是不要问题的激烈讨论。不要，一了百了，领导不需要承担责任，不会有后顾之忧，对于政府来说也没什么损失，因为童装产业的税收是很少的。但是织里镇并没有简单粗暴地关停、赶走童装产业，而是选择了让它留下来，因为童装产业是一项富民工程，关乎45万人的生计，不能因此让织里镇变成一座空城。

所以，40年的财富神话靠的是政府的担当，靠的是坚持留下来而不是简单粗暴地赶走和舍弃，靠的是“以人民为中心”。这就是财富神话的“道”，也是各级各地党委、政府都可以向织里学习的经验。

第二集，沉下去。织里人对家乡的群体记忆是“脏乱差”，连路都走不过去。这种群体记忆在2013年、2014年的时候甚至都是存在的。可是当我们到了织里之后，发现完全不是人们描述的模样，经过了解得知，环境改变的关键在于基层治理结构的变化。

以前是条线式管理，“看得见管不着”“管得着但管不细”，后来织里镇把条线式管理变为了网格化管理，扁平化之后，既看得见也管得着，而且管得细。当时我给他们的宣传委员周郑洁出了道题目，让她用方言概括这种创新的基层治理方式，她脱口而出一句：“若要好，大做小。”

所以，第二集本来选用了这个题目，意思就是基层党委、政府应该俯下身去倾听民意，老百姓的小事就是党委、政府的大事，要让所有公务员都到基层去切实解决百姓的柴、米、油、盐、酱、醋、茶的问题，这些问题都解决好了，老百姓才会称赞这是个好政府。这就是“大做小”了。这也是所有基层政府可以借鉴的，全国范围内条线式管理的基层政府不在少数，织里的经验或许是解决这一问题的方法之一。

第三集，敢。第三集的主题我们当时讨论了很久，因为觉得其他的点没有那么亮眼，后来宁云书记希望我们能做一下企业家精神。可是说到精神，总觉得有点虚无缥缈，虚的东西就不容易让人学习。

那织里的企业家精神究竟有什么呢？讨论来讨论去，我们注意到了织里镇曾经总结过的“织里精神”，即“敢想敢为、开放开明、创新创强”。这12个字像极了学校的校训，如求实、创新、努力之类的词语。我们和很多企业家聊了之后，发现第一个词语确实反映了织里人的个性——“敢”。晋江人一句“爱拼才会赢”响彻大江南北，我们也想让织里人的“敢想敢为”驰名天南地北。

我们采访了潘阿祥，这个连字都不识的农民，现在是阿祥集团及其所属五家企业的老总。他有一本有趣的电话簿，里面用绘图来代表联系人，手枪代表公安局局长，挖掘机代表建设局局长，铁塔代表电力局局长。这本颇有意思的电话簿被收藏进了织里镇的博物馆，也成了我们报道的一个亮点。

潘阿祥说话经常颠三倒四，但是这样一位70多岁的老人跟我在闷热的车间里交谈时，依然激情四射，讲话声情并茂，状态特别棒。

对潘阿祥的采访，一方面，表现出了织里人创办企业的勇气，哪怕大字不识一个，听了《新闻联播》里的一句话就敢去办电缆厂；

另一方面，体现出他的成功离不开当时的党委、政府敢于放手，提供土地和优惠政策保障。在民营经济被称作“资本主义尾巴”的时代，敢于这样让企业家放手去做，也体现了政府的“敢”。

而现在的织里镇敢于向改革深水区开刀，解决了很多城市多年都没解决的问题，如教育、医疗等问题在这里都迎刃而解，这也是因为他们“敢”。

3集主题既成，都是经验，都是可供其他地区的党委、政府学习的，也都是普通老百姓可感知的。

破题后破结构

主题有了，得组织结构了。结构其实就是讲故事。想让观众爱看、喜欢看、能看下去，那只能是“故事会”，而不能是“说明文”。

第一集采访吴子性老书记，当年织里人冒着姓“资”的风险织布，他被任命为镇党委书记后被要求做的第一件事就是拆织机，但当时他并没有这么做，而是将织机留下来了，这就是担当。整个故事可谓一波三折。当这些画面在我的脑海中不断闪过的时候，我不禁感叹，织里40年的发展绝对是波澜壮阔的。这个故事讲出来很过瘾，要极力渲染每次转折之专注，才能让观众体会到转折之后又落入谷底之悲情，更能体现重新站起来之勇气。这就是织里，决不能输！这是织里的性格。

播出版因为时长所限，少了一个转折，少了些许情绪，但这就是联播，惜字如金，不能多费笔墨。

第二集稿子写完之后我拿给何姐看，她总觉得少了什么，体现不出网格化管理的决定性作用。最后我们讨论得出，是因为缺少对“脏乱差”的渲染。凌晨，我和欣蔓、少鹏三个人还围在一起思考怎样才能把织里曾经的“脏乱差”表现出来。

第三集也是如此，我们最早定下了“敢”字这个主题之后，发现一“敢”解千愁，显得很笼统，这不行。“敢”是需要辩证的，是需要转折的。后来经过进一步了解才发现，“织里精神”四个字的背后也有故事，因为当年的“二代们”攀比拼富，小富即安，织里丧失了一些血性，为了重拾织里人的血性和敢想，才有了这样一次精神内涵的征集。这就让“敢”字立得住了，也让人知道“敢”对于织里的重要性。

我写稿子的时候很容易陶醉其中，写的同时，脑海里就会对画面进行编辑。写织里的稿子时，40年的波澜壮阔就在我的脑海中不断呈现，我一边写一边感到兴奋不已。织里的40年应该拍成电影、电视剧。

由于播出的时候受到了时长的极大限制，当时写稿、编片时的波澜壮阔之感都被舍弃了，在此将原稿[①]贴出，大家对比着成片看，可能会更有感觉。

第一集

浙江织里：改革开放40年　勇气担当为人民

【导语】

改革开放40年，浙江省湖州市的织里镇从穷乡僻壤成长为今天的“中国童装之都”，全国31个省市区的45万人在这里解决了就业问题，实现了脱贫致富，而织里也已经连续4年入围“全国百强镇”。

成长的道路并非一帆风顺，改革的过程需要勇气和担当，今天，《壮阔东方潮　奋进新时代——庆祝改革开放40年》专栏将会连续三天聚焦浙江织里这个弹丸小镇，让我们一起来看它40年的改革之路。

【正文】

8月29日，织里镇对外发布了中国童装指数，这为全国童装行

① 为保留新闻字幕的特征，此处原稿中的同期部分以空格代替标点符号。

业发展提供了风向标和晴雨表。“时装看巴黎，童装看织里”，织里自信来源于40年的风风雨雨。

这是七八十年代的织里镇，人多地少，没有资源，没有集体企业，人们无从就业，很多人靠卖血为生。生在湖州最穷的地方，被逼无奈的织里人找到了一条织布贩卖的路子。可那时候，这被认为是“资本主义的尾巴”，吴子性调来织里的首要任务就是拆掉这些织布机。

【同期】时任浙江省湖州市织里镇党委书记　吴子性

这样搞不行　不能跟老百姓对着干

因为他们贫穷　他们没有资源　要生存　要发展

想要过上美好的生活　没有其他的路可以选择

老百姓已经形成的生产力为什么要把它破坏掉

【正文】

不拆，怎么办？

【同期】时任浙江省湖州市织里镇党委书记　吴子性

我就向市委书记提出

我说你是不是让我搞一个多种所有制并存

有利于经济发展的各种各样的经营活动

你网开一面　让我试试看吧

【正文】

当时正值小平同志南方谈话：姓“资”还是姓“社”，标准是“三个有利于”。在这样的背景下，织里的织机不仅一台没拆，吴子性的想法还得到了省市的支持。1992年8月，浙江省第一个对个体工商户实施土地优惠、税收减免的织里经济开发区挂牌成立。开放的政策为民营经济的发展松了绑，从纺织发展而来的童装加工企业疯长到了13000多家，还吸引了20多万名外地人来这里就业创业。

【同期】时任浙江省湖州市织里镇党委书记　吴子性

办一个企业也好　搞一个项目也好　老百姓承担的是经济风险

我们当干部的要敢于承担政治风险

为了老百姓尽快地富起来　不要考虑我的官能不能当　上面是不是处分我

【正文】

野蛮生长的童装产业给织里人带来了巨大的财富，但“一楼店铺、二楼厂房、三楼宿舍”的“三合一”房屋也埋下了安全的隐患。2006年，一个月的两场大火让23人丧生。一个决定织里镇35万人命运的命题摆在了各级党委、政府的面前：童装产业，关掉还是保留。

【同期】时任浙江省湖州市织里镇副镇长　王英

因为消防安全国家是有标准的　按照目前的标准是不符合的

不符合就要关掉　如果再死人怎么办呢　谁来挑这个担子

谁敢拍板　这是很现实的问题　对不对　你不是说领导大了就能拍板了

这个是你要负责任　你怎么拍

【同期】浙江省湖州市织里镇党委委员　刘玉军

我们织里的老百姓都是以童装为生的

整个织里的产业都是围绕童装来转的

假如说这个产业去掉　我们的老百姓怎么办　三十几万从业人口怎么办

面临着失业　面临着这个产业不能做了

党和政府执政为民就是这个　为了老百姓他要不惜一切

【正文】

童装产业不能关，没有标准就创造标准。织里镇和公安部消防局、浙江省消防总队一起试验、不断验证，最终创造性地将住宿和生产实现了水平隔离，并在楼房外部修建了消防连廊和逃生梯，解决了以往“三合一”厂房带来的火灾隐患。

耗时508天，投入3.5个亿，改造了1060幢房屋，修建了136千米消防连廊，织里的这套方案也直接被写入2009年修订的《中华人民共和国消防法》。

【同期】浙江省湖州市织里镇党委委员　刘玉军

说实话这个产业去掉以后　对我们的干部　对我们的领导　他没什么的

他不会承担更大的风险了

记者：一了百了了

一了百了　还是从老百姓的切身利益出发　把它留下来　这是需要有勇气的

历届党委、政府是需要勇气的

【正文】

2010年9月，织里镇举办了历史上第一台大型晚会“放飞美丽”，那天晚上万人空巷，晚会上发布了一系列扶持政策，所有人都对涅槃重生的童装产业充满了信心，坚信织里的未来一定会更加美丽。

然而让所有人始料未及，2011年10月，织里镇爆发了本地人和外地人的群体性冲突，一种声音再次甚嚣尘上：织里人口太多、产业太低端，随之而来的社会矛盾越来越多，童装这个低端产业必须赶出织里。

这一次，织里的选择依然是：留下来。

【同期】浙江省湖州市织里镇党委副书记　盛舸

我们进行仔细地分析　我们认为只有低端的企业　没有低端的产业

产业都是可以扶持的　我们算是选择了一种比较艰难的方式

我们只能迎头而上　而不是当一个逃兵

当时的话　我们憋着一股劲　要把这个矛盾解决　要把产业继

续发展壮大

【正文】

从那时开始，织里镇生产进园区、生活进社区、交易进街区，一批现代化的标准厂房如雨后春笋，全球各地的童装设计师不断涌入。从“现抄、现做、现卖”到“先研发、再订货、后生产”，13000多家织里童装企业占据了国内市场的半壁江山，成了当之无愧的行业龙头。

【同期】童装设计师　吕宇洲

这么多人这么勤奋　这么专注做一件事情的时候　我相信没有事情做不好　特有信心

【正文】

眼下，织里正在对10万辆电动三轮车进行整治。去年，织里镇四成的交通事故都与它有关。取缔还是管好？织里依然选择了后者。

【同期】浙江省湖州市织里镇副镇长　何良

10万辆三轮电瓶车其实背后带动的是整个织里的童装产业

童装业主也好　老板也好　三轮车是他短驳物流里面最节约最经济　最便捷的一种方式

如果说简单粗暴地直接把它取缔的话可能对我们整个织里镇的影响也是不可估量的

【正文】

选择留下，就选择了困难。织里就是这样一次次迎难而上，靠不断的改革破解了一次又一次危机，从“问题少年”成长为家里的“顶梁柱”。

【同期】浙江省湖州市织里镇党委书记　宁云

一路走过来　虽然遇到很多的困难　很多的挫折　很多的问题

但我们一直正视它　也不怕麻烦

我们把这个问题和矛盾变成我们进一步改革的一种动力

第二集
浙江织里：基层治理　若要好　大做小

【导语】

我国现行的行政区划中，最小的行政单位是乡镇，乡镇面对的问题也是事无巨细。老百姓对政府满不满意就体现在这些事无巨细的小事上，而处理这些问题彰显的是乡镇政府的大智慧。

浙江湖州的织里镇在40年的改革开放中就是不断将这些小事处理得既好又快，让老百姓获得感满满。他们的绝招就是当地的一句老话：若要好，大做小。

【正文】

改革开放40年，织里镇从穷乡僻壤发展成了“中国童装之都”，13000多家织里童装企业占据了国内市场的半壁江山，这让23平方千米的小镇集聚了45万人口，这个人口规模甚至超过了很多的县，这样的人口密度是杭州主城区的3倍，这是红利，也成了所有织里人的烦恼。

【同期】时任浙江省湖州市织里镇副镇长　王英

叫繁荣的肮脏小镇

像一栋楼里面　二楼三楼的楼道里

你扫出来（感觉像）十年没扫过垃圾了

【同期】浙江省湖州市织里镇新织里人　胡毅

街边都是　包括纸屑　碎布这些

不是一片一片的

它是一堆一堆的

东一小堆西一小堆的　到处都是

【同期】浙江省湖州市织里镇居民　沈新芳

摩托车　三轮车　有直停的　有横停的

中间就剩下三米多一部车子能过

穿过一个织里镇比穿过一个上海市还要难

【正文】

拿垃圾来说，织里镇一天就会产生400多吨，这比湖州中心城区产生的量还要大。2015年，湖州市长热线就接到了有关织里垃圾的投诉731起，占到了总投诉量的30%。

【同期】浙江省湖州市织里镇党委书记　宁云

老百姓关心的不是你招商引资　大项目这些

他关心的是柴米油盐酱醋茶这些　关键的　实实在在的一些小事

湖州有一句方言叫　若要好　大做小（湖州话）

若要好　大做小　就是告诫我们党委政府要放低身段

俯下身子来倾听民意　老百姓想做什么　然后我们努力地把它做好了

这个时候老百姓会说　哎　这个党委政府好

【正文】

大做小，就从大家投诉最多的垃圾开始。

【同期】浙江省湖州市织里镇环卫所所长　李亮

2016年是从1月份开始请了4家环卫外包企业

最后都干不下去了　垃圾量确实存在很大的工作量的情况下

（企业）它感到做一天亏一天　所以最长的好像就一年　一年之后就退出了

【同期】浙江省湖州市织里镇副镇长　何良

最终还是要靠我们自己去解决这个问题

我们主要还是把机制这一块把它捋顺　把路扫干净

整个把它管细管好　关键还是要像绣花针一样把它精细化

【正文】

精细化成了织里“大做小”的绝招。织里对全镇的垃圾进行了分析，发现布料垃圾占到了三成，这就是突破口。他们挨家挨户上门做工作，发宣传单，要求所有商铺将布料垃圾装进指定的回收区。

【同期】浙江省湖州市织里镇环卫所所长　李亮

跟业主要交流　这个点位放在这边　对于你这一幢来讲

袋装好之后是不是便于放置

也要征求消防上的意见　这个点位　不影响消防通道

点位的设置也要精准　得花心思　想办法

【正文】

大量宣传、违者罚款，布料垃圾这个大类被分类处理了，可其余的垃圾怎么办呢？

【同期】浙江省湖州市织里镇东湾兜社区书记　吴丽英

以前我们是看得到　管不着　就像环卫工人看到一堆垃圾

但是我要层层上报　不可能立马解决掉的　环卫工人是这么想的

我又不属于你管的　我是跟其他部门拿工资的

【同期】浙江省湖州市织里镇环卫所所长　李亮

环卫所虽然是看得见　虽然也是管得着的　但是面广量大　可以说是管不细

可以说全国没有一个乡镇　（垃圾）体量像织里这么大的

【正文】

一边是“看得见管不着”，另一边是“管得着但管不细”，那怎么办？一张网在织里形成。

【同期】浙江省湖州市织里镇党委书记　宁云

原来的管理模式就是通过条线的管理方法

现在的整个架构就是我们把所有的力量下沉到343个网格中

这些工作人员都受网格长的指挥

解决了看得见管得（不）着的问题

这样力量下沉以后　我们每个网格的力量得到了有力的加强

加强以后　管得着　而且能管得很细　管得很实

【正文】

去年，织里镇新招的加上原来的，总共816名环卫工人全部分到了每一个网格里。

【同期】浙江省湖州市织里镇东湾兜社区书记　吴丽英

现在我们是定点　定位　定人　定时　具体到每条路　每个小区

每条背街小巷　全部都有我们的网格员　包括环卫工人　城管队员　安监队员

都是责任到人　分干到户

我发现垃圾及时清理　所以我们现在路面上　基本上是烟蒂都没有　更不用说垃圾了

【正文】

同样，精细化还将交通混乱、流动摊贩等一系列城市治理的难题都给破解了。

【同期】浙江省湖州市织里镇镇长　陈勇杰

乡镇是我们国家现行最基层的一个行政单位

上面千条线　下面一根针

每天所面对的都是一些芝麻绿豆大的小事情

我们怎么办呢　我们只有比这些事情做得还要小　还要细

【正文】

细到垃圾桶的间距，30米还是50米，这由每条路的商铺和人流密度来定。

小到一个烟雾报警器，织里人将它和百姓的手机、119指挥中心相连。一旦触发，百姓有提醒，火警也立刻出动。

对于车辆违停，在织里不用罚钱，但你得花一个小时来接受安全教育。

这就是织里的基层治理，细微之处见真章。

今年8月3日，在浙江省一年一度的小城市培育试点考核中，织里镇拿到了第一名的好成绩。

【同期】浙江省发改委副主任

习总书记说城市管理要像绣花一样精细　织里为什么能脱颖而出

它主要就是绣好城市管理的每一针

真正（从）老百姓的需求出发　把它管得越细越实越好

这样百姓他的获得感　他的归属感　就会更强

第三集

浙江织里：敢想敢为　造就织里自信

【导语】

改革开放40年，浙江省湖州市织里镇百姓敢想、企业敢试、政府敢为，终将一个穷乡僻壤的小镇发展成了“中国童装之都”，织里童装占到了全国童装市场的半壁江山。去年，织里镇城镇人均可支配收入60187元，比上海还要高。

织里有今天，靠的就是40年不变的“织里精神”，敢想敢为。

【正文】

最近，织里镇正忙于建设童装上市企业总部园、中国童装学院、中国童装物流园，所有努力都为了一个目标——“时装看巴黎，童装看织里”。

一个23平方千米的小镇，哪儿来的勇气敢于喊出这样的口号？

【同期】浙江省湖州市织里镇党委委员　周郑洁

因为织里人他并不是从富裕走来的　他经过贫困的历史

所以每个人都穷怕了　也不愿意再穷了

没有敢想　没有敢为　不要说局面打不开了

可能就永远在那个困境里面走不出来了

【正文】

他叫潘阿祥，没读过书，不认字，他记电话都是用这些“象形文字”。

【同期】浙江振兴阿祥集团有限公司总裁　潘阿祥

这个是房地产老总

专门管招商的　我就画一个飞机

这个是卖挖掘机的老板

【正文】

上世纪80年代，潘阿祥靠种地为生，一年收入不到200块钱，家里兄妹六个，都没钱读书，不想再穷下去的潘阿祥决定扔掉锄头，出去闯一闯。

1992年，他从电视里看到国家要让家家户户装上电话，就想办一个电缆厂。

【同期】浙江振兴阿祥集团有限公司总裁　潘阿祥

我就是敢　邓小平讲了一句话嘛

白猫黑猫捉到老鼠都是好猫　我自己不识字　我可以用有文化的人嘛

【正文】

大字不识一个的人要办厂？很多人都不支持，可他就有这个胆！

【同期】浙江振兴阿祥集团有限公司总裁　潘阿祥

吴书记（说）　阿祥你去干　我在政策上支持你

党能够撑牢我的腰

【同期】时任浙江省湖州市织里镇党委书记　吴子性

潘阿祥这个问题不是他一个人的问题

能支持他当厂长　让好多在观望的那批私营企业主

看到我们政府的态度

对他们的一种信任　对他们的一种鼓励和支持

【正文】

在吴子性的协调和支持下，潘阿祥购买了国企淘汰下来的旧设备，聘用了国企退休下来的老职工，还拿到了一块20亩的土地。

可厂子要开工，还得通电。

【同期】浙江振兴阿祥集团有限公司总裁　潘阿祥

没有电又没有钱　这个时候要办个变压器　多少钱呢　45000块钱

我又找到区委书记　找到市委书记

市委书记写了个欠条给电力局

到明年3月份他不给你　我的工资里扣

讲得不好听　你（市委书记）搞不好就是投机倒把

对吧　这个帽子扣上去很大　他们这一点都不怕

【同期】时任浙江省湖州市织里镇党委书记　吴子性

他这个厂办起来以后　既能解决就业　也能解决国家税金

又能解决镇里面资金的需要

所以他碰到困难以后　我们政府干什么

政府应该撑腰　鼓劲　搞服务

【正文】

从1992年到现在，靠党撑腰，潘阿祥一点点把企业做到了年销售额超过30亿元的规模。他的厂房门口写着三行大字：没有共产党，就没有新中国，就没有阿祥集团。

【同期】浙江振兴阿祥集团有限公司总裁　潘阿祥

我要自己去冲　要动脑子

没有党的政策　我是富不起来的

领导干部就是我们的党　我们的靠山

【同期】时任浙江省湖州市织里镇党委书记 吴子性

党委一定要敢想敢为

只要有利于经济发展 有利于老百姓致富 有利于社会安定

我们就干

【正文】

在党的撑腰鼓劲之下，敢想敢为的织里人创造着一个又一个财富神话，生产总值年均增速都在30%以上。可到了2000年，这个速度却慢了下来，一种氛围更是悄然弥漫。

【同期】织里青年才俊联合汇成员 郑莹缀文

男孩子会特别比好车 女孩子可能喜欢比一些包包等等

大环境引起的一个虚荣心 攀比心 都会很明显极端地产生

人生的迷惘 不知道想要去做什么

【同期】时任浙江省湖州市织里镇党委委员 叶银梅

当时看到了织里这些老板小富即安的思想

我也有几幢房子了 我觉得蛮不错了

已经没有创业之初的创业热情了

【正文】

意识到了问题就得解决，2004年，一场覆盖整个织里镇30多万人口的征集问卷全面铺开，从发放到最后的整理，整整持续了三个月，主题只有一个：什么是“织里精神”。

【同期】浙江省湖州市织里镇党委副书记 汤雪东

出发点不是创造一个新的精神

敢想敢为 敢闯敢冒这些精神 织里的精神一直在

但是在那个时候 都被大家淡忘了

很多还被丢弃了 特别是我们的下一代

【同期】时任浙江省湖州市织里镇党委委员 叶银梅

征稿也是一个宣传的过程

通过这样一些活动鼓励织里人再次创业

把这些人的热情重新点燃起来　热情重新激励起来

【正文】

正是那个时候，织里开始考虑转型，童装开始注重品牌，朋友圈里炫富的人慢慢少了。

【同期】织里青年才俊联合汇成员　郑莹缀文

（现在）很多人会发现在自己家里的产品

已经找到了自己的目标　我接下来要做什么

去做父辈们他们想做但是没有去做的事情

我觉得这是我们的一种敢为吧

【正文】

从他们的变化中，织里意识到了教育的重要性。他们有了一个宏大的计划，织里10万本地人和35万外地人，只要缴纳半年社保，就能顺利入读公办学校，没缴够的就读民办。就这样，织里解决了所有孩子的上学问题。

【同期】浙江省湖州市织里镇党委委员　周郑洁

原来我们在比钱袋子　现在在比脑袋子

他把我们这当家了

我们就一定会给他提供家人必要的待遇

人是最大的财富　城市的后劲就在人

【正文】

没有做不到，只有想不到。镇里没有名师，织里就从北京、香港引入了多所名校；外地人看病没法报销，织里就与吉林、安徽、海南等九个省实现了异地医疗报销。

【同期】浙江省湖州市织里镇党委委员　周郑洁

我们现在有一些大的城市不敢做的事情　我们一直在做

这几年政府的钱包越来越鼓了

钱花在哪儿这是最重要的事情

这一定是我们敢于想

最重要的是敢为

【正文】

9月1号，开学第一课，老师们照旧主讲敢想敢为的“织里精神”。

【同期】湖州市北大培文学校织里校区　学生

我是福建　湖南　山东　安徽的　织里人

(你们喜不喜欢织里啊)

喜欢　这里环境很好

会有很多人来我们织里做生意　知道我们织里这个地方　会感到很骄傲

我爸爸妈妈每天晚上都很晚回家　早上又8点多钟就起来做衣服　我感觉我爸爸妈妈就像超人一样　又心疼他们又佩服他们

我还佩服一种职业　环卫工　因为他为了我们的城市　整天都在满大街扫地　保护环境

我是每周星期二都去倒垃圾　准时倒垃圾　放一下垃圾袋　把织里当作自己家　把这些事情做好了之后　我们这里就变得越来越美　越来越干净

初稿写于2018年9月13日　湖州

【壮阔东方潮　奋进新时代——庆祝改革开放40年】浙江织里：为群众利益要有担当精神

【壮阔东方潮　奋进新时代——庆祝改革开放40年】浙江织里：基层治理　做好“绣花”功夫

【壮阔东方潮　奋进新时代——庆祝改革开放40年】浙江织里：敢想敢为树立发展自信

《嗨！潮我看》是怎么朝我看的

——《嗨！潮我看》记者手记

【题记】

时下，新媒体越来越发达，大部分人都习惯用手机接收信息而不是用传统的广播、电视和电脑。而且，以抖音、快手为代表的短视频应用正在占领大部分人的手机。作为主流媒体的我们必须向这个领域进军。刚刚合并的中央广播电视总台宣布成立新闻新媒体中心、视听新媒体中心和融合发展中心三个与新媒体相关的中心，慎部长[①]也提出，总台的发展战略是坚持“台网并重、先网后台”。

在这样的背景下，我们也开始了新媒体尝试。“钱塘观潮”作为浙江记者站的传统保留项目，已经连续直播了9年，有着足够的关注度与收视率，自然奇观也具备在新媒体端实现大规模传播的条件，于是就有了这次的尝试。

直播答题，怎么实现?

2017年，直播答题火遍全网，更是成为2017年春节时最火热的新媒体行动。“花椒”“熊猫”“YY”等一系列新媒体应用软件都通过直播答题火了起来。

① 慎部长：慎海雄，时任中宣部副部长、中央广播电视总台党组书记、台长兼总编辑。

那我们央视新闻能不能也搞个直播答题呢？就以钱塘潮为主题。我们没钱撒，但是可以撒盐官景区的门票。我们说干就干，可实操起来却发现没想象中那么简单。

我的第一个电话打给了鸥哥[①]，得知原来早在2016年的时候，央视新闻移动客户端就曾经想开发直播答题，但是央视新闻移动客户端的技术底座不够，基础设施并不是最先进的，不支持直播答题；而技术成熟的直播平台不愿意将代码共享给央视新闻，央视新闻也不愿意给其他直播平台引流，所以这事儿就搁置了。

当时没有干成的事情，现在能干成吗？我们咨询了专门做直播答题的第三方公司，他们给出了一个解决方案：放一个链接在央视新闻移动客户端里，点击链接进去之后跳转到一个H5平台，在H5平台上实现这样的直播。

同时，作为一个新闻平台，我们并不想完全做成综艺类的直播答题，我们想做成新闻类的直播答题，在直播现场一边带大家探访，一边出题目。我们设置了四个直播现场：盐官观潮城、金庸书院、盐官古城和老盐仓夜市。这样就给直播答题又增加了一个难度，那就是在移动直播中实现直播答题。

经过一轮又一轮的讨论，我们形成了技术方案：利用央视原有的移动直播系统实时回传直播，为了减少延时，用卫星车直接回传主控，新媒体部直接下信号进央视新闻移动客户端和央视移动网。央视新闻的官方微博、客户端和央视移动网直接链接H5实现直播答题。

有方案，就试试。我们每天开会讨论如何操作，梁静茹总是不断给我勇气，去挑战一个又一个看似不可能完成的任务。技术上有了方案，资金呢？我们后来决定砍掉一个直播点的预算，挤出了10

① 鸥哥：张鸥，时任中央广播电视总台央视新闻中心新媒体部策划组制片人。

万元经费，全部用于直播答题H5的制作。

新媒体，我们能做什么？

虽然我们没有办法呈现其他直播平台那样流畅的直播答题，但是我们用了最简单的方案，在现有的技术条件下解决了这个难题。

有了直播答题，我们在新媒体端还能做什么？

网友最希望能自己选择看什么，而不是被动接收我们给他们看的内容。所以，不受线路影响的新媒体切换台诞生了，它可以同时将68路镜头的信号呈现在央视新闻客户端上，网友想看哪一路就点哪一路。

除了直播，还有适合新媒体端传播的短视频。

新媒体的短视频不同于传统视频，收视习惯更多是竖屏。在快节奏的生活中，它要尽可能短，而且包袱要早，抖音甚至提出了15秒理论，15秒的时间里，视频不吸引人，就会被划走，划走得多了，视频就会沉底，没办法实现有效传播。竞争如此残酷，这就需要视频更加吸引眼球。

总结来说，直播答题、受众可选的68路直播信号、短视频，成了组成本次新媒体传播矩阵的三样拳头产品。

《嗨！潮我看》是怎么来的

按照节奏，短视频是用来预热的，68路直播信号是主体，直播答题是观潮之余烘托气氛、留住网友的利器。

预热短片，对于第九年做钱塘潮报道的我们来说，一点儿都不难，我们有着大量的资源储备。经过一番讨论，我们设想出了三条预热短片：《那些年，追潮的记者们》《霸气回放，今年潮约吗？》《谁是NO.1》。

第一条预热短片，是基于我们这么多年追潮都曾经有过的被潮水打的经历，视频震撼，场景狼狈，在网络上可以展现记者的不容易、钱塘潮的汹涌澎湃，还自带笑点。第二条是往年我们常做的，就是把各种大潮汹涌的画面剪辑在一起。第三条短片，我们计划把每年老盐仓回头潮打灯笼那一下的视频找出来，看看哪一年的回头潮最大。

头脑风暴就是否定之否定的过程，除了我们站，重庆记者站张帆、天津记者站周玉瑾、黑龙江记者站任秋宇、陕西记者站文豪、西藏记者站汪成健等来支援钱塘潮的同事们也在热烈讨论预热短片怎么拍。讨论整整持续了一个下午加一个晚上，过程是剑拔弩张、唾沫横飞、脑洞大开。此前的三条预热短片设想被彻底推翻，因为想法太传统！

我们开始脑洞大开：能不能在抖音上发起一个征集，让网友来配音解说，我们提供往年大潮的画面。比如东北人就会这样配："哎呀妈呀！这潮水！老大了！快看！哎呀妈呀！真大呀！"可能各地人都会用自己的方言演绎出不同的解说。能不能利用抖音上的一些特效做分屏？一边是潮水，另一边是网友自己的造型，与潮水形成某种互动。

这两种想法再次被我们推翻，因为还不够劲爆。但在这一轮探讨中，我们终于确定了主题，那就是全民欢乐潮！既然是网络节目，那就一定要玩起来，high起来，让全民参与。

当日讨论结束，所有人都满意而归。然而第二天，等待我们的不是立刻执行，而是又一轮唾沫横飞的脑洞大开。

当时，网络综艺很流行类似于"奔跑吧！兄弟""灌篮吧！少年"这样的标题。"全民欢乐潮"这个题目还不够网络化，于是有人提出将标题改为"都市潮我看！"后来又演变成了"嘿！潮我看"，最后定为"嗨！潮我看"。这样，每一个系列都可以在主标题的后面添加相应内容，如《嗨！潮我看　请答题》《嗨！潮我看　冲浪赛》

《嗨！潮我看　跑起来》等。

标题定了之后，我们又回过头来探讨做什么短片。

主宣传片肯定要一个，讨论来，讨论去，决定用谐音的方法来呈现。“潮我看”三个字以涂鸦的形式来呈现。这里有一个小插曲，宣传片结尾是我们站的司机孙单元说了一句颇具喜感的话：“到底朝哪儿看啊？”这是导演杨少鹏启发他的：“想象一下，何姐坐在你的车上，一会儿让你朝左开，一会儿让你朝右开，你敢怒不敢言，心里很烦又很委屈地抱怨一句，到底朝哪儿开啊，就这种感觉。”

《嗨！潮我看》涂鸦板logo

然后每个系列做一个短片，全部是竖屏拍摄，全都拍出了广告片的效果。跑起来、冲浪赛、请答题，我们把题目也埋在短片中，就为了增加玩的乐趣与观众黏性。

我们每推出一条预热短片，就迅速引爆朋友圈，引爆网络，点击量惊人，微博、微信、客户端全平台转载。新媒体部还帮我们对接了抖音，在“90后”“00后”聚集的抖音平台，我们的宣传片依然受到了热捧。

9月19日，《嗨！潮我看　2000个钱塘观潮现场席位等你赢取》30秒的宣传片在微博、客户端、央视移动网和抖音上首发，迅速引爆网络。9月20日，《嗨！潮我看》30秒总宣传片在客户端上投放仅3个小时，观看人数就有42万；微博累计31.6万次观看。9月23日，

《嗨！潮我看　跑起来》30秒宣传片在客户端上有5万人在线观看。9月25日，《嗨！潮我看　冲起来》30秒宣传片在客户端上累计有12万人在线观看。

直播测试，问题多多

所有这一切努力都是为了9月22日的直播答题。9月20日、21日，我们开始了两天紧凑的全系统演练。

演练并不顺利，在9月20日一开始，就发现了很多问题。比如有的人没办法用手机号注册，有的人注册成功了答题时却显示“被淘汰”，有的人进来晚了没有办法答题，有的人只能看直播不能答题，有的人只能全屏没法小屏，有的人无法分享，有的人的题目顺序发生错乱……总之，有着一系列问题。

我们一遍一遍地试，后台一点一点地调整。到了9月21日中午，我们都还没有完整地走过一遍流程。加上正值农民丰收节，线路参数也不好约。

9月21日下午，总算是把所有流程都走了一遍，没有问题了。

利用直升机报道大潮

与西藏站扎旺在直升机直播现场

除了4场直播答题，在小屏的直播方面，我们也做了一些尝试。

9月22日，《嗨！潮我看　请答题》，共进行了4场直播互动答题节目，每场直播边互动答题边送门票，不仅网络上有人答题，直播现场的人也乐于参与，最终浏览量达19360次，访客数12376人，送出门票150张。9月23日，《嗨！潮我看　点点点》，微博最高在线观看人数35万。9月24日，《嗨！潮我看　探幕后》微博最高在线观看人数56.9万，在移动网、头条、微博等平台累计触达人数169.5万。《嗨！“月饼奶奶”潮我看》仅在央视移动网上直播，但依然有1149人在线观看。《嗨！潮我看　听夜潮》微博最高在线观看人数54万，移动网、头条、微博等平台累计触达人数215.1万。9月25日，《嗨！潮我看　跑起来》微博最高在线观看人数22.6万，在移动网、头条、微博等平台累计触达人数142万。9月26日，《嗨！潮我看　海陆空带你百里追潮　逐浪钱塘江》微博最高在线观看人数72.8万，移动网、头条、微博等平台累计触达人数568.9万。9月27日，《潮来啦！多机位带你看钱塘江大潮》微博最高在线观看人数60.5万，移动网、头条、微博等平台累计触达人数288.1万。

可以说，这次无论前期还是后期，无论地方部、新媒体部还是编辑部，大家都玩得很开心，成绩也很漂亮。

我们需要“改革开放”

有尝试就有得失与反思。小屏与大屏最大的区别就是能够与网友进行直接的接触与互动。以前人们经常说我们做的新闻都是在灌输与宣传，而互联网的“互”字让我们在小屏上与网友和观众有了最直接的接触。

我们最常用的互动就是网友留言提问，记者直播回答或回复。其实，互动形式还有很多。比如我们今年设置了68路摄像头，让网友自主选择角度看潮，不再是我们给什么网友看什么，而是网友想看什么就去选什么。再比如我们设置了互动直播答题，让网友在与我们互动的同时还能获得奖品，而且我们还在宣传片里面埋题，网友只要看了宣传片，再答题时一定能答对。

其实，除了我们自己的尝试外，很多互联网媒体早就有了大量尝试。比如抖音短视频，里面自带各种特效和模板，可以让网友迅速制作出自己想要的小视频；又如天猫直播带货等，直接将电视购物变成了网络互动卖东西；再比如互联网电视，很多电影、电视剧里出现某样东西，用手机一扫，同款就进了购物车，可以直接下单；还有微信里的一些H5，只需输入名字就能交互。

依托微信、抖音之类的平台，我们还可以做很多的尝试，关键在于我们是否愿意与它们合作。现在，很多国家部委都开始在抖音上发视频，《人民日报》、新华社也开始利用微信研发小程序。

“改革开放”不仅适用于国家，也适用于每一个单位，我们不仅应该报道“改革开放”，也应该做到“改革开放”。

复杂互动是假互动

这次直播互动答题对我们而言是一次全新尝试，虽然是许多互联网媒体玩剩下的，但是对于我们以及全国的传统媒体来说，是实实在在的第一次尝试，代表着我们的理念、方向与意识迈出的一大步。

2016年直播答题之所以火热，一来奖品吸引人，是真金白银；二来进入应用软件就能直接玩，方便、简单、体验感强。其实玩过的人都知道，到最后都答对，也分不到几块钱，但是这种知识问答中的竞争性和欢乐性让每个人都希望一试身手。很多人都想去参加《一站到底》，但因为报名无门、环节复杂，只好放弃，而直播答题的形式却让很多人都有了体验此类模式的可能。

在设置这个玩法之初，我们准备了2000张门票，最早还担心2000张门票不够送，但实际上只送出了150张门票。我们自己分析原因，一方面，盐官景区的门票可能还不够吸引人；另一方面，依托H5平台的答题玩法还存在很多漏洞和不便之处，因而流失了很多人。最后的统计数据显示，跳出率77%，也就是说每100个进来看的人中，有77个人又走了。

还有一个数据值得关注，那就是每场直播同一个IP重复登录的次数最多达十多次，第四场直播中有121个IP有过重复登录的痕迹。这个数据说明，起码有121个人反复进入、跳出。其中的心理我们是可以猜测一下的：进来看了，怎么玩呢？不知道，出去了；不甘心又回来看看，还是玩不了，又走了。当然，可能的原因还有很多，比如网络卡了，跳出去了又回来登录；比如答题错了就干脆走了，之后又想回来看看……

这组数据起码说明了这个玩法是有市场的，但设计的环节还是复杂，流失了很多人。所以设计任何新媒体玩法的前提都是玩法简单易行，这样才会变成真互动。

平台需要不断创新

再换种想法，为什么我们的答题环节是复杂的，而其他平台的答题就很简单？因为它们的答题依托自身的直播平台，复杂的操作早在进入平台时就被分流了。而我们的官方微博、客户端、移动网尚不具备这样的功能，所以只能采用H5嵌入的笨方法来实现这种互动。这就好比别人都用上LED大电子屏播放视频来打广告了，我们还在墙上用油漆写广告语，为了弥补方式的落后，只能多用几种字体和颜色。

也就是说，我们需要让自己的新媒体平台更加强大，功能更加多样化。各个平台都在不断升级，像抖音，已经拥有很多用户了，但是依然还在不断开发新的玩法；像微信，已经几乎人人必装了，但是每隔一段时间还会发布新的应用，小程序、小游戏，接踵而至。今日头条为什么这么多人喜欢看？因为它依托大数据和云计算，能够实现精准推送，而且还在不断开发新的交互方式。有一次，我和央视新闻微信公众号的小伙伴聊天，得知他们最受欢迎的版块是“夜读”，这很令我吃惊，但也说明我们虽然是新闻网站，也可以做出更加多样化的内容和功能。

我们的客户端、公众号需要和新华网、人民网、澎湃、今日头条之类的新闻客户端、公众号对标，思考怎么样让央视新闻成为新闻类应用软件的第一选择。其实，很多内容我们有着得天独厚的独家性，关键在于平台建设。此外，还要思考怎样能让我们平台的推送更加精准，交互更加多样和便捷，新样态新产品可以层出不穷。

说到底，我们始终不能忘了，除了内容要创新，平台也应该不断创新功能。

创新需要技术先行

这回我们第一次使用了68路摄像头，让网友任意选择，可以说是把自主权交给了他们。但实际上，我们的客户端和移动网最多只能支持5路信号，带宽不够。或许从受众角度分析，5路足够了，68路网友看不过来。但我们需要认识到自身平台的技术承载能力还不够，很多创新需要技术先行。

其实，我们做电视的最了解技术在电视应用中的巨大作用。美国人盖瑞特·布朗发明了斯坦尼康才让长镜头稳定拍摄变得简单，有了“飞猫”才让跟踪拍摄变得如此平常，无人机则让航拍成了新闻报道的日常手段。这次的IP切台让68路信号任意切换成为可能，而中国移动的4G对讲机使大范围调机和多路移动直播变得轻松，重庆记者站就利用高清摄像头和IP切台实现了坐在站里完成重庆地标景观的直播……钱塘潮结束之后，科华公司很多人到杭州参加了“摄影摄像设备展”，在互联网日新月异的今天，不去更新技术，迟早会因受制于技术而落后于他人。

我记得王主任[①]曾经说过，他20年前进台的时候，中央台的摄像机、编辑机等设备都是全国最先进的，可现在我们还在用着我刚进台时使用的型号设备。2017年我做保姆纵火案的小屏直播被东方台直接引入大屏的时候，我们的小屏和大屏依然是两个割裂的平台，无法用手机直接直播给电视。

我们常说，贫穷限制了我们的想象。2014年，为了做前置虚拟的直播，我看了很多关于虚拟现实的机器设备，这么多年过去了，却几乎没怎么看到内地有电视台在用那些东西，而香港等其他地区的媒体其实很多都在用了。

每年看到互联网大会上展出的新科技被应用到现实中，我都会感慨科技改变生活。其实，有时候想破脑袋都想不出来的创新，突破口就在于一个设备的更新而已。

新媒体产品需要营销

营销有好几层，第一层是能否为自己的产品摇旗呐喊。

综观各类新媒体产品，在产生之初，都伴随着大量的营销推广。就拿2016年的直播答题来说，宣传可以说是铺天盖地的，电影、电视剧中间的广告，以及各大门户网站、各个手机推送全都是。而我们重磅打造的新媒体产品却鲜有这样的推广模式。其实，拥有电视这个自留地，我们做的预热宣传为什么不能在大屏上先推广播出呢？再加上之后各个客户端的推送，有了山呼海啸般的摇旗呐喊，我相信来参与的人会更多，起码比自己在朋友圈摇旗呐喊强。

第二层营销，平台能不能为我们撑腰鼓劲。

我还记得采访织里的老书记吴子性时，他说过一句话：“政府应该撑腰鼓劲搞服务。”这是1992年他提出的口号。其实，每个部门都

---

① 王主任：王平，时任中央广播电视总台央视新闻中心地方记者部副主任。

是内容的生产方，也是内容的服务商。以生产为主的前期记者与拥有播出窗口和平台的后期部门的关系在某种程度上与政府和企业的关系有共通之处。以前主战场在大屏的时候，编辑部门常说的一句话就是让前方的片子与策划得到最优的呈现。如今主战场在大小两块屏幕，两种产品都需要最优的呈现。而互联网融媒体产品更需要后期部门的撑腰鼓劲。一个优秀的产品，需要分发到尽可能多的平台展现，如果各个平台都在推，它的点击量、覆盖量和浏览量一定很多。

第三层营销，营销要讲策略。

这次我们尝试了一种宣传片的投放方式：成系列。各个宣传片独立地为各自内容服务，同时又成一个系列预热投放，在网络上形成了不错的反响。鄢蔓姐一个劲儿地在我朋友圈下面回复：没有二维码，差评；二维码扫不出来，差评。确实，如果我们设计的H5和互动方式能够更简单一点，体验感就会更好。

第四层营销，海报要有创意。

这次我们基本上在每个系列发布之前都做了带二维码的海报在朋友圈投放，甚至4场直播答题，我们也专门在每个整点处做了设计。不管最终成效如何，这是一种新媒体营销的打法，可以固化。

《嗨！潮我看》直播答题海报

因为有“钱塘观潮”这个央视传统保留项目，而且它足够客观、不敏感，有着一定的受众基础，所以我们有机会在这个项目上尝试一些新玩法和新打法，我们是幸运的。

以前，地方部将“钱塘观潮”直播当作每年的技术大练兵。其实，它不仅是技术的大练兵，也应该是整个新闻中心甚至全台实践新想法、新尝试的一个平台。

我们报道“钱塘观潮”的目的不仅在于给新闻频道拉升了多少收视率，还在于为日后其他节目和形式探路。

部分团队成员合影(左起:郭津、杨少鹏、我、何盈、扎旺)

《嗨！潮我看》直播团队大合影

初稿写于2018年9月29日　海宁

《嗨！潮我看　2000个钱塘观潮现场席位等你赢取》30秒宣传片

《嗨！潮我看》总宣传片

《嗨！潮我看，跑起来》30秒宣传片

《嗨！潮我看，冲起来》30秒宣传片

同一主题，一年内做两轮报道，怎么做

——《“千万工程”发展启示录》记者手记

【题记】

2018年11月，中央领导再次批示浙江坚持了15年的“千万工程”，我们接到中宣部的安排，要求播发3集《新闻联播》予以宣传。

中央领导一年之内连续两次批示“千万工程”，《新闻联播》一年之内对同一主题进行两次3集头条的报道，这在《新闻联播》播出史上极其少见。

同一主题，一年内连做两轮报道，怎么区分？怎么体现层次感？怎么做到不同？怎么再次提升？这都是我们面临的新课题。

再破题

老话题，如何破题？更准确地说是如何再次破题，而且一破就是“又3集”。

4月，第一次报道“千万工程”时，3集的主题分别是：“久久为功”“看不见的小事”“因地制宜、因村施策”。这三个主题既是习近平总书记对第一轮宣传所做批示里面的关键词，也是2003年“千万工程”第一次推进大会上关于“千万工程”如何做下去的方法论。

当时3集的谋篇也相对明晰：

第一集，“久久为功”，对“千万工程”提出的初衷进行溯源，强调这15年来如何一张蓝图绘到底。

第二集，“看不见的小事”，从“千万工程”率先推进时提出的厕所革命、垃圾革命、污水革命等角度来寻找案例，这刚好也是乡村振兴第一阶段的实施方案。

第三集，“因地制宜、因村施策”，这是当时的浙江省委屡次强调的，防止一刀切、千村一面。

这三个主题之下，我们都找到了相对鲜活的案例。

那这一次怎么破题呢？

受到前段时间做“八八战略”报道的启发，我们一直希望能找到一个哲学论点来统领这个工程。比如“八八战略”实施过程中，我们找到了“优势论”这个方法论。无论“八八战略”的内容有多丰富，包含多少层面的东西，一个“优势论”就将所有内容概括了。这是一种思维方法，是可以因地制宜的思维方法，是无论东部、中部还是西部，各个地方都可以学的方法论。那“千万工程”的提出究竟包含了怎样的马克思主义哲学世界观和方法论呢？

我们对“千万工程”四次现场会的讲话稿进行了反复钻研、琢磨，想到了两个词：民本思想、德政工程。

“千万工程”的初衷是改变农村百姓的人居环境，进而让他们口袋富、脑袋富。那时候叫“以民为本”，如今叫“以人民为中心”，说到底就是民本思想。而且在之前的采访中，很多老领导、老干部都反复强调了总书记的农民情怀。不管自然禀赋如何，以人民为中心是做所有事情的出发点。

德政工程，指的是政绩观。总书记反复强调，领导干部要有功成不必在我、功成必定有我的境界。当年做“千万工程”，或许不如引进几个大项目、开工几个大工程在政绩彰显上来得快，但还是做了。《之江新语》中，有好几篇文章专门强调，党员干部不能秉持片面的政绩观，要注意保护生态，要为子孙谋福。

第三集，我们就做全国各地学习的过程。

这成了我们最初的想法。

为此，我们又在全省各地找了很多案例，比如衢州市、景宁畲族自治县等，这些地方都保留了当年的视频资料和同期声，能体现民本思想和德政工程。

否定之否定

马克思主义哲学的认识论就是不断否定再否定的过程。中宣部对这个报道非常重视，“李大腕”也来到前方指导我们的工作。

跟着采访团调研了安吉的鲁家村之后，我们展开了头脑风暴。听完我们的思路之后，“李大腕”提出了不同的观点：做联播是要树典型，让其他省份学，这两个主题看似是放之四海而皆准的主题，可是这两个道理别的省份就不知道吗？国家每天都在强调这两个主题，每位省委书记心里都很清楚，要以人民为中心，不以GDP论英雄。这样的报道，其他省份看了跟没看是一样的，因为讲的都是大道理，他们根本没有办法从中学习或者汲取到什么。

回想一下，我们最引以为傲的主题梳理是“优势论”和“退出来的进步”，正是因为这些东西可学且新，能让人看到浙江异于其他省份的思考和走在前列的作为。

有理，可应该怎么做呢？

“李大腕”看了很多资料后，觉得我们有点“就浙江做浙江”了，提出了第一点：站位要高，要放在全国的角度来看当时的问题。比如，为什么要推出“千万工程”？以前我们仅仅将其归因于当时浙江环境的脏乱差，但其实那时全国都面临着城乡二元结构的问题，各个省份都在寻求破解之道，浙江找到的方法和抓手就是“千万工程”。第二点：一定要把“千万工程”和“乡村振兴”的关系给说出来，这样才能看出“千万工程”的厉害之处。2003年浙江干的事情，

15年后成了国家战略，这既能体现浙江的走在前列，又能让全国看到样板和信心。

"李大腕"重看了我们4月做的第一集，他觉得第一集看似在讲"千万工程"是怎么来的，但实际上并没有真正说清"千万工程"的来源。当时的浙江省委究竟是如何一步步产生"千万工程"的想法的？是什么促使一名省委书记决定先放下其他事情，全力来干这件事？关于"千万工程"缘起的一系列问题，我们竟一时无法作答。这说明我们当时对这个问题的探究还不够深入，由此我们也找到了下一步采访的方向。

随后我们对比了两次批示，其中都提到的一个词——"久久为功"。也就是说，如何实践依然是我们这次报道的一个重点。第一轮报道我们用了两集讲"千万工程"是怎么做的，那这次如何讲呢？"李大腕"提出，一集的话就不用讲那么细了，可以用对比法，通过一正一反两个例子来讲浙江在实践过程中走的弯路和纠偏的过程。

于是，3集思路初步确定：

第一集，"千万工程"诞生记，揭秘。

第二集，一正一反话实践，对比。

第三集，"千万工程"如何上升为国家战略，看看能不能找到浙江某个村正在影响着省外某个村或者某些村的案例。

口述历史

题破了，就相当于有了方向，接下来我们就朝着这些未解的问题寻找答案。我开始约各种当年的人来聊，是聊，而不是采访。我们想弄明白一些事情后再开始采访，这也是我们身处浙江的优势。

我首先约了李建新[①]主任，他是我们第一轮做"千万工程"报道

① 李建新：2003年时任浙江省农办社会发展处处长。

时的关键人物，他帮我们梳理了提纲和方向。11月14日上午，我跟何姐、少鹏三人与刚刚退休的李主任聊了一上午，有收获也有遗憾。

最大收获就是他告诉我们，当年做“千万工程”的资金全部是公共财政，这是中国第一次将公共财政用于农村房屋建设和规划。以前公共财政都是用在城市的，从来没有给农村的，这是当时的一大突破。加上第一轮我们挖掘出的“千万工程”协调小组的内容，其实就揭秘了两件事：钱从哪儿来，活由谁干？也就是说，当时要做这件事情，确实是突破了一些原有体制上的壁垒的。

遗憾的是，“千万工程”的由来和其中的细节他并不清楚，因为他当时是具体负责的社会发展处处长，至于决策可能还是高层的事情。他建议我们去询问时任浙江省委副书记的周国富和副省长章猛进，还有时任浙江省农办主任王良仟。

与王主任约好时间后，我、少鹏、欣蔓在王主任的办公室和他聊了半天。王主任弄明白我们的意图和想法之后，觉得这些问题都很细节，他记不清楚了，要好好想一想。他建议我们去问一下省委办公厅，把当时省委书记的全部行程都找出来，这样不会出错。我当场给省委副秘书长吴伟平打电话求助，他建议我去找《浙江日报》当时的时政记者周咏南[①]。因为省委书记每次去调研，《浙江日报》都会做时政报道，找他最方便。我随即拨打了周咏南老师的电话，周老师很爽快，第二天一早，浙报见。

采访周咏南

我把采访提纲发给了周老师，他做了充分的准备，所以

① 周咏南：时任浙江日报报业集团副总编辑。

这次采访也格外过瘾。他回忆了很多细节，提供了非常多鲜活的案例，几乎撑起了我们接下来的所有寻找方向。

电话从中午开始打，占线，下午继续打，还是占线，我前后打了28通电话，可始终没有打通。晚饭的时候，我和朋友说，再打两个试试。终于在晚上9点左右，电话拨通了！王主任说，今天出门忘带手机了，刚刚到家拿起手机。我马上问他是否有时间，想立刻前去拜访。他推辞了两次，但是拗不过我，让我到他家里。我立刻前往他家，将周老师告诉我的细节和故事复述给他，帮他回忆。这一次，他终于肯拿出他的“宝贝”来了。他带我进了书房，拉出了一个大箱子，里面摆满了各种笔记本。他说，你看，这是我所有的笔记本，每次我跟书记开会、调研，我都会记录下来。他眼睛不太好，尽量帮我找2002年和2003年的笔记本。我和他一起，一点一点找当时的记录。我越找越喜出望外，感到功夫不负有心人。笔记本中，老人家清清楚楚地记录着村庄整治、“千万工程”提出的时间与经过。我又跟他约好了下次采访的时间。有了这些笔记本，我对第一集的大揭秘也就心里有数了，基本上每个关键环节和步骤都找到了点与出处，这可不是模棱两可的回忆，而是实打实的历史记录。在这些记录中，我们终于找到了“千万工程”的缘起——萧山的航民村和梅林村。

随后我们又约采了浙江省农办原副主任邵峰，我抓住他晚上的空档，从晚上8点多聊到了将近12点。他给我们梳理了整个过程，还阐述了很多关于乡村振兴的看法和观点。

采访浙江省委原副书记周国富

后来，我又联系上了浙江省委原副书记周国富，这位退休已久的老干部跟我们聊了一次，还陪我们采访了一次，不容易，这也是一次突破。

第一次把联播拍出了口述历史的感觉。

挖掘案例不放弃

2015年，我曾做过8条大部头的抗日战争专题片，当时几乎所有被采访对象都是一点一点挖掘出来的，史料都是翻出来的，绝对算是抢救性采访。那个时候锻炼和挖掘了我的一种能力，就是只要有一点蛛丝马迹，我就能顺藤摸瓜找到最后那个人。

采访周咏南老师的时候，他提供了嘉兴和金华的两个案例，可实际上这两个案例联系起来费尽了周章。

先说嘉兴，要让故事还原，必须要找到当事人。我把时间、事件经过告诉了嘉兴市委宣传部，让他们帮忙找当事人。宣传部给了我一个人，让我先问问情况，此人是当年的嘉兴交通局副局长，城乡公交一体化就是他抓的。我给他打了电话，果然他记得这件事，101路公交车，从嘉兴火车站到南湖区凤桥镇。他记得很多细节，但是他本人当时不在公交车上，而是在后面跟着做后勤保障。不过他记得有三个人是在那辆公交车上的：时任南湖区委书记、时任嘉兴交通局局长、时任嘉兴市委副秘书长。

随后我分别联系了这三个人，结果其中两人已不适合接受采访，另一人回忆起这件事，说当时整个行程是南湖区安排的，他并不在那辆公交车上，建议我找当时的南湖区委办主任问一问。

我又开始打电话，对方说他只是安排了这辆公交车，但是并没上车。他建议我找当时的嘉兴市委秘书长。这一大圈找得我精疲力竭，但好在终于有人记得了。这位市委原秘书长说自己在车上，但是离得远，记不清楚了。他又推荐了一个人，当时分管交通的嘉兴市常务副市长。就这样找了一大圈，终于找到了能说清楚那件事的人。报道播出后，101路公交车和南湖区凤桥镇成了嘉兴介绍“城乡一体化”建设的标志性点位，这次采访帮助嘉兴也找到了一个寻迹溯源的重要学习点位。后来，凤桥镇建了一个公共食堂，食堂里滚动播放着这段报道内容。

再说金华，这么多年过去，当事人的记忆难免有所偏差。我先让金华台帮忙联系找找有没有人知道当时卢宅村调研之事。对方告诉了我三个人的联系方式，一个是当时的金华市委书记，一个是当时的东阳市委书记，还有一个是当时卢宅村的村支书。结果村支书非常明确地说，总书记没来过。可当时的东阳市委书记很坚定地说总书记来过，还有照片为证，是他陪同的，但是不记得具体说过什么了。怎么办？卢宅村这条路走不通了，想再找到一个这么好的案例可不容易。

后来我在通联群里征集案例，金华台的俞建峰说他知道一个地方有类似的案例——磐安县乌石村，那里就是不搞大拆大建、保留特色，而且还有当时的影像。欣蔓跟村支书聊完之后，认为是一个特别好的案例。就这样，两个案例才都有了。

资料视频

每次回顾历史，最宝贵的就是历史资料画面。浙江卫视和各个地方台都有着强大的媒资资料库，为我们重新讲述这些历史提供了无偿无私的帮助。

“绿水青山就是金山银山”那段视频的珍贵之处就在于原原本本地记录了当时的情况并保留了下来，我们期望能寻找到更多这样的同期声。

以第一集为例，我们联系了浙江卫视、杭州台与萧山台，寻找习近平同志到航民村与梅林村调研的画面，结果萧山台保留了梅林村一段的视频，而且画面很鲜活。当我再次来到梅林村，那位村民还住在那儿，四楼的陈设也没变，跑步机还放在那儿！这就是示范。

报道播出后，梅林村一下子出名了，很多媒体援引我们这一报道，称梅林村为“千万工程”起源地。这3集报道，我们挖掘了一个又一个此前其他媒体没有报道和关注过的故事和点位，这些点位都成了当地的标志性点位，也成了日后采访“千万工程”的必选点位。其实，挖掘到线索和故事还只是第一步，当时的历史视频资料成为我们二次选择的一个关键原因。

何为大片

第一集和第二集都做完了，第三集却难住了我们，因为我们找不到浙江一个村影响着省外某个村或者某个地方的案例，怎么办呢？

我跟何姐、欣蔓、少鹏又展开了头脑风暴。后来，我们一致觉得老说过去也不行，总得说说浙江现在在做什么。我跟时任浙江省农业农村厅社会发展处处长邵晨曲通了电话，他说现在浙江追求制度美和内在美，制度美他推荐了德清和义乌，内在美就是文化礼堂。

于是我们第三集就从这个角度讲述了现在的浙江正在做什么。回到北京，我和“李大腕”、冬梅姐[①]商量怎么改，他们俩都觉得第三集这么做很别扭。后来“李大腕”说，这个做法太常规了，就是一个很普通的成就性报道。他问我是否了解从“千万工程”到“乡村振兴”的过程。我只能硬着头皮给尚在病床上的顾益康老先生打去了电话。其实最早做“千万工程”的时候，我就想和顾老联系，打通电话之后，却得知顾老刚刚做完手术，还在ICU里，因此我实在不忍心打扰。这次拨通电话后，我先问候了顾老，然后提出了我的问题。真没想到，这个电话起到了至关重要的作用。他告诉我，当时中农办主任韩俊带队到浙江来调研浙江农村发展，就是他陪同的。调研之后，顾老写了一篇调研报告《从“千万工程”到乡村复

① 冬梅姐：蒋冬梅，时为中央广播电视总台央视新闻中心地方记者部联播组编辑。

兴》，提出了“乡村复兴”战略，呈交给了中央。没过多久，中央领导做出批示，“乡村振兴”概念被首次提及。听到这个来龙去脉，我异常兴奋，可是顾老的身体状况根本无法接受采访。他给我推荐了两个人，一个是和他一起撰写报告的潘伟光教授，一个就是去年还在任的浙江省农办副主任蒋伟峰。我赶忙把这个消息告诉了何姐。

基于此前建立的信任，两位受访者都在接到采访请求后的一个小时内从各自的家里赶到了站里，当天还下着雨。当晚，全部采访完毕。之后，我们又在北京采访了当时的农业农村部部长韩长赋。就这样，我们终于梳理出“千万工程”是如何发展至“乡村振兴”的，介绍了一个地方工程变成国家战略的过程，揭秘了不为人知的背后，这才是大片。

王良仟的笔记本

千呼万唤始出来，12月27日、12月28日、1月3日，《新闻联播》连续播出《浙江“千万工程”启示录》。

1月3日晚上，最后一集播出之后，已经调任湖州市副市长的蒋伟峰在自己的朋友圈里这样写道：

也是一个下雨天，不过采访的时间从中午换到了晚上，在央视浙江站的工作间里，聊“千万工程”，聊乡村振兴。

感谢“千万工程”，感谢省农办，感谢何盈，感谢欣蔓，感谢高珧！已经记不得是第几次上央视《新闻联播》了。因为“千万工程”，因为领导的关心，作为新闻发言人，让我代表省农办接受央视的采访。许多朋友开我玩笑，说多次看到我打我招呼就是不理人，怎么可能呢？就是隔着屏幕看的。去年四月，全国改善农村人居环境安吉现场会期间，“千万工程”在中央各大媒体持续多天霸榜，央视更是罕见地连续三天在《新闻联播》里面播出，《新闻1+1》《焦点访谈》等栏目也深度跟进。岁末年初，中央农村工作会议期间，央视又罕见地连续三期在《新闻联播》里面播出从“千万工程”到“乡村振兴”的启示，而密集播出的节目都与省农办、与我有关。

“千万工程”这一伟大创举带给我们太多的深刻启示，这一率先的成功探索实践，让环境保护与经济发展同行，已经产生了变革性力量。这一创举改善了人居，山更青、水更绿、天更蓝、村更美；这一创举集聚了人气，万千美丽乡村成为资本和人才竞相追逐的热土；这一创举彰显了人文，优秀乡土文化的挖掘传承让乡村处处充满生机活力；这一创举凝聚人心，护好绿水青山化为金山银山成为每个村民的自觉行动。

让我们携起手来，持之以恒深化千万工程，高质量推进乡村振兴，共同打造美丽浙江大花园，率先实现农业农村现代化！

初稿写于2019年1月3日　北京

新闻链接

【“千万工程”发展启示录（1）】“千万工程”振兴万千乡村

【“千万工程”发展启示录（2）】“千万工程”的浙江实践

【“千万工程”发展启示录（3）】从“千万工程”到“乡村振兴”

生活永远是最好的编剧，真实永远是最戏剧的表达

——《浙江之巅，我来了》记者手记

【题记】

五一劳动节，很多记者都会遇到以劳动为题材的报道，当所有的劳动者都做遍了，没有办法从职业上创新了，怎么办？那老老实实地做一条见业务功底的片子吧！一天拍摄、一天写稿、一天编片，成就这篇联播头条。

浙江最南端，崇山峻岭最深处，蜗居着两个浙江当时最穷的县，文成和泰顺。2018年，浙江90个县（市、区）人均地区生产总值排名，两地排在最后两位，只占浙江全省地区生产总值的0.1%。

它们还是当时浙江陆路上仅剩的两个不通高速公路的县城。从最近的苍南火车站到泰顺县城，开车还要走两个多小时山路。通高速公路，成了这里最大的奢望。

或许这样的县城很难和浙江联系在一起，可九山半水半分田的温州有好几个县都排在了浙江的末尾。曾经有一个段子，福建人笑话浙江人，说我们的高速都修到你们家门口了，你们却没路接。经济发达的浙江在交通这一环节上却远远落下了。

要想富，先修路，这是人人皆知的道理。为什么这两个县一直

不通高速？不是不想修，而是确实太难修。

崇山峻岭，层峦叠嶂，修路很难，修高速公路更难。打隧道，建桥梁，论证了多年都没有结果。以至于一直无商可引的泰顺就连“绿色经济”这波东风都无从借起，路不通，就没人愿意来这里体验原生态的生活。

文泰高速洪溪特大桥

泰顺县，我此前来过三次，两次是台风导致国宝廊桥垮塌，我深知这里的生活水平。另外一次是今年上半年，应浙江交通集团之约，到现场观摩了文泰高速的施工。我来的时候，这里还没有如今的景象，施工刚刚开始，据说要修两座300多米高的桥墩，才能在崇山峻岭之间连接起一条路来。说实话，那次的体验一点都不好，一天光是坐车就花了9个小时，车子走高速到了福建的分水关又折返回到泰顺，开两个小时山路到县城，再开一个小时到项目工地。也恰恰因为此，我很想看看所谓“天路”究竟是怎么修的。

4月25日

4月25日，浙江记者站很忙碌的一天。全站都在为第二届“一带一路”高峰论坛做着配合报道。

当天下午，我在宁波舟山港做了两场直播后，已是4点30分。我一刻没停留，径直赶往宁波高铁站，先到温州南，再转车到苍南火车站。在高铁上，温州出现了强对流天气，市区下起了大冰雹，温州职业技术学院的招聘会简易工棚被砸坏，很多学生受伤。我在火车上发了新媒体和片子，温职院的宣传部部长姜瑜笑称，第一次上央视竟然是因为冰雹。

摄像马迅在义乌做完直播后，也径直赶到高铁站。少鹏则从杭州出发。我们三个人于晚上8点45分在苍南火车站会合。

然而，这并不是我们行程的终点，只是另一个开始。路上的人介绍，这是离泰顺县最近的一个高铁站。我们从此处驱车往泰顺县城进发。

到泰顺要多久？两个小时。

那平时泰顺人怎么出远门呢？没办法，就只能这样。泰顺只有一个汽车站，没有火车站。

这是我第一次以这样的方式进入泰顺县城，两个小时的路一点都不好走，都是盘山公路，而且很颠簸，估计这路没办法盈利，导致年久失修。

一路上，我其实就已经在脑海中构思，一定要用航拍展现一下这条路，而配的文字就是我最真实的感受：从最近的苍南火车站到泰顺县城，开车还要走两个多小时山路。通高速公路，成了这里最大的奢望。

到达泰顺县城已经接近晚上11点，终于可以吃上这天的晚饭。

因为提前沟通过要做五一的节目，为了节省时间，施工方事先帮我们挑选了4位一线工人。我一边吃晚饭，一边和他们聊天，聊着聊着我就发现，这些人应该是事先被人教过了，我问他们累不累，他们回答："不累！为社会主义做贡献！"

眼看着这么聊下去不会有结果，我提出早点休息，下次继续。凌晨1点，我们到了酒店，我问："工人们一般几点起？""6点起床，6点30分吃早饭，7点上塔干活！"我说："那我们就按照这个时间，6点30分赶到项目工地。"

4月26日

一大早，我们又经历了40多分钟的颠簸山路才到达施工现场。

到了塔顶，我们就在寻找最危险的工种，看到了两个一直悬在钢筋外侧的人，脚下是万丈深渊，受力点小。我们就准备记录一下他们在干什么。

我们是外行，不知道他们到底在做些什么，只能等工人下来以后上前询问："你在做什么？危险吗？害怕吗？"我们从工作聊到家庭。工人说，这么危险的工作他从来不告诉家人，怕他们担心。

【同期】文泰高速洪溪特大桥项目模板工　王庆和（43岁　湖南娄底人）

记者：你会觉得害怕吗？

王：做惯了没事。

记者：刚开始第一次做的时候呢？

王：反正是一层一层上来就没事，不是一下子上来的就不怕。反正危险的事情也要有人做，你不做别人也要做的，是不是？

记者：上面的时候会给他们发视频吗？

王：没有。

记者：为什么？

王：不需要发给他们。

记者：怕他们担心？

王：是啊。好好干几年，把小孩培养出来就可以了，现在就是把小孩培养好。

我们又接连采访了好几个人，效果并不是太理想。因为塔上工作很忙，大家都没什么时间跟我多聊，基本上是问一句答一句，手上还不忘继续工作。感觉这片子不是很好拍。

就在这时，电闪雷鸣，下起了暴雨，包工头开始招呼大家躲雨。当时现场的施工方害怕危险，赶紧给我打电话，让我下来躲雨。看到工人们都藏在翼缘板下面躲雨，我想这是难得的好机会，于是逮住工人们这一空闲时间，抓紧过去和他们聊。正是这半个小时躲雨的时间，他们终于打开了话匣子，我们聊了起来，也熟悉了起来。

当时有个工人说，你在最上面有些危险，要不到下一层去吧，那里可以躲雨，人还多。我们就到了下一层。下一层的工人更多，他们自顾自地在聊天，都在抱怨业主单位催工期。我们并没有凑上去加入他们的谈话场，而是悄悄开了机，实录他们的聊天。

于是就出乎意料地记录下了两位工人的对话，记录下了那句："这是60万泰顺人催得紧。"当这句话出现的时候，我觉得这片子有眉目了。

雨小了，最先钻进我们耳朵的依然是包工头的声音："雨小了，发雨衣，干活。"少鹏就接着把镜头对准了他，我们提出最直接和最自然的问题："雨小了就让他们干活了吗？催这么紧啊？"包工头的回答很诚恳："工期紧没办法，这个桥建好了，通车才有希望。"抓紧干活，这是奢望变成希望的唯一办法，也是回报泰顺人最好的实际行动。

252米的高空又恢复了忙碌。我就逮着现场技术人员应超浩和他聊了起来，这场聊天持续了大约一个小时，我没有采访提纲，没有采访目的，甚至可能的预设都没有，就是闲聊，聊聊他的大学、他的专业、他的工作、他的生活。他的每一个回答都透露出刚刚毕业的大学生对待新生事物的好奇、兴趣，以及对辛苦与危险的无畏，他聊了自己的成长、对专业的认识以及不断丰富的人生阅历。我从中感受到的是阳光、积极，是那种从骨子里面透露出来的阳光，让人愿意和他聊天，不断地聊下去。

中午，我们和工人们一起吃饭。一个小小的塔上施工面可能一共就有40多个工人，年龄和经历让他们每一个人对待人生、对待工作的态度完全不同。

采访施工工人

下午的施工现场在雨后出了太阳，真的是“一日有四季”，我们深刻感受到了山区天气的多变。由于工人还是同一波，和我们已经熟悉了，所以聊天也变得更放松。我们一方面记录着各个工种的不同，另一方面逮着不同工种的工人采访。

【同期】文泰高速洪溪特大桥项目模板工　廖敏（32岁　湖南娄底人）

廖：我觉得这份工作很有意思，说起来很有劲。

记者：怎么个有意思，怎么个有劲？

廖：看到自己做的钢筋慢慢地把这个桥修起来，我感觉特别有成就感。

记者：怎么说呢？

廖：就像西安咸阳机场那里是我修的，隧道那里是我修的。我有一次去西安玩，飞机在那里落，我跟我同学说这个机场是我修的，很有成就感。特别是这还是泰顺县第一条高速公路，这感觉更加有成就感。

记者：有没有某一个时刻会突然间觉得很孤寂？

廖：不会有，干一行爱一行。能拿这份高薪，就能享受这份孤独，享受这份寂寞。

这是一段最后没有剪到片子里面的同期，廖敏的这段同期代表了很多塔上的工人。或许他们很多人的家庭困难，很多人离婚了独自抚养孩子，但是说起自己的工作来，没有一个人觉得苦和累，而且都有种自豪感。当时我想到了一个词："幸福"。当年做《你幸福吗?》节目的时候，我采访海宁的拾荒老大爷，向大众传达出社会最底层的人依然有资格，也必须有资格来述说自己的幸福的理念。同样的，这里的每一位一线打工者也都有自己的获得感、成就感，甚至有自己的梦想。廖敏想当兵，跟我聊了很多他对于军人的看法，觉得自己现在的工作和军人一样，默默付出，无声绽放。

在塔上，我们海采到了下午5点，直到工人们下塔来吃晚饭。少鹏和马迅也开始了他们的创作，拍摄了白天到黑夜的延时、大景的航拍，包括跟随电梯上塔的镜头。

夜晚，我们到工人的宿舍跟拍，记录他们的生活。他们的宿舍有好多个，不同的工种住在不同的地方。我们选择了项目部，和我聊过天的应超浩就住在那里，电工杨蒙也住在那里。因为我们想记录杨蒙夜晚的生活，就做了这样一个取舍。

到了项目部宿舍之后，我很意外。首先，每个宿舍都很干净，比我见过的很多大学宿舍都要干净得多，而且大部分是年轻人，养狗、养猫，生活得很快乐。这种快乐是从内心流露出来的，他们身处荒郊野岭，但完全没有沮丧、失落、孤独，尽是满满的获得感。

我们记录下了和妻子视频聊天的彭云龙。

【同期】文泰高速洪溪特大桥项目合同科科长　彭云龙（30岁　江苏徐州人）

彭：来，露个脸。

（露脸干吗呀？我可不想露。）

彭：在拍我们的生活呢。

（但是你现在的生活里没有我。）

记者：听到这话是啥感觉？

彭：肯定是思念家乡，思念老婆。

（你思念的第一个是家乡啊？）

彭：应该先思念老婆是吧？

（我代表家乡人民感谢你。）

记者：她刚才的话是什么意思呢？

彭：意思就是我没有陪她嘛。那这是自己选择的工作，因为对我们这个行业来说，一辈子没有几个两年的。假如说这两年我可能是做了在我现在来说是比较满意的工程，那我可能这辈子只会做一个。我心里面感觉很骄傲，就好像假如说我走在街上，哪条路我参与过、修过，我走过去，感觉像对待自己的孩子一样，这条路是我修过的，心里面很自豪，就有这种感觉的。

我们记录下了养宠物狗的小姑娘于敏慧。

【同期】文泰高速洪溪特大桥项目办公室文员　于敏慧（25岁　辽宁丹东人）

于：给自己的生活增添点乐趣，也想弄得有生气一点，比较有人间烟火气感觉。我以前觉得施工单位可能很枯燥，生活也是比较无味的，（直到）来到这里。像我们大部分的人都是“90后”，都是有活力的，包括我们的领导层都是“80后”。管理也是很与时俱进的，包括福利都是很人性化，所以我觉得我们整个团队心态也都是很年轻的。所以说只要有一颗年轻又有活力的心，在哪里都可以让我们青春绽放这朵花。

每一个“90后”的年轻人，都把在这里的经历当作了一次历练、一次挑战、一次难得的经历。很多人说“90后”娇生惯养惯了，可是在他们的身上，我看到的是对生活的追求和对困难的挑战和享受。

【同期】文泰高速洪溪特大桥项目劳资员　尤琪（23岁　浙江杭州人）

尤：可以说站在我家四层楼的房顶上往下看都有点怕。我反而觉得我现在一点不恐高，很乐意看一看高处的风景。当站在上面的时候，可能心理上有一种开阔的感觉，我也不知道怎么用语言表达。就可能是你从来没有尝试过的事情，但是你去尝试的新的感觉。

此外，还有想要装修自己宿舍的年轻人、追剧的大爷，就连清洁工都觉得在这里工作能找到自己的价值。

杨蒙会在宿舍唱歌，他的歌声是另外一种点亮。他很嗨，旁若无人地自嗨，他的歌声感染了很多人。当他拿起话筒的那一刻，这就是他的主场，其兴奋之情溢于言表。

杨蒙唱歌的时候，我注意到了每个人的表情，书记是最嗨的，他一直在跟着唱。我就问他：“你也喜欢哼两句？”我们只聊了10分钟，他很兴奋，歌声点燃了他内心的激情，当那句“浙之巅，我来了”脱口而出的时候，我想，这就是节目的结尾了。

我看了下时间，晚上10点，结结实实的一天。我和同事讨论，其实还有点遗憾，就是没有拍星空。马迅说，要是透过那两座桥墩，对着星空拍摄延时，作为白天到黑夜的转场，就更棒了！

杨蒙在工地上弹吉他唱歌

4月27日

一天都在赶路，傍晚才赶回杭州，足见施工现场有多偏远。

4月28日

下午，我开始看同期、写稿子。

第一版稿子3300字，当时钟姐[①]和我说，这个系列原计划3分钟时长，栏目允许延长到5分钟。

于是我“自我革命”到了2700字。然后依照这一版，我和少鹏一边看画面，一边再改稿子，又把稿子删到了2400字，传给钟姐。钟姐看完，删掉了廖敏和彭云龙的两段同期，其他没有改动，说先按照这个编。

正文和同期表现着一种截然不同的反差，这种反差越强烈，给人的震撼和共鸣就越大。我进行第一遍修改的时候就发现，把一些表达极致和强烈的词语全部去掉，改为客观陈述，不渲染、不烘托，带来的观感更加震撼。用自己的感受真实地呈现画面，再用真实去展现人们的内心。

其实拍摄和写稿都是同样的道理，伴随式采访，跟拍式记录，都需要做到该介入时介入，该抽离时抽离。生活永远是最好的编剧，真实永远是最戏剧的表达。

后来，少鹏拿《血战钢锯岭》和我们的片子做类比：我们经常会陷入讲视觉呈现的时候只有极致画面的困境，而到了讲情怀的时候又只有极致采访。这样往往会走两个极端，前者是陷入审美疲劳，后者则陷入教条主义，一路讲情怀其实就是一种装腔作势。这两者都不可取。《血战钢锯岭》是一部宗教信仰浓郁的“洗脑片”，导演

① 钟姐：钟陟悦，时为中央广播电视总台央视新闻中心地方记者部编辑。

用极其血腥震撼的视觉呈现讲了这个道理。正所谓，先入世再出世。这是美国人的高明之举。

我们没有为惊险而惊险、为拔高而拔高，而是“提神醒脑”：先用险峻提神，让大家爱看，然后用情怀醒脑，让大家记得住。

初稿写于2019年5月1日　杭州

【浙江泰顺：无声的绽放】浙江之巅　我来了

互动是王道，清晰很重要，快乐直播快乐做

——记第十五届中国国际动漫节

【题记】

新媒体时代让新闻多了很多反馈，这些反馈直接、迅速，和以前电视播了一条新闻之后过了很久收到读者来信的感觉完全不同，而且现在网友的回复感性居多、理性偏少，有些可能让人接受不了，也有些可能让人开心快乐。这就是在新媒体时代做新闻和在传统电视平台上做新闻非常大的一个区别，而适应这种变化最好的办法就是想受众之所想。

动漫节，这并不是一个很重要的新闻题材，我们却在小屏移动直播中做出了精彩。我把这几天的小屏直播称为“快乐的直播”。每天做完直播，更确切地说，应该是跟网友互动结束之后，我的心情都很愉悦、很快乐。

“央视小哥哥加油！”“央视小哥哥为你打call！”“谢谢央视小哥哥带我们找到某某展台……”每一句弹幕都是对我的肯定，这是一种极大的心理满足。

先给大家看看这几天的部分网友评论截图。

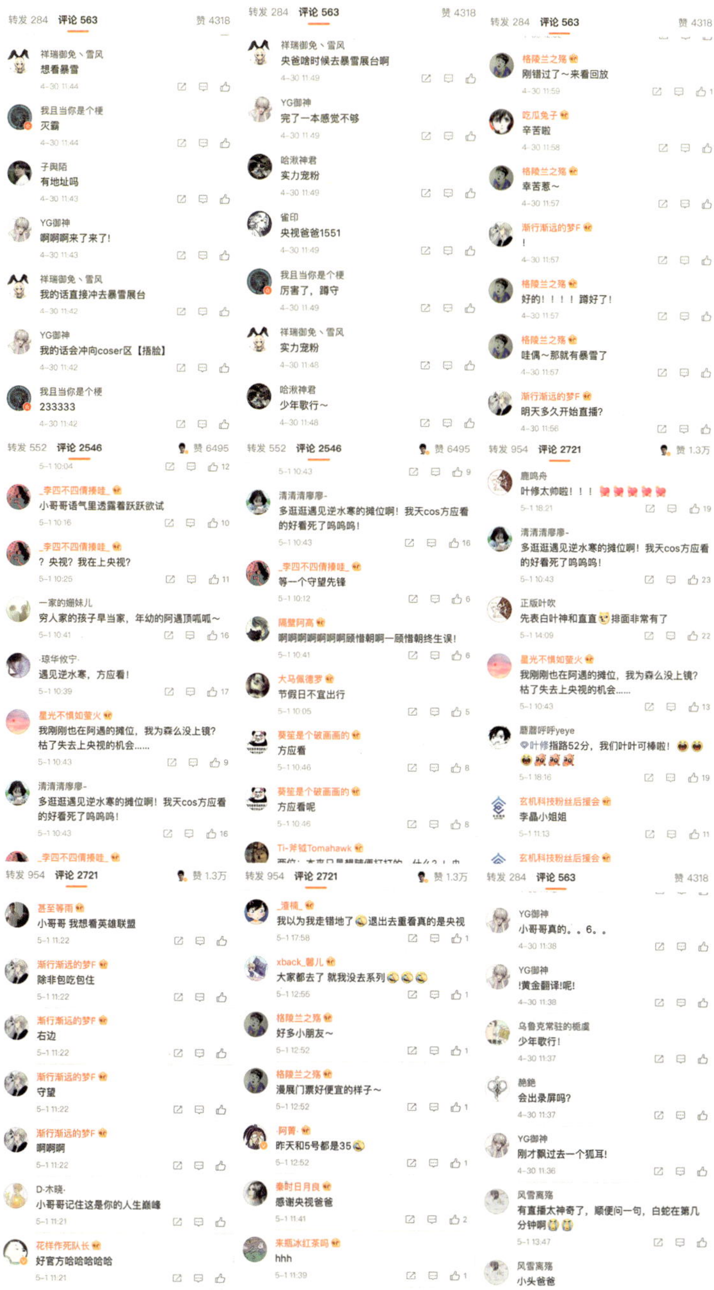

转发 284 评论 563 赞 4318

祥瑞御免丶雪风
想看暴雪
4-30 11:44

我且当你是个梗
灭霸
4-30 11:44

子舆陌
有地址吗
4-30 11:43

YG御神
啊啊啊来了来了！
4-30 11:43

祥瑞御免丶雪风
我的话直接冲去暴雪展台
4-30 11:42

YG御神
我的话会冲向coser区【捂脸】
4-30 11:42

我且当你是个梗
233333
4-30 11:42

转发 284 评论 563 赞 4318

祥瑞御免丶雪风
央爸啥时候去暴雪展台啊
4-30 11:49

YG御神
完了一本感觉不够
4-30 11:49

哈湫神君
实力宠粉
4-30 11:49

雀印
央视爸爸1551
4-30 11:49

我且当你是个梗
厉害了，蹲守
4-30 11:49

祥瑞御免丶雪风
实力宠粉
4-30 11:48

哈湫神君
少年歌行～
4-30 11:48

转发 284 评论 563 赞 4318

格陵兰之殇
刚错过了～来看回放
4-30 11:59 1

吃瓜兔子
辛苦啦
4-30 11:58

格陵兰之殇
辛苦惹～
4-30 11:57

渐行渐远的梦F
！
4-30 11:57

格陵兰之殇
好的！！！！蹲好了！
4-30 11:57

格陵兰之殇
哇偶～那就有暴雪了
4-30 11:57

渐行渐远的梦F
明天多久开始直播？
4-30 11:56

转发 552 评论 2546 赞 6495

5-1 10:04 12

李四不四倩揍哇
小哥哥语气里透露着跃跃欲试
5-1 10:16 10

李四不四倩揍哇
？央视？我在上央视？
5-1 10:25 11

一家的姗妹儿
穷人家的孩子早当家，年幼的阿遇顶呱呱～
5-1 10:41 16

·琼华攸宁·
遇见逆水寒，方应看！
5-1 10:39 17

星光不惧如萤火
我刚刚也在阿遇的摊位，我为森么没上镜？枯了失去上央视的机会……
5-1 10:43 9

清清清廖廖-
多逛逛遇见逆水寒的摊位啊！我天cos方应看的好看死了呜呜呜！
5-1 10:43 16

李四不四倩揍哇

转发 552 评论 2546 赞 6495

5-1 10:43 9

清清清廖廖-
多逛逛遇见逆水寒的摊位啊！我天cos方应看的好看死了呜呜呜！
5-1 10:43 16

李四不四倩揍哇
等一个守望先锋
5-1 10:12 6

隔壁阿高
啊啊啊啊啊啊啊顾惜朝啊—顾惜朝终生误！
5-1 10:41 6

大马佩德罗
节假日不宜出行
5-1 10:05 5

葵笙是个破画画的
方应看
5-1 10:46 8

葵笙是个破画画的
方应看呢
5-1 10:46 8

Ti-斧钺Tomahawk

转发 954 评论 2721 赞 1.3万

鹿鸣舟
叶修太帅啦！！！
5-1 18:21 19

清清清廖廖-
多逛逛遇见逆水寒的摊位啊！我天cos方应看的好看死了呜呜呜！
5-1 10:43 23

正版叶吹
先表白叶神和直直 排面非常有了
5-1 14:09 22

星光不惧如萤火
我刚刚也在阿遇的摊位，我为森么没上镜？枯了失去上央视的机会……
5-1 10:43 13

蘑蘑呼呼yeye
叶修指路52分，我们叶叶可棒啦！
5-1 18:16 19

玄机科技粉丝后援会
李晶小姐姐
5-1 11:13 11

玄机科技粉丝后援会

转发 954 评论 2721 赞 1.3万

甚至等雨
小哥哥 我想看英雄联盟
5-1 11:22

渐行渐远的梦F
除非包吃包住
5-1 11:22

渐行渐远的梦F
右边
5-1 11:22

渐行渐远的梦F
守望
5-1 11:22

渐行渐远的梦F
啊啊啊
5-1 11:22

D·木晓·
小哥哥记住这是你的人生巅峰
5-1 11:21

花样作死队长
好官方哈哈哈哈哈
5-1 11:21

转发 954 评论 2721 赞 1.3万

_渣楠_
我以为我走错地了 退出去重看真的是央视
5-1 17:58 1

xback_薯儿
大家都去了 就我没去系列
5-1 12:55 1

格陵兰之殇
好多小朋友～
5-1 12:52 1

格陵兰之殇
漫展门票好便宜的样子～
5-1 12:52 1

·阿菁·
昨天和5号都是35
5-1 12:52 1

秦时日月良
感谢央视爸爸
5-1 11:41 2

来瓶冰红茶吗
hhh
5-1 11:39 1

转发 284 评论 563 赞 4318

YG御神
小哥哥真的。。6。。
4-30 11:38

YG御神
!黄金翻译!呢!
4-30 11:38

乌鲁克常驻的栀虞
少年歌行！
4-30 11:37

艳艳
会出录屏吗？
4-30 11:37

YG御神
刚才飘过去一个狐耳！
4-30 11:36

风雪离殇
有直播太神奇了，顺便问一句，白蛇在第几分钟啊
5-1 13:47

风雪离殇
小头爸爸

从4月30日到5月5日，我们共进行移动直播5场，在移动网、微博、客户端、头条、百家号等平台累计触达1397.1万人次，累计观看量达320.03万，而且观看直播的人一天比一天多。从第一天我一个人做，到第二天我拉上杭州台记者穆婷两个人接力，到第三天我和杭州台记者朱丹、穆婷三个人接力，直播让动漫节从时间到空间上都有了极大的延展。

新媒体直播不同于大屏直播，时间很长，最多的一天，播了4个小时。当时我的摄像马迅说他肱二头肌都练出来了。哪怕只是举了4个小时的话筒，我都觉得手臂酸胀；杭州台的摄像马丙寅为了让画面清晰，扛了2个小时的背包式通信传输设备（TVU），后背都快被烤熟了。

但是网友对于我们画面的不清晰、机位的单调都表示了理解，这让我们非常欣慰。以前，我们总能在新闻评论中看到一些不太友好的发言，但是这次直播全然看不到这些字眼，大家很平和，也很包容，看到央视直播动漫节，都有一种喜出望外的兴奋，看到我们对每个问题都给予了回应，他们都很感动，纷纷表示“央视实力宠粉”。

快乐总有收获，收获就有总结。

动漫本身就有一定的忠实受众，培养他们收看央视的习惯

从第一天直播开始，很多网友就在直播中发表评论：“这还是我认识的央视吗？”“央视直播国漫，我都要哭了！”“看到央视新闻直播动漫节开幕，感觉次元壁逐渐被打破！”“这还是浓眉大眼的央视吗？”

我国本身就有着庞大的动漫受众群体，只是他们没想到央视会关注甚至直播这个产业，所以从第一天直播开始，很多网友就异常激动，哪怕整场直播长达4个小时，大部分在互动的网友都没有离开

来自世界各地的嘉宾

过，一直和我互动到了结束。

第一天直播临近结束的时候，已经有非常多的网友开始发弹幕：“明天什么时候直播？我们要蹲守！”我就一边直播，一边和新媒体部的人沟通第二天直播的时间，直播中就决定每天上午10点准时开始，让网友像追剧一样追我们的直播，培养他们的收视习惯。这一操作也确实给每天的直播带来了固定的收视群体，大家都会在10点来看央视直播。而且从实际效果来看，以往很多别的平台的粉丝也跑来这里看直播，这无疑是巨大的成功。如果明年有央视直播的独播权，提前预告出去，相信粉丝们会更加狂热。

第十五届中国国际动漫节现场

与网友互动是王道，尽量满足网友的要求

从第一天直播开始，网友就显示出了极大的兴趣，不停地评论：“《遇见逆水寒》在哪里？”“央视爸爸能不能带我去看‘暴雪’？”“央视小哥哥快带我去看看《秦时明月》!”

我在直播的时候，就尽量满足网友的要求，甚至留悬念。比如，

“暴雪”在B馆，预告明天直播会带大家逛B馆；《秦时明月》在二楼，就说一会儿带大家去二楼。有些问题我回答不了，就询问旁边的工作人员，让他们来解答网友的提问。

在和网友的互动中，我发现，网友都是很善良的，他们非但不会因为我不知道某个问题而批评我，反而会感谢我的虚心求教。很多网友都感慨，这已经不再是高高在上的央视了，而我也会在直播中回应说，我们是一直在基层、生活在你们身边的央视。记者不停地回答网友的提问，网友也不停发评论：“感谢央视宠粉”。

第三天直播cosplay的时候，我得一边看弹幕一边直播，几乎所有的网友问题我都一一回应，甚至他们想看摄像小哥哥，我也会请摄像出来跟他们互动。他们想看近景，我们就调整机位。

很多网友都是动漫的忠实粉丝，他们会提很多专业的问题，例如《魁拔4》什么时候出，《秦时明月》什么时候更新。我们在现场可以接触到参展商，也会把这些问题抛给他们。这些制作人是漫迷们平时接触不到的，我们帮他们提问，网友都会特别感激。

画面清晰很重要，收视体验关系到能否留住网友

由于现场人很多，所以直播的时候还是会出现画面不清晰、有些卡顿的情况。哪怕最后我们找到了中国移动来保障带宽，现场直播时的清晰度依然堪忧。以至于很多网友在吐槽：“糊得好可怜，画质太不清晰了，央视的4G呢？”“优酷、爱奇艺、B站有没有直播啊？”

网友都在寻求更加清晰的直播平台，这也提醒我们在未来的直播中，要想真正让网友有绝佳的体验效果，画面不清晰是肯定不行的。

央视本来就是专业的视频制作方，如果连最起码的画面清晰都达不到，那怎么体现我们的专业？所以4K、5G的建设要加快进程。

导语点出看点很重要，网友就是冲着导语去的

第一天直播的时候，我写导语时就点出了迪士尼、漫威，后来发现很多网友是冲着漫威来的。网友们提了很多想去看的动漫IP，从第二天开始，我就在导语中不停地点出今天要带大家看的展台和IP。所以直播中，很多网友会问："什么时候带我们去看'暴雪'?""什么时候能看到《秦时明月》?""小哥哥快点带我们去看阿遇!""央视小哥哥，我要看《魁拔》!"第四天直播一开始，就有很多网友直接留言："央视小哥哥，直接带我们去看《武庚纪》吧!""直接带我们去看《斗罗大陆》吧!"

由此可见，好的导语是可以激发观众收看欲的。

我们什么时候有自己的"国漫盛典"?

虽然我不是二次元发烧友，但相信每个人都是从孩子成长起来的，每代人都有属于自己的动漫记忆。我母亲那代人深受《排球女将》影响，中国女排的精神激励了他们；作为"80后"的我，是看着《变形金刚》《七龙珠》《圣斗士》这些美日动漫长大的，热血精神或许就是从那时融入血脉的；而如今的"90后""00后"，则在《秦时明月》《完美世界》《斗罗大陆》等国漫的陪伴下成长。每当这些国漫的片头音乐响起，超燃的画面总能引爆全场!

如今国漫已经发展得如此繁荣，我们完全应该打造属于自己的"国漫盛典"!每年的动漫节上，都应该设立专门的"国漫盛典"颁奖晚会。我国已经拥有极具影响力的电影节、戏剧节，动漫产业同样值得拥有这样的专业盛会。

当阅文盛典、B站跨年晚会和微博之夜接连火爆出圈时，作为专业视频节目制作方，我们完全有能力打造一个既叫好又叫座的"国漫盛典"。届时，各大视频平台势必争相购买版权，动漫迷们更会为

门票抢破头！我相信仅票务收入就十分可观，更重要的是，这将成为展现文化自信的又一重要里程碑。

初稿写于2019年5月6日　杭州

“吃干榨尽”的新闻策划

——《舟山跨海大桥十周年“大体检”》系列报道记者手记

【题记】

面对一个新闻选题，应该如何对待它？“吃干榨尽”是一种态度，也是一种方法。通过这篇文章，我们来讲讲一个小事件的新闻策划。

选题有时候不是等来的，而是积累来的

当我们铺天盖地报道这次“大体检”的时候，有很多其他的媒体人向我抱怨，说舟山怎么不通知他们，省里为什么不告诉他们，以至于被远远地甩在了身后，所有新闻都援引了我们的报道。

其实我想说，不是当地不告诉，而是他们也不知道自己还有这么一个新闻选题。

那我又是如何先于当地知道选题，然后又用报道推动人们对这个选题的关注的呢？

这要从2011年钱江三桥引桥垮塌说起，我做这个报道的时候采访了很多桥梁方面的专家，看了很多关于桥梁设计建造、维修养护方面的资料，明白了一个道理：大桥要安全，维修养护是关键，无论是日常还是中长期，一定要有一个维养规划。

后来在2015年和2016年，我接连做了钱塘江大桥和茅以升的故事两个报道，跟茅以升的小女儿茅玉麟老师成了好朋友，对桥梁又有了更深的认识。从那个时候起，我的内心就有个想法：我们时常走的舟山跨海大桥和杭州湾跨海大桥的维修养护想必很壮观，一定要把这个维修养护的过程搬上屏幕。

2018年，我认识了浙江交通集团的苏老师①，一次闲聊中，他说起舟山跨海大桥是他们集团在运营。我当时第一反应是："多少年了？"他说到明年是整十年。我问："你们要修吗？"他立刻打电话问了大桥管理处，管理处说，十年本来就是要给大桥做"体检"的，所有大桥都是这样，没什么特别的，不是修，而是养护。十周年"大体检"的选题就此在我脑海中形成了。

虽然说有时候新闻是靠天吃饭，但有时候，选题不是等来的，而是积累来的。

2019年3月，我拉上技术负责人齐银松和摄像马迅，一起去舟山跨海大桥踩了第一次点，综合直播技术的可行性，进行了内容的初步筛选。

那天下午，舟山跨海大桥维修养护科的副科长颜永先操着一口浓重的湖南口音给我介绍了3个小时，我们站在5座大桥模型的前面，一点一点演绎。我不停询问着各种专业知识，分析各种可视性。回来后，我做了初步方案，并让大桥管委会做了论证和相关内容的审定。

新闻选题就要"吃干榨尽"

以前的新闻中心地方记者部流传一句话："新闻选题要吃干榨尽"。意思是，遇到一个新闻选题就要将它全面地加以呈现。

① 苏老师：苏志敏，时任浙江交通集团党委工作部新闻中心副主任。

本着这个原则，我们把舟山跨海大桥建成十周年的“体检”分成了桥上、桥下、桥面、桥里甚至桥外几个层面去报道。为此，我准备了详细的策划方案。

第一天

直播时间：10点档

地点：西堠门大桥顶端

内容：1. 主缆维养。直播工人在大桥顶端，记者从旁边上到主缆上，用GoPro展现主观镜头，在主缆上进行作业。

2. 螺丝检测。在主缆维养的过程中，第一个重要的节点就是检查主缆与下方吊索的连接处。这个连接处是用螺丝、螺杆和夹扣固定的，经过十年的风吹日晒，零部件可能出现各种问题，工人会利用一些专门的工具进行检测，甚至还要更换这些零部件。

整个过程下来，设置的悬念是螺丝有没有出现问题，如果出现了问题，能否一次性更换成功。

配片1：新闻链接：舟山跨海大桥和西堠门大桥

配片2：舟山跨海大桥今起开始十年来第一次“大体检”

直播时间：11点档

地点：西堠门大桥顶端

内容：1. 吊索维养。蜘蛛人从上往下顺着吊索爬下，用高科技设备超声波仪器进行除锈、喷漆。

2. 大桥养护工人创制的特有养护手法，即用聚硫密封胶和高强玻璃布进行防腐涂料的涂抹。悬念在于究竟怎么涂，能否一次性成功。

12点进行上述两项内容的新媒体直播。

直播时间：15点档

地点：西堠门大桥桥面上

内容：1. 吊索索力测量。工人用传感器进行索力的测量，以确保索力正常。一旦索力不正常，大桥就会出现不平衡的问题。

2. 应用望远镜、无人机等技术，远距离精准检测索塔。

3. 使用密封胶封闭法更换锈蚀螺栓。这种方法是我国自主研发的，正在全球推广。

16点进行新媒体直播。

第二天

直播时间：10点档

地点：西堠门大桥上

内容：检测车展臂，记者跟随工人赴桥面以下作业，检查桥面下方是否存在安全隐患。检测车可以把手臂伸出去，然后扣到桥面下方。

配片1：西堠门大桥的智慧化监测系统

配片2：雾天预警系统与活动风障（找一个雾天进行记者体验）

11点进行上述内容的新媒体直播。

直播时间：14点档

地点：钢箱梁内

内容：紧接着上午的直播，看完了桥面下方，就要进入桥面看钢箱的内部结构。

15点进行上述内容的新媒体直播。

第三天

直播时间：10点档

地点：锚碇内部

内容：1. 很多人并不知道主缆其实是由很多条缆索构成的，这些缆索就藏在锚碇里面。蜘蛛人要顺着缆索一点一点往上爬，检查缆索上是否有问题。

2. 索鞍防腐检测，坐着升降梯上去检测。

配片1：工人在岗位情景，展现高空作业

11点进行上述内容的新媒体直播。

直播时间：14点档

地点：金塘大桥上

内容：1. 锚头检查，让机器人沿着缆索爬上去，实时传回问题画面，之后人再上去进行定点处理。

2. 在桥上观看海上防撞体系。

15点进行上述内容的新媒体直播。

新媒体秒拍和抖音产品：

1. 高空精灵，工人自拍

2. 蜘蛛人精灵，蜘蛛人自拍

三天时间，我们在新闻频道直播了5场，财经频道直播了3场，央视新闻新媒体移动直播了3场，制作了12条短片、2篇新媒体推文、18条新媒体短视频，总计43条报道。

新闻是需要不断挑战自我的

幸而天公作美，5月27日上午原本还是大暴雨，到了下午天气放晴，而且高温。我们抓住这难得的好天气，登高、测试。

同行的人里，有两个恐高的，一个是摄像罗潇，一个是驾驶员章明。

罗潇是我们站的飞手，终日飞来飞去，不是他飞，是无人机飞，这个在阳台上都觉得恐高的人却干着一件让无数人羡慕追求的翱翔的活儿。这次要在230多米高的桥顶飞，他自是害怕。本想在桥面控制无人机，可无奈系统架在桥顶，他在桥下，飞机就没有办法进直播。不管三七二十一，我们把他推进了电梯井。就这样，他站在了最高处。

老章更怕，他进了电梯井，说："不行不行，我腿软，我不上去了。"后来不知从哪里来的勇气，他说："来都来了，还是上去试试吧。"到了楼顶，他蹲坐在一旁，不敢往下看，连动一下身体都不敢，半寸都不挪动，不说话，只喝水。一个小时后，我们开始架系统了，他慢慢地站了起来，逢人便说："我挑战了自我！"

因为要呈现工人在高空的作业状态，我们只能把直播系统架设在桥顶，因此所有人需要搬着上百千克的设备钻进电梯井，升上高空，进行高空作业。

同行的人中爬得最高的是我和齐银松。浙江记者站征服的第一座铁塔是我们俩去爬的，在六横岛，那次是187米；第二座铁塔也是我们俩去爬的，在乐清湾，254米；后来我们又爬了世界第一高塔，在舟山，380米。

这次，齐哥也挑战了自己，完成了夙愿。他一直很想和巡线工人一样，走在高空的电缆上。他率先实践了一把上主缆，和施工作业的工人们一起在仅能容下一个人步行、有弧度、会晃动的主缆上行走。很多模拟主观视角的镜头、从桥下摇到桥上的惊悚镜头都是他在这根主缆上完成的。我也去爬了一下，但是手里没有摄像机。走到了扶梯和主缆的连接处，因为太陡了，我就打了个卡，没再走下去。后来，新媒体直播，我把齐哥拉了过来，问他在上面拍摄什么感觉。他说："还好，不怕！"

摄像齐银松在主缆上拍摄

我在主缆上

可能有人会问，到那么危险的地方去拍，有必要吗？如果仅仅是为了完成直播，或许没有必要，可是如果希望能够接近真实地呈现高空作业工人的工作状态和工作环境，那么就需要这样一个镜头。

其实，做新闻的过程就是不断挑战自我的过程，去尝试不同的题材和体裁，去熟悉不同的领域，在挑战中不断成长，不断获得快感和成就感，也不断获得更大的能量。

这种挑战有意义吗？有时候可能没有，但对于新闻人来说，这种感觉棒极了！

新闻是需要默契配合的

默契这东西很难说，但是没有默契，新闻一定做不好。

我们的第一场直播，我说到哪儿，画面就给到哪儿；画面给到哪儿，我就说到哪儿，完全没有违和感，配合得天衣无缝。其实现场没有返送，但是就能做到声画同步。这是多年的默契，也是临场的配合。

做导播的小马随着剪辑水平的日益提高，切换镜头的水准也在日益精湛。直播之前，我会习惯性把直播的内容先跟大家都说一遍，大家就会各自找一下自己的镜头，然后再演练走一遍。演练这一遍时，我尽量做到和直播时候的内容、时长、顺序都一致，这样小马在切换的时候心里是有数的，每个镜头大概给多长，下一个镜头要给几号机。而我直播的时候也尽量保持演练时的节奏，不会突然少说或多说，不会突然插入一块内容，这样大家都能按照既定的方案进行，给外界的感觉就是分秒不差。

同时，小马也会在镜头的切换、组接、调动上提出一些意见，我会根据他的意见调整自己的内容，哪一块可以多说一些，哪一块可以少说一些，哪一块可以提到前面来说，等等。这样给外界的感觉就是自然流畅。

我向工人们讲述直播事宜

我和杨少鹏在检修车上

当然，并不是所有直播都这么从容，有时间可以演练。突发事件面前，从系统架设到开始直播恨不得就只有5分钟的时间，这个时候的配合靠的就是多年的默契了。我会有一些固定的语言作为提示，这既是给观众的提示，也是给导播的提示。小马听到这些提示，就知道镜头要切换了，叙述的目标要变了。随机应变，不是一个人的随机应变，而是一个团队配合着随机应变。

小马之所以能够如此从容地进行切换，还少不了各个机位给到的都是有效画面。这三天直播的主机位基本上是舟山台的季永佳把的，他和我们配合完成了很多年的直播工作，基本上到舟山做直播，我们都会叫他。主机位一般是要给有直播经验的摄像把的，要尽量保持所有镜头有效，因为这是个安全机位。在没有调到主机位的时候，季永佳还在主动找镜头。后来小马说，这哥们真不错，都在自己找镜头。好几次他都找到了非常棒的镜头，我们就会临时改变原有计划，切到他的镜头。这对摄像来说，其实是非常有成就感的事情。

摄像认真努力找镜头，也能够安心听导播调机位；导播清晰准确地调机位，也能及时发现好镜头，同时认真听记者的内容；记者是整个直播团队的眼睛，用眼睛去发现镜头，带着整个团队指哪儿打哪儿。这种配合默契了，做出来的新闻才好看。

除了前方团队的配合，前方和后方的配合也非常重要。三天这么大体量的直播，我与后方的对接一直非常清爽。内容对接编辑吴冰玲，直播对接编辑李函泽。多年来的默契，也让我们的配合并不需要过多的语言，不需要打电话反复沟通，几个微信就能说清楚，节省了很大的成本。我要作图，提前沟通，冰玲就帮我去作图。每天晚上，我会把第二天的直播计划和配片计划发给冰玲，再把导语标题发给函泽。直播前不需要打好几遍电话，不需要看演练，也不需要嘱咐这嘱咐那，函泽就给我发个微信，两个信息：直播时间、主持人姓名。我在前，她在后，这就是完美的保证。

先网后台思路下，新闻是需要改变的

对于习惯了做大屏的我们来说，这两年都在做着各种各样的尝试，希望从小屏端发力，改变我们的思维习惯。所以这次我们每天除了要对接大屏各个频道，完成大量的直播和片子以外，也在小屏端做了很多的尝试。

这几天直播，我让少鹏承担起一个重要工作，就是提前一天做几个新媒体产品给小屏各平台。比如，5月27日晚上，少鹏做了《看！大桥“医生” 高空中给桥做“体检”》，我们将当天演练的很多视频，分门别类做成了动图，配上一定主题的图文和特制视频，请央视新闻微信公众号第二天发布。

5月28日晚上，少鹏又做了一条长文，配上动图和一些精心制作的短视频，做成了《布满“黑科技”的舟山跨海大桥》。

我们还将直播和拍摄中的各种短视频剪辑出来，震撼的、惊悚的、刺激的、黑科技的……至多30秒一条，发布在央视新闻抖音号上，都变成了爆款。

初稿写于2019年6月4日　舟山金塘岛

2019年5月28日　【浙江：舟山跨海大桥通车十周年“大体检”】直播第一场　桥顶

2019年5月29日　【浙江：舟山跨海大桥通车十周年“大体检”】直播第二场　桥底

2019年5月29日　【浙江：舟山跨海大桥通车十周年“大体检”】直播第三场　桥面

2019年5月30日　【浙江：舟山跨海大桥通车十周年“大体检”】直播第四场　桥外

2019年5月30日　【浙江：舟山跨海大桥通车十周年“大体检”】直播第五场　桥内

干，记一次难忘过往！不干，少一段岁月燃情！

——《浙江：舟山500千伏输变电工程即将完工》系列报道记者手记

【题记】

舟山跨海大桥“大体检”三天直播完，我们并没有休息，原地又做了舟山500千伏输变电工程最后一根海缆敷设的报道。2019年6月2日，一天，5场直播，2条配片。敷设瞬间还重播了7遍，新闻延续到6月3日早上的《朝闻天下》，《人民日报》、新华社等媒体也引用了我们的照片和视频。我们再次挑战了生理极限。

海缆敷设现场画面

马迅一语成谶，李彦夜闯金塘

5月29日夜，我们一行8个人经过连续几天鏖战，人困马乏，疲惫不堪。只有马迅精神抖擞，放出豪言："这不是结束，而是新的开始！"

酒后就寝，所有人瘫倒床头，各自盘算周末该如何放松休息。彼时，我正在准备5月30日的跨海大桥直播事宜，键盘敲得噼啪作响，思绪沉浸在大桥之上，脑海中演绎着直播的阵法、招式，心无旁骛。晚上11点多，突然电话铃声响起，惊得我一哆嗦。

原来是舟山电力李彦[①]的来电。寒暄过后，他道明来意：知我在舟山，他有一题，望当面叙，并称人已驶出定海，直奔金塘岛而来。挂断电话，他给我传来几张图片，很是好看。

深夜12点15分，李彦到，陈述来龙去脉及选题意义。我一边听一边思考，干不干？可干可不干！干，记一次难忘过往！不干，少一段岁月燃情！

干，可是人困马乏，大家还愿不愿意干，想不想干？不干，李彦渴望的眼神和这么好的新闻现场，可惜了！思想斗争完毕，我觉得得干！虽然累点苦点，但对得起新闻专业和职业责任！

我打电话给摄像齐银松："齐哥，要事相商，下来一趟！"齐哥说："船的事儿是吧！"我大惊："你怎么知道？"

原来，李彦发了一条朋友圈："夜闯金塘岛。"齐哥一看，就猜到了其来意。

于是我们的探讨从内容上能不能做，转变为技术上能不能实现。经过两个多小时的讨论，我们决定30日直播完就去踩点。

---

① 李彦：时任国家电网舟山供电公司党建部主任。

海缆抢滩登陆，叶、于飞驰助战

5月30日下午直播完，收拾好设备已是下午3点。我与齐哥、李彦、张帆[①]一行坐船从金塘岛来到大鹏山岛，徒步20分钟，到达了大鹏山岛的背面，500千伏输变电工程终端站。6月2日，海缆将在此抢滩登陆。

在船上直播，这本就是一种对现场直播的考验。4G背包在实战中暴露了它的问题，时灵时不灵，时不时就没信号，不靠谱的状态让所有人都不能完全信赖它。用现有的卫星车？但海缆施工船只能上人，不能上车。船会晃动，卫星设备架设在船上，一有晃动，画面就黑。

怎么办？只能架在陆地上——距离船目标位置最近的大鹏山岛。车子开不上岛，那就使用便携的Flyaway，人工搬到大鹏山岛，用超远距离微波将信号打到船上，再将直播系统架在船上。

由于元旦时的海上作战给小马留下了精神创伤，这次他说什么也不坐船，不在海上做直播。于是，我们决定留马迅在岛上看Flyaway，盯整个直播的上星。调从北京学成归来的摄像海春和记者于晨直飞宁波，"渡海作战"。

踩完点已经是傍晚5点了。回到金塘岛，我们兵分三路，我回杭州开会，齐哥和少鹏去温岭、象山看点，其他人原地休息。

海缆船露真身，两小时定方案

6月1日，我和叶海春、马迅、罗潇从杭州出发，齐银松、杨少鹏、章明从温岭出发，于晨从北京出发，加上留在舟山休息的孙单元，9个人于中午在金塘岛会合。

---

① 张帆：时为国家电网舟山供电公司党建部工作人员。

午饭毕，我和齐哥、海春、于晨坐船出海，终于见到了我国最先进的海缆施工船——“启帆9号”的庐山真面目。

海缆敷设是个很专业的领域，此前李彦给我介绍过，但我也只是一知半解。

“敷设”是什么意思？为什么是“敷设”而不是“铺设”“架设”？从解释这个词开始，海缆敷设的现场总指挥公言强开始了“答记者问”。我问得很细，他拿着各种道具给我摆弄、讲解，一点一点地给我介绍，在船上待了两个多小时，我终于弄明白了整个流程。

上学的时候，老师就常说：记者是一个杂家，什么东西都得知道一点。其实，每做一个报道，我们都会了解一个领域，因为只有自己弄懂了，才有可能做转化，让观众也弄明白。就比如海缆敷设，两个小时的时间里，可能只能了解到皮毛，但要在这段时间里弄明白整个施工的流程、难点、看点、期待点，提炼出哪些可能是观众比较感兴趣的、哪些是我们必须报道的信息、哪些人在这其中起了至关重要的作用。记者必须具备一项能力，即在最短的时间内了解一件事情，然后用通俗易懂、生动形象的语言和表述来让其他人了解。之前做主题报道，报道之前都要看很多很多的书，这次没有那么久的时间，只能最快速地吸收、消化，再做成一道美餐呈现给观众。

我记下了自认为最重要的四个时间节点：放缆、断缆和制作连接头、登陆、接上终端站。这四个节点是要实现直播的。我跟冰玲对接，希望能够在这四个时间点呈现直播，但是这四个时间点会随着潮汐和工作进度随时调整，具体时间还确定不了。

为了让观众更明白我们所处的位置和事件的全貌，我还让冰玲去制作了一个图。我也在现场准备了一个图，作为plan B。

不确定性增加了直播难度，但这也正体现了以直播形式呈现新闻现场的必要性，因为我们永远不知道下一步呈现在镜头里的是什么工作内容。

对接完了内容，我们在船上看了直播机位架设的位置和出镜点的选择，确定了技术实施方案和直播方案，并且找了几个道具作为辅助支撑。

晚上6点左右，我们下船回到了金塘岛。

此前，委托舟山台做了两条配片：一条讲述了这条海缆敷设完毕之后对舟山乃至长三角区域经济一体化发展的意义，另一条则盘点了这个工程里的一些世界之最。对接完直播之后，我又处理了这两条片子，舟山台的稿子和画面都做得相当不错。

忙完已经是凌晨1点，我抓紧时间休息，准备第二天的战斗。

开会讨论方案

兵分两路架系统，随机应变做直播

6月2日早上7点30分，我们先到舟山跨海大桥管委会取了此前的设备，然后直奔“平倭码头”。我们兵分两路，马迅一路带着Flyaway和超远距离微波工作站摆渡到大鹏山岛，其余人上交通船出海直抵“启帆9号”。

到了船上，我们开始架设系统，天突然下起了雨，大雨影响了潮汐的时间，使得整个施工都得提前，原计划第一个时间节点应该出现在13点，现在要在11点呈现。我抓紧对接，调整方案，11点顺利呈现直播。

放缆时间提前，意味着后续所有工作都提前了，断缆和制作连接头的时间提前到了12点30分，恰逢《法治在线》的播出时间，我们决定直传回去，在13点档播出。

13点档播完我们的直传再接进连线，直播船往大鹏山岛进发。

14点档做新媒体直播。直播中，牵引船顺利牵引着海缆登陆。

报道现场

15点档进连线，直播海缆登陆后往终端站进发。这里有个小插曲，我们的原计划是做完断缆之后，弃船上岸，坐登陆艇直接到大鹏山岛，因为后续登陆和连接终端站的工作都在岛上完成。但是由于潮汐已过，船无法靠近大鹏山岛，只能绕行。这样收系统、搬运后再架系统怎么也得一个多小时，可能会来不及。我们就改变方案，依然在船上，用无人机飞到岛上给镜头，所有镜头都从无人机处出。

16点档我们做了直传，记录下连接终端站的那一刻。至此，舟山500千伏输变电工程最后一根海缆从下放到连接上终端站的所有时间节点全部在电视屏幕上呈现了出来，观众像看电视剧一样追完了整个过程。

虽然中间有很多突发情况和插曲，但是我们没有漏掉一个关键细节，完美呈现。

初稿写于2019年6月3日　舟山金塘岛

【浙江：舟山500千伏输电工程即将完工】直播第一场

【浙江：舟山500千伏输电工程即将完工】直播第二场

新媒体改变了我们的创作态度

——第六届世界互联网大会的新媒体打法

【题记】

中央广播电视总台新闻新媒体中心正式成立了，在新中心的支持下，走过6年的世界互联网大会报道也正式迎来了新尝试。“台网并重，网在台前”的思路在逐步落实，我们和新闻新媒体中心也在世界互联网大会上尝试了一次新媒体思维和新媒体玩法。

毛边与互动是网友的最爱

《央视记者直播时耳机里在说啥》这条短视频其实是把现场直播时前后方的直播画面录下来之后剪辑而成的。与之前策划时预想的一样，这条短视频火了！很多朋友和同行都给我发信息，说这条短视频做得真好，有创意，终于为我们解答了记者耳机里到底在说些什么、记者戴耳机究竟是为什么的问题。

网友或者圈外人都对记者这个职业的幕后故事充满着兴趣，好奇是人的本能，对所有未知领域的好奇催生着人们的求知欲，这是这条短视频能够火的本源所在。看到这条短视频发出来的那一刻，我竟有些遗憾、伤感，或者说不甘心。为什么？

有关幕后的记录或者曝光，第一次触及我的心灵是在2012年，我到河北曲周做“千里农机走中原”的走基层报道。当时河北记者站有一个摄像专门拍摄我们的幕后，记录我们怎么拍摄、怎么采访。虽然这只是一个记录，最后并没有对外公开，但对于参与报道的每一个人来说都弥足珍贵。同时，我相信对于网友来说，它可能比正片更吸引眼球。当然，那个时候还没有短视频这样一种传播方式。后来，我们在视频网站上可以看到，诸多电影正式上线之前，都会放出一个独家的纪录片，它的点击量和观看率不会比正片低多少。

在某一年《中国好声音》的决赛上，有人把导播切换的视频放到了网上，火了。当时我就说，应该给导播拍一条片子，必火！

总的来说，幕后分为两类。一类是记录幕后的大片，比如电影的纪录片，又比如国庆70周年时，新成立的新闻新媒体中心制作的《揭秘阅兵的“第100方队”》，看到镜头里熟悉的一个又一个人、一幕又一幕场景，完全不了解这个行业的人也会为之震撼和感动。另一类是充满毛边感的短视频，像《中国好声音》的导播实录和这次的耳机短视频，以及国庆70周年时鹏军①的《记者的话筒被带跑了》，都属于此类。

想到2019年6月做舟山跨海大桥“大体检”报道，如果那时候有新媒体中心，或许我们拍的几个短视频就能得到更好的传播，观众就能看到我们上到那么高的塔的过程，了解在这么高的位置上每个人的状态。记者在大屏上展现的永远是最专业、最精彩的一面，可在小屏上，就应该让网友看到充满毛边感的更真实的一面：我们怎么踩点、怎么讨论、怎么定直播方案，甚至是吵架式的风暴、暴走式的赶场，既搞笑又让人感慨。对于央视来说，专业与精彩是常态，网友更好奇的是如何做到专业与精彩。

当时鹏军最早跟我聊这个想法的时候，我就有了一种创作的冲动。虽然由于人手、时间等的限制，最后的呈现效果没有想象中那

---

①鹏军：张鹏军，时为中央广播电视总台新闻新媒体中心媒资通稿部记者。

么完美，但是这次尝试成功了，以至于在接下来的乌镇戏剧节上，我还想再尝试一下。其实记者耳机里的声音是一种，摄像耳机里的声音是另外一种，电视本来就是前后方各个工种紧密配合的一个产业，缺少任何一环都不行，像一台汽车由无数个零部件组成一样，任何一个环节出问题都会出大问题，这是外人不知道的，也是平面媒体所不了解的。

Vlog式的自拍成为短视频的新选择

Vlog，video（视频）和blog（博客）的结合，从名字就能看出它强调的是个性化的记录，《速览互联网之光》第一次将这个名字冠在了短视频的前面。其实，它的拍摄相较于大屏来说更加轻松。大屏的逻辑性更强，而Vlog更强调个性化的体验，自拍成为一个标志性的拍摄方式，中间夹杂一些有创意的转场，一条小片轻松完成。

其实拍大屏的片子也经常会使用现场报道的方式一串到底，但是Vlog相比之下，不会那么要求完美，反而是说错了、笑一笑，感觉更能被观众接受。

在互联网大会召开的同时，军运会也在火热进行，新闻新媒体中心推出的《快看军运》就有几个让我印象深刻的点：第一是刚开始的自拍，人物出完镜说了一句“说错了，重拍吧”；第二是在介绍的时候，直接把镜头对准要介绍的路线，用手指点来点去。这两个都是极具网络化特点的表达手法，看似随意的举动却拉近了与网友的距离。

而《速览互联网之光》说白了还是一条采用大屏拍摄手法的Vlog，还不够个性化。这也激起了我的创作欲望，我特别想再拍一条纯主观视角的Vlog。因此，互联网大会结束之后，我就和乌镇方面商量在戏剧节的时候拍一条Vlog。有了新媒体的平台之后，施展的空间也就大多了。

但是Vlog拍摄也不能随意，有些Vlog我总觉得少了些信息。央视新闻的Vlog的底色还是央视新闻，信息量和新闻性是前提和基础，提供信息、“解渴”依然是最重要的。

两会打法重出江湖，提炼话题和提拎主题是两回事

每年的分论坛都是世界互联网大会的重要内容之一，以往分论坛只能做大屏的短消息，这次新闻新媒体中心的到来，让言论也成为图文客户端可发的内容。同时，因为人手充裕，还可以将各位与会嘉宾的言论排列组合成不同的主题，编成特稿发出，让互联网大会的报道有了层次感。

毕竟，一场大会不能只给人看“黑科技”，还得有思考、有言论、有观点，这样才算完整。两会打法重出江湖，正如第三届世界互联网大会结束之后我在总结里写的那样，“听分论坛和在两会上听代表发言一样，需要有迅速总结梳理的能力和提拎主题、话题的能力”。

如果说两会上对各个代表团的报道还是各自为战，那么这次策划前置之后，我们有了统一的战法。最后做出来的特稿，用话题区别开，把相关话题的大咖们的言论组合在一起，既有客户端第一时间的快速发出，也有之后微信公众号上的梳理与总结，当年的两会打法重出江湖，甚至更加升级。

提拎主题和提炼话题是两回事。以前只有大屏的时候，因为要第一时间播发，我们注重培养和锻炼提拎主题的能力。第三届世界互联网大会举办时，我将工作经验总结为：高强度的两会战法锻炼了我们提拎主题的能力，促使我在一场分论坛召开的间隙快速提拎主题，据此写出小标题，然后完成直播。

可到了第六届世界互联网大会，在新媒体时代，除了提拎主题，记者还得提炼话题。提拎主题是由我们向观众传达声音，而提炼话

题则要求我们和网友一起讨论。网友只会对跟自己有关的话题感兴趣，因此，在听一场分论坛的同时，我们还要提炼话题，在微博等平台上与网友互动，他们会源源不断地进入我们设置的微话题进行讨论。

新闻新媒体中心是个大平台，我们可以告别自娱自乐了

在新媒体出现之初，我们其实就在尝试着各种新媒体的玩法，想着各种各样的创意，但最后免不了成为自娱自乐的产品。由于以前平台的不健全，我们很多的想法都只能在自己的朋友圈和抖音号上放出，聊以慰藉。难过了多次之后，都忘记了自己的创意和创新还有重见天日的一天。现在看到了一丝曙光，相信未来会有更多、更新、更有意思和更有流量的新媒体产品出现在央视新闻的新媒体平台上。

同时，我们也看到了央视新闻微博与快手、抖音之间的差距，同一场直播，央视新闻微博或许只有几十万的观看量，而快手、抖音却有几百万。在电视时代，电视是人们获取信息最高级的渠道；而在互联网时代，电视也成了传统媒介，人们已经习惯于通过互联网来获取信息。互联网生态的复杂性决定了信息的鱼龙混杂，更需要主流媒体的声音和盖棺定论。当然，前提是必须占领市场。

在本届世界互联网大会上，《浙江日报》的“天目新闻”强势出击，记者们不再拿话筒，而是拿着一个写着“天目新闻”的手机就开始采访，他们的拍摄、记录都用手机，竖屏拍摄，快速播发，这是互联网时代新媒体新的打法。

也是在这次的世界互联网大会上，我说出了央视新闻直播里的第一条广告，第一次将总经理室的商务广告与我们的节目现场相结合，用一种不违和的方式来呈现。种种迹象都表明，我们不一样了，总台时代和原来的央视时代不一样了。

在最后闭幕式的新媒体直播上，有网友留言：“这还是我们认识的央视吗？”我想说，不是了，但，也是。不是，是因为我们在与时俱进、不断发展，就像我们以前不会给大家看记者耳机里都在说什么，不会给大家看采访的时候发生了什么意外，不会播出跌倒之类的幕后或突发的状况，不会在直播中插播念广告。而现在，这些我们都做了，这或许不是那个熟悉的央视了。依然是央视，是因为专业、权威、认真始终是我们不变的素质，央视姓党、追求真实，依然是我们不变的属性。

初稿写于2019年10月22日　乌镇

新闻链接

幕后揭秘｜央视记者直播时耳机里在说啥

揭秘阅兵“第100方队”

正在采访，央视记者话筒被带跑了，啥情况？

记者需要不断挑战各种不可能

——上海世界顶尖科学家论坛报道记者手记

【题记】

作为一名记者，有幸同时采访到44位诺贝尔奖得主和21位图灵奖、沃尔夫奖、拉斯克奖、菲尔兹奖得主，这是多么令人兴奋的一件事！这可能是很多记者职业生涯中遇不到的采访机会。但是问题也来了，科学家们来自世界各地，语言更是五花八门，没有那么多的翻译，怎么采访？而且我们这次不仅要专访，还要做直播，又该怎么办？

记者，就是要挑战各种不可能！

记者就要挑战不可能！

2019年10月29日，第二届世界顶尖科学家论坛在上海滴水湖举行，我被征调前往报道此事。起初这个报道的要求是英语好，而英语恰好是我的弱项。

世界顶尖科学家论坛上，60多位世界顶尖的科学家要来，我的第一反应是，这是个大新闻！诺贝尔奖得主来中国，一下就来了40多位，感觉没什么比这个更让人兴奋的了。第二反应是，难不成要我采访他们，做片子，做直播？我哪能跟他们对话？而且来的都是物理学奖、化学奖、生理学奖或医学奖得主，这些领域的中文专业名词我尚且听不懂，更别提英文了。

我说，自己干不了。让我帮着做现场导演、策划、搭直播系统，都没问题，但是让我直接上手去采访他们，我干不了！

露姐[①]说，你先来，来了再说。

10月24日，我到了上海。世界顶尖科学家论坛的主会场在上海临港区滴水湖，说是上海，从虹桥火车站到目的地还有一个半小时，感觉比从杭州到宁波还远。

整个下午，我们密集踩点了直播现场，商量好了直播系统的搭建工作。这些对于每年要做上百场各种类型、复杂系统直播的我们来说，不是难事。

难的是晚上开会，开始讨论三天的直播方案。

第一天，青年论坛。从下午开始直播，流程包括主旨演讲、桌布论坛、科学集市，还有演播室访谈。露姐和冰姐[②]在定最后的大直播方案，前面要我垫10分钟做开场。这个可以，没问题。

科学集市需要我带着网友在会场转，可是科学集市究竟什么样子，100张海报究竟都讲了什么内容，这些青年科学家有没有会中文的，都不知道。我说，英语我真不行，我干不了，露怯！

露姐鼓励我，说："你就要给自己定位，什么都行，什么都能干。你要朝着这个方向努力！"

我还是清楚自己几斤几两的，要是说中文，我什么都能干，什么直播都能做，我一点都不怵，可让我用英文，我只能跟他们说："Hello, how are you? I'm fine. Thank you, and you?"可对方都是些顶尖科学家。举个例子，2019年诺贝尔生理学或医学奖得主，美国医学家威廉·凯林、格雷格·塞门扎以及英国医学家彼得·拉特克利

---

① 露姐：温露，时任中央广播电视总台新闻新媒体中心媒资通稿部直播组制片人。
② 冰姐：熊冰，时任中央广播电视总台新闻中心社会部直播组副制片人。

夫，他们研究的课题是：细胞在分子水平上感受氧气。这中文题目貌似都看不懂，我要如何与他们对话？

露姐和冰姐说给我配翻译。如果只是单纯采访和写稿子，配个翻译可以，可是直播时，如果每句话都靠翻译传递，一来直播效果大打折扣，二来网友肯定吐槽：这记者，啥都不会，上去干啥！太丢人了！

这时候，齐哥想了一个办法——戴耳返。翻译戴着话筒，给我同传，我戴耳返，听他们说的。这个法子倒是不错，技术方面解决了，理论上可行，可是翻译能做到同传吗？只能找最好的志愿者了！

有了办法，那就硬着头皮上，反正我还可以用中文救场，实在不行就用中文介绍现场。

从40分钟到4个小时

前面10分钟介绍本次论坛的情况，中间40分钟介绍创意集市，说实在的，这个直播任务不重，我也就没太当回事。可是，直播就是这样，不到直播开始那一刻，一切都在变，有时候即便直播开始了，现场也在变。

10月27日到上海，变化在不停地发生着：桌布论坛，现场乱糟糟的，没办法收音，如果没有一个记者在现场串的话，根本没法做直播。怎么办？只好我来串。

这该怎么串？只能挨个听，那就必须有同传给我翻译。可我也得准备点资料应急。我让编辑陈小涵和丛宁帮我对接组委会，我需要桌布论坛的分组，了解每组都有谁，起码得知道每个组的诺奖得主是谁，然后才能推测他们都可能聊些什么，实在听不懂了就介绍一下他们的研究成果。

不知不觉间，我发现自己的直播时长从40分钟延长到了4个小时，我开始着急了！

29日就要直播了，但对于科学集市什么样子，都有哪些科学家，100张海报在哪里、什么内容，我还一无所知！这怎么可以！组委会尚未提供，我就拉着小涵、丛宁直接到了组委会的会议室，堵着他们把海报要过来。

有时候记者真的是最“讨人厌”的一群人。组委会的人也很崩溃，说：“你们不能这样打扰我们工作！我们没准备好就是没准备好，没定下来就是没定下来！”我说：“不可能！29日开幕式，为每个科学家做的海报到现在都没汇总？他们没给到你们？那科学集市怎么办？海报哪还来得及贴？”就这样，双方僵持了很久，每隔一个小时，我们就去他们的办公室催一下。

27日晚上11点多，100张海报终于发了过来！但打开一看就懵了，根本看不懂。

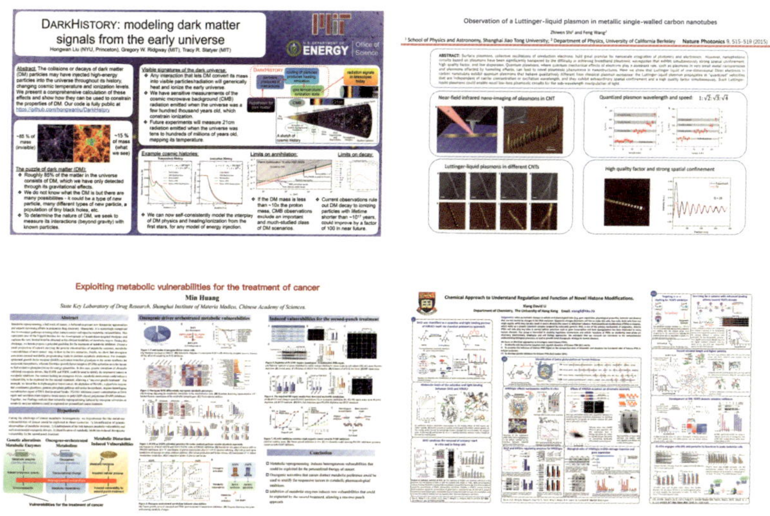

组委会发来的海报

张娴[1]说安排了两个外语专业八级的志愿者帮我翻译，不管怎么样，我只能“压榨”这两位专业人士了！每人50张，通宵翻译。

晚上11点多，我还在思考着自己还能做点什么，毕竟不能把希望寄托在别人身上。于是决定从最基础的开始做：认人，背资料。

44位诺贝尔奖得主，我一个也不认识，他们长什么样、研究的课题是什么、跟中国有什么关系，这些我得了解清楚并记住，以备不时之需。

还有十多位获得过其他奖项的世界顶尖科学家，如拉斯克奖、菲尔兹奖、图灵奖、沃尔夫奖……这些奖项也许没有诺奖知名，但实际上这些奖一定程度上更专业、更难获得。我就开始了解这些奖项背后的故事，起码直播的时候可以用来应急，一定有很多网友对这些奖项也非常感兴趣。

像极了考试前的临阵磨枪，我请人把60多位科学家的照片打印出来，让志愿者们随机选一个人考我，要做到拿出这个人的照片，我就可以第一时间说出这人是谁、哪个国家的、获得过什么奖、研究课题是什么、这次带来的主题是什么。一晚上的死记硬背，我认为自己应该没问题了。

时间到了10月28日上午10点，我即将面临29日长达4个小时的直播，包括介绍本次世界顶尖科学家论坛的概况、桌布论坛的讨论、科学集市的讨论，以及科学集市结束之后的观察四个环节。

这时我掌握的只有与会科学家的样子以及他们的研究方向、与中国的关系。我还急需桌布论坛的分组、成员和每组讨论的主题、科学集市100张海报的翻译以及海报内容的概括。

---

① 张娴：时为中央广播电视总台新闻新媒体中心媒资通稿部直播组编辑。

志愿者都是物理学硕士、医学博士

10月28日上午11点，我终于收到了两位志愿者发给我的海报翻译，心里终于有底了。然而，打开翻译稿件之后，我体会到了什么叫面对英文什么都不懂，看了中文之后，发现更是什么都不懂的无力感。

科学家：

洛瑞·帕斯莫尔，项目主任

所在机构：

英国剑桥分子生物学实验室

主讲主题：

mRNA 3'末端加工的枢纽：对前 mRNA 切割和聚腺苷酸化的结构见解

大致框架：

CPF 由三个模块组成

ysh1 核酸内切酶的结构

聚合酶模块的 Cyro-EM 结构

活性重组核心 CPF 的重构

核心 CPF（核酸酶和聚合酶模块）的架构

马可·特里波蒂，项目主任

所在机构：

英国剑桥 MRC 分子生物学实验室

主讲主题：

遗传定义的功能模块：用于小鼠上丘的空间定向

大致框架：

1.Pitx2 标记运动 SC 中神经元的谷氨酸能亚群

2 pitx2 神经元的激活足以触发头部运动

3.长时间刺激 pitx2 神经元产生逐步运动

4. Pitx 2 定义了用于电机 SC 中空间定向的模块

5、Pitx 2 神经元接收多模式皮质和皮质下输入

结论：

新鉴定的遗传元件 Pitx2 在 SC 的运动域内定义了一个兴奋性亚群，其特征在于该层中独特的模块化分布和均一的电生理特性。

pitx2on 神经元的激活导致可靠的头部移位，而 Pitx2on 神经元的长时间刺激通过较小，相同的运动事件的总和导致较大的移位。

海报翻译

我只觉得越看越晕，我把笔记本一合，看到对面有个志愿者，告诉他，我头很晕，请带我去看医生。

医生量了体温，说没问题。我说自己注意力集中不了，很晕，有点儿感冒，想请医生开点药。医生说不用药，但拗不过我的坚持，很舍不得地给我剪了两片药，多要一片都不行。我找了一个安静的地方，坐下来，吃了药，不停喝热水，觉得注意力又可以集中了。我跟身边的志愿者聊天，问她是什么学校的、学什么的。她说自己是复旦大学医学院的，本硕博连读的那种，目前研二，专门研究肝癌。

我突然觉得有救了，连忙问她下午是否有事。她说没事。我拉着她打开海报，查找肝癌关键词的英文单词：HCC（Hepatocellular Carcinoma，肝细胞癌）。果然，有好几篇都是研究肝癌治疗的。我就请她教我这海报上讲的究竟是什么意思。

她一边看一边惊呼："哇！好厉害，好前沿，还能这么治疗肝癌！"我问："有内容？"她说："有！"她表示这位科学家的研究确实跟国内的研究很不一样，还给我讲了肝癌是什么癌，问题在哪里，我们国家普遍的治疗方案是什么，会有什么问题，而这位科学家采用的是什么方案。我一边不停地问，一边不停地记录，我觉得自己的疑问逐渐得到了解答。

志愿者的专业能力，加上我作为记者常年训练出来的迅速吸收总结和语言转化的能力，我很快就弄明白了这张海报上讲的内容。我觉得这个方法太棒了！

我抬头一看，旁边沙发上还坐着十几个志愿者，我跑过去询问他们几位有没有空。接着，我向他们做了自我介绍，说明了来意，并表示我手上有现在世界上顶尖科学家的最新研究成果。果然，他们都很想看，对知识的渴望是他们的原生动力，当然必须以帮助我作为交换。

我让他们挨个报自己所学的专业或研究的对象。成像学、人工智能、大麻、药学、心脏、天文学、月球，等等，一个比一个高端。他们都是来自上海科技大学、复旦大学和上海交通大学的高材生，最小的也是研二，高年级的还有博二的。太棒了，我把海报的电子版转发给他们，然后搜索关键词找他们擅长的研究领域。

更让人意外的是，这些志愿者中，有的是参加市集的青年科学家的学生或者学弟学妹，对科学家们的研究领域都非常熟悉，甚至可以直接打电话联系上科学家本人！

两位英语专八水平的小姑娘也来到了现场，短暂休息之后，加入了这支大军。我找了一些相对来说专业难度不大的海报，让她们讲给我听。

拒绝接听一切电话！十几个人给我一个人讲课，速培！从宇宙大爆炸到分子靶向治疗癌症，从水的原子态研究到二氧化碳的转化。了解前因后果和最新研究成果，我感觉自己在科学的海洋里遨游。

海报的内容、主要内容的中英文关键词，以及我在了解海报内容之后产生的疑问，我都记录了下来，让志愿者帮我翻译成英文。如果现场碰到对应的科学家，那这些问题就是我要问他们的，比如技术什么时候能够临床应用，研究这些问题有没有实际意义，他们的疗法会不会误伤其他细胞，有没有辐射或副作用，等等。

10月28日晚上6点，经过一个下午，我写出了14个小标题，对14张海报的内容已烂熟于心，了解了14个关于医学、化学、物理等方面研究的皮毛，科学集市这个环节，我成竹在胸了。不用说一个小时，我觉得两个小时的直播也能做！

三组系统之间不停切换，小屏直播复杂程度大于很多大屏

因为要试验同传的可行性，10月28日晚上，我带着那两名英语专八水平的志愿者开始采场。虽然说是小屏直播，但是整个直播系统的架设异常复杂。8个机位，声音从现场音控台出。声音是一伙人，摄像转播是另一伙人。我们的卫星车在会场外，承担着演播室系统、科学集市系统和主会场三个系统的上星回传工作。主会场系统和卫星车系统构成一个二级切换。科学集市系统备2个机位，演播室系统备4个机位，通过快速插拔线来应对讯道不足的问题。摄像马迅做导播，他需要在三个系统之间不停切换。音控台有我的声音、现场主持人的声音、发言嘉宾的声音、同传的声音，所有声音也需要不停地拉上拉下。

总之，系统复杂性异于平常，对参与这场直播的每一个人都是一次考验，也是全新的挑战！

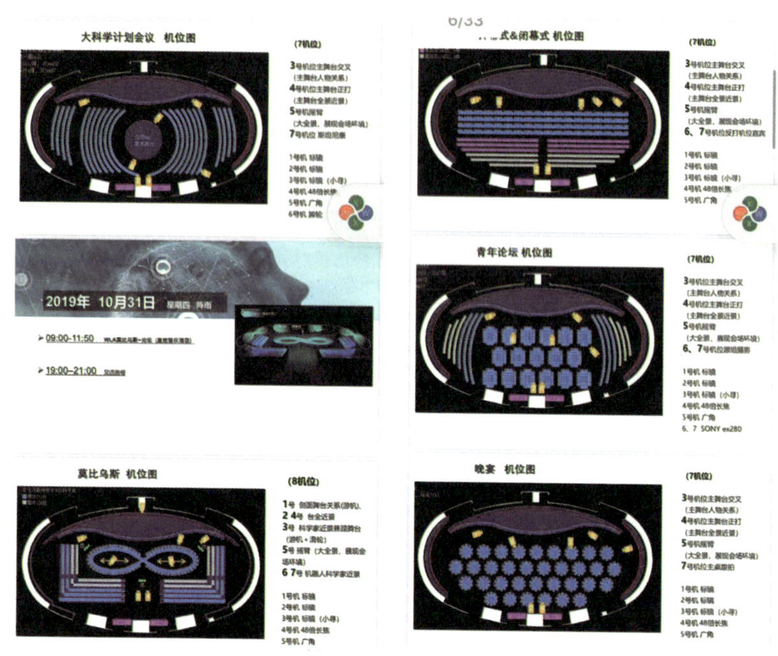

现场机位方案图

整个走场持续到晚上11点多。我回到酒店开会，姗姗主任①问需不需要压缩时长。我说不用，科学集市我已成竹在胸了！

那此刻还有问题吗？依然有：桌布论坛的分组情况和讨论主题依然没有出来，科学集市100张海报的摆放位置和顺序也没有出来。

怎么办？29日随机应变！

直播现场突发情况不断

10月29日上午，所有人来到了现场，科学集市的海报全都摆放完毕，我按照准备的顺序，找了几个志愿者帮我调整好了位置，然后联系好嘉宾，一起帮我做最后的观察。

① 姗姗主任：王姗姗，时任中央广播电视总台新闻新媒体中心副召集人。

我一个人不停地走场、练习、背诵事先准备好的英语句子、查询英语单词。

两位复旦大学英语专业的志愿者也做了分工——由于田婧是口译专业，所以跟我做桌布论坛的同传，刘颖洁跟我做科学集市的同传。陈小涵做我的现场导演，帮我递手机监看。

下午1点20分，直播正式开始。我介绍了世界顶尖科学家大会整个的情况，给大家展示了桌布论坛的现场，当然还念了广告，前后持续了10分钟，直到主持人——2015年阿尔巴尼医学奖获得者谢晓亮上台，其间很顺利。

可没想到，谢晓亮上台之后并不是宣布桌布论坛的开始，而是由10位青年科学家代表上台发言，这意味着后面所有程序都要打乱，之前联系的嘉宾的时间都要对不上了，怎么办？必须临时调整串联单！

青年科学家发言到了第五个，先进演播室，主持人劳春燕访谈嘉宾李卫东教授，不然嘉宾之后就要离开了。

这时候，编辑赵娜跑来跟我说，外面有工人在调整所有海报的顺序。我赶忙跑出去，外面海报的顺序已经变了，这怎么办？跟以前采场的路线完全不一致，100张海报，我光找海报的位置就要花很久的时间，这怎么能行？

姗姗主任和丁沂[①]在现场和组委会的人沟通，未果。姗姗主任让编辑刘虔帮我找好位置，直播的时候由他带我去事先准备好的海报前，志愿者刘颖洁熟悉每张海报，精通英文，我让她跟着一起找，而我没有时间再去看这些现场。

青年科学家的发言马上结束，进入桌布论坛的环节，信号切到我，我进直播。

---

① 丁沂：时任中央广播电视总台新闻新媒体中心媒资通稿部直播组副制片人。

直播的逻辑很简单，从第一桌开始，挨个听过去，给网友介绍每桌都在讨论什么，没有主题，没有限制，畅所欲言。

桌布论坛的现场直播

但从第一桌开始，我就发现，所谓的同传几乎派不上用场。田婧直说，根本听不清楚人们在说什么，声音太小，而且都在三三两两地说话，这怎么同传？

这时，我之前准备的背景材料派上了用场。我开始介绍第一桌的科学家，其中有一位图灵奖获得者，还有两位诺贝尔奖获得者。我介绍了图灵奖、这位获奖者主要研究的课题，还说他曾经来过中国；接着又介绍另外两位诺贝尔奖获得者的研究方向等。我在第一桌停留了10分钟，把脑子里关于第一桌的背景材料都说完了，然后就去了第二桌。

可是，现场直播只介绍背景材料是不够的，毕竟现场讨论的内容才是最重要的。于是，在直播第二桌时，我把话筒递上去，尽可能地听听他们在说什么，也让田婧尽可能听清楚。讨论中，我就听懂了一个关键词——blockchain（区块链）。这是时下最流行的单词。我努力地听，尽可能通过关键词串联起他们所讲的内容，田婧也在努力翻译着。

就这样又走了几桌，讲的内容都太过高深，难以介绍，这怎么撑呢？这时，我又走到了一桌前面，这桌人在桌布上写下的几个单词我都熟悉，其中有education（教育）。他们在聊教育，这个话题应该简单吧。听了一会儿，我发现这张桌子上有两个熟人，一个是之前在海报上见过的研究暗物质的麻省理工学院教授Tracy，还有一个是我专门研究了半天的华裔诺贝尔奖获得者朱棣文（Steven Chu）。他们讨论的话题从宇宙到暗物质、从量子力学到教育，还讲到了自己研究的课题和个人经历，基于对这些人的了解，加上对话题的了解，我得心应手地完成了对这一桌的直播。

又走到了另一桌，哇，这一桌感觉更能看明白，写在桌布上的关键语句我都看得懂！我一边听，一边给网友介绍，田婧这次也同传得很明白，接收信息没有障碍。我一边解说，一边说让网友们看看桌布上写的内容，为了能让网友看清，已经满头大汗的斯坦尼康大哥用力地抬起摄像机。这位科学家似乎也听到了我的解说，又在桌布上写下一行字——create the future（创造未来）。解说过程中，一边的大喇叭响起了“还有两分钟结束”的声音。那就抓紧收尾。刚好这张桌子上讨论的话题很接地气，回到了青年科学家论坛的主题，于是我总结：“因为年轻，没有什么不可以，很多诺贝尔奖获得者都是在三四十岁的年纪就拿到了诺奖，居里夫人、爱因斯坦、杨

写满关键词的桌布

我与桌布的合影

振宁等等，今天的少年又何尝不能成为明天的大师呢？”我说完后，完美地把时间交接给谢晓亮。

每张桌子的发言代表，有的是诺奖获得者，有的是青年科学家，更有的是高中生。在他们走出主会场准备参加科学集市的时候，我抓紧采访了之前发言的两位高中生，用他们的话串联到了科学集市。多亏之前做过准备，直播起科学集市来要简单得多。但是也有很多突发情况，比如有的海报前没有科学家，有的科学家直接来到话筒前要接受采访，我用事先准备好的英语和他们对话，倒是也能对上几句。刘颖洁也在努力帮我做同传。

印象中，转了七八块展板，时间就差不多到了。科学家们准备回到主会场参加晚宴，我把时间交给了演播室。

靠着团队的努力，靠着技术，靠着事先准备，我做了4个小时的英语直播，不，是外语直播，过程中我用了英语、法语、德语、日语……对得了诺奖，说得了科学，挑战了不可能！

初稿写于2019年11月1日　上海

三分钟回顾世界顶尖科学家青年论坛

你想了N种预案，但突发还是逼你用上了第N+1种方案

——《此刻，一起看总台玉兰之城主题灯光秀！》记者手记

【题记】

我为什么那么喜欢干直播？就是因为直播过程中会遇到各种不可预料的问题，我必须一一搞定它们，不断克服各种意外情况带来的成就感是无与伦比的。最近在上海就接二连三遇到了这种问题。

故事要从10月31日讲起，当天晚上11点多，刚刚从上海回到杭州的我接到电话，要我回到上海，支援11月3日总台和上海的签约仪式直播。

先介绍一下这个新闻事件：11月3日晚上5点30分，中央广播电视总台会在长三角总部与上海多家企业和单位签订战略合作协议，签约完毕之后，上海国际传媒港将会进行灯光秀。这表面上是一个很普通的新闻事件，大小屏都要重点呈现。

一场直播而已，能有啥？没想到这成了N种预案的开始！

11月1日下午，我到了上海，与新闻新媒体中心、上海总站和国际传媒港的人一起开了策划会。上海站的摄像浦轩给所有人介绍了整个直播方案，我称之为plan A。具体安排如下：

下午4点30分至5点30分，我先行探访徐汇滨江西岸和国际传

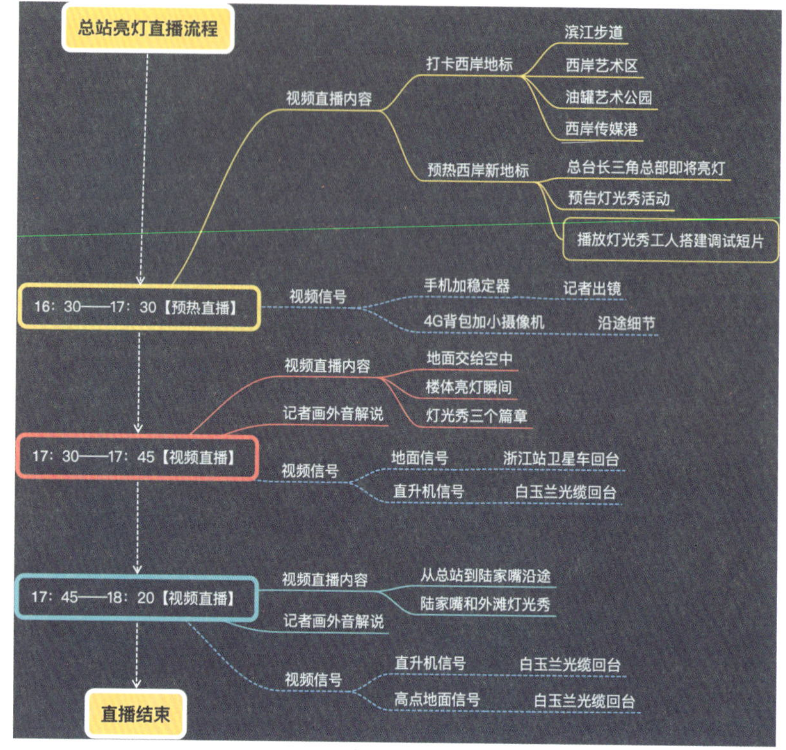

plan A

媒港，为最后的签约和灯光秀做预热，积累观看量，直播设备是两套cogent①或手机。

下午5点30分至5点45分，我把时间交接给直升机系统，地空对接。上海站的记者吴琼介绍签约仪式并在空中解说灯光秀。由于灯光秀将会在国际传媒港八栋建筑的不同立面上呈现，为了让镜头更加丰富，浙江站的卫星车将架设包括两个高点机位和一个地面机位在内的三个机位，以配合空中的直升机机位来完成这场灯光秀直播。后方接收两路信号——来自直升机系统的信号和浙江站卫星车

① cogent：一种便携式网络直播设备。

的信号。

这看似就是一场救急的普通直播。

当天晚上，我联系好了国际传媒港的人，在他的带领下先走了一遍国际传媒港，对那里有了初步的了解。其实当时有功能的就是三栋楼，我拍下了墙壁上的介绍图文。

11月2日上午，西岸管委会的人带我走了一遍长达5000米的西岸，我发现根本没办法用走的形式来完成整场直播，于是和西岸管委会协调了交通工具，前半段坐电瓶车，后半段骑共享单车。两路cogent回台，保证一路转场时，另一路给有效镜头。

11月2日下午，我带着两个cogent测试了沿途的信号，包括很多信号不好的艺术馆、美术馆内部，把技术问题一一解决了。但这么长的一段路，一个小时根本到不了国际传媒港，我初步定下了两个小时的直播时长。现在，万事俱备。

就在这时，新闻新媒体中心通知我，签约时间改为晚上7点，灯光秀的时间顺延到7点10分。那个时间段天已经黑了，我不可能在晚上六七点钟探访西岸。我和后方商量后，决定执行plan B：单开一

上海国际传媒港

场直播，我单独做探访，直升机单独解说灯光秀。我的直播时间改为下午3点30分至4点30分。对于我来说，这样更加简单了，不用顾忌飞机的时间，不需要交接，只需要准备自己的内容。而且西岸的内容很多，我不缺内容，缺的是说这么多内容的时间。

可是，11月2日晚上，情况再次发生了变化。变化有二：一是签约时间改为晚上7点30分，灯光秀改为7点40分；二是由于各种原因，11月3日直升机大概率飞不了。

直升机飞不了，怎么解说灯光秀？这个灯光秀只有在空中才能看到全貌，怎么办？

浦轩把目光转向我，只能我来救场：由我来完成这场直播，先行探访20分钟，再解说灯光秀。可我在地面根本就看不全灯光秀，如何解说？

李浙[①]老师联系了上海总站的胡姗姗，问有没有灯光秀的全片。有！他们正在抓紧时间剪辑。

既然有，那就能干。对我来说，这就是一场景观镜头解说。可我怎么才能看到灯光秀的画面呢？浦轩说，本来给大屏做直播的上海站卫星车可以接一路返送出来，我看着返送解说。

于是，产生了飞机能飞的plan C和飞机不能飞的plan D。

简单来说，有直升机的话，方案不变；没有直升机的话，就这么办：晚上7点10分至7点30分，我先行探

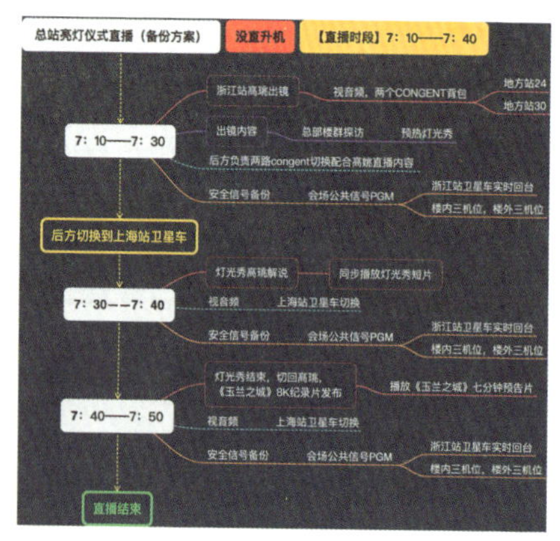

plan C和plan D

① 李浙：时任中央广播电视总台新闻新媒体中心合作媒体部副牵头人。

访国际传媒港，两套cogent回台，做预热，积攒流量和人气，后方实时切换这两路cogent。7点30分，我走到上海站卫星车附近，改用上海站的卫星车做直播，我看着返送，解说灯光秀。解说完毕之后，上海站卫星车一路镜头给我，我垫话引出8K纪录片《玉兰之城》。

灯光秀期间，浙江站卫星车依然作丰富镜头用，楼内三机位，有一个切换台的系统，通过光缆整体输出到浙江站卫星车，浙江站卫星车完成自身三路机位与楼内系统机位的二次切换。

而我要做的就是提前了解灯光秀的内容，写一篇景观直播的稿子。于是，我盯着编辑刘博帮我索要灯光秀的画面。

11月3日上午，灯光秀的通稿终于完成了，但是灯光秀的画面依然没有看到，我看了好几遍通稿，设想灯光秀大概会是什么样。

按照原计划，11月3日下午，我做了“探访西岸”的新媒体直播，时长超出了之前预计的一个半小时，达到两个小时，网友互动的热情高涨，我和网友之间的互动也很开心，做完直播已经是下午5点10分。

探访徐汇滨江西岸

来到国际传媒港之后，我先走了一遍场，又打电话询问刘博灯光秀的片子来了没有。终于，她拿来了片子，我仔仔细细看了两遍，跟着画面解说了两遍，心里大概有数了。我还查了很多古诗词和典故，希望能丰富整场解说。

晚上6点10分，前方直升机团队通知，直升机可以正常起飞，6点30分起飞，10分钟后开始进直播。

我和刘博、浦轩都松了一口气，直升机正常起飞了，plan D可以收起来了。我通知和我完成了一下午直播的浙江站摄像于晨和云南站摄像徐小龙收工，吃饭，休息。

于晨和徐小龙不用做小屏直播了，浦轩就让他们参与到大屏直播的系统中来。我就在现场等车子到。

可是，平静之中总有波澜。时间到了7点10分，浦轩从车上跳下来说，技术董新稳通知，签约时间推迟到8点05分，灯光秀顺延到8点15分，而直升机只能撑到7点30分，撑不到8点30分。他要我赶紧准备，7点30分直升机把信号甩给我，接下来要我撑。我说行，那就大屏用一个机位，另一个机位跟我做小屏，但返送得接上。浦轩说，不行，没办法用上海站卫星车的系统了，因为8点15分这里要做大屏。怎么办？

浦轩说，那就用浙江站的卫星车做，让我探访到浙江站卫星车，在那里做灯光秀解说的直播。可是浙江站的卫星车没有准备返送，我只能在车子旁边看着切换台来解说。

晚上7点20分，我让新闻新媒体中心的编辑刘博和宋云霄赶紧带着灯光秀的片子和《玉兰之城》的纪录片赶到浙江站卫星车，把片子拷贝给他们，并告知方案已经更改。我嘱咐宋云霄："你过去的目的是记路并且和保安打招呼，请他一会儿不要拦截我们，我们在直播。并且，要把我顺利带到浙江站卫星车处。"

新媒体中心的编辑吴桐在现场帮我看监看，于晨跟我做小屏、收拾设备，摄像徐小龙则跟上海站的记者梁志玮做大屏。我又打了个电话给马迅，告诉他方案变动情况。

7点28分，于晨的cogent信号送回，我和家里开始通话。7点30分，吴琼将直播信号甩给我，我开始进行直播。

说实在的，国际传媒港八栋大楼只有三栋大楼有说头，我要探访35分钟，就必须把没有灯光、漆黑一片的大楼说出花来，还得让网友期待一会儿开始的灯光秀。于是，我开始介绍一会儿的灯光秀有多么不一样、多么好看、多么酷炫，然后介绍摆在路上的为灯光秀准备的设备。看着地面的花，我就开始背诗；看着喷泉，我就用上以前给西湖音乐喷泉准备的词儿，实在不知道说什么时，就把下午没送出去的门票拿出来和网友互动，让他们参与直播，留言并分享链接，我就送门票……北京的导播不断提醒我剩余的时间，我不停地给宋云霄使眼色，意思是赶紧带我去卫星车那里，我不知道怎么走了。

她写了一行大字给我看：卫星车在路的尽头的对面。

知道了目的地那就去吧！可是，我没想到，路的尽头是个死胡同，我看到了卫星车支起来的锅，可是隔着一堵墙，我过不去啊！耳机里我听到制片人席罗曦在说："高珧你赶紧走，还有7分钟，灯光秀就开始了，赶紧到卫星车去，这地儿不好看，赶紧走！"我心想，我也知道这里一堵墙不好看，可我压根不知道怎么去卫星车啊！

我一边走，一边还要给自己圆场，太难了！我只能告诉网友，现在要带大家去一个好地方，那里是看灯光秀绝佳的地方，可以看到国际传媒港的不同立面，是最佳观景点。

走着走着，不知道往哪走了，我就继续打圆场说是第一次来，迷路了，大家别着急，还有5分钟灯光秀就开始……还有3分钟灯光秀就开始……我看着网友的留言，显然他们已经被我不断的倒计时给带动起来了，一片热闹，他们都在等着灯光秀的开始。可是卫星车在哪儿啊？

吴桐和宋云霄也着急，这怎么过去啊？只能求助保安，保安冲过来要带我去，我就顺势采访他，并告诉网友，现在让保安小哥哥带我去找那个最佳观赏地。

后方也帮我补台，说："还有两分钟，现在我们切着航拍的画面，你不用解说了，抓紧去浙江站卫星车那里！"保安带着我一路狂奔，一会儿往这边跑，从这儿下去，一会儿又往回跑。怎么这么远！我拼命地跑，感觉好累！看到一个卫星车，不是，继续跑，我觉得跑了大概2000米，我已经顾不上于晨了，就想以最快速度跑到卫星车那儿。不知道跑了多久，终于到了！

刘博看到我过来，赶紧迎上来说现在是航拍画面，让我缓一缓，接着解说。马迅跑过来和我说："你到车里去，给你接了一个小返送，30秒后切过来，行不行！"我说："行！"我当时已经上气不接下气，急着打电话跟后方说我到了，话音刚落，手机关机了！我赶紧跟刘博说："跟家里通话，我到了，手机没电了，切过来给我手势！"

10秒准备！镜头切过来了，灯光秀同步放，我开始解说。解说完毕之后，放8K纪录片。直播结束，有惊无险，未开天窗！

后来吴桐给我看网友的留言，他们也都非常友好。

网友休闲岁月说："主播去哪儿了？该不会真的迷路了吧！"网友海洋之心说："主播，我给你带路吧！"

很多下午收看直播的网友也都准时观看了晚上的直播，这些可爱的网友可能就是我做好新媒体直播的最大动力，决不能辜负他们对我的信任。

直播又被干成了突发！但是在所有专业人士的共同努力下，突发的直播依然被我们蹚了过去。

齐哥说："这怎么就干成突发了呢？本来不是说在上海站卫星车解说吗？咋就开始直播了，还要来浙江站卫星车解说！"

部分网友的留言截图

北京的席罗曦开玩笑道："打成了突发，你们套路很深啊！"

李浙老师说："主备两套方案，一点儿也没浪费！"

董新稳第一时间获悉时间的变更是能够应对这场直播的前提，浦轩临时想到的plan E也足够给力。浦轩则说："主要那边卫星车是齐哥和马迅，扔什么过去都能接得住，不然真不敢往这个方案上想！"

马迅说："这真的也就是记者站，大家干了这么多次突发，所以啥问题都能解决，啥突发都不怕！"

确实如此，有了平时各种直播和处理突发事件的经验，我们这个团队才能见招拆招。

席罗曦笑言："和高手过招就是爽！"

初稿写于2019年11月3日　上海

此刻，一起看总台玉兰之城主题灯光秀！

用直播的形式来做特写

——从3场直播来谈如何“走进”直播

【题记】

最近几年，中宣部接连策划了几个系列报道，“沿着高铁看中国”“沿着高速看中国”“走进乡村看小康”“走进县城看发展”“走进老区看新貌”，这几个系列报道都提供了一个载体来呈现我国经济社会发展的一个侧面。

相比“沿着”这种更适合直播形式来表达的主题，“走进”则打开了直播的另一种表现形态。

走进西吉县

直播这种新闻表现形态注定了它更适合表现新闻现象，它更快速、更直接、更方便表现真实，但是很难深入。而片子更适合去做一些深入的报道，比如特写、调查、人物。两种新闻体裁注定了它们有着各自适合的领域。

但片子终究是剪辑的艺术，经过修饰化的剪辑之后，情绪会更加浓烈，主题会更加聚焦，记者的主观性也会更加显现，我们所追求的极致真实就无从谈起。如果用表现极致真实的直播形态来做特写，会是怎样的效果呢?

我一直希望能够尝试一次，终于在2021年实现了。

2021年是中国共产党成立100周年，中央广播电视总台策划了大型特别节目《奋斗百年路　启航新征程·今日中国》，以省域为单位，连播31期。我们做完浙江篇之后支援宁夏，来到了中国最后脱贫的地方：西海固地区的西吉县。

初到西吉，小县城不大，但是遍地足球场、篮球场和体育公园，这给我留下了深刻的印象，当地干部介绍，这都是国家财政专项扶贫资金支援建起来的项目。我不禁感慨，只有在中国，才能够花这么大的财力来完成脱贫攻坚这个事情，让区域发展差距不至于那么大，这个年代的西吉人是幸福的，他们享受着中国特色社会主义制度带来的优越性。

今日中国，展现的自然是我党百年的奋斗史，而对于西吉，要展现的自然是在党的领导下，西吉是如何一步一步完成脱贫的。

西吉脱贫最难的是什么？产业？基础设施？西吉的干部跟我说是自来水。我初听之下，不以为然。这算什么难题？通水？2021年，村里才通上自来水，这宣传出去怕不是“低级红、高级黑”，这不正说明西吉的脱贫工作做得不好吗？我一上来就否定了这个观点，因为我怎么也想不到，脱贫要解决的是通自来水的问题。

光和干部聊，不足以让我对西吉县有一个深刻的认识，我还是要去村里转一转。第二天开始，西吉县委宣传部副部长刘德飞就陪我在村里转悠。村村通公路，这是西吉县给我留下的第二个深刻印象，哪怕村子再偏远，通村的公路都修得很好，这也是最近几年为完成脱贫攻坚而修起来的。

和村民聊、和村干部聊，几天时间，我一连转了七八个村，令我颇为吃惊的是，几乎所有村民都认为，解决自来水的问题是他们最感激党和政府的地方，这也是所有问题中最难的！2021年，西吉县解决了所有乡镇通自来水的问题，大的村子几乎都能用上自来水。原来通水竟然这么难！这是生活在东部发达地区的人不敢想象的，杭州人都已经喝上千岛湖的“好水”了，而西海固地区的人民才刚喝上水。中国之大，问题之复杂，区域之差异，我深切感受到了！

确定了主题，就要考虑这场直播怎么做了。用怎样的一场直播来展现西吉通上水的现状、通水的不容易以及水带给西吉的改变呢？

关键在于人。这几天和村民聊天，没有什么比人说出这些变化更可感可受的了，用直播做特写，用探访来做走基层。

有水，意味着村民可以喝到干净的水，满足基本生存所需，少生很多疾病，甚至可以洗脸、洗澡，满足生活所需，还能种菜，甚至灌溉，种的粮食作物品种可以更多一些，存活率、产量和质量都能高一些。

本着这些变化，我想象了一个场景——找一户人家，家里能看出有水和没水的区别，要有自来水龙头拧出水来的既视感；屋外有地，最好能看到灌溉粮食作物的画面，我能够走过去。西吉这么大一个县，找满足以上条件的一户人家，很好找也很难找。于是，我又加了几个限制条件，在这样的村里找：刚刚脱贫、刚刚通上水、刚刚通上公路、村民感受最强烈。

就这样，找合适的人家找了两天，终于选到了一户我认为元素最多的人家——西吉县硝河乡新庄村袁宝成家。老袁家的地段极好，在一个山头上，这个山头就他一户人家，视野非常开阔，大门口往下看是一大片玉米地，以前这里可种不了玉米，因为没有水，玉米根本活不了。他家里还有一片小菜园，种了很多蔬菜。以前西吉人几乎吃不到绿叶菜，都说西吉人有三宝——土豆、洋芋、马铃薯，说白了就是一样东西，可见人们生活吃食的贫乏。袁家的卫生间里还装了淋浴喷头，这更是从前难以想象的，以前澡都没得洗，今年装了淋浴间，一天冲好几遍，恨不得洗“秃噜皮”！他们家还有牛棚，有给牛喝水的水槽……就选定他们家了！

设置好一条长长的动线，各方安排妥当，从在老袁家喝茶开始，讲故事、讲特写，于是有了这场直播：《〈奋斗百年路　启航新征程·今日中国〉宁夏："苦瘠之地"西海固　翻天覆地换新颜》。

走进乡村

2021年7月上旬到9月底，根据中宣部的安排，中央广播电视总台又推出了大型直播特别节目《走进乡村看小康》，每周六、周日上午10点，新闻频道、央视新闻新媒体同步直播，相关省（区、市）卫视并机直播。

刚拿到这个题目时，我的第一反应就是，小康不小康，关键看老乡。所以，无论是直播还是片子，都要将着眼点放在农民身上，展现的是农村，讲述的是农业，感受的是农民。我想继续沿用"走进"直播的方式来走进一个又一个农村。

第二期，正是田园丰收时，我第一次走进了浙江的农村。这个系列创新采用了"对话"这样一种直播形态。浙江省湖州市南浔区荃步村对话四川省广安市广安区勇敢村。这两个村之所以要对话，就是因为荃步村的湖羊以东西协作的形式进入了勇敢村，为勇敢村带去了新产业，当地还成立了湖羊小镇。

到了荃步村，我就想看看这个村是什么样的。杭嘉湖平原地区的村庄相对都比较规整，刚刚进行完全域综合整治，村子都变成了社区，零散的房屋成了联排小别墅，我就叩门去看看村民的生活究竟发生了怎样的变化。转了一圈，只有一户人家的门开着，进去一看，发现了不少新闻点：女主人喜欢做直播，装备很齐全，还带着变声器、氛围导播台，相当专业；男主人在自家后院种了黄瓜、丝瓜和其他小菜，平时喜欢钓鱼，生活乐无边；房子是四层小楼，儿子、女儿周末回家，小孙子的玩具也是不少，这玩具刚好可以用来演示全域空间综合整治。

走进县城

后来，总台又策划了《走进县城看发展》，县城与乡村相比是一个更大范围的存在，涉及的面也会更广，经济、社会、民生方方面面的发展都要照顾到，而且要让观众看到一个县城发展的今天，以及缘何发展到今天。

【奋斗百年路　启航新征程·今日中国】宁夏："苦瘠之地"西海固 翻天覆地换新颜

【走进乡村看小康】浙江湖州　农家别墅整齐有序　农房集聚生活改善

【走进乡村看小康】浙江象山东海小渔村旧貌里的新生活

【走进县城看发展】浙江德清　民宿管家技能大比武正在进行

受众思维：小事件带来大效益

——“鲨鱼搬家”移动直播记者手记

【题记】

动物一直都是新媒体传播当中非常重要的一类对象，动物搬家也总能引起很多网友的共鸣。早在多年前，北京动物园长颈鹿搬家的慢直播就曾经引发上百万网友的围观，熊猫“丫丫”从美国回家也牵动了上亿国民的心。当时我在网上看到了杭州西湖边的极地海洋世界要搬家的新闻，我就产生了好奇，海洋动物要搬家？这还从没直播过。于是，直播牵动全城记忆的海洋世界搬家的想法就这样产生了。

在浙江总站的会议室里，我用一连串问题给大家介绍着这则新闻：海洋动物搬家，你们谁见过？想不想看？最大的海洋动物是什么？什么海洋动物最难搬？海水是不是要一起搬？难点在哪儿？路上怎么弄？用什么器皿来装？需要多少时间？该注意些什么？这个直播做了之后一定是爆款！

当时视听新媒体中心的记者郭爽正在站里“蹲苗”[①]，他有着新媒体运营的思维，我就把这个直播交给了她，要求就是把这个新媒

① 蹲苗：中央广播电视总台选派青年业务骨干赴地方总站锻炼的一种工作机制。

体直播做成爆款，把移动直播用新媒体运营的思维做出来。

鲨鱼搬家和把大象放进冰箱是一样的，总共分三步。第一步，把它从旧池子里捞起来；第二步，运送；第三步，放到新池子里去。说起来简单，可操作起来非常复杂。根据方案，整个搬迁有几个重要节点：从旧展池捕捞鲨鱼，将鲨鱼转运到临时的转运车上，再从转运车送到活水车，通过活水车把鲨鱼运输到新的公园，抵达后，用大吊车把鲨鱼从活水车上转运下来，最后鲨鱼入池。从旧居到新家的搬迁之路大约30千米，要经过10条大道，整个过程顺利进行预计需要四五个小时。

以节点为直播线路的端点，我们制定了多个直播点、多点联动报道的方案——3组记者，兵分5路，多视角展现鲨鱼搬家全过程。其中，第一路位于鲨鱼旧展池，拍摄捕捞鲨鱼的过程；第二路位于出池口，拍摄鲨鱼被转运至活水车的过程；第三路直接进入活水车，摄像穿着下水的捕捞裤，与鲨鱼“共处一室”，实时记录鲨鱼在路上的状况；第四路在装吊鲨鱼的大吊车旁，记录鲨鱼如何从活水车转运下来；第五路则在鲨鱼入住的新家，带大家探访新家并拍摄鲨鱼入池的最后一步。其中第一路记者所在的鲨鱼旧馆，网络信号非常不稳定，无法用4G背包直播，必须使用光缆和卫星车传输。按照此规划，至少需要5路直播团队、2个导播、1辆卫星车，还得有能水下拍摄的GoPro，才能顺利完成整个直播。这比日常直播要动用的人力、物力、财力多很多，但没关系，我坚持，不管多大投入，我们都做！要做就做真直播，要搞就搞大动静！

可是这次直播还有一些不确定因素，那就是具体哪天搬家要看鲨鱼的“心情”，不是人类想搬就能搬的，这意味着我们的直播日期无法确定；搬家过程也存在失败风险，一旦鲨鱼出现意外怎么办？不确定性让这场直播变得比想象中复杂。

如何让这场四五个小时的长直播生动、有趣、好看？其实，捕捞鲨鱼以及鲨鱼落户新家这几个节点是直播最核心的内容，自带可视性。关键的问题是中间运输的过程，只有一个慢直播，时长有一个小时左右，如何保证直播不枯燥？最初大家建议设置一个演播室，这段时间信号传回演播室，请一些嘉宾来聊天、做互动等。但从之前的新媒体数据来看，坐在演播室里聊天的直播大多数据都不高，不如走出去、动起来的直播。于是，我们决定趁这个时间段带网友云逛海洋公园，这里不仅是鲨鱼的新家，也住着大白鲸、小企鹅等颇受人类喜欢的动物，直播这些可可爱爱的动物一定要比人类坐在演播室里聊天有趣多了。

筹备直播期间，我们拜访了海洋动物专家，听他们讲了许多有趣的冷知识，比如鲨鱼本身并不凶恶，企鹅是一夫一妻制等，所以这场直播不仅要带网友看热闹，也要满足一些网友看门道的需求，邀请这些研究海洋生物的专家作为导游，带领网友边看边讲。

要想让直播出圈，起一个好标题，或者说设置一个有趣的微博话题，至关重要。“鲨鱼搬家”本身有吸引力，必须要在话题词里体现，鲨鱼高达400斤的体重也是一个吸睛点，而到底怎么搬是大多数人看到此新闻后的第一反应。400斤的鲨鱼如何搬家，话题核心要义明确了，但需要为其增加一些趣味和网感，联想到小品台词“把大象塞进冰箱总共分几步”，在与后方编辑沟通后，我们最终确定了微博主话题词——“帮400斤鲨鱼搬家分几步”。

看似简单的移动直播，也要带着宣传的思维来准备。如何在有限的条件下尽可能扩大直播的影响力？除了常规的线上发预告等，我们把“鲨鱼搬家”的海报和观看直播的二维码贴在了转运鲨鱼的活水车上，长8.6米的大车行驶在路上非常显眼拉风，带来超强的视觉冲击。不仅如此，沿途的车主们纷纷让出绿色通道，为这位“大可爱”留出宝贵的生命通道。我也感慨，群众保护海洋生物的意识和能力在不断增强。我们适时在直播中设置了保护海洋生物的话题，与研究海洋保护的专家探讨，呼吁公众在生产生活方式上做出适当调整和改变，以绘制人与大海、与自然和谐共生的美好画卷。专家的呼吁得到了反馈，网友纷纷在评论区自发留言，呼吁减少塑料垃圾的使用，去快餐店买饮料不要吸管，等等。4个小时的鲨鱼搬家直播，其实也是一堂生动的生态文明教育课。

就此，直播方案、新媒体话题、宣传物料均准备好了，可以说万事俱备，只欠东风——我们的直播主角鲨鱼。只要它的身体检查和准备工作一切就绪，就能开始直播。然而这个时间一推再推，我一度都觉得这个事儿要黄了，直到突然有一天，郭爽通知我，后天搬家，也就是2021年11月16日。终于可以直播了，这场直播无法彩排，也不能重来，必须一遍过。

准备再充分，真正直播的时候还是有很多不可控的因素。团队主打一个真实和完整，全程真实记录，完整呈现每个环节。在通过转运小车向活水车运送鲨鱼的路上，因为车辆速度过快，为了不落下鲨鱼被搬运至活水车的精彩瞬间，记者王建帆和摄像叶海春边跑边拍，网友感慨"新闻直播拍出了'跑男'的综艺感"。到达新家后，大吊车吊运鲨鱼转运箱的场地非常狭窄，现场又有几十位工作人员搬迁作业，海底世界负责人建议放弃直播此环节，直接拍摄入池过程。但我们并未妥协，长得高高大大的摄像李唐见缝插针，极限操作，愣是在狭小的空间里找到一个逼仄的角落拍摄吊装的过程，既没有打扰到搬迁工作，又呈现了罕见的大吊车吊鲨鱼的场景。

网友远可看"野生"搬迁现场，近可看鲨鱼"纯素颜"皮肤纹理，经过4个小时，鲨鱼终于平安入住新居，我们的直播顺利结束。没想到的是，鲨鱼搬新居出名了。直播话题直接冲上了微博热搜榜，网友讨论积极。浙江和杭州的媒体看到我们的直播后也跟进了报道，央视大屏的编辑也关注到了这场新媒体直播，要我们为大屏供稿，实现了小屏反哺大屏。

好在我们全流程记录了鲨鱼搬家的过程，拍摄到了大量现场素材，配上记者的同期解说，经过迅速剪辑和包装，一条条现场感极强的视频报道就陆续和大家见面了。当天，搬家的大鲨鱼在电视上频频露脸，先后在《新闻直播间》《共同关注》《24小时》以及中文国际频道《中国新闻》《今日环球》等栏目中出现，《浙江杭州400斤鲨鱼“乔迁新居”视频全记录》凭着真实记录和趣味报道，将大鲨鱼的反差萌展现得淋漓尽致，让它成为海洋界人气爆棚的“大网红”。由于直播素材的丰富性，许多精彩现场还被新媒体平台二次剪辑再传播。除视频报道外，我们还在直播结束后发布了一条丰富的图文微信稿，实现了直播素材的“一鱼多吃”，最大化地实现了鲨鱼搬家新闻的多元呈现。

截至直播当天下午1点，全网直播观看人数达到2130.3万人次，成为2021年央视新闻新媒体单场直播观看量最高的一场，话题“帮400斤鲨鱼搬家分几步”登上微博热搜，占据微博同城热搜榜首位数十小时。此次直播实现了国内大型海洋生物报道的一次突破，总台成为国内首家多视角、全程直播大型鲨鱼搬迁过程的媒体。

初稿写于2021年11月19日　杭州

动静结合，探析重大体育赛事主题报道的“有趣”表达

——以《亚运场馆谁最靓？你说了算！》融媒体报道为例

【题记】

近几年，随着体育健身意识的加强，人们对体育赛事报道的关注度越来越高，受众对报道的质量要求也越来越高，需求也越来越多样。重大体育赛事报道不仅是单一的大规模体育竞技活动报道，在融媒体创新发展的背景下，作为重大主题新闻活动报道的业务实践，重大体育赛事报道的融合创新在媒体自我改革中的探索也越来越深入。

可以看到，在体育赛事全过程报道中，体育场馆建设报道是最先启动的新闻报道之一，甚至会贯穿整个赛事报道的全过程，也是最先被受众和媒体关注到的报道节点和亮点。

从一般的新闻实践来说，赛事场馆报道多以外观介绍、功能体验、设计理念普及等为主要内容，在手段上以文字、图片、短视频为主，探馆的形式也多为静态，或者采用逐一呈现的系列报道。

2022年3月29日至4月1日，我们策划推出的《亚运场馆谁最靓？你说了算！》78小时融媒体报道，对常规体育赛事主题新闻宣传报道做了新的突破和尝试。

以动态节点激活静态新闻报道，实现传播效果多元化和最大化

2022年9月10日至25日，杭州市原定举办第19届亚洲运动会，简称“杭州2022年亚运会”（2022年5月6日宣布延期）。亚运会的报道我们提前介入很深，在赛事开始之前，我们就着力报道亚运会前的诸多筹备工作。经过与亚组委的协商，我们将亚组委准备单独两天进行的誓师大会和场馆竣工信息发布会合二为一，让这一天的新闻看点更足，并将这一天定在了2022年4月1日。

4月1日，杭州市举行杭州2022年亚运会的誓师大会，宣布56个亚运场馆全部竣工并完成竞赛验收，同时发布多项筹备成果。

运动场馆竣工是重大体育赛事开启前的重要节点。作为重大体育赛事主题新闻报道的重要章节，体育场馆竣工的报道多数是静态成果的集中呈现。

为了将杭州2022年亚运会场馆竣工这一静态成果发布以动态新闻的形态进行传播，提升受众关注度并扩大传播范围，围绕4月1日杭州2022年亚运会誓师大会的动态新闻节点，我产生了集中探访56个亚运场馆的想法，让大家一起看个够！同时在网上举行在线投票，充分调动全国乃至全世界网友的参与热情，让亚运会还没开，热度就先起来。为此，我们和省委宣传部共同谋划，相关领导出面协调了所涉及的地市、媒体和部门来配合我们的直播。胡总①最后给整档融媒体直播取了名字：“亚运场馆谁最靓？你说了算！”

为了实现传播效果多元化和最大化，我们以动态节点为新闻切入口，最大化地激发了全媒体传播需求，实现了全媒体视角的融合创新。电视、新媒体和广播连线、直播、图文、视频多点互动，成为本次78小时融媒体报道探寻的传播新模式。

① 胡总：胡作华，时任中央广播电视总台浙江总站党委副书记、副站长。

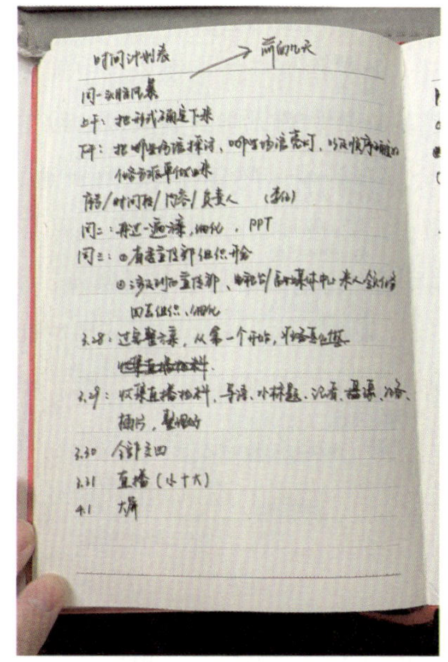

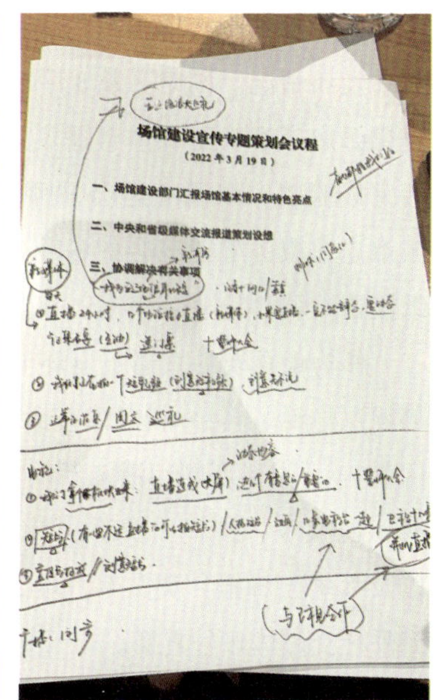

我的筹备笔记

本次78小时融媒体报道以4月1日誓师大会场馆竣工信息发布会为中心，从前期预热到4月1日，实现了78小时全媒体不间断报道。

除了新媒体端依托中央广播电视总台央视新闻客户端、官方微博和央视频等平台，以两轮投票选出最有人气的亚运场馆为期待点和串联方式，辅以短片、海报、图文宣推等内容开启直播外，结合新媒体的直播节奏，4月1日，央视新闻频道以亚运誓师大会为节点，打通全天大屏节目，以直播加短片的形式，介绍亚运场馆竣工验收情况以及亚运会筹备成果。4月1日上午、下午，分别在中央广播电视总台央视新闻频道《新闻联播》《新闻直播间》《新闻30分》等节目中播出杭州、温州等4路现场记者连线和配播短片，《浙江杭州：亚运会56个竞赛场馆竣工，钱塘江畔“大莲花”获国家科技进步一等奖》《浙江杭州　廖雄：用十万张照片编织亚运梦》《浙江杭州奥体中心体育馆：感受“冰篮转换”的奇妙》等12条报道集中展现了杭州奥体中心体育场的建设情况、杭州亚运会誓师大会的各项成果发布情况。同时，从3月31日开始，中央广播电视总台中国之声也开启了本次融媒体直播广播端的报道热潮。所有亚运场馆竣工并完成验收，以及亚运会誓师大会发布的亚运配套轨道工程开通、城市志愿服务等亚运会的各项阶段性筹备成果，分别在《新闻和报纸摘要》《新闻进行时》《全国新闻联播》等重点节目中套播展现。

作为最重要的直播报道环节，4月1日，15小时的《亚运场馆谁最靓？你说了算！》新媒体直播开启，同步在央视新闻、央视频、中国蓝TV、天目新闻、浙江新闻客户端、杭州之家客户端等媒体，微博、视频号、抖音、快手、百度、头条、优酷、腾讯新闻等平台，以及《中国日报》英文客户端、浙江省及省内各市官方英文网站和海外社交媒体账号直播。

直播结束后，一方面，15小时的直播内容被切条，精彩片段在央视新闻客户端、央视频上进行二次传播；另一方面，央视新闻官方微博、客户端和央视频投放事先拍摄完毕的短视频《亚运，浙江准备好了！》，短视频通过拍摄场馆建设者为亚运场馆竣工做的最后一道工序来展现各行各业的建设者们为亚运会所做的努力和工作，为亚运筹备的阶段性成果发布和节点宣传画上圆满句号。

通过动态新闻点的捕捉和精密的策划设计，《亚运场馆谁最靓？你说了算！》78小时融媒体报道成功突破了静态新闻的报道模式，转换为受众契合的视角，创新性采用线上线下贯通的内容产品多角度展示形式，实现了传播效果多元化和最大化。

创新新媒体融合报道手段，实现动静联动，突破单一传播

常规重大体育赛事场馆建设筹备报道，一般会以逐个场馆介绍等相对静态的传播手段为主，记者逐个探馆，然后以解说、航拍、短片或者专访等形式进行新闻报道。《亚运场馆谁最靓？你说了算！》

78小时融媒体报道则突破了常规报道的单一形式，以最动态的新闻形态让56个亚运场馆有了最全面的呈现。

“请你揭开神秘面纱”：大直播前，包含杭州亚运会56个场馆的投票页面在央视频“浙里中国”上线，网友点击场馆名称即可欣赏场馆风貌，为场馆助力，开启蜻蜓点水式的探馆初体验。最后投票选出的第一名浙师大体育馆，竟然获得了1亿多人次的投票。

“带你沉浸式打卡”：3月29日，78小时融媒体报道的大幕正式拉开。此后的78小时，央视频开启预热直播窗口，20个“视窗”云上同步上线12个竞赛场馆慢直播和多条预热短视频，供网友随意点击，实现足不出户也能获得边逛馆、边投票的沉浸式打卡体验；央视新闻官方微博、客户端和央视频同时投放的图文话题“亚运场馆谁最靓？你说了算！”，以九宫格的形式展现场馆的高清大图，预热直播话题；集中投放《探秘亚运场馆，4月1日不见不散》网红大V自拍短视频，为4月1日的直播做预告。

“邀你一起深度游”：作为本次融媒体报道的重头戏，4月1日上午9点30分，15小时融媒体直播在央视新闻官方微博、央视新闻客户端、央视频等平台同步开启，各大亚运场馆深度游正式上线。15路记者分头出发，独家探访15个热门场馆，邀请网友共睹亚运场馆风采，票选人气场馆，沉浸式逛馆打卡。

沉浸式打卡亚运场馆直播

直播过程中，位于杭州奥体中心体育场的演播室串起了15个场馆直播的起承转合，展现15个场馆的人气指数，并通过足球、藤球、柔道等互动形成15个场馆一决高低的竞赛感。同时，直播记者在探访每一个亚运场馆时化身主持人、运动员和场馆宣推官等多种角色，通过现场体验皮划艇、龙舟、空手道等项目，生动展现亚运会各类比赛项目的魅力。“记者的‘皮划艇’初体验”“摄像小哥与运动员PK俯卧撑”“霹雳舞和扭秧歌隔屏竞技”等环节的设计，让原本静态的亚运场馆动了起来，演播室、记者、嘉宾、观众的多维度生动参与，激发了受众对运动场馆的关注热情以及对场馆体验的渴望和认可。

78小时持续性的融媒体报道，是对56个亚运场馆一次集中性的宣传，以慢直播、短片、海报、图文宣推等内容以及记者直播探馆等形式，全方位呈现了亚运场馆的建设使用情况。仅4月1日的融媒体直播报道，就运用了连线、视频、短片等30个串联环节，集合了浙江总站和杭州、湖州、绍兴等各地方广电的新媒体资源和采编力量。通过精巧设计，《亚运场馆谁最靓？你说了算！》78小时融媒体报道实现了56个亚运场馆一次性打卡和接力式场馆深度游，突破了以往体育场馆报道的单一传播模式，创新了新媒体融合报道的动静联动。

探索灵动的内容传播方式，寻求主流价值观和文化输出的“有趣”表达

作为重大主题新闻报道，新闻媒体肩负的责任不仅仅是对客观事实的宣传，还要在对客观事实的报道中，向社会进行主流价值观的弘扬。

冬奥会、亚运会等各项国际赛事纷纷宣布在中国举办，反映出中国体育产业正迎来高速发展期。亚运会是亚洲规模最大的综合性运动会，亚运会的各项报道也将是对杭州、浙江，乃至中国的一次全面的国际化传播。本次融媒体报道在对杭州2022年亚运会56个场馆竣工的新闻事件报道中积极探索，创新灵活动态的重大主题宣传报道传播方式，在“有趣”表达中贴近百姓，点亮亚运风采，展现

中国在经济、科技、社会、文化等各方面的发展与成就。

为弘扬竞技精神，带动百姓关注和参与亚运会，本次融媒体报道从策划前期就设计了以动带静的亚运知识带入，掀起杭州亚运会会前宣传新高潮。例如，直播中，直播团队在带领全国观众和网友进行360度无死角探馆之旅的同时，不忘用记者的视角感受赛事，用嘉宾的互动提问引入亚运小知识，如“帆船赛道长啥样”“港池是用来比赛的吗”“20台钢琴演奏的BGM能听出是哪个游戏的主题曲吗”，根据各地各场馆特点巧妙设计的问答抽奖环节，迅速燃起网友关注，拉升现场参与度。“谁知道，浙江总站队点球大战是输是赢”“当‘神枪手们’遇到射箭会擦出怎样的火花”等系列互动环节的前端设计，在不知不觉中实现了亚运知识的创新植入。

通过此次报道内容传播方式的创新，中国电竞中心首次揭开神秘面纱，卡巴迪、克柔术、藤球等小众运动走入人们视野，霹雳舞、轮滑、滑板等项目互动点燃了年轻人对亚运会的关注热情。

同时，此次融媒体报道在前期策划时就将杭州2022年亚运会秉持的“绿色、智能、节俭、文明”的办会理念融入整体报道方案。“哪个场馆像杭州的国家非遗技艺‘油纸伞’”“奥体中心体育馆‘小莲花’屋顶盛开背后隐藏了多少高科技创新细胞”“隐藏在地下的‘毛细血管’怎样让雨水实现循环利用”……报道通过记者与嘉宾、网友的互动，采用“实地探馆＋实景短片＋实时航拍”的模式，将专访、特写、现场采访等传统赛事场馆传播手段巧妙地、碎片式地穿插在直播过程中，在融合中实现了各种内容的多元化呈现，展现了深深植入亚运场馆建设的“杭州油纸伞”“富春山居图”“良渚文化”等深厚悠远的浙江文化，揭秘了亚运场馆设计和建设中数字化、科技化的元素，更是将亚运场馆建设中蕴含的绿色、智能、节俭、文明理念进行了全方位生动展示和渗透。

在媒体融合创新的过程中，以内容为核心的新闻报道应该不断转变并探索新的传播方式、传播手段，寻求新的传播效果，点面结合、动静相宜，在灵活动态的新闻报道中，以更加细腻、生动、有趣的表达，去引起受众的共鸣，去增强媒体竞争力，去保持新闻的鲜活性和深刻性。

初稿写于2022年4月3日　杭州

全球首个接受空中360度“检阅”的城市

——300架次无人机航拍接力瞰杭州的台前幕后

【题记】

航拍直播15个小时，100多名飞手，300多飞行架次，从旭日东升到璀璨夜景，我们实现了一次直播创举。

杭州，因水而生，因水而兴。
这里江河壮阔，湖泊秀美。
西湖、大运河、良渚古城三大世界遗产，
分布在古街旧巷的历史胜迹，
都沉淀着杭城的古今记忆，
讲述着“非凡十年”新发展。

如果，
在光影流转间鸟瞰这一切，
从日升到日落，
会是什么样的视觉盛宴？

2022年8月13日，从清晨5点到晚上8点，我们联合杭州市摄影家协会航拍分会共同策划并实施了大型新媒体直播《航拍接力瞰杭州》。这场直播集结了杭州100多位民间航拍爱好者，总共飞行无人机300多架次，采用全程不间断航拍直播的形式，连续接力直播了15个小时，精彩呈现了杭州市13个县（市、区）270多个点位的空中盛景。

规模上，此次航拍直播史无前例。无论是参与直播的飞手数量、飞行架次，还是直播时长，在全球范围内都是首屈一指的，这样的直播形式也是全世界首次。截至8月15日下午4点，全网共300多个平台（包括海外平台）实时转播分发，总传播量超3000万次。

画面上，直播的每一秒都美到窒息。从杭州东面的第一缕阳光，到日落长桥平湖卧波，直播全程保持有效的唯美镜头，不仅让观众啧啧称赞，也让导播不忍切换。

技术上，此次直播实现了新突破。为保证大美杭州能顺利呈现，我们提前一周联动总台技术局，商讨技术方案，并在技术局的协调之下，借到了全国为数不多的流媒体切换台Tricaster TC2，还组装了3个拓展设备，可以同时接入16路直播信号，安全实现300路直播信号的切换。

传播上，多平台联动扩大传播量。此次直播提前在央视新闻、央视频等客户端投放《第一视角穿越300架次无人机带你百转千回游杭州》等预热短视频，并在直播结束后推出《30秒看杭州》等视频；在抖音、视频号、B站等平台开启同步直播，在微博平台开设相关话题，10万名网友参与话题讨论；同时，协调浙江省内多个新媒体平台进行全网直播。

策划会：困难中的突围

能够呈现这样的直播并非偶然。这起源于半个月前杭州市摄影家协会提出的一个内部“练兵”设想。韩丹[①]作为杭州市摄影家协会航拍分会的秘书长，此前和我们有过多次合作，他说他们想搞一个协会成立一周年的嘉年华，问我们有没有兴趣。我问具体是什么活动，他说他们想进行一个100名飞手的航拍直播。

我当时一听就兴奋了，百名飞手接力航拍，不仅仅是飞手的节日，更应是广大网友的视觉狂欢。我们总站完全可以帮助搭设一个超级平台，实现空中360度无死角呈现杭州美景，借此展现杭州“非凡十年”的建设成就。

我立即对接了央视新闻和央视频，协商决定实施连续15个小时的新媒体直播。15个小时的新媒体航拍直播史无前例，如何确保万无一失，如何保证无人机安全飞行、安全落地?

在杭州市委宣传部的支持下，我们组织了省媒、市媒以及杭州市摄影家协会、杭州市摄影家协会航拍分会、13个县（市、区）委宣传部等多家单位，围绕航拍点位、人员安排、直播讲解、亮灯协调、活动安排等，进行了紧张周密的策划协商。

有了能共同作战的各支队伍，还要解决上百名飞手的直播信号接入问题。由于各个点位信号情况不一、民间飞手直播经验缺乏等原因，保证百余名飞手的直播信号接入、保障直播安全是一个大挑战。要避免相关隐患，就必须选择同时尽可能多地回传多路信号，并在不同信号中择优选择，确保直播不间断。

大胆的设想需要过硬的设备支持。这设备从哪儿弄呢?我们查询到，可以确保多路信号并行的流媒体切换台Tricaster TC2在全国不到10台，但是我们总台就有2台，飞总[②]帮我联系了总台技术局，在技术局、财务局的支持下，我们成功租借到了该设备，并赶在直播

① 韩丹：时为杭州《都市快报》记者，杭州摄影家协会航拍分会秘书长。

② 飞总：张国飞，时任中央广播电视总台浙江总站党委书记、站长。

开始前运抵杭州，连夜完成调试。据技术局反馈，这也是总台首次使用该设备完成如此大规模的新媒体直播。

演播厅：高温下的鏖战

8月13日，凌晨。上百人精心准备的航拍大戏即将上演，尽管已经做了多方准备与演练，演播室里的工作人员仍不得不面对频频出现的突发情况。

太阳升起来后，杭州这年罕见的热浪更是让直播团队备受“烤”验。位于杭州文广集团电视塔顶楼的演播室玻璃房，顶着烈日运转到中午，终于不堪重负，多次断电，空调多次停止运转，演播室3位摄像接连中暑……

浙江总站的摄像穆亮中暑后瘫倒在沙发上，还一直坚持打起十二分的精神盯紧画面。摄像目不转睛，镜头前的主持人则要调动情绪，随机应变。主持人夏周负责整场直播的前五个半小时。直播前一晚，他准备资料到凌晨1点，4点就起床出发赶往演播室。

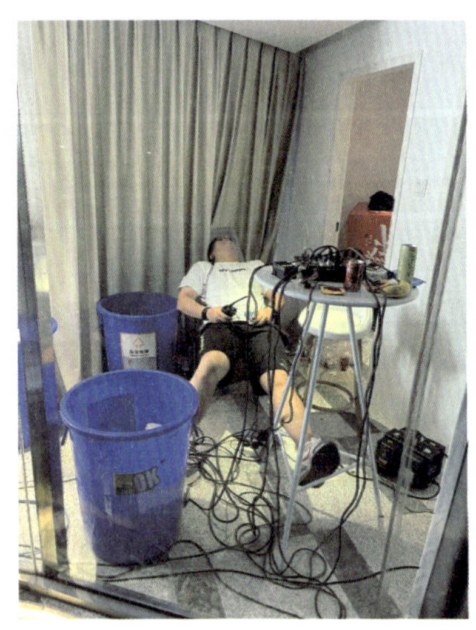

中暑的摄像穆亮

停电之后只能准备冰桶降温

凌晨4点在演播室做准备的夏周

位于杭州文广集团楼顶的演播室

导播倪铮正在调试设备

直播的挑战在于不确定性，其最大的魅力也恰恰在于这种未知感。夏周直播过程中，当画面飞过大学城时，有来自澳大利亚墨尔本的网友留言说想看看母校。我们当机立断，在演播室引导导播找到该校的实时航拍画面，圆了这位网友的心愿。

直播过程中，也有网友质疑演播室背景虚假，视频画面为录播。我们快速反应，让无人机飞到电视塔顶楼的演播室窗外，来一场无人机与演播室嘉宾的实时对话。如此一来，不仅回应了网友质疑，还以良好的互动和极佳的现场感拉近了与观众之间的距离，增加了直播的趣味性。

观众可见的直播画面动人流畅，主持人和嘉宾谈笑风生。但真实的演播室现场，其实更像打仗。下午的直播中，前方信号一度出现问题，16路信号只有1

路顺利回传，导播倪铮一边尽快协调各路备录信号，一边通过耳麦提醒主持人“多撑时间”。

镜头后：排除万难的接力

一场15个小时的成功直播离不开演播室的灵活调度与配合，更离不开前方百余名飞手一次次顺利的航拍接力。值得一提的是，这次前方的所有飞手都是杭州市摄影家协会航拍分会的会员，他们有各自的职业，玩航拍纯属爱好。他们当中年龄最小的14岁，年龄最长的81岁，其中一半是女性。这群充满热情的航拍爱好者，为杭州这场视觉盛宴贡献了自己的努力。

在湖州德清工作的童明勇作为拍摄第一个镜头的飞手，飞江海湿地公园的日出，因为日出时间很早，他凌晨1点从家里出发，赶到216千米外的江海湿地公园来做准备。为了拍好这个镜头，他此前连续5天，每天来回400多千米，就为找一个最好的日出角度。韩丹问他：“你的点比较远，比较辛苦，你吃得消吗？”他的回答是：“因为我喜欢航拍，因为热爱，所以不累！”

倪伟是一家园林绿化公司的工程师，那段时间他原本计划陪妻子孩子去青岛参加夏令营，因为我们的直播，他到青岛才待了一天，就决定坐最早的火车，独自一人回到杭州参加彩排、演练和直播。

朱亮亮是一名普通的公司职员，平时钱都被妻子管着，原先的航拍器因为是多年前买的，信号和电池都满足不了此次航拍任务的需要，他只能硬着头皮去“求”妻子要钱。让他没想到的是，妻子一口答应，非常支持他的爱好，直接让他换购了一套新的御3无人机。不仅如此，为了将拱宸桥拍摄得更完美，他的妻子还穿旗袍撑起油纸伞，驻足拱宸桥观景，成为他镜头里的风景。

赵俊杰，2007年出生，是我们这次所有飞手中年龄最小的，只有14岁，上初二。他在爸爸的影响下喜欢上了摄影和航拍，成了玩穿越机的高手。整期节目，他飞了好几个场景，他爸爸给他做后勤保障。节目直播完毕后，他的学校还给他做了一期微信公众号进行宣推。

杨舒青是一位女飞手，原计划8月13日上午参加技能考试，为了我们的直播，她咬牙放弃，只能明年补考；傍晚本来要飞去西安参加闺蜜的婚礼，她也取消了行程，就为了能够参加这次直播，呈现好这次拍摄。

陈赛是一名普普通通的上班族，他说自己过惯了平平淡淡的日子，生活已经磨平了他的棱角，时间浇灭了他对生活和爱好的热情。直到今年初，他无意中看到了无人机航拍的视频，那巍峨壮丽的崇山峻岭、温婉动人的小桥流水、惊心动魄的名川大河，让他原本熄灭的热情再一次被点燃。这次参加我们的直播让他重新燃起了对生活的热爱，对爱好有了冲动，再一次唤起了他心中对理想生活的渴望，他说他喜欢轰轰烈烈的日子。

姚建心，1942年出生，是我们这次飞手中最年长的一位。他最近两年才喜欢上了航拍，在杭州市摄影家协会航拍分会的号召下，他主动报名参加直播。哪怕天气再炎热，他都没有退缩，出色完成了曲院风荷的拍摄。他说：“活到老，学到老，人生做自己喜欢的事情，开心！”

方华也是一名退休职工，他是在退休之后才开始学习无人机的，这次承担了4个重要点位的拍摄任务——8点航拍高教园区，12点航拍杭州电子科技大学体育馆（亚运击剑馆），18点航拍九堡大桥，19点35分航拍杭州电子科技大学体育馆夜景。就是这样一位退休工人的航拍点燃了网友的热情，实现了和网友的互动。8月13日早上8点的直播中，我们看到了很多网友的留言，其中一位在国外工作的网友希望看一下自己的母校浙江传媒学院，我们就指示方华去飞。他说，当时听到指令紧张极了，因为这不在原本的飞行计划中，那是他第一次飞到浙江传媒学院的上空。第二天他在回看时说，自己竟然完成了多位网友想看母校的愿望，网友的留言让他内心感到无比温暖。网友“踏雾寻踪”：“感谢前方航拍老师，让我看到了我的母校计量大学。”网友“小鱼儿”：“我母校电子科技大学的体育馆竟然变成亚运击剑馆了，当年我每天都在这里运动，变化真快。”网友“Jins”：“航拍老师的技术真好，把大桥拍得这么漂亮，我每天上下班都走这个桥的，从没有发现这么漂亮，点赞加鸡腿。”方华说，这些留言让他明白了做这个节目的意义，他感到很自豪，不仅自己经历了杭州的变化，如今退休了还能“飞”出美丽的杭州。

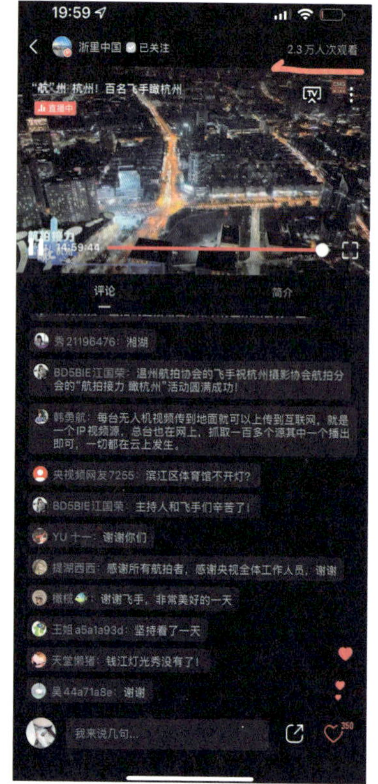

网友留言

还有飞手写诗纪念道：

钱塘秋水夜无烟，一百飞手直上天。西湖雨亭借月色，三百机位白云边。

五千华夏垂青史，良渚古城焕新颜。南北贯通大运河，拱宸自古繁华赞。

余杭未来科技先，璀璨灯火夜阑珊。富阳江畔山居好，空翠烟霏绿如蓝。

桐庐犹道景清美，芦茨湾里云雾间。建德荷花镜里香，逐浪飞人空中翩。

淳安千岛明珠绝，水清鱼欢跃清潭。清凉峰上迎旭日，湘湖河畔沐斜阳。

一江一河一湖水，诗画浙江美如烟。千年杭州日日好，百年亚运一线牵。

央视主播台前座，嘉宾笑谈侃流年。开河创新第一举，功劳册上美名传。

台前幕后携手行，天上地下谱新篇。追光逐影瞰杭州，飞天印象世人前。

也有飞手发散文感叹道：

有场内信号推流的问题，有场外天气变换的无常。有日出同日落都美好的运气，实属老天眷顾。有青山湖大雨、钱塘江大风、运河暴雨，有日出朝阳，有红月彩霞，还有璀璨灯火。有秦飞老师的直播间互动惊喜，有陈彦老师一镜到底的低空穿行。有小桥穿洞，有直追高铁；同白鹭齐飞，与水牛同行。有等候潮水的焦急，有对大莲花没有亮灯的遗憾。有直播水上飞人的刺激，有感受热气球的浪漫。有穿越CBD大街的繁华，有对未来亚运竞技的期待。有对14岁高中生玩穿越机的佩服，有对81岁老人参与航拍的敬仰。有摄影大师曾经说过，摄影最重要的不是景深，而是情深。我们用镜头创造美丽，用图片传递感情，用心灵拥抱自然，用大爱表现人生。因为有了大家，让一切在这里都变得简单。

直播参与人员合影

15个小时的不间断直播、史无前例的航拍接力，为城市品牌塑造提供了新样态，也在提升地方总站引领力、传播力、影响力的道路上迈出了坚实的一步。

初稿写于2022年8月17日　杭州

新闻链接

【“航”州　杭州！百名飞手瞰杭州】

省域主题报道如何做到全国关注

——以《中国式现代化——共同富裕　中国实践》为例

【题记】

《中国式现代化——共同富裕　中国实践》集中报道了浙江高质量发展建设共同富裕示范区的探索实践，是省域主题报道实现全国关注的典型案例。本文立足于该系列报道，从题材选取、报道样态、叙事策略等方面进行了归纳梳理。

2023年7月23日，中央广播电视总台浙江总站联合总台新闻中心评论部打造的系列报道《中国式现代化——共同富裕　中国实践》，连续5天、每天20分钟在总台央视新闻频道《东方时空》这档评论性强、专题性强的品牌新闻栏目中播出，并在全网推送和置顶。系列报道坚持问题导向，展开一线调研，集中呈现了浙江高质量发展建设共同富裕示范区的探索实践，以富有温度、深度和高度的笔触，生动翔实地捕捉推动共同富裕的奋进足音，5天时间全网传播量超4100万次，获得良好社会反响，可谓省域主题报道实现全国关注的典型案例。

将治省方略和国家大政方针结合起来

中国30多个省级行政区，每个地方都有各自的省情民情，也都有因地制宜的治省方略，宣传好各地的治省方略是总台地方总站的重要责任之一。地方总站组建本身就肩负着服务党和国家工作大局的职责使命，承载着充分发挥总台宣传报道主力军、压舱石的责任担当，浙江总站理应主动寻找地方工作大局与总台战略发展的契合点，去观察和记录浙江如何答卷。那么，选择什么样的题材才能在报道一省一域的时候受到全国关注呢？

“在题材选择上，单纯就省域讲省域的题目只适合省级媒体关注和报道，而将治省方略和国家大政方针结合起来，才更适合中央媒体报道。”《东方时空》栏目制片人任萍如是说。也正因如此，《东方时空》栏目组经过多轮讨论，《中国式现代化——共同富裕 中国实践》的名字就这样确定了。

2021年5月20日，中共中央、国务院印发《关于支持浙江高质量发展建设共同富裕示范区的意见》，这是以习近平同志为核心的党中央把促进全体人民共同富裕摆在更加重要位置做出的一项重大决策。浙江如何解读共同富裕？出台了哪些举措？做出了怎样的努力？会给全国带来怎样的启发？

共同富裕主题宏大，该从哪些角度去报道浙江在推动共同富裕示范区建设方面所做的尝试呢？关键在吃透政策。《关于支持浙江高质量发展建设共同富裕示范区的意见》中明确了浙江的四大战略定位：高质量发展高品质生活先行区、城乡区域协调发展引领区、收入分配制度改革试验区及文明和谐美丽家园展示区。这为我们观察浙江共同富裕示范区建设找到了角度——高质量发展、高品质生活、城乡区域协调、收入分配制度改革、文明和谐美丽，这五个方向就成了此次系列报道的五个角度。

2023年是浙江获批高质量发展建设共同富裕示范区两周年，两年过去了，作为共同富裕的先行探路者，浙江取得了哪些进展和成果？探索出了哪些可供借鉴的经验？作为驻站记者，我们理应观察，也应该让中央看到浙江这两年都做了哪些方面的工作，让全国看到浙江这两年的努力成效如何、有何示范意义。

2023年3月，总台浙江总站着手策划共同富裕主题报道，聚焦浙江高质量发展、城乡区域协调、收入分配制度改革、生态与社会治理、高品质生活五大主题，与《东方时空》栏目组深入对接沟通后，确定了5期特别节目：《布局共富“发展策”·创新发展做大共富“蛋糕”》《念好共富“山海经”·山海协作补齐发展短板》《分好共富“增收账”·扩中提低构建“橄榄型社会”》《打造共富“生态圈”·执此“青绿”共绘富美山居》《绘好共富“和美卷”·解决急难愁盼高品质生活》。节目注重大主题、小切口、微刻画相结合，描绘浙江以共同富裕先行示范的实干实效展示中国式现代化的生动图景。

深入一线调研采访，以问题为导向发现基层创新

调查研究是新闻工作者的基本功，是新闻工作者成才的根本途径；只有坚持调查研究，才能把自己锻炼成思想端正、作风扎实、业务过硬的新闻工作者。2023年，从中央到地方都在开展深入学习贯彻习近平新时代中国特色社会主义思想主题教育，大兴调查研究之风。我们在报道时选择了一线调研的形式，以问题为导向，让记者带着问题深入一线去调研、观察、记录，这既是一线驻站记者该有的姿态，也是《东方时空》这档深度调查栏目的特长，更是观众喜闻乐见的报道形式。浙江总站报道团队从3月开始就分成9组，前往浙江11个地市、23个县（市、区），调研各类产业园区、田间地头、街道社区等，切实沉下心采访，带回“沾泥土、带露珠、冒热气”的深度调研报道。

共同富裕，重在共同，也难在共同。既要覆盖全体人民，一个都不能少；也要覆盖全部区域，一块都不能缺。区域协调发展是一项关乎我国经济社会发展全局的重大课题。如何在推进中国式现代

化的过程中加快区域协调发展，实现更高质量的区域经济发展？浙江如何破局？记者调研发现，从全国范围看，浙江是比较富裕的。2022年浙江人均可支配收入突破6万元，城镇居民人均可支配收入连续22年居全国各省区第一，农村居民人均可支配收入更是连续38年居全国第一。但在浙江省内，依然存在发展不均衡的问题。从杭州临安的清凉峰镇到温州苍南的大渔镇，两地连起来的“清大线”将浙江一分为二，“清大线”西南侧有26个县，占了浙江省45%的面积，却只创造了全省不到10%的生产总值。共同富裕既要高质量发展，也要高水平均衡，补上山区26县的短板就是浙江的突破口和关键点。早在20年前，浙江省委做出“八八战略”决策部署时就提出，要进一步发挥浙江的山海资源优势，推动欠发达地区跨越式发展。怎样把“山”的资源和“海”的优势结合起来？这些年，浙江形成了一批来自一线的山海协作经验，其中打造“飞地”平台最具代表性。报道团队以此为切入口，深入报道浙江以“飞地经济”模式破解“山海”差距这个区域发展不平衡问题。稿件既有生动的案例，又有翔实的数据，同时采访专家学者进行梳理总结，形成了有分析、有深度的调研报道。

解决基层矛盾，让老百姓工作生活和谐也是共同富裕必须解决的问题。作为“枫桥经验”发源地，浙江也一直在探寻“枫桥经验”的新内涵。坚持和发展新时代“枫桥经验”，完善社会矛盾纠纷多元预防调处化解综合机制，更加重视基层基础工作，充分发挥共建共治共享在基层的作用，推进市域社会治理现代化，促进社会和谐稳定。对此，浙江有怎样的新招？我们聚焦一个村庄，看村庄里的“张家长、李家短”如何处理，除了村支书，矛调中心、驻村法官组成了有机联合体，一般的事情在矛调中心，通过“老娘舅”、乡贤和村干部就可以化解；涉及法律的，驻村法官可以提供帮助，实现了“小事不出村，大事不出镇，难事不出县，矛盾不上交”。

通过高质量发展、高效能治理，让人们过上高品质生活，是共同富裕最终的理想图景。如何让人们享受到更高品质的幸福生活？“一老一小”是重要的切入口，浙江致力于解决“一老一小”问题，让生活在共同富裕示范区里的人们感受到“幼有所育、学有所教、劳有所得、病有所医、老有所养、住有所居、弱有所扶”。

浙江的探索是“未来社区”。什么是“未来社区”？它是围绕社区全生活链服务需求，以人本化、生态化、数字化为价值导向，构建未来邻里、教育、健康、创业、建筑、交通、能源、物业和治理九大场景的新型城市功能单元。其中，围绕“一老一小”等群众特别关注的问题，浙江探索社区服务新模式，在“未来社区”特别打造了创新服务场景，让老人安享幸福晚年，让孩子拥有快乐童年，持续提升社区群众生活的幸福感、获得感。

在《探访“未来社区”：老小区如何绘出新图景》短片中，节目带领观众探访了浙江共同富裕现代化基本单元——“未来社区”。“到这里吃饭就省心很多”“我们要到老年活动中心去开心快乐了”“那我们就想通过自己的爱好，拉近邻里的关系”……通过一个个普通人的生动讲述，带领观众看生活变化，使观众了解浙江如何让老人的生活开心快乐。而在《共享共建共治“未来社区”里的青春活力》短片中，记者带着观众走进了杭州的杨柳郡“未来社区”，社区里有幼儿园、小学，孩子在家门口就能享受到专业的教育服务资源，还能在社区里感受到共享、共建、共治，成为社区里的主角。

《共同富裕　中国实践》系列报道共11条短片，每条短片都是从一个具体深刻且有广泛意义的问题入手，客观、真实、准确地呈现浙江在探索共同富裕道路上遇到的问题和着力解决的课题，有针对性地破题，让观众能全面清晰地了解浙江共同富裕实践全貌，以及浙江实践对全国应有的借鉴意义。

驻点观察跟踪拍摄，展现探索道路上的人和事

驻站记者最大的优势就是对地方熟悉，对事物可以长期观察。总台浙江总站自浙江建设共同富裕示范区获批以来，陆续在全省设立了10个观察点，安排记者定点跟踪观察报道，为共同富裕的主题积累了大量线索和素材，也为深入报道积累了大量的故事。在系列报道中，有几个故事就是经过长期积累和跟踪记录下来的。

比如，城乡协调发展是共同富裕道路上要解决的一个课题，浙江总站在设立观察点时就着重关注这一话题。余杭区余杭街道是总台浙江总站设立的观察点之一，一年多的时间，浙江总站的记者在这里长期观察、记录和报道，在其中，发现了当地的一个新探索：乡村CEO。

余杭街道的永安村是一个经济薄弱村，2019年，这里的村集体经营性收入是73万元，在余杭街道排名垫底，怎么才能逆袭？永安村决定效仿浙江很多地方的做法，公开招聘CEO，看看外来的和尚能不能念好经。

从一年前开始，我们就跟踪记录了永安村是如何内部讨论来制定CEO招聘规则的，并全程记录了招聘CEO的过程。浙江大学学子刘松脱颖而出，成功应聘了永安村CEO之后，我们又开始跟踪拍摄刘松的故事。于是在报道里，我们看到了一年前刘松是如何想着通过家庭农场的方式发展农文旅结合的项目，又看到了第一次尝试失败后的他如何想方设法，跑到安徽找自媒体来永安村策划一些适合现代年轻人的项目，最终成功举办乡村音乐节。短短5分多钟的短片里，我们呈现了跨越一年多时间的永安村蜕变记，记录了年轻的大学生刘松如何萌生创意，又不断碰壁、不断解决问题的过程，也看到了永安村如何从余杭街道倒数第一变成正数第一的过程。正是因为记录完整，我们得以呈现这样一个一波三折的故事，观众记住了

这个村子和大学生刘松。这样的跨度更是展现了共同富裕的长期性、艰巨性、复杂性，让人们在看到不容易的同时，更看到了希望。

嘉兴桐乡同样是浙江总站的观察点之一，它和余杭的不同之处在于这里的开发区更多，招商引资的企业更多。于是，我们也从一年前开始记录这里一个新的经济开发区的开发过程。

在记录中，我们发现，政府引进企业的时候，是希望产业集聚，以物理集聚催生化学效应。可实际上，这些同住一个“小区”的企业就像城市里刚刚乔迁新居的业主，即便是门对门的邻居都不认识，更别谈合作了。怎么打通这产业链集聚的最后一公里？我们选择跟踪拍摄的开发区副主任赵弘毅，给自己的角色定位正是为企业合作牵线搭桥的“红娘”。

在跟拍他的过程中，我们发现他的工作很多也很杂，但是不管多麻烦，他都以熟悉开发区里的每一家企业要求自己，因为只有熟悉，才能够真正知道谁和谁是合适的。我们在记录了大量素材之后，终于发现了一个尤其典型的案例：从事汽车装备生产的双环传动公司与正基塑业之间只相隔两条街，然而双环传动每次都要跑到大连去进口包装箱。在赵弘毅的撮合下，两家公司相见恨晚，双方的合作让双环传动一年就能节省200多万元，还提高了售后服务的效率。后来，我们又发现，赵弘毅不仅是自己跑，还搭建了一个“红娘网”，让所有企业都可以在这个平台上找到相匹配的目标。同时，他还不定期组织企业“相亲会”。可以说，这一年多来，为了能多撮合几家企业达成合作，我们跟拍的这位“红娘”想尽了各种办法。在这些鲜活的故事中，观众也记住了这个爱笑、爱当“红娘”的浙江基层干部。

整个系列报道连播5期，每一期都有两三个故事，每个故事都有一位主人公，在央视新闻客户端同步推出之后，很多网友留言：“刘松，好样的！”“这个红娘真不容易！”通过这样一些记录和拍摄，观众充分感受到了浙江在建设共同富裕示范区过程中的不易与探索，报道更有信服感，也让人们对共同富裕示范区的建成更有信心和底气！

本文原载《电视研究》2023年7月，总第404期

【共同富裕　中国实践】

亚运何以精彩

——谈重大体育赛事的在地化宣传报道

【题记】

杭州第19届亚运会注定是每一个参与的记者职业生涯中难忘的时刻，也是最近20年继G20杭州峰会之后，杭州迎来的第二次国际性的重大活动。生逢盛世，我有幸非常深入地参与了这两次大活动。不同于G20杭州峰会时在一线奋战，亚运会时我全程参与报道策划。会前，我的办公时间一半在亚组委，会中，我的时间几乎全在主媒体中心（MMC）。整个2023年，我工作重心的一大半都在亚运会的报道策划上。

杭州亚运会是对杭州的一次大考，也是对总台浙江总站的一次大考。最终，我们出色完成了所有报道任务。截至2023年10月11日，我们共推出亚运报道1500多篇，其中《新闻联播》76篇、《新闻和报纸摘要》53篇，杭州亚运会期间相关新媒体直播、热搜话题全网阅读量超15亿次。

关于这次报道，我也总结了很多打法，也有很多背后的故事。先说打法。

深度绑定，获取第一手消息源

由于杭州第19届亚运会原定在2022年举行，所以从2022年开始，我就和亚组委深度绑定。2022年4月1日，总站策划实施了《亚运场馆谁最靓？你说了算！》的融媒体新闻行动，亚组委因此对我们有着充分的信任，以至于有任何节点都会第一时间通知我们。不仅如此，他们还会和我们商量，请我们谋划，所以所有节点我们都是首发甚至独家，我们牢牢抓住每个节点，尽量策划成连续几天的大报道。

2023年6月以后，省里逐渐形成了月度例会的机制，亚组委所有部门将当月的重点工作汇聚成册，而有了这本“红宝书”，新闻报道的策划就有的放矢。我们讨论、谋划、调整，目的就是让“红宝书”里面的每一个新闻点都能放大处理。

临近亚运会开幕，我就安排站里的记者直接到亚组委办公，各路记者和亚组委各个组深度绑定，这样每个组有任何动向，我们都能第一时间知晓，第一时间策划和报道。

杭州亚运会新闻协调组还给我们提供了一个主要工作任务时间表，我们就按照这个任务时间表分配报道时间，主要时间节点为倒计时150天、倒计时100天、倒计时50天、倒计时30天，并且我和亚组委商量，每个时间节点都要安排几个实在的新闻事件，比如倒计时100天的主新闻事件是火种采集和亚运村首次公开亮相。

动态分组，调动每个组的能动性

3月，我拿着厚厚的策划书与总台各个中心、部门商量和对接。在电视端，我们成立了由新闻中心社会部、地方部、编辑部和我们浙江总站组成的亚运会临时分部，我们的发稿就直接在小群里对接，效率更高。

我们在央视新闻频道、中国之声和央视新闻客户端上均开设了专栏报道，有了版面和空间，我们就有了大展拳脚的机会。

我把站里的记者分成了几个报道组，这些报道组会随着时间推移而动态调整。比如在7月的时候，所有记者分为场馆组（主要报道竞赛场馆的准备情况）、竞赛组（报道一些小众的竞赛项目）、周边组（主要报道亚运吉祥物、奖牌、菜单、服装等）、保障组（城市侧的报道，展现为了保障亚运会所做的工作）等8个小组，每个小组有一到两个自己的专栏，比如场馆组的专栏是《亚运探馆》，竞赛组的专栏是《亚赛初体验》，保障组的专栏是《亚运有我》。到了8月，随着场馆探访完毕，场馆组动态调整为飞行组，负责直升机航拍节目的拍摄和录制。各个小组既要完成既定的策划专栏，还要在和亚组委各个部门对接的过程中充分发挥主观能动性，寻找新的选题，让自己的报道组能够出新出彩。

比如，保障组后来就在新媒体平台上推出了《爱上浙里》专栏，一批精品短视频屡屡出圈成为爆款，从9月23日一直播到10月8日，在央视新闻新媒体全矩阵投放。专栏的短视频竖屏拍摄，见人见事，呈现了越剧小生陈丽君、龙泉宝剑、汉服风等，每天一期，每期都是10万+的观看量，都是全平台投放，该专栏成了央视新闻在亚运报道当中的重要板块。

周边组策划了《亚运小知识》，把亚运会上不为人知的小知识做成短视频，重点在新闻频道、体育频道、央视频客户端、央视体育客户端呈现，每期不超过两分钟，用风趣的手法来告诉大家一些冷知识：你知道运动员为什么不能吃胡椒吗？你知道世界上最快的球类运动是什么吗？你知道跑步为什么都是逆时针转圈吗？总共推出了24期。

最终，我们在央视新闻频道投放了40期《记者探馆》，《鸟瞰亚运之城》播了13期，《看亚运　逛浙江　品活力中国》播了16期，

《智能亚运》播了12期。仅在新闻频道，我们自主独立策划的板块和栏目就有17个；在央视新闻新媒体，我们自主独立策划的栏目有3个。

每个组的记者都成了相应领域的小灵通和专家，比如亚运村组的负责人夏周，但凡亚运村有报道节点，只要他带着卫星车去，就一定有地方停，能直播得出去。

赛会期间，总部记者来到了前方，我们和新闻中心社会部的记者打合在一起，按照区域分小组，每天一起干活、互相补位，打了一场大集团军作战的大胜仗。

借助亚运会契机，积极策划节目

除了策划新闻节目，我们还积极策划各种活动，比如邀请各国运动员逛杭州，感受中国文化，与中国国际电视台（CGTN）合作拍摄纪录片《最忆是杭州》。

每个来前方的总台中心就像一个方面军，都有自己擅长的领域，我们积极对接落地、配合，感受着总台在文化传播方面的全面和精彩。

说完打法，再说几个背后的小故事。

关于《飞越杭州》

我们这次做了一个微纪录片《飞越杭州》，是总台的直升机在杭州上空飞行了34架次，用累计飞行时长56小时的素材编辑出来的。

这个创意来源于慎部长。从接到这个任务开始，我和梁烨、王玥、沈思维、穆亮、马迅就驻扎在亚运会的主媒体中心里，不分白天黑夜地干这个活儿。我们自己先改了好几版，然后给胡总①审看，

① 胡总：胡作华，时任中央广播电视总台浙江总站党委书记、副站长（主持工作）。

胡总审看之后再给慎部长审。在这个审片过程中，我惊讶于两点：一是我们最后一版改完给慎部长审的时候是凌晨两三点，但即使是这个时间，慎部长依然完整地看完并逐条提出自己的修改意见，而且来来回回又改了很多遍。我当时就感叹：领导是不用睡觉的吗？二是慎部长看完我们的片子，首先说的就是音乐选得不好，应该用《采茶舞曲》，最后用《梦想天堂》，且要用童声版的。我们深夜在改片子的时候，一听《采茶舞曲》响起，就感觉到了江南，再听《梦想天堂》，感觉都要哭了，情绪恰到好处。此外，慎部长还提出了很多关于剪辑顺序的调整建议，都体现出他对声画的精益求精。

虽然创作的过程很艰辛，但最后片子在总台央视综合频道、新闻频道、财经频道、中文国际频道、体育频道、体育赛事频道、奥林匹克频道及CGTN各外语频道陆续播出，央视新闻、央视频、央视网等新媒体平台同步上线。当天，“绕杭州飞33小时拍到的美景有多震撼”的话题进入微博热搜榜前三，后来这部微纪录片在总台“百城千屏”计划中轮播。自己做的片子在全国各大城市地标建筑的大屏幕上播出，这还是我从业以来第一次。

关于“数字人”

杭州亚运会的点火仪式也采用了此前历届亚运会上从未有过的方式，那就是“数字人”点火，这既体现了杭州“数字之城”的特点，也体现了本届亚运会绿色、智能、节俭、文明的办赛理念，低碳、环保、无污染，而且还可以发动最广泛的人群在线一起参与，非常特别。

亚运会期间，亚组委召集领导、专家一起为“数字人”起名，我有幸参加了这次活动。我年纪最小、资历最浅，第一个发言，提出了“弄潮儿”这个名字。其实，当知道这次会议的主题之后，我脑海中蹦出的第一个名字就是它，我觉得这就是浙江人的名字。

数字人英武，数字点火的方式又是走在时代最前沿，本身就很潮；习近平总书记在G20杭州峰会上引用的潘阆的那句诗，“弄潮儿向涛头立”，又很形象地展现了浙江人的精神；同时，“秉持浙江精神，干在实处、走在前列、勇立潮头”，这也是习近平总书记对浙江提出的要求。浙江要勇立潮头，而“数字人”就是浙江勇立潮头的又一体现。

后来，很多领导、专家也都提出了自己的名字，大家贡献了大约十来个名字，最后经过多轮评审并送领导审定，我取的“弄潮儿”成了亚运数字火炬人的名字！

关于“钱塘潮”

在本届亚运会开幕式上，有2分28秒钱塘潮的画面，其中的1分14秒恰是我们提供的。这背后也有一段故事。亚运会期间，龙洋专访开幕式总导演沙晓岚时，沙导也在节目里公开讲述了这个故事。

当时中央领导来审查开幕式，慎部长也在其中，他看完整个开幕式后说：“沙导，你可能不是浙江人，你现在做的大潮太平静，这不行的！我们浙江的钱塘潮，这个浪是非常大的，要气势很大的！”

第二天一早，我就接到了梁主任①、何主任②和我们胡总的指示：抓紧把钱塘潮最有气势的画面找出来，提供给开幕式导演组！我们从2010年开始直播钱塘潮，到2023年已经连续直播了14年，有大量素材，只是部分资料保存得并不好。我们把最近几年用4K拍摄的画面找了出来，同时台里音像资料馆也把以前拍的比较好的画面找了出来，做了相关的处理，最终开幕式上有1分14秒的画面是由我们总台提供的。

① 梁主任：梁建增，时任中央广播电视总台总编室主任。

② 何主任：何绍伟，时任中央广播电视总台社教节目中心副主任。

沙导在采访中特别感谢了总台和我们浙江总站，有了这1分14秒，才有了开幕式上万涓成水、奔涌成潮的视觉效果。

杭州亚运会圆满结束后，浙江省召开了一个表彰大会，我有幸作为新闻宣传的代表在大会上发言，以下是我当时的发言内容。

亚运何以精彩？

很荣幸我能作为新闻宣传的代表在这里发言。我也很幸运，能够参与报道杭州亚运会。

“简约、安全、精彩”是本次亚运会的办赛要求，让“精彩”被全亚洲看见，被全世界瞩目，我们新闻宣传战线，当仁不让！

亚运何以精彩呢？给大家分享我们新闻宣传战线上的三类人。

第一类，是本可以躺平一会儿但一会儿都不愿意躺平的人。

这些人本可以在哪里躺平一会儿呢？主媒体中心。这是我们媒体人的大本营。这里有一批睡眠仓，顾名思义，是让记者们累了，躺下来休息的地方，可整个亚运会开完，这里却成了拒绝躺平的地方。不是比谁睡得好，而是比谁睡得少。

开幕前一天，我在那儿睡过一个小时，后来发现晚上不回家，睡在这里的人越来越多，大家都在赶稿赶片，不愿意把时间浪费在路上；到了中期，根本预约不上，记者们都成了不回家的人。多少金点子、好标题、爆款热搜、精彩瞬间都来自不愿躺平之后的坚持与韧劲！

第二类人是忙碌了整个亚运却连场馆都没进去过的人。

亚运期间，奔跑与熬夜是所有记者的常态，只不过有的记者是没日没夜奔跑在各个亚运场馆，而另外一波记者则是奔跑在城市侧。

精彩不仅有赛事本身，还有浙江这个展示中国特色社会主义制度优越性的重要窗口，因此“跳出亚运、报道亚运”也是我们展现

“精彩”的一个重要方向。亚运期间，很多媒体人每天奔跑在浙江的角角落落，去寻找“因为亚运”和“爱上浙里”的故事，这些奔跑在城市侧的记者挖掘了教育系统“你负责亚运，我帮你带娃”的暖心故事；挖掘了气象部门提前预判天气，准备4万件雨衣的事，展现了“从容的赛场应急”；挖掘了金角银边、嵌入式体育设施，让所有人都羡慕浙江的15分钟公共文化生活圈。在整个亚运期间，他们每天都在挖掘着浙江的美丽与文明，可最后，连一个场馆都没进过、一场完整的比赛都没能看过，但是他们展现了与赛事一样的精彩纷呈！

第三类人，是主动投喂、有求必应的我们媒体人的娘家人——各级宣传部门。

从倒计时100天开始，浙江省委宣传部和亚组委宣传部就组织媒体开策划会，策划前置。我们说，这样的宣传部门，懂我！每个月，我们都能拿到一本“红宝书”，里面分门别类记录了亚组委各个部门以及6个办赛城市接下来一个月要做的重点工作，让每一个新闻单位的策划都有的放矢，让每一次的重大节点都能出精品大作、爆款热搜，让每一家媒体不打无准备之仗。到了后期，省委宣传部干脆拉了一个群，新闻选题以天为单位，不停地喂料给我们，让新闻宣传的节奏逐渐升温，渐入高潮！

基层宣传部门的同仁几乎每天都要接听我们媒体人的深夜来电，联系采访、协调各部门，屏幕上的精彩是新闻宣传战线所有人密切配合、无私无我换来的！

今天，浙江已经在后亚运时代迈出了新步伐，我们新闻宣传战线同仁也定甘为之江写春秋，继续报道好中国式现代化的万千气象，奋力谱写中国式现代化浙江新篇章。

初稿写于2023年11月18日　杭州

钱塘自古繁华！总台带您飞越杭州

早发声、准发声、发好声

——以一次突发事件的舆情处置为例

【题记】

随着互联网的发展，舆情引导成为政府部门极富挑战性的一件事。很多舆情的发生匪夷所思、无法预料，舆情的引导只能被动，无法主动预判，这样的复杂性、偶然性和不确定性给舆情引导这件事带来了很大的难度。利用好主流媒体来发声是处理舆情非常好的一种方法，简单来说就是九字诀：早发声、准发声、发好声。

2024年2月25日早上7时许，杭州一高架上宾利车主伤人的视频在网络上迅速传播，引发舆情。短短3个小时，“杭州宾利”的微博话题登上热搜榜第一位，阅读量近2亿。此外，多个事件相关话题登上热搜榜，“杭州持械伤人宾利司机已被抓”话题阅读量3798.4万，登上热搜榜第二位；“杭州交警回应网传宾利车主伤人视频”话题阅读量5657万，登上热搜榜第四位。相关话题同样登上抖音热榜，话题热度居高不下。我们从杭州市公安局了解到，公开面共发现相关信息1000余条，话题热度呈攀升趋势。

在搜寻相关话题时，我们发现舆情迅速发酵有以下原因：

有的网友带节奏，把此事与“仇富”心理挂钩。宾利车是财富符号，因此事件获得了公众超高的关注，成为网友吐槽的爆发点。

一名抖音用户发布的事件剪辑视频收到25.5万个点赞、2.6万条评论，有网友在视频下评论说“有些人仗着自己有几个臭钱，就觉得自己的任何行为都是可以用钱摆平的，我们作为沉默的大多数，要用自己的行动告诉他们这类人，钱不是万能的”，并号召网友点赞转发。在该视频的评论区中，记者看到网友的评论大多有类似倾向：“宾利车主这么猖狂”“这还是辆宝马，要是我等小人物，岂不是更惨”“有几个臭钱就嘚瑟得不行”“你可以懦弱得选择不出声，但不能嘲笑这种勇敢的先驱者”……

有的网友开始解读宾利车主的行为，这种解读往往带着猜测和臆想。有的网友还将此事与浙江省挂钩，上纲上线。有抖音用户发布评论：“难以置信，浙江有这种涉黑人员。”很多网友跟帖转发，将此事与浙江关联起来。有的网友还将此事与全国发生的其他事件联系起来，称：“今年事儿太多了！看来今年不太平啊！”

还有个别网民反映遭遇删帖，导致舆情持续发酵。网友发评论称不怕死的可以转发，并且在其他人的评论下面跟帖：“人家有钱有势，热度不是轻轻松松被压下去了。”

这是一起很典型的恶性突发事件，有全程视频且行为恶劣，并且网上关联事件和信息较多，单纯靠删帖或者压低热度很难平息，这时候主流媒体的发声就尤为重要。经过了解，公安部门对整个事件都已调查清楚，我们建议公安部门早点发通报，制止流言发酵。于是，在上午10时许，我们在央视新闻客户端上首发了杭州市公安局的通报：

关于网上流传的宾利车驾驶员伤人视频，经核查，系我局已立案侦办的一起涉嫌故意伤害案。双方当事人侯某仁、侯某彬系表兄弟（均安徽籍，在杭州经营物流业务），因经营纠纷，2月22日14时许，侯某仁（男，39岁）得知其表弟侯某彬（男，32岁）在银行欲冻结公司账户后，从公司驾车赶往银行（随身携带茶刀）。期间，侯某彬开车离开，故侯某仁驾车追赶，在钱塘快速路上将侯某彬驾驶的车辆别停，并持茶刀对侯某彬进行殴打。经送医治疗，侯某彬无生命危险。

犯罪嫌疑人侯某仁于当日18时许被公安机关抓获，因涉嫌故意伤害罪，于次日被依法刑事拘留。目前，案件正在进一步办理中。

通报上明确了两人的关系及冲突原因，不存在仇富情绪、惯犯、涉黑，属于偶发事件，这起通报发声早且准。通报发布之后，下午1时许，网上有关仇富、涉黑之类的言论很快不攻自破，各大媒体以及自媒体纷纷转载、转发，舆情迅速平息，这就是主流媒体一锤定音的作用。

但是网上依然有关于这个事件的讨论，相关话题高居热搜榜首位，很多网友还在讨论。这时候，主流媒体除了要早发声、准确发声以外，还要有效引导舆论。在4分多钟的视频里，有一位下车见义勇为的路人，我们经过多方了解，联系上了他，迅速安排了独家采访。他本人是一名律师，在采访中他认为，自己救的不是被施暴者，而是两个人。这个观点很新颖且很有法治精神，我们就以此为标题，做了后续报道。“我救的是两个人”，此报道在新媒体端发出后，迅速登上热搜，唤起了网友对法治精神和理性思维的讨论，网络舆情风向迅速转变，从讨论事故中两个当事人的矛盾，变成了讨论见义勇为、法治精神。

这起突发事件在短短一天之内，九上热搜，风向迅速转变，从恶性事件转变为良性讨论，我们主流媒体在其中的及早发声、准确发声和有效的舆论引导起到了至关重要的作用。

初稿写于2024年2月28日　杭州

杭州高架见义勇为车主讲述救人细节：“我其实救的是两个人”

大改革的小切口

——《一件衣服背后的深化改革》记者手记

【题记】

浙江自贸区，是全国所有自贸试验区中比较有特点的存在，他们“无中生油”，实现了油气的全产业链。有一次，我去镇海炼化调研采访，聊起了一个话题：为什么宁波、舟山聚集了这么多的石化企业？如何让观众能够正确认识和理解石化产业？头脑风暴之后，一条从绍兴的衣服开始讲起，关于衣服原料的来源、生产、制造、运输全产业链的片子在脑海里形成，就差一个合适的时机拍摄。

从党的十一届三中全会到党的十八届三中全会，再到二十届三中全会，“改革”是绕不开的关键词。我们用过很多种报道形式来表现“改革”，对于浙江自贸区的油气改革，这个相对离老百姓较远的改革内容，我们必须从老百姓最可感可受的小点出发，一层层铺陈开来讲故事。于是，我们想到了石化的下游产品化纤以及终端产品衣服，所以我们的故事就从衣服开始讲起。

为什么要从一件衣服出发？

鱼山岛，在舟山1000多座岛屿中，很不起眼。可是，国家提出“石化炼化”向社会资本开放后，这里建起了全国首个离岛型石化基地——舟山绿色石化基地。超2500亿元的投资让这里成为一片“钢铁森林”。到2024年，这里已经成为石化项目单体投资国内第一，炼化一体化规模全国第一，炼油、乙烯、对二甲苯等产能规模国内第一的标杆级石化基地。

这样的内容本身就是“电视友好型”选题：分量足够重，场面足够大，数据足够抓人……我们曾多次在这里进行直播报道，收获好评无数。复刻一场直播或者进行一次体验式报道，也未尝不可。不过这次，我们改变了思路。

在头脑风暴中，我们先对选题来了一次“自我改革”，分析原来的呈现方式，对受众而言，除了赛博朋克风的炫酷感，直呼一声“有钱”外，还能收获什么？他们很难直观地感受到改革。因为“2500亿元”也好，“全国第一”也罢，都与老百姓没有关系。如果这样来讲改革故事，那改革是改革，老百姓是老百姓，两者之间是剥离的。

打破剥离感，就要建立联系。我们从“钢铁森林”顺藤摸瓜，往它的产业链一路找。“钢铁森林”生产什么？乙烯、对二甲苯、芳烃、苯酚等化工原料。化工原料的用途是什么？常规来看就是制造化纤、塑料、树脂等材料。对于这些材料，我们开始有了熟悉感，因为下一步它们就与我们密切相关了，穿的衣服、开的汽车、家里的装修、小孩的玩具……我们的衣食住行都需要用这些原材料来生产。老百姓与一座被封闭管理的“钢铁森林”之间，通过一件衣服就可以联系起来。我们的报道也从舟山绿色石化基地搬到了绍兴柯桥。

绍兴柯桥，中国轻纺城所在地，全球25%的纺织品在这里交易。我们一头扎进了这里的一家服装企业，从他们的展厅开始拍起。

一个改革故事，为什么选择从一件衣服开始说起？总结一下我们的构思：中央推行改革的目的必然是解决阻碍当下经济社会发展的不合理生产关系，让老百姓更有获得感，改革最终的受益者肯定是老百姓，所以，我们的报道也一定是要让看似遥远、“高大上”的改革与普通人的日常关联起来，从老百姓的衣食住行说起。

党的二十届三中全会公报也印证了我们的分析，其中写道，进一步全面深化改革“以经济体制改革为牵引，以促进社会公平正义、增进人民福祉为出发点和落脚点”。有了这样的认识，我们自然可以把一件衣服和舟山绿色石化基地联系在一起，和中央提出的改革方针连接起来。

一镜到底的换装，背后是这样的逻辑

思路有了，拍摄还得出新意。摄像林侃提出可以多穿几套衣服来体现镜头的丰富性，由此本片开头的一镜到底换装秀有了雏形。不过，在提出这样的设想前，我们展开了激烈讨论，甚至有过不同的声音。我们换装的目的是什么？仅仅是为了镜头好看吗？是不是有出镜记者作秀的味道？在讨论中，我们逐渐达成共识。首先从一个视频的节目来看，开头一定要抓人。在电影界，曾经有一句话叫：前五秒抓住观众的注意力，你的电影就成功了一半。到了短视频时代，这个抓人的时间甚至被压缩到了一秒。我们的开头从科技感十足的“钢铁森林”搬到了试衣间，画面张力自然是有不小的落差。如果第一段出镜缺少设计，整个开场就会显得平淡无奇。张力少了，观众就换台了，那还何谈与受众建立联系。另外，舟山绿色石化基地每年生产各类化工原料少则数百万吨，多则几千万吨，能给数亿产品提供所需的原材料，用一件衣服开场显得单薄，只有眼花缭乱的换装，才能呼应其背后的生产规模。这样看来，这场“秀”有必要，也有意义。

我们讨论的另一个重点是，怎样才能用高效的视听语言来展现这场“秀”。虽然开头非常重要，但是也不能过度渲染，拖泥带水。

这样不仅会拖垮节奏，视听效果不佳，更会喧宾夺主，脱离我们原本要讲的改革主题。

所以，这是一场“重要”但不是“重点”的拍摄，拿捏这其中的度非常重要。那我们就拍“一条出镜”，所有的换装在一条出镜的台词中完成，十几件衣服在短短的几秒内呈现。

【场景1】服装店

这些衣服，是这家服装企业刚刚设计完成的2025年新款。不过，我今天可不是来买衣服的，而是来探究与我们日常生活息息相关的衣服背后，有什么奥秘。

这段出镜念下来只需要15秒，而我们用了13次换装，堪称换衣服最多的出镜报道。不拖泥带水，但吸引了观众的注意，也自然地突出了主题。拍完这个开头，我们觉得这个片子成功了一半。

随后，我们抽丝剥茧。衣服的原料是什么？面料。面料怎么来的？纱线。纱线又是怎么来的？对二甲苯。场景就来到了舟山绿色石化基地。

我们在浙江自贸区的会议室里进行头脑风暴，查询到对二甲苯的国外依存度每年都有统计和变化，仅10年前，我们国家对二甲苯的对外依存度还高达56%。这时候改革就来了，有了改革，石化开始对社会资本开放，我国迎来了大发展，才有了眼前的“钢铁森林”，也才有了这么充足的对二甲苯。上面的问题得到了解答。

其实，“钢铁森林”不仅产生对二甲苯，还有乙烯、芳烃等上百种化工原料，这些原料加工后生产出的产品也不仅仅是化纤和服装，还有琳琅满目的小商品、自行车、汽车，甚至还有航空航天器，这就是人们可感受的“深化改革”。

初稿写于2024年7月18日　杭州

【全面深化改革　中国式现代化万千气象】一件衣服背后的深化改革

问题导向不是导向问题，宏大主题如何把握

——《1085件企业诉求如何从“办不了”到“能办成”?》记者手记

【题记】

党的二十届三中全会召开在即，按照统一部署，31个总站将以“改革”为题来做特别节目，每个省一期，30至40分钟，总题目叫《全面深化改革　中国式现代化万千气象》。

改革，我们要展现党委、政府为什么要改革、怎么改革、改了什么、革了什么，而且这次还是深化改革，比改革要更深一步，“深”字又如何体现。很多记者在面对这个题目的时候都只能抓耳挠腮，不知道如何破题、如何报道。我通过这条报道创作、修改和成片的过程来分享一下我们的做法，希望能够对读者有所帮助。

在着手做这个系列报道之初，我们就和浙江省委改革办碰头商量选题，作为党的十八届三中全会以来浙江改革和深化改革的标志性成果，营商环境的改革是这十年来最重要的一项改革。从抓主要矛盾的角度来说，我们必须用大篇幅报道浙江这十年在这方面所做的努力。

这十年，浙江在营商环境方面所做的努力脉络清晰：四张清单一张网，让企业审批事项急剧减少；“最多跑一次”改革，让企业办

事最多跑一次；数字化改革，让企业办很多事情一次不用跑，只需在手机或者电脑上点一点。现在，浙江又提出营商环境优化提升“一号改革工程”，创新推出了政务服务增值化改革。

我们需要做一个怎样的报道来把这十年的努力都囊括进去呢？可以做综述报道，梳理清晰脉络，但是枯燥乏味，不好看。可以做现场报道，但是场景单一，不适合。最后我们还是决定讲故事。讲一个什么样的故事呢？我们和改革办“碰撞”，顺着我们的思路，省委改革办为我们推荐了台州市路桥区的“1187改革”。我们跑台州的记者俞倩倩去台州踩点回来之后，也说了这个选题，大概内容是这样的：“1187”是台州路桥的一个数字化平台，2022年，平台共搜集企业提交的诉求1903件，被回复“不能办”的有1087件。即使如此，平台显示的办事满意度也达到了100%。今年，1085件“不能办”的事情办好了，“不能办”的事情只剩下了2件。

我相信，听到这个梗概之后，一定会有人对这个故事感兴趣。我当即就确定，要好好呈现这个故事：为什么1087件事情不能办？为什么最后又办成了？从“不能办”到“办成了”中间究竟发生了什么？这就是改革。而且在“四张清单一张网”、“最多跑一次”改革、数字化改革之后，浙江还有这样的事情发生，那绝对是改革勇闯深水区了。

于是，我组织了一名记者、两名摄像去台州。拍摄了一周多之后，记者给我发了采写的稿子：

（万千气象）【浙江总站】浙江改革进行时：企业“不求人”干部“主动干”

这个标题属于结果陈述式的标题，勾不起读者的兴趣，让人没有往下看的欲望。

【导语】

回首十年，浙江一以贯之落实习近平总书记系列重要指示批示精神，从“四张清单一张网”到“最多跑一次”改革，再到数字化改革和政务服务增值化改革，全面打造具有辨识度、影响力的改革标志性成果。

特别是在企业服务领域，浙江是民营经济大省。近年来，浙江大力实施营商环境优化提升“一号改革工程”，争创营商环境新优势、打造营商环境最优省，政务服务增值化改革是“关键一招”。作为改革的探路者，浙江有哪些新理念、新做法？优化营商环境，浙江将如何继续发力？先到浙江台州去看一看。

导语的第一自然段只罗列了这些改革，并没有点出成效如何，难以让人信服。第二自然段则有点“大路边”，不走心。

【快剪】“1187”平台上的企业诉求集锦

（背景音：提示音）项目用地、子女入学、企业用工、补贴申请等。

【正文】

在浙江台州路桥区，企业有问题就上平台，所有诉求都在亲清政商关系“1187”平台上流转，“1187”寓意为“一心一意帮企”，把政府部门的权力放在阳光下，谁办了、谁没办、怎么办的、办得对不对，办不了的提级交办给上级，直到办成，一应事项一目了然。

然而在两年前，“1187”平台刚推出时，却并非如此。2022年，平台共搜集到企业提交的1903件诉求，其中竟有1087件都以“不能办”的回复办结，但系统满意度竟达到了100%，平台徒有形式，没有实效。

【同期】浙江省台州市路桥区行政服务中心主任　钟巍

在初期，从机关干部到企业，很少有人相信改革是来真的。

干部们还是存在着“多一事不如少一事”的心态，可办可不办的往往选择不办。

另一方面是当时的系统也不够完善，对于企业没有及时评价的办结事项，系统默认好评，忽略了很多没有得到解决的问题。

第一自然段的正文先解释了“1187”是什么，没有什么不妥，但单纯从这个解释来看，可有可无，徒增概念。

第二自然段的正文造了一个悬念，也是本题最大的悬念：两年前，1903件诉求里有1087件不能办，系统满意度却达到了100%，并且为此定了性——平台徒有形式，没有实效。

或许这个悬念可以吸引受众往下看，但是这样的表达存在很大的问题：两年前还有这样的情况存在？这不是正说明前面的改革很失败吗？而且定性的话很重：“徒有形式，没有实效。”往小了说，这是直接否定了路桥区这几年的改革成果；往大了说，这是否定了省里这几年的改革成果。起码应该改为：自“数字化改革”以来，他们的企业诉求平台建设没有实效。

【正文】

一流的营商环境，核心在于优化为企服务，根本在于打破堵点难点，真正解决问题。路桥区继续刀刃向内，进行改革，将系统前后迭代更新了十多次，不断优化办理流程，从一开始的默认好评、联络员直接回复，到现在的全部电话回访、提级回复、二次交办，每个诉求保证到人到责，只有部门“一把手”才能回复“不能办”，而一旦出现“不能办”的案件，还有人大“说‘不’评议”进行兜底。

这段正文相当于直接揭开了谜底，将从“不能办”到“办成了”背后的做法交代了出来：电话回访、提级回复、二次交办，每个诉求保证到人到责，只有部门“一把手”才能回复“不能办”，而一旦出现“不能办”的案件，还有人大“说‘不’评议”进行兜底。过早揭开谜底，会让下面的故事变成简单的例证。

【转场动画】台州路桥烂尾楼建设现场

【同期】办事企业负责人　曾忠华

这个项目原先烂尾了十几年，我们现在是把它拍下来了，马上要重新给它赋能，这个是原先的老照片，当时地下室都是水，外面都是杂草丛生，就是几个框架。

【正文】

拍下项目的曾忠华踌躇满志，但是没想到一开始就遇到了问题，由于年代久远，原施工许可证已作废，又因为缺少项目材料，已建部分无法验收，新施工许可证就无法办理。为此，曾忠华前后奔波了半年的时间，也没办成，项目又陷入了停滞状态。

这段同期的信息量很大。烂尾了十几年，为什么？烂尾了十几年，他都敢拍？

而这一段正文造了一个悬念：老施工许可证已作废，新施工许可证无法办理，半年时间，都没搞定这个事情。但如此表述，以后企业可能就不敢再拍这种地了。

【同期】办事企业负责人　曾忠华

彻夜难眠，因为很长时间没有办下来嘛，所以我们也是想是不是要重新再找找其他的渠道和关系，看看能不能把这个事情再推进嘛，没过多久呢，这个“1187”就主动联系我们了。

这句看似是很正常的话语，其实暴露了企业家们惯常的一种思维模式——正常路子走不通，就会试着找其他渠道和关系，再次印证营商环境不太好。同时，悬念出现了转折。

【正文】

这个第一次上平台被回复为“不能办”的案件，二次交办后被层层提级。为此，路桥区住建局还成立了党员专班进行问题攻坚，并邀请了法院、街道等多部门进行会商，商议解决方案。

【同期】浙江省台州市路桥区住建局副局长、党员专班负责人　郭海涛

我们经过反复研究，参考了省内其他县（市、区）的做法，最后建议由建设单位委托有资质的房屋质量鉴定机构对项目现状进行鉴定，替代已建工程缺失的质保资料，为企业办理相关施工许可手续。但没有上级文件的支撑，我们还是有些顾虑，万一后期出现质量安全事故，部门全部要担责。

答案和盘托出，和开头描述的一样：二次交办后提级办理，提到副局长那儿就给办了。说明不是办不了，是级别不够高。但是办理的同时还是有些顾虑，事情再次出现转折。

【正文】

为了激发干部办事的内在动力，消除顾虑，路桥区还建立了专项容错纠错机制和专项干部考察机制。一手给干部减压，让干部敢为；另一手实现专项考察结果必达，好的上、差的下、不作为的转。

【同期】浙江省台州市路桥区纪委副书记　王琪

为担当干事者“兜住底”，截至目前，我们已建立8类事项库，容错29人次。我们贯彻落实总书记“三个区分开来”，让执纪更有温

度，保护那些敢作敢为、积极负责的干部，充分调动干部的积极性、主动性、创造性。

此处将浙江在激励干部担当有为方面的创新举措带了出来。

【正文】

有了制度的保障，干部们干事更有底气，部门敢打破常规，真正实现变“被动服务”为“主动帮企”，于是，曾经“草率结案”的1087项“不能办”诉求，真正“办不了”的只剩2件。

【同期】办事企业负责人　曾忠华

他们每天给我们反馈一个进度，没过多久，我们就拿到了这个许可证，现在我们这个项目也建得很漂亮了。我觉得这个平台啊，手机上面点点，就能够反映到问题，而且解决问题的这个速度，也是比较快的，不像我们老百姓原先想的“事难办、门难进”。

事情解决了，但是从最后这段感受中并没有看出这个事情的进展，手机上点点解决问题，其实此前数字化改革时就已经实现了。关键在于企业负责人现在还在想“事难办、门难进”的事情，其实还是说明之前的改革没能改变这种局面。

【正文】

仅两年多的时间，台州路桥区企业的问题自主上报率就从原先的40%升至80%，办理的时效也从原来的12.84天缩减到了现在的2.26天。截至目前，“1187”平台已累计解决各类企业诉求3827件，

一大批企业的真问题、真需求源源不断，“1187”平台也成了当地政策创新的“源头活水”。通过分析提炼高频诉求，陆续推出了工程项目分期验收、“拿地即开工”审批、涉企包容性执法等“十大改

革”新做法，推动从解决“一件事”到解决“一类事”的转变。

【同期】浙江省台州市路桥区委书记　潘崇敏

路桥区的“1187”体系改革，始终聚焦党中央和省市要求，围绕规范政府自由裁量权、企业办事不求人这一目标，通过党建引领、制度集成、融会贯通，有效倡导了干部“一心一意”帮企，不断增强企业的发展信心、发展活力。接下来，我们将持续迭代深化改革，推出更多增值服务，全力优化民营经济营商环境。

我在站里带着大家拉片的时候，很多记者觉得这个稿子其实不错，有意识地在讲故事，确实有可圈可点之处。但是经过逐句分析过后，总结下来有三大问题：

一是对改革选题把握不好。我们做新闻、讲故事，经常说问题导向，但是问题导向不是导向问题，这篇稿子里的诸多用词和渲染方式，一旦播出去，很有可能会带来“次生灾害”。更何况，浙江的营商环境改革确实做得很好，这样播出去，感觉让以前的改革有点“付诸东流”。

二是故事讲得还是不够好。记者在有意识地讲故事，但是每提一个问题就直接给解决了，问题解决得太容易，就看不出改革之难，也看不出究竟改了什么、革了什么才把这事情解决的。

三是文风太“八股”。整个正文和同期都比较板正，不活泼，能想象到很多采访都是正儿八经举着话筒采的。

这三大问题用慎部长的话说，就是不够“沉甸甸、水灵灵”。

当天晚上，我看了素材，重新梳理了稿子的大致思路：

【导语】

浙江是民营经济大省，民营主体占到全部市场主体的96%，去年，浙江的新增市场主体更是突破了1000万。如何让面多量广的民营企业办事创业舒心，浙江这十年不断进行营商环境的改革。“四张清单一张网”，让审批事项从××缩小到了××，“最多跑一次”让企业×××，数字化改革让×××。

一任接着一任干，一张蓝图绘到底，改革永不停歇。这两年，浙江又提出营商环境优化提升“一号改革工程”，推出了政务服务增值化改革，这又给企业办事带来了怎样的便利呢？让我们一起来看看老曾的故事。

导语既要点出之前改革的成效，同时也要点出此次改革是在前人的基础上深一步的改革。

【正文】

他叫曾忠华，是浙江台州一家地产开发公司的负责人，前不久，他在市中心花了5000多万元拍下一栋烂尾楼准备开发，可没想到，因为烂尾多年，施工许可证早就过期了。

强调施工许可证是过期了，不是办不了，而是要办一个过期了的施工许可证。

【现场】（电脑前，网上问询）

记者：过期了，怎么办呢？

曾：没事儿，我们浙江现在数字化改革以后，通过手机或者电脑一问就知道怎么办了。你看，这是我当时的问询记录。

记者：办施工许可证需要什么文件？

曾：什么文件，什么文件……哎呀，这些文件我都找不到了。

办事员：没关系，我们“四张清单一张网”改革以后，施工许可证所需证件已经从××减少到××了，你只需要提供×××就好了。

曾：那太好了。

对于怎么办的展现，要一点一点来，不用那么着急出结果。早已经习惯了掌上办事的浙江人自然要给记者介绍一下自己的日常操作，先手机上点一点，问问施工许可证怎么办、需要多少文件，而且要和以前进行对比，体现出办事需要的文件已经少多了。这几句话其实是对“四张清单一张网”、“最多跑一次”改革和数字化改革的肯定，也展现了这三项改革带给人们的变化。

【正文】

然而，老曾并没有高兴太久。联系了一圈之后，他发现，很多证件都找不到了。

【同期】浙江台州方洋置业有限公司总经理　曾忠华

这时候就很烦了。网上问询，态度确实挺好，但是翻来覆去就是说：这些证都没有，就是办不了。

文似看山不喜平，先高兴才能接着转折出问题。问题也要一点点来，是办证的证件找不到了。

所以办不了事的原因不是门难进、脸难看，而是自己的问题，是证件找不到了，所以办不了。

【正文】

为此，老曾还特地跑到了企业服务中心来询问解决办法，给出的答复还是一样，没有××，办不了。

【同期】浙江台州方洋置业有限公司总经理　曾忠华

怎么说呢，你就感觉，办事是方便了，也最多跑一次了，甚至有时候一次都不跑了，但前提是这个事儿能办，如果是无法可依、无据可循，办不了的事情还是办不了。

这个时候，再抛出本文的主题：依法依规办事都能办，无法可依、无据可循的事儿办不了。所以，我们说改革到今天，办不了并不是简单的办不了，而是因为有些事情还找不到办理的依据。这样既肯定了前面的三项改革，又给未来的深改指明了方向，那就是解决无法可依、无据可循的问题。

【正文】

沮丧的老曾便在“浙里办”软件里的“亲清诉求直通”平台开始投诉，得到的回复依然是要求补齐材料。

【同期】浙江台州方洋置业有限公司总经理　曾忠华

真的是彻夜难眠。你证办不出来就开不了工，一天就多少成本。我真的是熬不住了，真的，感觉倾家荡产了，感觉人要垮掉了。

【正文】

一边早已不抱任何希望，另一边他几乎每天都在平台上投诉。终于前不久，×××联系了他。

【同期】

电话里怎么给他说的？

事情发展到这里，再展示当事人的崩溃。他有多崩溃，接到电话时就有多惊喜。他有多崩溃，我们的深改就多有意义。

【正文】

原来，浙江省委去年提出了营商环境提能升级，并将此作为全省的一号改革工程，营商环境的改革再次向深水区挺进。浙江台州重新梳理了办事网络平台的×××，利用人工智能的手段，×××问题，决定×××。

老曾反映的问题就是在平台自检中被重新审核进行了二次交办。

【同期】 浙江省台州市路桥区行政服务中心主任　钟巍

（怎么发现的问题）

我们就查，一查吓一大跳，在××时间段里有××件事情提交，却有××件事情的回复是“办不了”。我们当时就觉得这怎么能行，这样下去企业得多寒心。我们的营商环境怎么能这样？（这样）以后谁还创业？谁还到我们这儿来办企业？不行，必须得改！

这一段正文要解释，这次深改不是针对个例，而是针对共性。梳理所有不能办的问题，发现共性的原因是什么，然后才能决定怎么做。同时，指出深改的出发点是让企业有好的营商环境，不能让企业寒心。既有世界观，也有方法论。

必须得改，这个改就是深改。无法可依、无据可循的事情怎么办？改革挺向深水区，这样的深改才有意义，我们是往那些空白区域挺进，不是现在办不了就不办了，而是想办法办。

【正文】

台州路桥组建专班，逐条核查企业诉求，发现当企业提出××的复杂问题时，我们的办事员由于××原因就办不了了。找到了症结所在，改革刻不容缓。

【同期】

办事员办不了的事，那我们就二次交办、提级办理。并且有专人做回访，每一个投诉都做回访。办得怎么样，如果有不满意，继续交办，如果连部门一把手都“不能办”的，那就提交到人大“说‘不’评议”进行最终审议，办理环节全程留痕。

将具体方法展示出来，说明这次深改目标明确、思路清晰、方法得当、考虑全面，就像习近平总书记说的，全局观念、系统思维。

【正文】

老曾的问题就这样在二次交办中被提级到了路桥区住建局局长处办理，由于问题复杂，住建局成立了专班，并邀请了法院、街道等多部门进行会商，商议解决方案。

【现场】会商现场

住建局：现在最主要的是材料缺失了，所以我们先看看材料能不能找回来。

法院：我们也和施工单位进行了多次交涉，时间太久远了，人员都变动离职了，材料确实找不回来了。

【正文】

就这样，党员专班先后召开了5次会议展开讨论，逐项梳理，逐项解决。

【同期】浙江省台州市路桥区住建局副局长　党员专班负责人　郭海涛

我们经过反复研究，参考了省内其他县（市、区）的做法，最后建议由建设单位委托有资质的房屋质量鉴定机构对项目现状进行鉴定，替代已建工程缺失的质保资料，为企业办理相关施工许可手续。但没有上级文件的支撑，我们还是有些顾虑，万一后期出现质量安全事故，部门全部要担责。

具体怎么做的要展现全面，让人们了解干这个事儿不容易，是思虑万千、讨论多轮之后才找到的解决之道。然而，就在要看到胜利曙光的时候，还有问题要解决！这事儿既然无法可依、无据可循，那被问责该怎么办？

【正文】

为了激发干部办事的内在动力，消除顾虑，路桥区还建立了专项容错纠错机制，推出容错免责事项库，推动事后容错向事前保护延伸，对容错免责的干部不追究相关责任，给干部减压，让干部敢为。

【同期】浙江省台州市路桥区纪委副书记　王琪

既然我们下定决心要改革，那就要为能解决问题的干部兜底，让我们执纪更有温度，保护那些敢作敢为、积极负责的干部，充分调动干部的积极性、主动性、创造性。这才能让营商环境变好。

【正文】

有了制度的保障，干部们干事更有底气了。于是，在住建部门的牵头下，项目的原建设单位和施工单位配合完成了已建项目的鉴定验收，重新办证。

点出制度保障。容错纠错免责探索，为解决问题兜底。

【同期】办事企业负责人　曾忠华

真是太感激了！太感谢了！我太激动了！都不知道说什么好了！他们每天给我反馈一个进度，就特别踏实，你就看着这个问题每天都在推进。现在感觉一次都不跑不仅仅是一种形式，而是真的在帮你解决问题，做得很实。

夸，要夸改革，更要夸深改！

【正文】

××时间内，像老曾这样曾被“草率结案”的1087项诉求，都在二次交办后被顺利解决，在人大“说‘不’评议”后仍然“不能办”的案件只剩下2件。

台州路桥区企业的问题自主申报率从原先的40%升至80%，办理的时效从原来的12.84天缩减到了现在的2.26天。

【同期】

你就能看见，一大批企业的真问题、真需求源源不断，就是企业越来越信任我们。我们自己也不断总结，像这些事情是一类、那些事情是一类。我们就从解决“一件事”向解决“一类事”转变。我相信，我们的营商环境会越来越好。

最后结尾道出浙江还在继续向前，从解决“一件事”向解决“一类事”转变。

随后，前方记者进行了相关补采，同时对所有场景进行了再创作，让画面更丰富、同期更接地气、整个报道更有层次，翻过一座山还有一座山，翻过第二座山还有第三座山，不断勾着受众往下看，同时导向正确，把握住改革的度，最终实现“营商”变“赢商”。

整个报道看完，观众能真正看出我党坚持以人民为中心，尊重人民主体地位，人民有所呼，改革有所应，做到了改革为了人民、改革依靠人民、改革成果由人民共享。

初稿写于2024年7月19日　杭州

【全面深化改革　中国式现代化万千气象】浙江　办证无门“办不了”堵住企业发展路

【全面深化改革　中国式现代化万千气象】浙江　纾困有道“真解决”打开营商新局面

说不尽的大比武

【题记】

中央广播电视总台成立之后，地方总站每年都会多几个新面孔，总台新入职的大学生都要先赴地方总站锻炼，最初是半年，后来是一年，现在时间延长到两年。再后来，每年又会有“蹲苗”的青年业务骨干来到地方总站。他们是对地方总站人员力量的补充，如何让他们尽快熟悉业务，让这种补充力量变成有生力量是各个总站亟须解决的问题，也是总台交给地方总站的一项重要培养任务。除了日常工作的“拔苗助长”，自2021年起开展的“青年业务大比武”逐渐成为我们的品牌，给每个来浙江总站锻炼的人都留下了深刻印象。

2021年4月30日，浙江总站正式挂牌成立。这一年，我们迎来了5位新入职的大学生和3位“蹲苗”的青年业务骨干，同时在总台选调机制下，1位新同事也加入了我们，众多新生力量的加入，一下子缓解了我们的人手紧张局面。

经过一段时间的学习、融入和熟悉，每个人的进步如何？如何检验他们的学习成果？又如何让他们明确自己的短板和目标呢？我想到了大比武。

大比武最初是老央视新闻中心为了考验记者站记者、技术的业务水平和能力而举行的，总共进行过两次，我没有参加过，但是听参加过的人讲过，非常过瘾。当时新闻中心花了大价钱，租了一个影视基地，还请了众多群众演员，考验记者和技术的现场直播能力。

现场会搭建很多的新闻现场，比如企业门口的群体性讨薪现场、工厂厂房的火灾现场、热闹的小吃街现场等。中间有很多的“坑”，比如记者如果选择在企业门口出镜，会有讨薪工人冲到摄像机前讨薪，这就是我们常说的“播出安全”受到了影响；工厂厂房火灾现场直播的时候，会真的有高压水龙头喷水下来，没提前准备好的团队就会被浇成落汤鸡，设备进水，直播有可能中断；热闹的小吃街现场，记者吃播出镜，会突然遇到顾客和商户现场吵起来的场景，考验记者的应变能力。所有群众演员都很敬业，一位参加了讨薪现场大比武的老摄像在拍摄过程中，突然被一位讨薪的工人下跪并抢夺摄像机，一时不知道怎么处理，赛后只能无奈地说：“哥们儿，你们也太敬业了，我一世英名就被你们给毁了！”

所以第一年的大比武我就自然而然地想到了横店，但我们毕竟没有当年新闻中心的大投入和大制作，只能依托于横店现有的资源来设计，好在横店的资源足够丰富。第一年，我设计了5个题目，最后比下来也是让人啼笑皆非。

横店有一个自己的通用机场，时常会有病人转运的情况发生，我们就设计了一个病人转运现场。当时，新记者费凡和陈亚宇抽中了这个题目，果不其然跳进了所有可能遇到的陷阱里。话筒是事先没有安装电池的，陈亚宇到了现场才发现自己没有带电池。费凡做现场报道的时候，话筒没有带防风罩，也没有使用指向性话筒，所有声音均被直升机的声音给盖住了。将病人送上直升机之后，他们没有跟着直升机走，而是眼睁睁地看着直升机飞走了，导致对这位转运病人的后续救治情况一概不知。我们现场点评的时候，大家一边看，一边哈哈大笑。

既然在横店，自然要有一个描写群演的人物特写的片子。王建帆和蒋硕抽中了这道题目，需要凌晨5点出发和群演一起去剧组门口等待叫号。

当时浙江正在进行数字化改革，各个单位都在用数字化的办法来提高工作效率，横店派出所的公安干警就配合我们模拟了一次现场寻找丢失的孩子。杨茜茜和穆亮抽中了这个题目。

5个题目各有特点，每一组记者要在规定时间内完成一条短片，题材和体裁自选。可以说，经过这次大比武，每个人都更加清晰地了解了自己的不足，在大比武中暴露了很多问题，但是今后就会在实战中加以避免，毕竟每个人都是这么在试错中成长起来的。

第二年，这一批大学生和“蹲苗”业务骨干返回总台，新一批大学生和“蹲苗”业务骨干又来到了浙江总站。随着浙江省获批全国首个高质量发展建设共同富裕示范区，我们在全省设立了10个共同富裕观察点，所以这一年的大比武，我们就让每一位年轻记者去一个观察点，到那里寻找选题，限时两天，拍一条短片回来。难度降低了不少，但最后大家一起看片的时候发现，他们所做的报道距离能播出的水平还差不少。

第三年，恰好临近春节，各个中心的约片很多，我干脆把约片的题目分给了大家，这次是实战，在规定时间做完，最后审片，审完片子传回总台。不少记者是第二次参加大比武，相当于在站里已经工作了一年多的时间，进步显而易见。何丽丽和杨尚沅做了一条探访春节高速公路服务区的短片，完全可以直接拿来播出。很多路记者也遇到了各种各样的问题，比如去义乌李祖村探访的一路，就发现李祖村里几乎没什么游客，不热闹，该怎么拍？另一路记者拍春节消费，选择了杭州刚刚落成的直播电商的商场，结果完全站在了企业侧来做这个报道，没有站在消费者的角度来做，导向出了问题。还有一路记者拍人物特写，但是没有拍出人物的鲜活感。

2024年，随着各个中心直播需求不断增多，我们专门设计了一次直播类的比武，新记者、新导播、新摄像参与其中，围绕新农村建设、秋粮丰收、迎峰度夏、假日旅游4个题目在桐乡市濮院镇展开直播。

在两个小时的准备时间里，每个直播团队比的是专业，也是心理素质。第一个团队抽中了假日旅游的选题，然而在直播点位的选择、时长的控制、与演播室的互动等方面都出了问题。

新农村建设的选题，由于村子很大，选择在哪个点位做直播其实很能看出记者的思路。村子里有旧民居也有新民居，有文化礼堂也有村民广场，可记者最后选择在别墅区的中间做了一场直播，并且导播切飞、穿帮的镜头比比皆是。

台上一分钟，台下十年功，经过这次比武，大家再次感受到了新闻直播的困难与魅力，业务能力都上了一大截。

胡总看完大家的直播后，说看到了大家朝气蓬勃、活力满满、一往无前的良好状态，感觉浙江总站未来一定会更好！

参加了大比武的各位记者也找准了一项技能、一个特长，准备去钻研探索，现在小试牛刀，将来大显身手。

我们4年的4次大比武都专门做了纪录片，片尾给大家看看。

初稿写于2024年7月30日　濮院

2021年浙江总站青年业务大比武纪录片

2022年浙江总站青年业务大比武纪录片

2023年浙江总站青年业务大比武纪录片

2024年浙江总站青年业务大比武纪录片

后　记

从有出书的想法开始，我就先想好了书名，甚至想好了三部曲的名字——《我在一线》《我是记者》《我的手记》。当然，第二部和第三部都还是没影儿的事。

2004年，我出版《品月》这部小说的时候，互联网还没有今天这么发达，也没有电子书，当时的书稿全部是手写，如今在网上已难觅其踪迹，家里留存的也只剩下几本毛边书。希望这本书在互联网时代能够留存得久一些。

我写《品月》的时候，利用的是初中毕业那个暑假和高一的时间，那时候写稿子，全情投入。我清楚地记得，上着数学课，看着坐标系，突然之间脑海中会蹦出一段话，然后就记录下来；上着化学课，能把化学公式比作人生哲理；晚上睡觉做梦，突然想到了什么金句，就能从梦中醒来把它记在本子上，再倒头睡去。一个暑假加一个学期，我就在这种不务正业的时间里完成了人生的第一本小说。

而这次没有暑假，也不可能每天都想着书稿的事情，平时工作繁忙，很少能有完整的时间来写作，文稿只能利用碎片化的时间来处理。好在之前我有把自己所做报道都下载并积累下来的习惯，这样方便我去回忆每一篇报道背后的故事；我也有写记者手记的习惯，有些发表在我们内部的网站和刊物上，有的发表在相关的学术期刊上，这些构成了本书所有文字的基础。我花了一定的时间把零散的文字整理出来，重新做了增减和修改。当然很多观点放在今天有些落伍，但是我依然保留了当时的思考，我觉得这是对过去的一种致敬，也能让读者感受到这10多年来媒体大环境的改变与时代变迁。

在此，我要感谢浙江人民出版社社长赵波先生，帮助实现我放视频二维码的心愿。感谢浙江人民出版社的吴玲霞女士，她愿意不厌其烦地接受我不停的修改和层出不穷的改变。感谢我的学妹陈韵蕴女士，在她的不断督促和推动下，我才最终完成了书稿。感谢我的老师曾真女士和李良荣教授，我大学第一门专业课所用的《新闻学概论》就是李良荣教授所著，这本书教会了我新闻学最基础的知识，以至于我现在做报道时依然会翻看书里的一些观点，所以思考请谁写序时，我第一时间想到的就是李良荣教授。感谢麦家、白岩松、康辉、鲁健、张志安5位老师能够在百忙之中翻看我的书稿并倾情推荐。

感谢原中央电视台、现中央广播电视总台这个平台，让我能够记录下自己工作的丰富多彩，让我的人生阅历绚烂多姿。感谢何盈、张国飞、胡作华、王贵山、曹美丽5位站领导对我的关心和培养，他们既教会了我技能，也锻炼了我的能力，还为我提供了舞台。感谢原央视浙江记者站和现总台浙江总站的小伙伴，大家一起成长，如家人般温暖。

最后，希望这本书能够让读者喜欢。

2025年1月10日于杭州